Veröffentlicht von
DREAMSPINNER PRESS

5032 Capital Circle SW, Suite 2, PMB# 279, Tallahassee, FL 32305-7886 USA
www.dreamspinnerpress.com

Deutsche ISBN. 978-1-63533-856-0
Deutsche eBook Ausgabe. 978-1-63533-857-7
Deutsche Erstausgabe. April 2017
v 1.0

Gedruckt in den Vereinigten Staaten von Amerika.

SCHLAMASSEL INBEGRIFFEN

Mary Calmes

Für Lynn.
Nichts passiert ohne dich.

DANKSAGUNG

Lisa, danke fürs Lesen und für die vielen Antworten
und dass du der Flut der Sorge Einhalt geboten hast.

Cardeno, danke, dass du dich um mich gekümmert hast,
dass du bis spät in die Nacht mit mir aufgeblieben bist,
danke für deine endlose Unterstützung.

Jessie, danke, dass du mein heller Stern bist.

1

RENNEN.

All unsere Interaktionen mit Tatverdächtigen endeten auf diese Art. Ich sagte zu ihm: Hey, lass uns auf Verstärkung warten oder auf einen Haftbefehl. Ich argumentierte, dass wir keinen hinreichenden Verdacht hatten. Ja, manchmal ging ich sogar so weit, zu betonen, dass wir nicht bewaffnet waren, weil wir nicht im Dienst waren! Nicht, dass er jemals auf mich hörte. Die Verfolgungsjagd begann immer nur Sekunden, nachdem ich das letzte Wort ausgesprochen hatte. Die Tatsache, dass er innehielt und mir erst zuhörte, bevor er losrannte, erstaunte die meisten Menschen, die uns kannten.

„Bitte", flehte ich dann. „Nur dieses eine Mal."

Und bekam als Antwort darauf das flüchtige Nicken oder das Schulterzucken oder das Lächeln, das eine Million Lachfältchen um seine blassblauen Augen herum entstehen ließ, bevor er mit nahezu atemberaubender Geschwindigkeit lossprintete. Ihm beim Laufen zuzusehen war eine wahre Freude. Ich wünschte nur, ich würde ihm nicht immer mitten hinein in den Kugelhagel oder die rasenden Autos oder die fliegenden Fäuste folgen. Seit ich sein Partner geworden war, hatte sich die Anzahl der Narben auf meinem Körper verdoppelt.

Ich sah es bereits als Gewinn an, wenn ich Ian Doyle dazu bringen konnte, eine kugelsichere Weste anzulegen, bevor er eine Tür eintrat oder sich kopfüber ins Unbekannte stürzte. Ich sah die Blicke, die die anderen Marshals uns zuwarfen, wenn wir mit blutigen Tatverdächtigen, flüchtigen Verbrechern oder gesicherten Zeugen zurückkamen, und im Lauf der Jahre war ihr Respekt für Ian dem Mitgefühl für mich gewichen.

Damals, als ich ihm als Partner zugeteilt worden war, hatten die anderen Marshals unmutig reagiert. Warum wurde der Neue – ich – dem ehemaligen Soldaten der Sondereinsatzkräfte Green Berets als Partner zugeteilt? Welchen Sinn machte das denn? Ich glaube, sie dachten, dass ich ungerecht bevorzugt worden war, und dass ihm als Partner zugeteilt zu werden, das große Los war. Ich war der neuste Marshal im Team, ganz unten in der Hackordnung, wieso hatte ich Captain America verdient?

Was sie alle übersahen, war, dass Ian nicht wie die meisten von uns von der Polizei kam. Er war Militär und hatte keine Ahnung von polizeilichen Verfahrensweisen oder dem Einhalten der Buchstaben des Gesetzes. Als der neueste Marshal im Team war ich derjenige, der diese Buchstaben am besten kannte, und so hatte der Supervisory Deputy, mein Vorgesetzter, mich ihm zugeteilt. Es machte in der Tat Sinn.

Was war ich doch für ein Glückspilz.

Doyle war ein Albtraum. Und obwohl auch ich nicht gerade ein Tugendengel war, wirkte ich doch im Vergleich zu meinem „erst schießen, dann fragen"-Partner besonnen und vernünftig.

Nach den ersten sechs Monaten hörten die Blicke der anderen auf, neidisch zu sein, und wurden mitleidig. Heute, drei Jahre später, brachten mir die Marshals in unserer Chicagoer Dienststelle Eisbeutel, reichten mir was sie so an Pillen in ihren Schreibtischschubladen hatten und gaben mir sogar hin und wieder einen Rat. Es war immer derselbe.

„Um Himmels willen, Jones, sprich mit dem Chef über ihn!"

Der Chef, Supervisory Deputy Sam Kage, hatte mich erst neulich in sein Büro zitiert und mich geradeheraus gefragt, ob an den Gerüchten, die ihm zu Ohren gekommen waren, etwas Wahres dran wäre. Wollte ich einem anderen als Partner zugeteilt werden? Der verständnislose Blick, den ich ihm daraufhin zugeworfen hatte, hatte hoffentlich meine Verwirrung ausreichend kommuniziert. Folglich war es ganz allein meine Schuld, dass ich um zehn Uhr an jenem kalten Dienstagmorgen Mitte Januar durch den matschigen Schnee die hundertsiebenundvierzig Blocks lange Fifth Street in Oak Lawn hinunter rannte.

Meine Arme pumpten wie Kolben vor und zurück, die Glock 20 trug ich in einer Hand. Ich sah, wie Ian eine Geste nach links machte, also änderte ich meinen Kurs und sprang über eine umgeworfene Mülltonne und in die Gasse dahinter. Eigentlich hätte ich derjenige draußen auf der Straße sein sollen – mein Partner war sehr viel besser darin, über Hindernisse zu springen und wie ein Ninja die Wände hinauf zu laufen. Aber obwohl ich fünf Jahre jünger war als er mit seinen sechsunddreißig, war er mit seinen vierundachtzig Kilo bei knapp einem Meter neunzig Körpergröße in sehr viel besserer Verfassung als ich. Wo er ganz schlanke, wie gemeißelte Muskeln hatte, mit einem Traum von einem Waschbrettbauch und Oberarmen, bei denen es die Frauen in den Fingern juckte, sie anzufassen, war ich mit meinen eins achtzig massiger gebaut, mit dicken Muskeln und breiten Schultern, mehr Bulle als Panther. Ians Bewegungen waren geschmeidig und fließend – ich dagegen war voller Kanten, mit eher abgehackten, ruckartigen Bewegungen. Wir waren so verschieden, wie zwei Menschen es nur sein konnten, aber viele Leute sagten, dass wir, wenn wir zusammen waren, eine sehr ähnliche, provozierende Körperhaltung hatten, eine Art unverwechselbar arrogantes Gehabe. Aber das konnte ich mir nicht vorstellen, das hätte ich doch gewusst. Wenn ich stolz wie ein Pfau oder eitel wie ein Gockel neben meinem Partner einherstolziert wäre, das hätte ich gewusst. Keine Chance, dass ich herumstolzierte, ohne das zu merken.

Im selben Augenblick, als ich aus der mit Müll übersäten Gasse herausrannte, krachte ein hundert Kilo schwerer Güterzug von einem Mann in mich hinein und ließ mich hart zu Boden gehen.

„Oh!", hörte ich meinen Partner rufen, als meine Wirbelsäule zerbarst und jedes Sauerstoffatom aus meinem Körper herausgepresst wurde. „Gut geblockt, M!"

Der flüchtige Verbrecher versuchte, sich von mir hochzuwuchten, aber Ian war bereits da und riss ihn seitlich von mir weg, stieß ihn neben mir auf den Bürgersteig und setzte ihm einen Stiefel aufs Schlüsselbein. Ich hätte ihm gesagt, er solle es nicht übertreiben – ich nahm es im Laufe eines normalen Tages mehrmals auf mich, ihn vor jeder Art Ordnungswidrigkeit zu warnen – aber ich hatte keine Luft, keine Stimme, nichts. Alles, was ich tun konnte, war, auf dem kalten, klammen Zement zu liegen und mich zu fragen, wie viele meiner Rippen wohl gebrochen waren.

„Willst du mal aufstehen?", fragte Ian spöttisch und rollte Eddie Madrid auf den Bauch, drehte ihm die Arme auf den Rücken und legte ihm rasch die Handschellen an. Dann kam er zu mir und hockte sich neben mich. „Oder ruhst du dich eine Runde aus?"

Ich konnte lediglich zu ihm hochschauen und registrieren, dass er missgelaunt dreinsah. Wie immer. Dieser mürrische Ausdruck hatte sich tief in seine Gesichtszüge eingegraben, und selbst wenn er lächelte, glätteten sich die Falten über und zwischen seinen Augenbrauen nie ganz. Er war ständig, wenn auch vielleicht nur ein bisschen, angespannt.

„Wenn ich nicht wüsste, wie hart im Nehmen du bist, würde ich anfangen, mir Sorgen zu machen", sagte er schroff.

Die Tatsache, dass weder ich noch Eddie uns rührten, hätte ihm ein Licht aufgehen lassen sollen.

„M?"

Ich versuchte, mich zu bewegen, und Schmerz schoss heiß durch mein linkes Handgelenk. Das Interessante war, dass in dem Augenblick, in dem ich zusammenzuckte, seine Augen dunkel wurden vor Sorge.

„Hast du dir das Handgelenk gebrochen?"

Als ob ich dafür verantwortlich wäre, dass meine Knochen einfach so durchbrachen. „Ich habe mir nichts gebrochen", ächzte ich, als endlich ein bisschen Luft in meine Lungen drang, gerade genug, dass ich mit heiserer, krächzender Stimme sprechen konnte. „Aber ich glaube, dein Freund da drüben hat das."

„Vielleicht sollten wir dich besser ins Krankenhaus bringen."

„Ich gehe allein", murrte ich. „Du kümmerst dich um Madrid."

Er öffnete den Mund, um zu widersprechen.

„Tu einfach, was ich dir sage", befahl ich, wütend darüber, dass ich lädiert war. Wieder einmal. „Ich rufe dich an, wenn ich nicht rechtzeitig fertig bin, um Stubbs vom Gefängnis abzuholen."

Seine Miene wurde noch finsterer, als er meine unverletzte Hand nahm und mich auf die Füße zog. Ich wollte um ihn herumgehen, da beugte er sich zu mir,

3

und seine rauen Bartstoppeln kratzten über mein Ohr. Bei der Empfindung zuckte ich unwillkürlich zusammen.

„Ich komme mit dir", sagte er mit heiserer Stimme. „Sei kein Esel."

Ich betrachtete ihn eindringlich, sein Gesicht, das ich so gut kannte wie mein eigenes – oder vielleicht besser, nachdem ich es drei Jahre lang angesehen hatte, entweder von vorn oder im Profil, während er fuhr. Sein Blick, den er zu Boden gerichtet hatte, hob sich plötzlich, begegnete meinem, und die Intensität in seinen Augen überraschte mich. Er war vollkommen konzentriert: Seine gesamte Aufmerksamkeit war auf mich gerichtet.

„Entschuldige."

Ich war baff, und das musste sich auf meinem Gesicht abgezeichnet haben, denn sofort zogen sich seine Brauen zusammen, und sein Blick wurde absolut finster. „Heilige Scheiße", zog ich ihn auf. „Für die Schneeschmelze ist es aber noch ein wenig früh."

„Du bist ein Arsch", brauste er auf und wandte sich ab.

Ich packte seine Schulter und riss ihn zurück, ballte meine Faust in dem Stoff des kurzen Trenchcoats, den er trug, und trat näher an ihn heran. „Nein, ich bin glücklich – total glücklich, ehrlich gesagt. Komm schon. Entspann dich."

Er knurrte mich an.

„Fahr mich in die Notaufnahme." Ich hielt mich an ihm fest und schmunzelte.

Sein Grollen brachte mich zum Lächeln, und als ich seine Schulter drückte, sah ich, wie zufrieden er wirkte. „Lass uns gehen."

Er hievte Madrid hoch, was beachtlich war angesichts der Tatsache, dass unser Flüchtiger fast dreißig Kilo schwerer war als er, stieß ihn gegen das Auto, öffnete die Tür zur Rückbank und schubste ihn hinein. Es dauerte nur Bruchteile von Sekunden, dann wandte er sich mir wieder zu und trat nah an mich heran, so nahe, dass ich die Wärme spüren konnte, die von ihm ausstrahlte.

„Du solltest nie in Frage stellen, dass ich mit dir gehe. Dazu sind Partner schließlich da."

„Ja, schon, aber –"

„Sag okay."

Er verlangte nie etwas von mir. Normalerweise tyrannisierte, neckte oder stichelte er – aber besorgt war er nie. Es war eigenartig. „Ja, okay."

Er nickte kurz und ging um den 1969er Cadillac deVille herum, den wir derzeit fuhren. Wir bekamen das, was bei Drogenrazzien und dergleichen sichergestellt wurde. Unser letztes Fahrzeug war ein 2000er Ford Mustang gewesen, nach dem ich ganz verrückt gewesen war – sowohl danach, ihn zu fahren, was selten genug vorkam, als auch danach, in ihm gefahren zu werden. Es war ein trauriger Tag gewesen, als er das Opfer eines Kugelhagels aus einem Maschinengewehr geworden war. Die Granate, die durchs Fenster geworfen worden war, hatte ihm dann den Rest gegeben. Bis zu dem Zeitpunkt hatte Ian darauf beharrt, dass der Wagen zu reparieren war.

Der Pornoschlitten, den wir derzeit fuhren, mit Weißwandreifen und Lack in grün-metallic, war zugegeben ein bisschen viel für den US Marshals Service. Aber wir sollten inkognito unterwegs sein, und wenn wir mit dem Schlitten durch die übelsten Gegenden Chicagos glitten, ernteten wir nicht mal einen zweiten Blick.

„Steig ein", bellte er.

„Jawohl, Sir."

Und wie üblich gab er sofort Vollgas. Vergiss langsames sich Einreihen in den Verkehr: Ian fuhr immer, als hätte er gerade eine Bank überfallen, und ich hatte gelernt, mich anzuschnallen und gut festzuhalten.

„Was zum Teufel", schrie Eddie Madrid von der Rückbank, nachdem er nach vorn und dann wieder zurück gegen die Rückenlehne geschleudert worden war. „Jemand muss mich anschnallen."

Ich fing an zu lachen, als ich mich meinem Partner zuwandte, der über die übrigen Verkehrsteilnehmer auf der Straße fluchte. „Selbst unser Gefangener fürchtet um sein Leben."

„Scheiß auf ihn", knurrte er und nahm die Kurve, als wäre er ein Stunt-Fahrer, der sich bereit machte, aus dem fahrenden Wagen zu springen.

Eddie knallte gegen das Halbfenster auf der Beifahrerseite der Limousine. „Himmelherrgott, Mann!"

Ich stützte mich lediglich mit den Füßen an der Karosserie ab und hoffte, dass ich es heil bis ins Krankenhaus schaffen würde.

„Lass mich das noch mal klarstellen", sagte Ian an jenem Nachmittag, während er James „den Schlitzer" Pellegrino zu unserem Wagen führte. „Du hast ein gebrochenes Handgelenk, aber worüber du dich aufregst sind deine Schuhe?"

Normalerweise gipsten Ärzte gebrochene Knochen erst nach ein paar Tagen ein, wenn die Schwellung zurückgegangen war. Aber weil ich nicht vorhatte, am Schreibtisch zu hocken, bis der Knochen wieder ganz war, und weil es ein glatter Bruch war, hatte der Arzt in der Notaufnahme eine Ausnahme gemacht. Er hatte mich darauf hingewiesen, dass ich gegebenenfalls zurückkommen und einen neuen Gips bekommen müsste, sollte der jetzige zu locker werden. Mir war das gleich. Hauptsache war, ich konnte Ian zurück an die Front und zum nächsten Einsatz folgen.

„Ja", klagte ich und musterte den Gipsverband um mein Handgelenk und dann, viel wichtiger, meine nun verkratzten John Varvatos Stiefel mit Zehenhaube. Pellegrino hatte einen Blick auf mich geworfen, als er aus dem Keller heraufgekommen war, und war geflüchtet. Wir waren einem anonymen Hinweis gefolgt und hatten ihn im Haus seines Cousins in La Grange gefunden. Um zu verhindern, dass er die Hintertür erreichte, hatte ich mich mit einem Hechtsprung auf ihn geworfen. Es hatte darin geendet, dass wir über nackten Betonboden rollten, als Ian um das Haus geflogen gekommen war und sich auf den Kerl gestürzt hatte.

„Letzte Woche waren sie noch neu."

„Und jetzt wären sie so oder so hinüber gewesen", kommentierte Ian. „Bei dem Schnee."

Ich sah zu ihm auf. „Deshalb wollte ich ja auch mit Brent nach Miami ziehen. Schnee wäre dort nur eine unschöne Erinnerung gewesen."

Er schnaubte ein Lachen. „Der Typ war's so was von nicht wert, um seinetwillen umzuziehen."

Ich zog eine Augenbraue hoch.

„Und außerdem", sagte er schroff, „hättest du mich eh nicht verlassen."

„Ich würde dich sofort stehenlassen, Kumpel. Mach dir da keine Illusionen."

„Ja, klar", spottete er.

Anscheinend wusste er es besser, als einer so faustdicken Lüge Glauben zu schenken.

„Wollt ihr zwei, dass ich euch allein lasse?", sagte Pellegrino verächtlich.

Ian stieß ihn gegen das Auto, und Pellegrino schrie auf, war er doch mit der Brust aufgeprallt – derselben Stelle, die vor noch nicht allzu langer Zeit in direkten und schwungvollen Kontakt mit einem rohen Ziegelstein gekommen war.

„Halt den Mund."

„Das ist Polizeigewalt."

„Zum Glück sind wir nicht die Polizei", erinnerte Ian ihn und verpasste ihm einen Schlag auf den Hinterkopf, bevor sein blassblauer Blick wieder auf mir landete. „Und warum ziehst du überhaupt deine guten Sachen zur Arbeit an? Das hab ich noch nie verstanden."

„Weil", erwiderte ich mit einer Geste auf ihn, „Dockers und ein Hemd und eine hässliche Krawatte nicht das sind, worin ich jeden Tag gesehen werden möchte."

„Schön und gut, aber auf die Art und Weise machst du dir eine Menge Sachen kaputt, worüber du dann meckerst."

„Wanderstiefel sind nicht gerade Haut Couture."

„Ja, aber deine John-wasauchimmer Stiefel sind schon hinüber, und meine sind noch gut."

„Aber sie sehen scheiße aus", informierte ich ihn.

„Aber sie tun's noch", stichelte er, und der verwegene Schwung seiner Lippen ließ etwas in meinem Bauch Purzelbäume schlagen.

Das war schlecht. Ganz, ganz schlecht. Ian Doyle war mein einhundert Prozent heterosexueller bester Freund und Partner. Ich hatte nicht einmal ansatzweise das Recht zu bemerken, wie sein Kurzmantel sich um seine Schultern legte oder wie die Sehnen in seinen Unterarmen hervortraten oder wie er mich berührte, wenn er mit mir sprach, neben mir saß oder auch nur in meine Nähe kam. Wie er immer in meine Distanzzone eindrang, so als hätte ich keine, so als wäre das etwas, das er nicht einmal wahrnahm. Von daher war es wirklich nicht korrekt von mir, diese Dinge zu bemerken. Aber so zu tun, als täte ich das nicht, brachte mich langsam um. Das war der wahre Grund, warum ich um einen Partnerwechsel hätte bitten sollen: Ich träumte davon, mit meinem gegenwärtigen ins Bett zu gehen.

„Keine bissige Bemerkung darauf?"

Ich räusperte mich. „Nein."

Er sah mich aus zusammengekniffenen Augen an. „Wie kommt's?"

„Du hast nicht ganz unrecht, nehme ich an. Ich sollte zur Arbeit keine Schuhe anziehen, die nicht robust genug sind."

„Ich kann dir ein neues Paar besorgen", warf der Schlitzer schnell ein, bevor Ian antworten konnte. „Bitte."

Ian schlug ihn erneut auf den Hinterkopf, öffnete die Autotür, schob meinen Sitz nach vorne und stieß Pellegrino hinein.

„Du bist so ein Arschloch, Doyle!", brüllte Pellegrino, bevor Ian die Tür zuknallte.

„Pass auf, dass er keine blauen Flecken bekommt", warnte ich ihn, wie ich das immer tat.

„Warum?"

Ich stöhnte.

„Und damit eines klar ist", schnaubte Ian und drehte sich zu mir um. „Du betrittst ein Gebäude nicht alleine. Was haben wir nach der Sache mit Felix Ledesma dazu gesagt?"

Ich nuschelte etwas in mich hinein, denn mein iPhone hatte sich gemeldet und ich las gerade die SMS.

„Miro!"

„Ich höre dich."

„Sieh mich an."

Mein Kopf fuhr hoch. „Ja, schön, okay, halt den Mund."

„Nein, nicht schön. Nicht okay. Jedes verdammte Mal, wenn du dein Hemd ausziehst und ich die Narbe direkt über deinem Herzen sehe –"

„Ich weiß", besänftigte ich ihn und lehnte mich an ihn, stieß ihn mit einer Schulter an.

Er knurrte.

„Oh", sagte ich, als ich einen Blick auf die Zeit erhaschte. „Du solltest mich und den Schlitzer abliefern, damit du rechtzeitig zu deinem Date mit Emma kommst."

Die Art, wie sein ganzes Gesicht starr und ausdruckslos wurde, war kein gutes Zeichen, aber es lag mir fern, ihm zu sagen, dass seine Freundin zwar wundervoll, aber nicht die Richtige für ihn war. Es wäre sehr viel leichter gewesen, wenn sie eine Giftspritze gewesen wäre und ich sie gehasst hätte. Aber die Wahrheit war, dass sie gewissermaßen perfekt war. Nur eben nicht für ihn.

„Und was machst du?"

„Wann?" Ich war verwirrt. „Ich werde unseren Gefangenen abfertigen, damit du ein Mal pünktlich sein kannst."

Er sah unbehaglich aus. „Und was dann?"

„Oh, ich treffe mich heute Abend mit ein paar Jungs vom Fitnessstudio zum Billard spielen."

Sein Gesicht leuchtete auf.

„Nichts da." Ich gluckste. „Böser Junge. Deine Freundin will nicht mit einem Haufen Fremder Billard spielen.

Sein stechender Blick war geradezu lächerlich heiß. „Woher weißt du das?"

„Das ist kein Date, Ian."

„Na, du solltest auch nicht gehen."

Ich fragte mich flüchtig, ob er wusste, wie launisch er klang. „Ich habe mir das linke Handgelenk gebrochen, nicht das rechte. Ich kann ein Queue problemlos halten."

„Du solltest nach Hause gehen und dich ins Bett legen", sagte Ian mit finsterem Blick, während er um das Auto herum zur Fahrerseite ging.

„Nein, Mann, ich muss durch den Schmerz hindurcharbeiten", frotzelte ich, bevor ich einstieg.

„Wovon redest du?", fragte er gereizt, nachdem er die Tür zugeknallt und sich zu mir gewandt hatte. „Du hast dir das verfluchte Handgelenk gebrochen."

„Aber ist das nicht dein Mantra oder Credo oder so? Der Kodex der Green Berets? Vergiss den Schmerz?"

„Billard spielen ist nicht arbeiten. Du musst es nicht tun."

Ein Räuspern von der Rückbank. „Jungs, wisst ihr, ihr könntet mich auch einfach hierlassen", schlug der Schlitzer heiter vor. „Dann muss auch niemand Papierkram erledigen, und vielleicht könntet ihr auf ein Doppeldate gehen."

Ian drehte sich auf seinem Sitz um. „Ich hab eine bessere Idee. Warum hältst du nicht deine verdammte Klappe, bevor ich aus diesem Auto aussteige, dir die Handschellen abnehme und dich laufen lassen, damit ich dich abknallen kann."

„Vielleicht triffst du ja daneben."

Ian schnaubte verächtlich.

„Ich würd' mich drauf einlassen. Was habt ihr überhaupt für 'ne Waffe, neun Millimeter?"

„Noch einmal, wir sind keine Bullen. Wir sind Marshals", erklärte Ian. „Schon mal von einer Kaliber 40 angeschossen worden?"

Ich konnte mein Schmunzeln darüber, wie kleinlaut der Schlitzer plötzlich war, nicht unterdrücken.

„Vielleicht bleib ich auch einfach hier."

„Und hältst die Klappe", bellte Ian.

„Ja, okay."

Er drehte sich um und umfasste das Lenkrad, und ich realisierte, wie angespannt er war.

„Auf Menschen schießen ist keine feine Art", betonte ich scherzhaft und piekte Ians Oberarm.

Ich bekam einen verächtlichen Laut zur Antwort, aber im Handumdrehen schien er besser gelaunt, und die Anspannung war verschwunden.

„Setz die Karre in Gang. Ich muss den Kerl hier so schnell wie möglich hinter Gitter bringen, weil ich mich wirklich dringend umziehen muss."

„Zumindest die Schuhe, hm?", stichelte Ian, und die Art, wie er den Kopf schief legte und mit den Augenbrauen wackelte, konnte einen wirklich aggressiv machen.

Ich tat mein Bestes, ihn zu ignorieren.

2

GRANGER'S WAR ein schon etwas älteres Pub in der Innenstadt in der Nähe von The Loop. Ian hatte mich zuerst dorthin geschleppt, aber im Lauf der Zeit war es mir ans Herz gewachsen. Es gab gutes billiges Bier und erstklassige Hotdogs, und die ziemlich planlos wirkende Raumaufteilung und die überall verteilten Tische ließen den Innenraum größer wirken, als er tatsächlich war. Ian und ich belegten für gewöhnlich einen der Tische zwischen den Billardtischen und den Dartscheiben, von wo aus wir sowohl das Spiel, das auf dem Fernseher über der Bar lief, als auch die Tür sehen konnten. Ein Auge auf die Tür zu haben, war eine eingefleischte Angewohnheit aller, die im Rechtsvollzugsdienst arbeiteten, und man konnte sie nicht einfach abstellen.

Aus diesem Grund war ich auch nicht sehr angetan zu sehen, dass der Tisch, um den sich meine Kumpels aus dem Fitnessstudio drängten, im hinteren Teil des Raums gelegen war. Aber nach einem kurzen Abstecher an die Bar, wo ich mir ein Indian Pale Ale bestellte, drängte ich mich trotzdem durch die Menge zu ihnen durch.

„Miro, da bist du ja", grüßte mich Eric Graff, mein sporadischer Racquettballpartner und ehemaliger Fickfreund, als ich sie erreichte.

Die anderen Männer und Frauen freuten sich ebenfalls, mich zu sehen, alle bis auf Erics neuen Freund Kyle, der, so vermutete ich, nicht sehr begeistert davon war, dass Eric seinen Arm um meine Schultern geschlungen hatte. Ich war versucht, ihm zu sagen, dass er sich da keine Sorgen machen müsse – ich holte mir nie einen Nachschlag, es sei denn, ich war alkoholbedingt unzurechnungsfähig oder es hatte im Bett ein Feuerwerk gegeben. Keines davon war bei Eric der Fall gewesen.

Nachdem ich flüchtig seinen Arm getätschelt hatte, machte ich mich von ihm los und bewegte mich durch die Gruppe, bis ich Thad Horton erreichte, der mehr war als ein Bekannter, aber auch noch nicht wirklich ein Freund.

„Hi", grüßte ich den hübschen Mann, mit dem ich schon oft gemeinsam meine Bahnen im Schwimmbecken gezogen hatte. Er war ein sonnenbankgebräunter, durchgestylter junger Schnuckel mit gezupften Augenbrauen, der immer ein Lächeln und ein freundliches Wort auf den Lippen hatte.

„Miro", quietschte er förmlich, als er mich sah, was die Aufmerksamkeit des Gorillas erregte, der neben ihm stand.

„Baby?", fragte er und warf Thad einen prüfenden Blick zu, bevor er seine Aufmerksamkeit auf mich richtete. „Wer bist du denn?"

„Nur ein Freund aus dem Fitnessstudio", sagte ich schnell. „Du musst Matt sein. Thad redet ständig von dir."

Er nahm meine Hand, sichtbar erleichtert, und schüttelte sie fest. „Matt Ruben."

„Freut mich."

„Oh, bist du der FBI Agent?"

„Marshal", korrigierte ich ihn. Über seine Schulter hinweg sah ich, wie Thad das Gesicht verzog und mit den Lippen das Wort „*Entschuldige*" formte.

Schnelles Kopfschütteln, um ihm zu sagen, dass es kein Problem war.

„Ja, richtig, Marshal", fuhr Matt fort. „Thad war schwer beeindruckt."

„Es klingt sehr viel glamouröser, als es tatsächlich ist."

„Wage ich zu bezweifeln", sagte Matt freundlich. „Willst du das Break machen? Wir fangen gerade ein neues Spiel an."

„Ja, gerne."

Es war ein netter Abend, und die Leute waren okay, aber ich beschloss dennoch zu gehen, sobald das Spiel zu Ende war. Mir war langweilig, was bei mir normal war, es sei denn, ich war mit Ian oder mit meinen Mädels zusammen. Zwanglose Zusammenkünfte dieser Art waren einfach nicht mein Ding. Als ein paar Minuten später mein Handy klingelte, lehnte ich mich an die unverputzte Ziegelwand und hob ab.

„Du bist auf einem Date", bemerkte ich.

„Wir sind mit einer ganzen Gruppe von Leuten hier. Es gibt Dim Sum."

Ich prustete vor Lachen. Dim Sum würde Ian niemals satt machen. Er liebte chinesisches Essen ebenso sehr wie ich, aber große Portionen von Nudeln, Huhn und Schwein, keine netten kleinen Häppchen in Dampfkörbchen.

„Fick dich, komm vorbei."

„Vorbeikommen? Du bist auf einem Date. Sie möchte, dass du ihre Freunde besser kennenlernst."

„Mir egal. Ich hab Lust auf Bälle schlagen."

Wann immer ihm langweilig war, wollte er zu den Batting Cages und dort mit einem Baseballschläger Bälle in ein Netz pfeffern. „Bis März geschlossen, Kumpel", erinnerte ich ihn. „Es ist minus sieben Grad draußen. Plus Schnee."

„Was ist mit Bowling?"

„Was soll damit sein?" Ich grinste.

Schweigen.

Gott, wie erbärmlich war ich denn, dass ich tatsächlich mit dem Gedanken spielte? „Wo seid ihr?"

Mein Hunger nach Ian Doyles Gesellschaft war stetig gewachsen, war von einer Art beiläufiger Wertschätzung und Freundschaft zu einem heftigen Verlangen nach dem Mann selbst geworden, das wie ein kalter, scharfkantiger Stein in meiner Magengrube lag. Nicht, dass das irgendjemand wusste, und selbst das Objekt meiner Begierde würde niemals zu sehen bekommen, wie ausgehungert ich nach seiner Berührung auf meiner Haut war, nach seinem Geruch auf meinen Laken, seinem Atem in meinem Ohr. Ich verbarg meine Sehnsucht gut.

„Bei Torque in River North."

„Das ist kein chinesisches Restaurant."

„Als ob ich das nicht selbst wüsste."

„Wieso dann –"

„Ich hab dir doch gesagt, es ist bescheuert."

„Bist du auch ganz sicher, dass es in Ordnung ist?"

„Ja, bin ich, komm einfach."

„In Ordnung", murmelte ich und drückte mich von der Wand ab. „Gib mir etwa –"

„Warte, wo bist du?"

„Ich bin im Granger's."

„Oh, dann komme ich stattdessen einfach da hin."

„Ian, Kumpel, du bist auf einem *Date*", wiederholte ich nachdrücklich. „Du kannst dich nicht einfach abseilen."

„Ich sag ihnen einfach –"

„Bleib, wo du bist. Ich bin schon unterwegs."

Ein Schnaufen, dann war er weg.

Ich verabschiedete mich unter vielen Entschuldigungen von meiner Gruppe, trank rasch mein Bier aus und reichte mein Queue weiter. Auf dem Weg zur Tür musste ich mich an einer Frau vorbeidrängen, und sie drehte sich zu mir um.

„Jill", sagte ich und setzte ein Lächeln auf.

„Miro." Sie strahlte mich an, hielt dann aber inne. „Oh, ist Ian auch hier?"

Die Art, wie sie das Gesicht verzog, so als könne sie sich nichts Schlimmeres vorstellen, als meinem Partner zu begegnen, war ziemlich traurig. „Nein, ist er nicht. Ehrlich gesagt bin ich gerade auf dem Weg, mich mit ihm zu treffen."

„Gut", seufzte sie, offensichtlich erleichtert, und dann erkannte sie ebenso offensichtlich, was sie da gerade gesagt hatte. „Oh, nein, ich meinte nicht –"

„Schon in Ordnung."

Sie stieß heftig den Atem aus. „Es tut mir leid. Ich weiß, dass er dein Partner ist, aber ganz ehrlich, das einzig Positive an ihm ist seine Freundschaft mit dir."

Ich lachte leise. „Meinst du nicht, dass du da ein bisschen brutal bist?"

„Nein, das meine ich ganz bestimmt nicht. Du solltest eine öffentliche Durchsage machen lassen, Miro: Auch wenn Ian Doyle verdammt gut aussieht, lass die Finger von ihm, denn mit ihm eine Beziehung zu haben ist enttäuschend und frustrierend, da er ganz eindeutig auf eine andere wartet."

Ich nickte beschwichtigend und schob mich weiter. „Ich sehe, du hast das Ganze gründlich durchdacht."

„Ich habe einen Monat meines Lebens verschwendet in dem Glauben, dass es schick wäre und Spaß machen würde, einen US Marshal zu haben", sagte sie mit einem Schulterzucken. „Ich bin vielleicht ein Idiot, aber er ist derjenige, der irreführende Werbung betreibt."

„Also, ich bin der Meinung –"

„Und er ist grottig im Bett."

Das war mein Stichwort, die Flucht zu ergreifen. Schade nur, dass das nicht ging. Die Menge um mich herum war zu dicht, als dass ich hätte wegrennen können. Also setzte ich ein Lächeln auf und begann nachdrücklicher, mich in Richtung Eingang zu schieben. Jill fasste schnell nach meiner Hand und drückte sie fest, um mich wissen zu lassen, dass zwischen uns beiden alles in Ordnung war. Dann machte ich mich los, und die Menge verschluckte sie.

Draußen vor der Tür trat ich an den Bordstein, um ein Taxi heranzuwinken, und mein Handy klingelte.

„Was?"

„Wir sind auf dem Weg zur Velvet Lounge. Komm da hin."

Ich lachte ins Handy. „Ian, Kumpel, ich bin definitiv nicht richtig angezogen für die Velvet Lounge."

„Ich auch nicht."

„Du trägst einen Anzug oder nicht?"

„Nein. Warum?"

Guter Gott. „Lass mich mit Emma sprechen."

Es folgten einige gedämpfte Geräusche und dann: „Miro?"

„Hi, Em", sagte ich leise. „Ihr wollt in die Velvet Lounge?"

„Ja, genau, direkt nachdem wir bei Ian vorbeigefahren sind, damit er sich umziehen kann."

Ich räusperte mich vorsichtig. „Em?"

„Ja?"

„War die Velvet Lounge eine kurzfristige Gruppenentscheidung?"

„Naja, schon. Ich mache ein bisschen PR Arbeit für den Eigentümer, weißt du, und er hat gerade angerufen und mir gesagt, dass er mich für heute Abend auf die Gästeliste gesetzt hat. Wie cool ist das denn?"

„Supercool", stimmte ich matt zu. „Aber wäre es vielleicht in Ordnung, wenn ich mir Ian borge? Meine Pläne haben sich gerade in Luft aufgelöst, und ich weiß nicht, ob er es dir gesagt hat, dass ich mir heute das Handgelenk gebrochen habe, aber –"

„Nein, er – oh, das tut mir so leid", sagte sie mitfühlend. „Aber, oh mein Gott, ja. Bitte. Kann ich ihn dir bitte, bitte aufs Auge drücken?" Ihre Stimme war zu einem Flüstern geworden. „Es ist furchtbar, er langweilt sich zu Tode und zieht alle anderen mit runter."

Ich war mir sicher, das tat er. Ian litt niemals stumm. „Ja, bitte. Gib ihn mir wieder."

„Ich schulde dir einen ganz großen Gefallen. Danke."

Wenn sie nur wüsste, wie dauerhaft ich ihn ihr abnehmen wollte. „Kein Problem."

Wieder die gedämpften Geräusche eines Handys, das weitergereicht wurde. „Hi?"

„Ich hole uns Sandwiches bei Bruno & Meade. Komm vorbei, bring Chickie mit, und nach dem Essen gehen wir eine Runde mit ihm laufen, okay?"

„Ja?" Er klang so hoffnungsvoll.

„Ja, komm. Deine Frau hat gesagt, du darfst zu mir spielen kommen."

„Ich brauch verflucht noch mal keine Erlaubnis", sagte er, augenblicklich defensiv.

„Ja, aber du wolltest auch ihre Gefühle nicht verletzen, was sehr lieb von dir war", beschwichtigte ich ihn. „Aber für sie ist das in Ordnung, sie freut sich auf einen tollen Abend, und du ziehst alle Hipster mit runter."

„Als ob mich das einen Scheiß –"

„Würdest du lieber mit ihnen gehen?"

Keine Antwort.

„I?"

„Wir sehen uns zu Hause."

„Nein, bei mir, nicht bei dir."

„Hab ich doch gesagt."

Hatte er *nicht* gesagt, es sei denn … aber solche Gedanken waren müßig. „Okay."

„Ja, dann, okay, in Ordnung."

Was seine Version von „Danke und es tut mir leid, dass ich mich wie ein Arsch benommen habe" war. Er konnte froh sein, dass ich Ian sprach. „Vergiss nicht, das Schaufeldings mitzubringen, ich werde die Kacke deines Hundes nämlich nicht mit der Hand aufheben."

Er lachte, als ich auflegte.

ALS ICH zu Hause ankam, waren die Fenster meines kleinen Greystones erleuchtet, von daher wusste ich, dass Ian schon da war. Ich versuchte wirklich, keinen Gefallen an dem Gedanken zu finden, dass er da sein würde, wenn ich durch die Tür kam, denn etwas haben zu wollen, das man nicht haben kann, ist die beste Art, um verbittert zu werden. Ich war gern Ians Partner; wir passten perfekt zusammen, unsere Stärken ergänzten sich nahtlos, und ich wollte nicht, dass sich an dieser Partnerschaft etwas änderte. Also unterdrückte ich gnadenlos den Salto, den mein Magen bei seinem Anblick in meiner Küche machte, an meine Anrichte gelehnt, ein Glas Wasser in der Hand.

„Komm einfach rein, fühl dich wie zu Hause", grummelte ich.

Um die Sofaecke herum erschien Ians Kreatur. Mit seiner locker fünfundvierzig Kilo puren Muskelmasse wirkte Chickie mit seinem langen, schwarz-weißen Fell noch größer, als er es ohnehin schon war. Ich hatte keine Ahnung, was für eine Rasse er war, und Ian auch nicht. Meine Vermutung war ja Wolf.

14

„Was machst denn du in meinem Haus?", fragte ich den Hund, der schnurstracks auf mich zuhielt, seine feuchte Nase in meine Hand schob und vor lauter Freude, auch mit dabei zu sein, wild um mich herumtanzte.

„Danke, M", sagte Ian, der sein Glas leer getrunken hatte und es beiseitestellte. „Du bist der Einzige, den er nicht in Angst und Schrecken versetzt."

„Das liegt daran, dass ich genau weiß, dass er nur so aussieht, als würde er Menschen fressen", sagte ich und kraulte Chickie hinter den Ohren und unterm Kinn, während er sich vor Freude hin und her wand. Als ich zu Ian in die Küche ging, sprang er aufgeregt um mich herum. „Vielleicht sollten wir jetzt mit ihm laufen gehen, bevor wir essen. Er sieht mir ziemlich überdreht aus."

„Ja, ist vermutlich keine schlechte Idee", stimmte er zu.

„Gib mir fünf Minuten zum Umziehen", sagte ich und stellte den Sack mit dem Hundefutter vor Ian ab. Er trug Jogginghose und ein Kapuzensweatshirt, und ich brauchte eine ähnliche Montur. „Tu das in den Kühlschrank und schau mal nach, ob ich Biergläser im Gefrierfach habe."

„Was ist verkehrt daran, aus der Flasche zu trinken, Prinzessin?" Er grinste mich an.

„Saftsack."

Er begann zu pfeifen, als ich die Treppe zur Empore hochlief, wo sich mein Bett, mein Kleiderschrank und das Bad befanden. Es war keine komplette zweite Etage, eine Tatsache, die mir sehr gut gefiel.

Nachdem ich schnell in eine Jogginghose mit dem Aufdruck „US Marshals" entlang der Hosennaht geschlüpft war, ging ich wieder hinunter und zur Haustür.

„Warum hast du die an?"

Ich konnte ihm nicht ganz folgen. „Was?"

„Die offizielle Jogginghose."

„Ich verstehe die Frage nicht. Wir tragen sie immer, wenn wir trainieren."

„Ja, genau, also warum zum Teufel ziehst du sie auch an, wenn du nicht im Dienst bist?"

„Es ist eine Jogginghose, Ian. Wen um alles in der Welt interessiert das schon?"

„Sie ist wichtigtuerisch."

Meine Brauen hoben sich unwillkürlich. „Wichtigtuerisch?"

Er zeigte mir den Mittelfinger, legte Chickie die Leine an und stakste zur Tür.

„Sie ist *wichtigtuerisch*", wiederholte ich.

„Die Leute werden wissen wollen, ob du ein echter Marshal bist, und was ist, wenn sie sich mit dir anlegen?"

„Ja, du hast recht, der Hund wird auch niemanden abschrecken."

Wieder wurde mir ein Mittelfinger präsentiert, dann traten wir alle drei durch die Haustür. Ich schloss sie hinter mir ab und sprang von der obersten Stufe der kleinen Treppe, die zur Tür führte, hinunter auf den Gehweg.

„Eins, zwei, drei – los!", schrie ich und rannte los, raste wie ein Wahnsinniger den Bürgersteig entlang und über die Straße, ohne mich auch nur umzusehen, in dem sicheren Bewusstsein, dass in dieser Gegend von Lincoln Park das Einzige, was mich anzufahren drohte, der Schneepflug war.

Es war dunkel, aber die Straßenlaternen waren erleuchtet, und der Himmel war von einem wunderschönen, tiefdunklen Blau mit indigofarbenen Tupfen, das schon bald von Sternen übersät sein würde – selbst wenn ich sie dank der Lichtverschmutzung vermutlich nicht sehen würde. Ich mochte diese Zeit des Abends, wenn sich die Leute zum Abendessen niederließen und ich flüchtige Blicke durch die Fenster auf sie erhaschen konnte, während ich auf meiner normalen Abendrunde vorbeijoggte. Gerade allerdings verschwammen mir die Häuser vor den Augen, als ich auf den Park zu rannte, mit Ian und Chickie dicht auf den Fersen.

„Miro!"

Ich blieb nicht stehen, und ich hörte Ian hinter mir fluchen, bevor Chickie plötzlich neben mir hergaloppierte. Ian hatte ihn von der Leine gelassen.

Ich schwenkte abrupt nach rechts und rannte an einem der Pfosten vorbei, der dafür sorgte, dass keine Autos auf die gekiesten Wege zwischen dem Feld, wo Kinder Fußball spielten, und dem Spielplatz mit seinen Schaukeln und dem Klettergerüst fahren konnten. Chickie holte mich schnell wieder ein, und als ich den Weg hinunter zum Joggingpfad einschlug, war Ian plötzlich da, packte das Rückenteil meiner Jacke und hielt mich fest.

Ich wurde lachend langsamer, und er zerrte so ruckartig an mir, dass wir zusammenstießen, seine Brust an meinen Rücken. Wir waren beide noch in Bewegung, und er verlor das Gleichgewicht, als wir zusammenprallten, und wäre gefallen, wenn er nicht einen Arm um meine Schultern geschlungen hätte, um sich auf den Beinen zu halten.

Sein heißer Atem und die Lippen, die aus Versehen meinen Nacken streiften, sandten einen Schauer durch meinen Körper, den ich nicht unterdrücken konnte.

„Warum bist du weggerannt?", fragte er. Er hielt mich immer noch mit einer Hand an der Jacke fest, und sein anderer Arm rutschte von meiner Schulter, sodass er quer über meiner Brust lag, und die freie Hand ballte sich in der Jacke zu einer Faust, direkt über meinem Herzen.

„Um Chickie ein bisschen Spaß zu bieten", sagte ich. Ich spürte, wie mein Herz raste, und war mir nur zu bewusst, dass es absolut gar nichts mit dem Sprint zu tun hatte, den ich gerade hingelegt hatte.

„Ja, aber du hast dich vorher nicht aufgewärmt", sagte Ian, öffnete die Faust und drückte für einen Moment seine flache Hand auf mein Herz, dann trat er zurück.

Kaum war er weg, wurde mir eiskalt. „Stimmt", sagte ich rasch und klopfte Chickie, der sich an meine Seite drängte. „Lass uns langsam zurücklaufen, das Blut in Schwung bringen. So wird uns auch wieder warm."

16

Ian willigte ein, und wir joggten nebeneinander den Pfad entlang. Chickie stürmte vorneweg, dann kam er zurückgaloppiert, um sicherzustellen, dass Ian noch dort war, wo er sein sollte.

Wir liefen eine große Runde, kamen aber wieder vor meiner Haustür an, bevor wir uns in Eiszapfen verwandelt hatten. Da ich nicht gesehen hatte, dass Chickie sein Häufchen gemacht hatte, sagte ich zu Ian, dass er noch eine Runde mit ihm um den Block drehen sollte.

„Aber ich hab Hunger", maulte er.

„Tja, was soll ich dir sagen? Dein Hund hat kein Häufchen gemacht, und das muss er."

Ian fuhr herum und sah seinen Hund an. „Chickie!", brüllte er.

Chickie warf einen Blick auf sein Herrchen und hockte sich gleich dort auf dem Grasbüschel neben der Bordsteinkante hin. Bei Ians angeekeltem und gleichzeitig erleichtertem Gesichtsausdruck bekam ich einen Lachanfall.

„Dein Hund kackt auf Kommando!"

„Das ist nicht witzig."

Ich bekam keine Luft mehr, so zum Brüllen komisch war es.

Ian zückte einen Plastikbeutel aus der Hosentasche, und Chickie raste an ihm vorbei und die Stufen hinauf, direkt in mich hinein, und leckte mir die Lachtränen vom Gesicht. Er schien sehr zufrieden mit sich selbst.

„Dämliche Töle", murmelte Ian, während ich mich nicht mehr einbekam vor Lachen. „Dämlicher Partner."

Der Mann war wahrlich geschlagen mit uns beiden.

IAN ZOG sein Kapuzensweatshirt aus und eine meiner Strickjacken an, bevor er in die Küche kam und mir dabei zusah, wie ich unsere Sandwiches belegte. Ich hatte die Sachen bei Bruno & Meade geholt, meinem Lieblingsdeli, der keine fertig abgepackten Sandwiches verkaufte. Das mochte ich so bei ihnen: Sie gaben einem alles, was man auf sein Sandwich haben wollte, in Plastikbeuteln oder kleinen Plastikdosen verpackt, aber das Brot bekam man separat, sodass es nicht hart wurde – oder weich, je nachdem, welche Sorte man bestellte.

„Du weißt schon, dass das der Gipfel der Faulheit ist, oder?", kommentierte Ian, während er sich Essiggurkenscheiben in den Mund schob. „Ich meine, ernsthaft, du kannst den ganzen Kram auch normal im Supermarkt kaufen und es selbst machen."

„Ach ja? Die Aioli Mayonnaise, die Chorizosalami und den Ossau, den du so magst? Wirklich?", fragte ich und schob ihm einen Teller hin. „Du meinst, ich kann das beim nächsten Supermarkt um die Ecke kaufen?"

Er sah mich finster an.

„Oder das täglich frisch gebackene Sauerteigbrot?"

Er brummte etwas in sich hinein.

„Ich habe auch deinen Lieblingsgouda geholt und eingelegte Oliven."

„Redest du immer noch?"

„Wieso? Ja." Ich grinste. „Tue ich."

„Halt die Klappe", grollte er, holte sich eine Flasche seines Lieblingsbiers – Three Floyds Gumballhead, ich hatte immer einen Vorrat da – aus dem Kühlschrank und marschierte zur Tür zum Wohnzimmer.

„Und Roma Tomaten, die magst du am liebsten, also habe ich extra danach –"

„Ja, ja, schon verstanden, du bist ein verfluchter Heiliger und ich ein undankbarer Esel."

Ich lachte gackernd, während er sich aufs Sofa fallen ließ und den Fernseher anstellte. Footballgeräusche erfüllten den Raum. Einen Augenblick später drehte er sich um und sah mich an.

„Was ist? Brauchst du eine Serviette?"

„Nein, ich habe eine – du streitest nicht mit mir?"

„Wieso sollte ich das?"

„Blödmann", grummelte er und wandte sich wieder dem Spiel zu.

Als ich fertig war, gesellte ich mich zu ihm aufs Sofa. Wie immer setzte ich mich direkt neben ihn, und er klaute sich ein paar Chips von meinem Teller. „Hol dir deine eigenen", sagte ich und verpasste seiner Hand einen Klaps.

Er stieß mich hart mit einer Schulter an, und ich ließ beinahe meinen Teller fallen.

„Was sollte das denn?"

„Sei nicht albern", erwiderte er, stupste mein Knie sanft mit seinem an und ließ dann sein Bein dort, wo es war, eng an meines gedrückt. „Seit wann esse ich denn nicht von deinem Teller mit?"

Er hatte recht. Ich würde Ian tun lassen, was immer er wollte, wann immer er wollte. Ich war sein – genau wie meine Kartoffelchips.

3

IAN GING gegen ein Uhr morgens, nachdem er versprochen hatte, mich um sieben zum Frühstück abzuholen. Als er um viertel nach sieben immer noch nicht aufgekreuzt war, rief ich ihn an, aber der Anruf ging direkt zur Mailbox durch. Da ich nicht zu spät kommen wollte und den Zug nicht mehr erwischen würde, entschloss ich mich, mit meinem Truck zu fahren. Ich fuhr den Toyota Tacoma so selten, dass ich schon mehrfach darüber nachgedacht hatte, ihn zu verkaufen. Aber zwangsläufig brauchte gerade in dem Moment, in dem ich ernsthaft darüber nachdachte, jemand Hilfe beim Umziehen. Und heute auf dem Weg zur Arbeit war ich froh, dass ich ihn noch hatte.

Ich hatte etwa die Hälfte des Weges hinter mich gelegt, als Ian mich anrief.

„Wo zum Teufel steckst du?", fuhr ich ihn an, gereizt und hungrig und zu allem Überfluss auch noch ohne Kaffee.

„Könnte ich dich auch fragen."

„Ich bin am Verhungern, du Depp. Du hattest mir Frühstück versprochen."

„Liest du auch mal deine SMS?"

„Ich habe keine SMS von dir bekommen."

„Doch, du – oh, Scheiße."

„Oh Scheiße was?"

„Ich hab dir eine Mail geschickt statt einer SMS. Verdammt."

„Sag mir einfach, wo du bist."

„Oh Mist, Kage ruft auf der anderen Leitung an. Bleib einen Moment dran."

„Ian –"

„Warte", bellte er, dann Schweigen.

Ich hatte keine Ahnung, wo ich hätte hinfahren sollen, aber nicht zu wissen, wo Ian war, würde mich binnen Kurzem wahnsinnig machen. Das Wissen, dass ich ebenfalls dort hätte sein sollen, wo auch immer er war, um ihm den Rücken frei zu halten, würde meine sorgsam errichtete Fassade in Windeseile in Luft auflösen. Ich musste ihn finden.

Plötzlich ertönte das Freizeichen in meinem Ohr und sofort erhielt ich einen Anruf von einer Nummer, die nicht in meinem Telefonbuch gespeichert war. Besorgt, dass das vielleicht mein Vorgesetzter war, begann ich, nach dem Ohrhörer für mein Handy zu suchen. Es klingelte fünf Mal, bevor ich die Suche aufgab und dran ging.

„Jones."

„Was ist die Regel?", grollte die tiefe, raue Stimme meines Vorgesetzten, Supervisory Deputy US Marshal Sam Kage.

„Beim dritten Klingeln antworten", erwiderte ich automatisch.

„Und was ist dann Ihre Entschuldigung?"

„Ich habe mit Ian gesprochen."

„Nein, ich habe mit Doyle gesprochen. Nächster Versuch."

„Nun, ich habe vor Ihnen mit ihm gesprochen."

„Warum sind Sie nicht bei ihm?"

„Das ist wirklich eine gute Frage."

„Wie bitte?"

Scheiße.

„Ich frage Sie erneut: Warum sind Sie nicht an Ihr Telefon gegangen?"

Ihn in irgendeiner Sache anzulügen, sei sie nichtig oder wichtig, war ein großer Fehler. „Ich kann meinen Ohrhörer nicht finden."

„*Wie* bitte?"

Doppelt Scheiße.

„Wo haben Sie ihn?", knurrte Kage.

„Er muss hier irgendwo sein."

„Da Sie nicht über den Ohrhörer telefonieren, darf ich wohl annehmen, dass Sie Ihr Telefon in der Hand halten."

Kein Kaffee und Kage am frühen Morgen. Scheißleben. „Jawohl, Sir."

„Fahren Sie auf die Seite und finden Sie Ihren Ohrhörer, Jones."

Dem Verfahren musste genüge getan werden. Nachdem ich kurz vor der Auffahrt auf die Autobahn auf dem Seitenstreifen angehalten hatte, barg ich den Ohrhörer von ganz unten im Handschuhfach, setzte ihn ein, schloss mein Handy an und sagte Kage, er könne loslegen.

„Wie bitte?", fragte er gereizt.

Es war, als hätte ich Benzin ins Feuer gegossen. Während ich mit der Stirn gegen das Lenkrad schlug, betete ich, dass er mir einfach sagen würde, was er mir zu sagen hatte.

„Ich will, dass Sie raus nach Washington Park fahren und dort von den Detectives vom Sittendezernat Kemen Bentley übernehmen. Er ist Staatszeuge im Prozess gegen Taylor Ledesma, seinen ehemaligen Geliebten, ist aber aus der Schutzhaft geflohen. Bei einer der aktuellen Großrazzien von Sitte, FBI und Staatspolizei gegen die Prostitution von Minderjährigen haben sie ihn in einem der Hotels aufgefunden und festgenommen. Ich will, dass Sie und Doyle ihn zurückbringen."

„Jawohl, Sir."

„Doyle ist bereits vor Ort."

„Roger."

„Sorgen Sie dafür, dass er Sie ab heute anruft oder per SMS verständigt."
Wie es seine Art war, legte er ohne ein weiteres Wort auf.

Ich rief Ian an.

„Scheiße."

„Das war lustig", sagte ich mit dick aufgetragenem Sarkasmus.

„Ich hab Mist gebaut."

„Ja, hast du."

„Ich war müde."

„Er ruft dich nur an, weil Doyle in seinem Telefonbuch vor Jones kommt."

„Weiß ich auch."

„Benutz dein Handy richtig."

„Scheiße. Ja, schön, in Ordnung. Werde ich tun."

Ich fühlte mich besser. „Okay."

„Und ich hatte keine Zeit fürs Frühstück", beschwerte er sich. „Nicht mal für Kaffee."

„Wessen Schuld ist das?"

„Hör auf zu meckern."

„Ich meckere nicht, ich sage es nur. Und ich hasse es, nicht zu wissen, wo du bist. Das ist genau so, wie wenn du in den Einsatz gehst, und … aber das weißt du."

„Tue ich", sagte er mit belegter Stimme.

„Ja, also", begann ich und bemerkte dabei, wie jämmerlich ich klang. „Wenn du verschwindest, während du *hier* bist – das ist scheiße, Ian."

Schweres Seufzen von ihm. „Kommt nicht wieder vor."

„Ich bin dein Partner. Ich sollte immer wissen, wo du bist."

„Ja."

„Okay." Ich lächelte in mein Handy. „Also, was Essen angeht. Wir holen uns was, wenn wir den Zeugen in Gewahrsam genommen haben, okay?"

„Du wirst also nicht den ganzen Tag über motzig sein?"

„Na und wenn schon? Du sitzt ja nicht mit mir im Auto."

„Was? Nichts da. Wenn wir zur Dienststelle zurückkommen, bleibt dein Auto stehen."

„Vielleicht will ich aber heute selber fahren."

„Nein." Er mochte es nicht, wenn ich im Auto telefonierte, nicht einmal mit Ohrhörer, weil er fand, ich sei kein guter Fahrer. Er regte sich immer fürchterlich auf, wenn ich auch nur ein klein wenig durch irgendetwas abgelenkt war.

„Du kannst nicht einfach nein sagen, Ian. Dein Wort ist nicht Gesetz."

„Ist es nicht?" Jetzt zog er mich auf.

„Lern fliegen."

Er kicherte. „Was hältst du von Pizza heute Abend? Da hab ich jetzt richtig Lust drauf."

„Wir haben noch nicht mal gefrühstückt."

„Ja, aber du weißt doch, ich plane gerne im Voraus."

Ich wusste das. „Vielleicht möchte Emma mit dir ausgehen."

„Aber nicht Deep dish", sagte er und ignorierte mich unbekümmert. „Ich will die Klassische mit dünnem Boden."

„Niemand in Chicago isst die so."

„Ich schon."

„Du zählst nicht."

„Ich zähle wohl."

Ja, das tat er. Er zählte mehr als alle anderen.

„Ich bin dein Partner, du musst dich um mich kümmern."

Die Worte, die aus seinem Mund kamen, ohne dass er hörte, was er da sagte? Sie waren bemerkenswert.

„Bier oder Wein?", fragte ich in dem Versuch, an meinem Ende die Normalität wieder herzustellen.

„Oh, Mann", meckerte er. „Wein? Zu Pizza?"

So viel Verachtung in seiner Stimme. „Na schön, ich habe verstanden. Bier."

„Wo bist du jetzt?"

„Ich sollte in zwanzig Minuten da sein. Wenn vor mir nicht der morgendliche Berufsverkehr läge."

„Okay", seufzte er. „Dann geh ich mit den Jungs von der Sitte rein."

Ich prustete vor Lachen.

„Mann, wie alt bist du eigentlich?"

„Kein Kaffee", erinnerte ich ihn.

„Richtig", stimmte er beinahe traurig zu.

„Was klingst du auf einmal so komisch?"

„Nur so."

„Nichts nur so", sagte ich mit Überzeugung, denn ich kannte ihn zu gut, hatte jede Nuance seiner Stimme kategorisiert und mir ins Gedächtnis eingeprägt. Er konnte nichts vor mir verstecken. „Was ist los?"

„Es ist zu spät, um dein Schicksal zu überdenken, M. Du hast mich jetzt am Hals."

„Wo kommt das denn auf einmal her?"

„Ach nur, du weißt schon … Ich bin kein sehr umgänglicher Mensch."

„Oh, mein Freund, das weiß ich sehr wohl."

„Halt den Mund."

„Und ich würde nicht mal im Traum daran denken, mir einen neuen Partner zuzulegen."

„Okay", sagte er mit rauer Stimme, dann legte er auf.

Die Fahrt hätte vielleicht fünfundzwanzig Minuten dauern sollen, aber ich fuhr durch den morgendlichen Berufsverkehr auf der I-90 East nach Washington Park. Ich konnte von Glück sagen, wenn ich vor Weihnachten dort ankommen würde.

Als ich endlich am Ort der Razzia angekommen war, hatte ich die Nase von meinem Auto gründlich voll. Froh, meine Beine strecken zu können, stieg ich aus meinem Truck aus und ging um ihn herum zu dem deVille und öffnete dessen Kofferraum. Da er unser Dienstfahrzeug war, hatten wir beide Schlüssel für ihn. Ich zog meine Jacke und meinen Blazer aus, legte meine kugelsichere Weste an und beäugte dann die leichte, wasserabweisende Einsatzjacke. Die Verfahrensvorschrift sagte, dass ich sie anlegen musste, aber es war saukalt, und mein Parka mit dem Schriftzug „US Marshal" auf dem Rücken war zu Hause. Andererseits war es gut möglich, dass ich zumindest angeschossen wurde, weil keiner wusste, wer ich war. Und ich konnte mir lebhaft vorstellen, was Kage dazu zu sagen haben würde, und viel mehr noch, was er mit mir machen und wie meine neue Jobbezeichnung lauten würde. Man legte sich nicht unbedacht mit ihm an.

Nachdem ich wieder in Blazer und Jacke geschlüpft war, zog ich die Einsatzjacke darüber, dann nahm ich meine Dienstmarke von der Kette, an der ich sie getragen hatte, ab und klemmte sie an meinen Gürtel.

„Miro!"

Ich hob den Kopf und entdeckte Ian; er trug ein langärmeliges Shirt mit der Aufschrift „US Marshal" auf den Armen, seine Weste, khakifarbene Cargohosen und eine Baseballmütze.

„Ganz leger heute, Marshal", neckte ich ihn, als ich näherkam.

Er zuckte die Schultern. „Ja, ja, wir hätten's beide sein sollen, aber da ich den Patzer gemacht hab, nehme ich an, dass ich heute den größten Teil erledigen darf."

„Ooh, du armes Ding du."

„Sag ich ja."

„Na, zumindest sollte ich heute sauber bleiben", scherzte ich, als ich an seine Seite trat. Aber nicht zu nahe, denn ich sehnte mich danach, ihn zu berühren, und so blieb ich bewusst auf Distanz.

Aber dann trat er mit einer seiner üblichen schnellen, fließenden Bewegungen direkt in meine Distanzzone. „Du hast gesagt, du wärst nicht sauer."

„Bin ich auch nicht", sagte ich mit belegter Stimme.

„Dann verhalte dich auch so."

„Okay", sagte ich im selben Moment, in dem ein Mann durch die Eingangstüren platzte und über den Parkplatz raste.

Es geschah so schnell. Ich sah die Männer, die ihn verfolgten, erkannte selbst auf die Entfernung die Buchstaben „FBI" auf ihren Einsatzjacken und rannte los, sprintete zwischen den Autos hindurch, um den Mann abzufangen, von dem ich vermutete, dass er ein flüchtiger Tatverdächtiger war. Ich schlug einen großen Bogen, umging die anderen Verfolger und kam rechts von ihm aus. Ich warf mich ihm in den Weg und erwischte ihn an der Schulter, und wir gingen zusammen zu Boden, rollten und rutschten über Schnee und Schotter, bis ein Auto uns bremste.

Bereits völlig außer Atem blieb mir komplett die Luft weg, als der Mann sich auf meiner Brust hochdrückte und versuchte, auf allen Vieren davonzukrabbeln.

„Keine Bewegung, Arschloch", brüllte Ian, der auf uns zurannte, seine Glock auf den Kopf des Mannes gerichtet. „Verdammt noch mal, keine Bewegung!"

Ich rang nach Luft, als der Mann überrannt wurde, sie ihn mit dem Gesicht nach unten auf den Asphalt stießen und nach Waffen absuchten. Als ich mein Handgelenk hob, um nachzusehen, ob der Gips noch heil war, ließ ein stechender

Schmerz mich wissen, dass ich es mit dem Angreifen und zu Boden werfen langsam angehen sollte, bis ich wieder einhundert Prozent hergestellt war.

„Die Hände hoch", schrie einer der Agenten, als er um das Heck des Toyota Camrys herumgeeilt kam, gegen den wir gerollt waren, die Waffe auf mich gerichtet.

„Einen Scheiß sagst du!", schrie Ian und packte den Mann, hob ihn von den Füßen und warf ihn über den Kofferraum, einen Arm gegen seine Kehle gepresst. „Das ist verdammt noch mal ein US Marshal, auf den du deine verdammte Waffe da richtest!"

Viel Bewegung um mich herum, dann wurde ich auf die Füße gezogen, während vier State Trooper Ian von dem Agenten wegzogen und ihn zurückdrängten, bis er seine Waffe einsteckte.

„Wie wär's mit einem Dankeschön dafür, dass er euren Verdächtigen eingefangen hat", knurrte Ian.

Ich zwängte mich durch die Menge, packte seine Weste und stieß ihn rückwärts, bis wir aus dem Pulk heraus waren und allein neben dem Getümmel standen.

„Hey", sagte ich leise, die Hände an beiden Seiten seiner Weste. Ohne mein Dazutun glitten sie hinunter zu seinen Hüften.

„Fickt euch!", schrie er sie an. „Man zieht seine Waffe erst, wenn man weiß, worauf zum Teufel man schießen soll!"

Er war in Rage, und es war nur der Tatsache zu verdanken, dass ich beim Bankdrücken mehr stemmen konnte als er – ich hatte mehr Muskeln, er war größer –, dass ich ihn zurückhalten konnte.

„Hey", sagte ich erneut.

Sein Blick flackerte zur Seite und begegnete meinem.

„Danke für die Rückendeckung."

„Immer", grollte er. „Weißt du doch."

Wusste ich auch.

„Du blutest."

Ich zuckte die Schultern. „Jedes Mal, weißt du doch."

„Ist dein Handgelenk okay?", fragte er und griff danach, drehte den Gips in seinen Händen und sah selbst nach, bevor ich eine Antwort formulieren konnte.

„Alles in Ordnung."

„Lass den verdammten Scheiß", sagte er böse und ließ mich los, anscheinend zufrieden mit dem Zustand des Gipsverbands. „Warte gefälligst auf mich."

„Das werde ich."

„Miro!"

„Versprochen", erwiderte ich mit einem leisen Lachen. „Reg dich nicht unnötig auf."

Es war immer ein wenig seltsam, mit anderen zusammen zu ermitteln, aber da das FBI die Leitung des Einsatzes innehatte, war es nicht so schlimm, als wenn wir es mit der Chicagoer Polizei oder den State Troopern zu tun gehabt hätten. In den Fällen gab es nur zu oft eine Menge Gerangel und Posieren, und ich war schon mehr als einmal versucht gewesen, ihnen allen zuzurufen, sie sollten die Hosen runterlassen und ich würde mit dem Lineal kommen und den Gewinner verkünden. Unglaublich albern.

Der Spezialagent, der das Einsatzkommando innehatte, entschuldigte sich bei mir dafür, dass einer seiner Männer die Waffe auf mich gerichtet hatte, und dann wartete er darauf, dass Ian dasselbe tat.

„Was?", fragte mein Partner gereizt.

Er schüttelte den Kopf und führte uns in das Hotelzimmer, wo unser entflohener Zeuge mit gelangweiltem Gesichtsausdruck auf dem Waschtisch saß, die Füße ins Becken gestellt.

„Mr Bentley", grüßte ich ihn.

„Herzchen, du weißt schon, dass du blutest?"

Ich zuckte die Schultern und betrat vor Ian den Raum. „Wo bist du gewesen, Kemen?"

Er warf mir ein bildhübsches Lächeln zu, ganz gerade weiße Zähne und Grübchen. Der Junge, gerade mal neunzehn, war atemberaubend, mit warmer, mokkafarbener Haut und riesigen grünen Augen. Ich konnte verstehen, warum man ihn ausgehalten hatte, aber ich trauerte um den Verlust seiner Kindheit.

Ich erinnerte mich an seine Akte. Seine Mutter hatte ihn für Drogen verkauft, als er erst zehn Jahre alt gewesen war, und er hatte mehrfach den Besitzer gewechselt, bis Taylor Ledesma ihn in einem Club tanzen gesehen und ihn dem Kerl abgenommen hatte, der ihn für dreihundert die Nacht verkauft hatte. Kemen wurde Ledesmas exklusives Eigentum und wertvollster Besitz. Das Positive daran war, dass er nie wieder vergewaltigt oder herumgereicht wurde oder gleich einem halben Dutzend Männer zur Verfügung stehen musste. Der Nachteil war, dass er keinerlei Freiheit mehr hatte. Es war ihm nicht erlaubt gewesen, das Penthouse am See zu verlassen.

„Ich werde nicht aussagen", sagte er knapp. „Taylor Ledesma hat sich mir gegenüber anständig verhalten. Das hab ich der Polizei gesagt, und euch Typen sag ich das auch. Ich werde nicht aussagen."

„Du hast sehr klug gehandelt", bemerkte ich beiläufig.

Als er seine Augen auf mich richtete, wusste ich, dass ich sein Interesse erregt hatte.

„Weil Ledesma all seine Geschäfte auf Spanisch geführt hat, hast du die Sprache gelernt, damit du wusstest, was zum Teufel da vor sich geht."

„Ja, sicher, ich meine, das hat Sinn gemacht, oder?"

„Genau", stimmte ich zu. „Und Ledesma hat dir nie befohlen, den Raum zu verlassen, wenn er Geschäfte geführt hat – warum?"

Kemen drehte sich ganz zu mir um und reckte sich, zeigte seine festen Muskeln. „Er mochte es, vor den Männern mit mir zu prahlen und ihnen unter die Nase zu reiben, dass sie mich nie haben würden. Das hat ihn angemacht."

„Verständlich. Was ist dann passiert?"

„Es gab eine Razzia, unter anderem auch bei ihm. Das FBI ist aufgetaucht und hat mich mitgenommen, aber dann haben sie mich der Polizei übergeben, weil sie dachten, ich sei minderjährig."

„Und als sie herausgefunden haben, dass du neunzehn bist, haben sie dich in Schutzhaft genommen, zumal du eingewilligt hattest, auszusagen."

Plötzlich waren seine Füße von allergrößter Wichtigkeit. „Ich hab meine Meinung geändert."

Ich legte eine Hand unter sein Kinn und hob es an, um seine Aufmerksamkeit wieder auf mich zu lenken. „Und du bist den Detectives, die dich bewacht haben, entwischt."

„Ja." Er holte tief Luft und rieb seine Wange an meiner Hand wie eine Katze. „Aber vor dir werde ich nicht weglaufen, Marshal. Definitiv nicht."

Ich ließ meine Hand fallen. „Du bist seit sechs Monaten auf der Flucht. Bist du bereit, mit uns zu kommen?"

„Ich werde trotzdem nicht aussagen."

„Der Mann will dich tot sehen", informierte ich ihn.

„Das sagst du."

„Das sagen alle", versprach Ian. „Wir nehmen dich in unsere Dienststelle mit und spielen dir die Aufnahmen vor. Und jetzt komm da runter und dreh dich um."

„Oh, Herzchen, was immer du sagst."

Ian schnaufte verächtlich, als Kemen vom Waschtisch glitt, jede seiner Bewegungen anmutig und fließend, sich in einer nahezu tänzerisch anmutenden Drehung umwandte und die Hände hinter den Rücken legte. Lange, schlanke Muskeln in einem kompakt gebauten Körper und wirklich, hübsch wurde ihm nicht gerecht. Aber der Unterschied zwischen mir und den anderen war, dass ich einen Jungen sah, wo sie nur ein Stück Fleisch gesehen hatten.

„Mann, du siehst scheiße aus", sagte Ian abrupt.

Ich warf ihm einen Blick zu, und er deutete auf den Spiegel. Ich sah hinein.

Der Anblick überraschte mich: Kratzer auf meiner linken Wange, blaue Flecken entlang des Kieferknochens und meine Lippe war aufgeplatzt. Aber das Schlimmste war, dass meine brandneue, lammfellgefütterte Bomberjacke aus Leder in Used-Optik unter der zerfetzten Einsatzjacke zerrissen war.

„Ohh, nein, Scheiße", murmelte ich.

„Das mit der Jacke nimmt dich mehr mit, als das mit deinem Gesicht, nicht wahr, Baby?", sagte Kemen mitfühlend und sah mich an, als wäre ich wahrlich bemitleidenswert. „Ich weiß. Heute Morgen war sie noch hübsch, hm?"

„Das war sie", seufzte ich.

„Meint ihr das im Ernst?", fragte Ian, und sein Blick wanderte zwischen mir und unserem abwegigen Zeugen hin und her.

„Du nicht?", fragte Kemen. „Diese Jacke ist heiß."

„War heiß, würde ich sagen", gluckste Ian.

„Banause", erklärte Kemen.

„Lasst uns gehen", grummelte ich. Ian legte ihm Handschellen an, und ich öffnete die Tür.

Das Geräusch von Schüssen weiter unten im Flur ließ mich innehalten. Mehrere State Trooper rannten an uns vorbei, die Waffen im Anschlag, bereit für das Gefecht. Ich sah ihnen hinterher und kam zu dem Schluss, dass der Balkon, auf den ich beim Hereinkommen einen Blick erhascht hatte, die bessere Option war.

„Was?", fragte Ian.

Ich neigte den Kopf in Richtung der Glastür.

„Nein."

„Ja." Ich nickte. „Kommt."

„Scheiße, verdammt, okay. Ich bin direkt hinter dir."

Wir bewegten uns schnell und hatten die gläserne Schiebetür erreicht, als erneut Schüsse fielen, und ich Rufe hinter uns hörte.

„Das ist doch nicht –", keuchte Kemen, „– meinetwegen, oder?"

„Doch, ist es", sagten Ian und ich gleichzeitig.

„Zuhälter gehen gewöhnlich nicht mit einer Semiautomatik auf ihre Einkommensquelle los", fuhr ich fort, schob die Tür auf und linste über die Brüstung.

„Und?", fragte Ian.

„Wir können uns von hier fallen lassen – bis zur dritten Etage ist es nicht weit, und wir können sie nicht verfehlen."

„Okay", willigte er ein und neigte den Kopf in meine Richtung. „Geh du vor, ich lass ihn zu dir runter."

Aber ich kannte ihn besser. Ich würde landen, er würde Kemen zu mir herunter lassen, und dann würde er sich ohne mich ins Getümmel stürzen. „Nein, du gehst vor, ich gebe dir Rückendeckung."

Er spannte sich an wie für einen Kampf. „Hör zu, Miroslav, du solltest vorgehen wegen deines Handgelenks."

„Nein, du solltest vorgehen wegen meines Handgelenks", korrigierte ich ihn. „Du bist im Moment stärker als ich, und ich will ihn nicht fallenlassen."

Die Geräusche von Schüssen wurden lauter, und Schreie mischten sich unter die Rufe.

„Los jetzt", bellte ich und schnitt damit jeden weiteren Protest ab.

Ian schubste Kemen in meine Richtung, dann trat er an die Brüstung des Balkons, maß die Entfernung mit den Augen ab, stieg auf das Geländer, warf mir einen finsteren Blick zu und ließ sich langsam herunter. Einen Moment lang waren nur seine Hände sichtbar, dann hörte ich, wie er auf dem Balkon unter uns aufkam.

„Alles okay?"

„Ja, es sind nur etwa knapp zwei Meter, wenn man sich fallen lässt. Nur ein kurzer Fall."

„Ganz locker", sagte ich zu Kemen. „Du bist dran."

„Nein-nein-nein", sagte er mit plötzlicher Panik. „Ich kann nicht vom Balkon springen."

„Bitte, das ist keine große Sache", sagte ich, hob den kleineren Mann hoch und schwang ihn über meine linke Schulter, als wöge er nichts.

„Du nimmst mir nicht mal die Handschellen ab?", quietschte er.

„Nö." Ich lachte leise, trat ans Geländer, lehnte mich vor und ließ ihn fallen. Er schrie für die anderthalb Sekunden, bis Ian ihn auffing.

„Ihr zwei seid wahnsinnig!", kreischte er, als ich mich über die Brüstung schwang und mich für einen Moment mit meiner unverletzten Hand festhielt. Dann ließ ich los.

Ian stützte mich, als ich aufkam, seine Hände auf meinen Hüften, seine Brust fest an meinen Rücken gedrückt, so wie gestern Abend.

„Danke", sagte ich und lächelte ihn aus nur wenigen Zentimeter Entfernung an.

„Du hast beschissene Ideen", brummte er. Aber sein Gemecker war gutmütig, und mir war das klar, noch bevor er sein Gesicht an meiner Schulter vergrub. Er brauchte nur einen Moment.

„Alles wieder gut", stichelte ich.

„Blödmann", verkündete er, bevor er mich herumwirbelte, sodass ich vor der verschlossenen Balkontür stand. Erneut erklangen Schüsse über uns, und weil mir der Gedanke, Aufmerksamkeit auf uns zu ziehen, indem ich auf das Schloss oder das Glas schoss, wenig zusagte, zückte ich meine Brieftasche.

„Was machst du da?", flüsterte Ian.

„Das sind billige Türen", sagte ich und schob meine Visa zwischen Tür und Rahmen. „Gute Türen laufen auf einer Schiene, für Wärmedämmung und mehr Sicherheit. Billige wie diese hier haben keine Schiene, und es gibt nur einen winzigen Hebel der –" Ich hörte das Klicken. „– das Schloss verriegelt."

„Wo zum Teufel hast du das gelernt?" Ian sah mich aus zusammengekniffenen Augen an.

„In meiner wilden Jugend", sagte ich, richtete mich auf und öffnete die Tür. „Du weißt davon."

„Ich weiß einiges, aber offenbar bei weitem nicht genug."

„Das war heiß", sagte Kemen kokett.

Ich zückte meine Waffe und betrat als Erster das Zimmer, sicherte Betten, Bad und die Schränke, bevor ich sie hereinwinkte.

Ian schob Kemen vor sich her und schloss hinter ihnen die Balkontür. Er drückte Kemen auf eines der Doppelbetten, während ich zur Tür ging, wo ich das Sicherheitsschloss vorlegte, dann warteten wir, während er Verstärkung rief.

Ich atmete erst wieder durch, als ich Sirenen hörte.

Kemen und ich sahen hoch, als über unseren Köpfen dumpfe Geräusche erklangen, kurz darauf gefolgt von schnellen Schusswechseln. Er wandte sich langsam mir zu.

28

„Was ist eigentlich passiert?"

„Jemand hat dich erkannt. Vielleicht eines der Mädchen, vielleicht einer der Zuhälter oder vielleicht auch einer der Bullen, aber wer auch immer es war, wusste, wer du bist, und hat Ledesma angerufen."

Er begann zu zittern.

„Kapierst du es jetzt? Begreifst du, was Sache ist?"

Er nickte schweigend.

„Wenn du mir versprichst, kein Idiot zu sein und bei uns zu bleiben und uns zu vertrauen, nehmen wir dir die Handschellen ab."

Seine Lippen formten das Wort ja, aber er gab keinen Laut von sich.

Ian nahm ihm die Handschellen ab, und sobald er frei war, schlang Kemen beide Arme um meinen linken und klammerte sich an mir fest.

„Es kommt schon in Ordnung, du wirst sehen."

Er war still und rührte sich nicht.

Einige Minuten später klopfte es an der Tür.

Ich trat zur Seite, sodass ich nicht direkt vor der Tür stand, für den Fall, dass Kugeln hindurchkamen, und hob meine Waffe. Ian stand auf der anderen Seite, in derselben Position.

„US Marshals", brüllte Ching von draußen.

„Hi", schrie ich zurück, was definitiv nicht dem Protokoll entsprach. „Hier sind Miro und Ian."

Chings Stöhnen war selbst durch die geschlossene Tür deutlich vernehmbar. „Was sollst du sagen, du Vollpfosten?"

„Hab ich vergessen", neckte ich ihn, während Ian leise lachte.

„Scheiß Jones", schimpfte Ching, aber ich konnte die Belustigung in seiner tiefen Stimme hören. „Becker, Sharpe, ich und Kohn sind hier draußen. Diese Etage ist gesichert, aber sonst nichts, also bleibt, wo ihr seid."

„Jawohl, Sir", sagte ich mit einem Grinsen.

„Der Balkon, Jones?"

„Meiner Meinung nach der beste Weg, ein Zimmer zu verlassen", informierte ich ihn. „Findest du nicht?"

Diesmal hörte ich nicht nur ihn draußen lachen.

ALS WIR endlich die Entwarnung bekamen, steckten wir Kemen in eine kugelsichere Weste und zogen ihm eine unserer Jacken an, und so verließen wir das Hotel, alle in derselben Jacke. Kage stand vor mindestens einem halben Dutzend Reporter, die ihm ihre Mikrophone unter die Nase hielten, als wir vorbeigingen. Erst, als wir uns durch die Menge schoben, wurde mir klar, wie viele Polizisten, Nachrichtenteams und Gaffer sich um das Hotel herum versammelt hatten. Es war der reinste Zirkus.

Der Einsatz würde Schlagzeilen machen, was sehr gut war, da somit auch die Situation der Jugendlichen ins Bewusstsein der Öffentlichkeit gelangte. Denn es wurde viel zu wenig getan für sie, es gab viel zu wenig Orte, wo man sie unterbringen konnte, wenn sie nichts getan hatten, wofür man sie in eine Jugendstrafanstalt stecken konnte, und ein Heim keine Alternative war. Wir brauchten dringend mehr Programme, um sie zu rehabilitieren und sie von der Straße zu holen. Ich kannte die genauen Zahlen nicht, aber ich wusste, dass viele Mädchen – und auch Jungen –, die der Prostitution entkommen waren, letztendlich doch wieder dort landeten. Und viele von ihnen, wie auch Kemen, waren verwirrt und verwechselten den Schutz, den ihnen ein Zuhälter bot, mit Liebe. Er erzählte uns auf der Fahrt vom Hotel zur Dienststelle ein bisschen von seinem Leben. Ich kannte die meisten der Fakten, aber sie von ihm zu hören, mit allen Einzelheiten, ging mir an die Nieren. Selbst Ian war erschüttert.

In der Dienststelle angekommen, steckten wir Kemen in einen Haftraum und kehrten an unsere Schreibtische zurück, um mit dem mühseligen Prozess der Berichterstattung anzufangen. Ian rief beim Sittendezernat an, um sie wissen zu lassen, dass sie Taylor Ledesma einkassieren konnten. Der Versuch, ihn vor Gericht zu bringen, konnte in die zweite Runde gehen.

Ich zog meine Jacke aus, betrachtete bekümmert die Kratzer und Risse und hängte sie über die Rückenlehne meines Stuhls. Ian hatte recht: Ich musste mir wirklich für die Arbeit ein paar weniger schicke – und teure – Klamotten zulegen.

„Kaffee", stöhnte Ian, als er sich in den Stuhl an dem Schreibtisch neben meinem fallen ließ. „Ich hab dem Knaben versprochen, dass wir ihm was bringen."

„Okay." Ich lächelte. „Lass uns gehen."

Wir klemmten unsere Dienstmarken an die Ketten, die wir trugen, wenn wir nicht im Einsatz waren, und gingen die zwei Blocks zu unserem Lieblingsfrühstücksdiner, und während des ganzen Weges dorthin stritten wir uns über die E-Mail, die Ian mir heute Morgen geschickt hatte. Er drückte mir schließlich sein Handy in die Hand und befahl mir, eine Weiterleitung einzurichten, sodass ich automatisch eine Mitteilung bekam, wenn Kage ihn anrief. Ich glaubte nicht, dass man das von Ians Handy aus konnte – meiner Meinung nach konnte nur unser Chef so etwas einrichten – aber ich probierte es trotzdem, nur für den Fall. Als er eine SMS von Emma bekam, die ihm mitteilte, dass sie für sie beide Pläne für ein Abendessen mit Freunden gemacht hatte, gab ich es ihm zurück.

„Keine Pizza für dich heute Abend, mein Freund", sagte ich und stieß ihn mit der Schulter an.

„Was?"

Ich bestellte drei Mal das Tagesangebot und unterhielt mich mit Rosa, während Ian Emma eine SMS schrieb. Ich bestellte einen großen O-Saft für Kemen, und für Ian und mich zwei noch größere Kaffee, jeweils mit zwei Schuss Espresso. Danach würden wir definitiv wach sein.

„Was ist Bastille?", fragte Ian, nachdem wir unser Essen bekommen und uns auf den Rückweg gemacht hatten. Beide hielten wir unsere Kaffees in der Hand und tranken so große Schlucke, wie das heiße Gebräu es zuließ.

30

„Ich weiß, was der Tag der Bastille ist", erwiderte ich.

„Nein, es ist ein Restaurant unten auf der Rush."

„Aha. Warum fragst du?"

„Weil Emma da für heute Abend den Tisch reserviert hat."

„Oh, nicht schlecht", sagte ich und nahm einen weiteren Schluck vom Nektar der Götter. „Verdammt, ist der gut."

„Ich will einfach nur eine Pizza."

„Hör auf zu jammern, es wird bestimmt gut."

„Ich mag französisches Essen nicht."

„Du warst noch nie Französisch essen, woher willst du das wissen?"

„Ich weiß es eben."

„Du bist Neuem gegenüber nicht sehr aufgeschlossen."

„Ich will da nicht hin", murmelte er.

„Jetzt hör schon auf."

Aber er hörte nicht auf. Stattdessen meckerte er den ganzen Weg zurück zum Büro über, im Aufzug, auf dem Weg in den Haftraum, wo wir Kemen abholten, und weiter bis in den Konferenzraum, wo wir drei uns hinsetzten und aßen.

„Bastille ist nicht schlecht", warf Kemen ein, nippte an seinem O-Saft und machte sich dann über sein mexikanisches Omelette her. Ich reichte ihm Guacamole und die Salsa Sauce, und Ian schob ihm die saure Sahne hin, nachdem er sich so viel genommen hatte, wie er wollte. „Ich bin schon tausend Mal dagewesen."

„Da, siehst du", sagte ich zwischen zwei Bissen. „Kemen sagt, es ist gut."

Ian machte eine eindeutige Handbewegung auf Lendenhöhe.

„Das hast du jetzt nicht wirklich gemacht." Kemen klang entsetzt.

„Schon komisch, irgendwie."

„Was?", fragte ich Ian und ignorierte unseren Zeugen.

Er zuckte die Schultern. „Naja, wenn ein Zeuge jünger ist als du – oder eine Frau – duzt du sie und nennst sie beim Vornamen. Älter als du oder ein Mann, und du Siezt sie. Ist dir das schon mal aufgefallen?"

Ich hatte noch nie wirklich darüber nachgedacht, aber es war irgendwie schön, dass Ian es getan hatte. Dass das, was ich sagte, gehört wurde.

„Sie machen Fusion, eine Mischung aus Vietnamesisch und Französisch", sagte Kemen aus heiterem Himmel.

Wir wandten uns synchron zu ihm um.

„Das Bastille", entgegnete er verärgert. „Man nennt das eine Konversation. Wir haben eine. Hallo."

Ian machte ein würgendes Geräusch.

„Oh mein Gott, mach das nie wieder, während ich gerade esse", sagte Kemen dramatisch und mit weit aufgerissenen Augen. „Heilige Mutter Gottes, er ist ekelhaft."

„Iss dein Frühstück", sagte ich und versuchte, nicht zu lachen.

„Und dieses Omelette ist geradezu lächerlich", verkündete er. „Wer bitteschön isst denn so viel auf einmal? Das Ding ist ja so groß wie eine Pizza."

Ian antwortete, aber er hatte gerade den Mund voll.

Kemen bat mich um eine Übersetzung.

„Er hat gesagt, das ist das Mittwoch-Morgen-Angebot."

„Ihr solltet so etwas nicht essen", warnte er uns. „Niemand sollte das."

„Du wirst es essen."

„Nein, Schätzchen, ich werde darin herumstochern. Ich werde nicht alles essen. Wer isst denn so etwas, ohne einen Herzinfarkt zu bekommen?", fragte er und verzog das Gesicht, als er sah, wie Ian sein Omelette förmlich inhalierte. „Oh, mein Gott."

Sein entsetzter Gesichtsausdruck war der Höhepunkt meines Vormittags.

ABENDS, WÄHREND ich die fünf übrig gebliebenen Stücke meiner Deep dish Spinatpizza in den Gefrierschrank räumte, dachte ich über die Unterhaltung nach, die ich mit einem sehr gut aussehenden Mann geführt hatte, der sich im Fitnessstudio an mich herangemacht hatte, als ich gerade aus der Dusche gekommen war. Er hatte es sehr deutlich gemacht, dass er liebend gerne mit mir Essen gehen würde, aber dass er mich noch viel lieber mit zu sich nach Hause nehmen würde.

„Wir beide könnten sehr viel Spaß miteinander haben."

Ich hatte da keinen Zweifel, aber ich hatte auch kein Interesse. Es hatte seit meinem Ex niemanden mehr gegeben, und das lag nicht daran, dass ich ihm hinterhertrauerte. Nein, es war vielmehr so, dass ich jeden Mann, mit dem ich ausgehen wollte, Ian würde vorstellen müssen. Und wenn ich ihn Ian nicht vorstellte, weil es nur ein One-Night-Stand war – warum sich dann die Mühe machen? Zumal es niemanden gab, der mich heiß genug machte, dass ich mit ihm ins Bett steigen wollte – niemanden außer meinem sehr heterosexuellen, absolut nicht zu habenden Partner.

Die ganze Angelegenheit war total verfahren. Ich brauchte dringend Sex. Und sobald ich jemanden traf, von dem ich die Finger nicht lassen konnte, würde ich auch über diese wahnwitzige Besessenheit mit Ian hinwegkommen.

Ich war so in Gedanken versunken, dass ich zusammenzuckte, als mein Handy mir den Eingang einer SMS mitteilte. Es überraschte mich nicht, dass sie von Ian kam, der wissen wollte, wo ich gerade war. Genau das machte einen Großteil des Problems für mich aus: seine konstante Aufmerksamkeit. Allerdings würde ich mein Leben darauf verwetten, dass er nicht einmal merkte, was er da eigentlich tat. Aber Tatsache blieb, dass Ian, was mich und meine Zeit anging, ebenso besitzergreifend war, wie er es mit meinem Zuhause und dem Inhalt meines Tellers war. Es war wirklich ein Jammer, dass das alles rein gar nichts zu bedeuten hatte.

Ich ignorierte die SMS, räumte weiter auf und ließ den Teller und das Weinglas, die ich benutzt hatte, zum Trocknen auf dem hölzernen Abtropfbrett stehen.

Als wenige Minuten später mein Handy klingelte, ging ich dran.

„Hast du dir nicht nur das Handgelenk, sondern auch die Finger gebrochen oder was?"

„Du bist auf einem Date, Spacko", teilte ich ihm mit. „Konzentriere dich auf die Leute vor deiner Nase und hör auf, dich mit mir unterhalten zu wollen. Versuch doch wenigstens, einen guten Eindruck zu machen."

„Geht nicht."

„Was geht nicht? Dich konzentrieren?"

„Genau."

„Und warum geht das nicht?"

„Weil wir auf dem Weg zu Ethan sind, um noch was zu trinken und vielleicht ein paar Gesellschaftsspiele zu spielen."

Das musste ich erst mal verdauen. „Was?"

Er grunzte.

„Du magst keine Gesellschaftsspiele. Du magst Videospiele."

„Ja, weiß ich auch."

„Sag ihnen, dass du gerne Ballerspiele spielst."

„Ich bin am Verhungern."

Ich unterdrückte ein Lachen. „Was hast du gegessen?"

„Keine Ahnung."

„Du weißt nicht, was du gegessen hast?"

„Nö. Die ganze Karte war auf Französisch."

„Du hast aber kein *Cervelle* gegessen, oder? Ich glaube nämlich, dass das Hirn ist."

„Nein, ich glaub, es war Fisch."

„Du kannst Fisch nicht ausstehen."

„Ja, weiß ich auch."

Ich räusperte mich. „Dir ist schon klar, dass Emma ihr Bestes tut, um dich in ihren Freundeskreis zu integrieren, weil ihr an dir liegt? Und dass du dich dabei wie der letzte Arsch aufführst?"

„Vielleicht sollte sie dann weniger ihren Freundeskreis integrieren und sich mehr auf uns konzentrieren?"

„Aber sie weiß, dass das mit euch beiden klappt, wenn ihr allein seid. Jetzt will sie wissen, wie du in ihr Leben mit ihren Freunden und ihrer Familie hineinpasst."

„Ja, okay, was machst du gerade?"

Das hätte ihm in dem Moment egal sein sollen. „Ian? Ich lege jetzt auf."

„Nein, ernsthaft. Was machst du gerade?"

Er war wie ein Hund mit einem Knochen. „Sauber."

„Was machst du sauber?"

„Das Geschirr vom Abendessen."

Schweigen.

„Ian?"

„Du hattest Pizza, du Arsch, oder?"

Ich lachte. „Nun, ja, aber die Deep dish, die du nicht ausstehen kannst."

„Ich kann sie nicht nicht ausstehen."

„Ja, aber mögen tust du sie auch nicht."

„Ich mag sie lieber als französisches Essen."

„Weil du einen unterentwickelten Geschmackssinn hast", monierte ich.

„Wen interessiert's?", sagte er rau. „Ich liebe … Pizza."

„Ich weiß."

„Chickie auch."

Wir unterhielten uns allen Ernstes über den Hund? „Leg endlich auf."

„Geh mit ihm Gassi."

„Wie bitte?"

„Chickie. Ich hatte gedacht, ich wäre um die Zeit wieder zu Hause, um mit ihm zu gehen, aber ich bin es nicht, also – geh du mit ihm Gassi."

„Vergiss es. Ich bin nicht der Hundesitter."

„Er wird in meine Wohnung pinkeln."

„Als ob dir das auffallen würde."

„Was zum Teufel soll das denn heißen?"

Ich schnaubte. „Ich werde mich nicht dazu verleiten lassen, mich mit dir am Telefon zu streiten. Ich lege jetzt auf."

„Du bist vertraglich dazu verpflichtet, mit dem Hund Gassi zu gehen."

„Ich lege jetzt wirklich auf."

„Du hast versprochen, dich um Chickie zu kümmern."

„Wenn du im Einsatz bist, ja."

„Er ist genauso deine Verantwortung."

Ich legte auf, und er war weg.

Ich machte alle Lampen aus und ließ mich aufs Sofa fallen, erschöpft und zerschlagen von den Ereignissen des Tages. Mein Handy klingelte, und ich ließ es dreimal bis zur Mailbox durchklingeln, bevor ich dran ging.

„Oh, mein Gott, was?"

„Was, wenn es ein Notfall wäre?"

„Der einzige Notfall ist, dass du zu Tode gelangweilt bist."

„Warum willst du nicht mit meinem Hund Gassi gehen?"

Ich seufzte schwer.

„Was?"

„Der Typ, den ich heute umgehauen habe, mein Handgelenk – Mann, ich bin alle."

„Oh", sagte er, und seine Stimme wurde leise und rumpelte ein wenig. „Warum hast du mir das nicht gesagt?"

„Weil es keine große Sache ist. Ich werde einfach hier liegen und fernsehen, bis ich müde werde."

„Okay."

„Also versuch wenigstens, Spaß zu haben."

„Ja, ich – du bist aber okay, ja?"

„Sicher."

„Absolut sicher?"

„Absolut."

„Okay", sagte er und legte auf.

Ich schaffte es nicht mehr bis ins Bett.

4

ALS ICH am nächsten Morgen aus der Dusche kam, hörte ich jemanden in meiner Küche herumgehen, und so trat ich ans Geländer am Fußende meines Bettes – die Lücke war gerade breit genug, dass ich mich hindurchzwängen konnte – und rief nach unten, dass ich bewaffnet war.

„Ja? Und?", kam die verächtliche Antwort.

„Du könntest klingeln wie ein normaler Mensch", regte ich an und musste widerwillig lächeln, als Ian aus der Küche direkt unter mir und ins Wohnzimmer kam, wo ich ihn sehen konnte.

„Aber ich hab einen Schlüssel", entgegnete er.

„Den du nur benutzen sollst, wenn ich nicht hier bin."

„Du bist nie nicht hier."

Ich seufzte. „Was ziemlich traurig ist, wenn man so drüber nachdenkt. Ich brauche Urlaub in einem tropischen Paradies, wo ich Sex haben kann."

Er blickte mit zusammengekniffenen Augen zu mir hoch. „Warum hast du nicht einfach hier Sex?"

Die Frage, so unschuldig gestellt, während er mitten in meinem Wohnzimmer stand, war wie ein Schlag in die Magengrube. Weil ich Sex haben *konnte*, genau dort, auf dem Sofa ... über die Rückenlehne gebeugt, auf dem Boden oder besser noch, in meinem Bett. Ich konnte überall in meinem Heim Sex haben ... wenn Ian schwul wäre. Ich konnte. Aber ich würde nicht, weil er eben nicht schwul war.

Herrgott.

„Und?"

„Ich brauche Urlaub", murmelte ich und wandte mich ab, da ich nur ein Handtuch trug und sonst nichts. „Und warum bist du wie ein Holzfäller angezogen?", rief ich laut, damit er mich hören konnte.

„Warum schreist du so? Ich hör dich sehr gut."

Ich konnte einfach nicht gewinnen.

„Sag mir einfach, warum du so angezogen bist", wiederholte ich.

„Homeland Security Razzia im Resozialisierungszentrum für Jugendliche in Schaumburg. Wir haben einen Hinweis auf dieses Mädchen, wie hieß sie noch gleich?"

Ich hielt auf halbem Weg zu meinem Kleiderschrank inne und überdachte meine Kleiderwahl. „Es ist Lucy, stimmt's?"

„Ja, genau, richtig. Lucy Kensington. Sie hat sich aus dem Staub gemacht, bevor die Marshals in Lubbock sie in Gewahrsam nehmen konnten", sagte er, als er die Treppe rauftrampelte. Für ein Mitglied der Green Berets trampelte Ian ganz schön laut.

„Solltest du dich nicht eigentlich absolut lautlos bewegen?"

„Ich bring dir Kaffee, also sei gefälligst nett zu mir."

Ich lachte leise, als ich Unterhose, Hüftjeans, T-Shirt, Hemd und ein paar Socken aus dem Kleiderschrank kramte. „Sie ist doch diejenige, die gegen irgendeinen Sektenführer aussagen soll, oder?"

„Ja", antwortete Ian, der die oberste Stufe erklomm und, einen Kaffeebecher in jeder Hand, auf mich zukam. Er verzog augenblicklich das Gesicht.

„Was?", fragte ich, als ich den Becher entgegennahm, den er mir hinhielt.

„Du hast überall blaue Flecken", bemerkte er und nahm einen Schluck Kaffee. „Und mit dem Gipsverband dazu siehst du echt ziemlich mitgenommen aus, Mann."

Ich zuckte die Schultern. „Ich habe gestern einen Elch umgenietet, du hast mich gesehen."

„Ja, ja", sagte er gereizt und runzelte die Stirn. Er streckte eine Hand aus und berührte meine Schulter. „Igitt, wieso bist du denn so schleimig?"

„Das ist Bodylotion, du Barbar. Man muss sich um seine Haut kümmern und sie pflegen, Feuchtigkeitscreme im Gesicht auftragen und so, sonst sieht man irgendwann aus wie altes Leder. Und zwar nicht wie schickes Leder in Used-Optik."

„Hm, hm", machte er, offenkundig in dem Versuch zu beschwichtigen. „Geht's deinem Handgelenk heute besser? Gestern klangst du so, als ob es wehtun würde."

„Hat es, aber heute ist es okay. Geh weg, während ich mich anziehe." Der Kaffee war gut – er hatte den Kona benutzt, den ich im Gefrierschrank hatte, statt der französischen Röstung, die im Küchenschrank war.

Er zeigte auf die Klamotten in meiner Hand. „Du kannst diese Jeans nicht zu einer Razzia anziehen."

„Was?", fragte ich, während ich mehr heißen Kaffee schlürfte. Er hatte eine Gabe, immer genau die richtige Menge Kaffeesahne hinein zu tun, dass ich den Kaffee zwar noch schmecken, ihn aber auch schnell trinken konnte.

„Ich hab diese Jeans schon an dir gesehen, sie ist viel zu eng. Du kannst darin nicht laufen. Wir sind hier nicht bei *Starsky und Hutch*."

Ich sah ihn so lange eindringlich an, bis er stöhnte, etwas in sich hineinmurmelte und wieder nach unten ging. Aber er hatte recht: Es fehlte nur noch, dass ich mir eine zweihundert-Dollar-Jeans mit einer Rutschpartie über Asphalt ruinierte. Ich trank meinen Kaffeebecher leer, während ich zum Schrank zurückging, faltete die Jeans zusammen und legte sie wieder hinein. Dann begab ich mich auf die Suche nach etwas anderem, das ich anziehen konnte. Fündig geworden zog ich mich an, putzte mir die Zähne und machte mich daran, meine Haare zu stylen.

„Bist du bald fertig, Prinzessin?", wollte Ian wissen, als er ins Bad geschlendert kam.

Ich warf ihm im Spiegel einen wütenden Blick zu. „Glaubst du denn, dass ich morgens aus dem Bett falle und meine Haare so gut aussehen? Das ist eine Kunst."

„Es sieht aus, als wärst du wach geworden und einmal mit der Hand durchgefahren."

„Ich weiß, und das *dauert* eben seine Zeit. Jede Strähne muss in einem anderen Winkel abstehen, sonst sieht es nach nichts aus", erklärte ich meinem unwissenden Partner. „Alles muss genau am richtigen Platz sein."

„Sonst was?"

„Sonst ist es nicht sexy."

„Du bist total sexy", gähnte er und schnappte sich auf dem Weg nach draußen meinen leeren Becher vom Waschtisch. „Können wir jetzt gehen, bevor wir zu alt sind für den Job?"

Nun ja, es würde hinlangen müssen. Ich machte hinter mir das Licht aus und ging zum Bett, um mich hinzusetzen und meine Schnallenstiefel anzuziehen.

„Eine Cordhose?", sagte er, als litte er Schmerzen.

„Ist dir das eben im Bad nicht aufgefallen?"

„Eben im Bad hab ich nicht hingeguckt", sagte er trocken.

„Naja, tut mir leid, aber ich habe keine Wranglers wie du", teilte ich ihm mit. „Oder Levis."

„Es gibt nichts Heißeres als einen geknöpften Hosenschlitz, mein Freund."

Da hatte er nicht ganz unrecht.

„Aber ernsthaft, deine Fick-mich-Jeans wäre ganz und gar nicht gut angekommen."

Ich ignorierte ihn, und als ich aufstand, zuckte er zusammen.

„Was denn jetzt?"

„Wie teuer waren diese Stiefel?"

Ich hob den Fuß und warf einen Blick auf die Sohle. „Keine Ahnung, drei-, vierhundert."

„Bitte zieh sie aus. Ich weiß, dass meine schwarzen Kampfstiefel irgendwo in deinem Schrank rumfliegen. Zieh die an. Ich bitte dich."

„Das hier sind Stiefel."

„Nein, sind es nicht", widersprach er. „Jetzt komm schon."

„Ich habe noch ein Paar Antonio Maurizi Budapester Stiefel, die ich –"

„Ich hab keine Ahnung, wovon du da sprichst, aber ich glaube nicht, dass sie sehr viel besser sind als die, die du jetzt anhast. Zieh einfach die anderen an."

„Ich habe auch noch Bikerstiefel, die –"

„Nein, *ich* hab deine Bikerstiefel, noch von dem Samstag, als wir zum Bauernmarkt gefahren sind."

„Oh." Komisch, dass ich sie nicht mal vermisst hatte. „Hast du die Dolce&Gabbana Distressed Leder Bikerstiefel oder die –"

„Ich hab keine Ahnung, welche ich habe. Sie sind weich, das ist alles, was ich weiß."

Ich musste nachdenken.

„Miro!"

„Ja, meinetwegen", murmelte ich, setzte mich wieder und zog mir die Stiefel aus, während er zu meinem Kleiderschrank marschierte, darin herumkramte und dann mit seinen alten, original Militärkampfstiefeln zurückkam. Sie waren schon stark abgenutzt, aber immer noch gut, und am allerwichtigsten, so dumm das auch sein mochte, es waren Ians, von daher liebte ich es, sie zu tragen. Und sie passten wie angegossen.

„Gott, ich sollte einfach einziehen", knurrte er. Mir stockte der Atem. Die Dinge, die aus dem Mund dieses Mannes kamen, würden mich eines Tages noch umbringen. „Stell dir vor, wie viel schneller du morgens fertig wärst, wenn du nicht überlegen müsstest: Ziehe ich heute die Antonio-Dingsbums Schuhe an oder die –"

„Antonio Maurizi", schrie ich ihm hinterher, als er die Treppe hinunterrannte.

„Als ob mich das interessiert!"

Ich folgte ihm ein paar Minuten später, aber als ich zum Schrank im Flur ging und meinen Chesterfield-Mantel herausnahm, hielt er mich auf.

„Nimm dir deinen Uniformparka und lass uns gehen."

„Ja, aber –"

Er knurrte, also schnappte ich mir, was er wollte, sortierte Dienstmarke, Waffe, Ausweis, Brieftasche, Schlüssel und Handy, und verließ dann vor ihm das Haus.

Nachdem er meine Haustür abgeschlossen hatte, schüttelte er den Kopf, als wäre ich furchtbar anstrengend, und stürmte die Treppe hinunter.

„Warum bist du denn jetzt sauer auf mich?"

„Weißt du, wie lange ich morgens brauche, um mich fertig zu machen?"

Ich grinse breit. „Das liegt daran, dass du von Natur aus hinreißend bist. Ich muss dafür arbeiten. So hübsch auszusehen ist nicht einfach."

„Steig ins Auto!"

Ich lachte immer noch, als ich einstieg, und sagte ihm, dass ich mehr Kaffee brauchte.

„Wenn du nicht ewig im Bad brauchen würdest, könntest du mehr Kaffee kippen."

„Ja, naja, wie gesagt. Bei mir braucht das gute Aussehen eben seine Zeit."

Er raste los, als würde er den Fluchtwagen eines Banküberfalls fahren, und ich musste mich am Armaturenbrett abstützen.

„Herr im Himmel, Ian."

Sein schalkhaftes Lächeln entging mir nicht.

LUCY KENSINGTON sah aus, als gehöre sie auf das Cover eines jener Liebesromane, in denen die Heldin ein süßes, beherztes, unschuldig-naives Mädchen ist, in das sich der Held Hals über Kopf verliebt. In der Realität fluchte sie wie ein Seemann und ging mit einem Messer auf Ian los in dem Versuch, ihm so schnell wie möglich das Herz aus der Brust zu schneiden.

Ich nahm an, dass man sie für gewöhnlich behutsamer behandelte, denn sie kreischte empört, als er sie entwaffnete, sie mit dem Gesicht nach unten auf den Beton stieß und ihr die Handschellen anlegte. Sie warf ihm jedes nur erdenkliche Schimpfwort an den Kopf, von denen ich einige noch nie zuvor gehört hatte (was eine wahre Leistung war). Zumindest tat sie das solange, bis die Schießerei losging. Nachdem wir unter Beschuss gekommen waren und allesamt – Mitglieder der Homeland Security sowie der örtlichen Polizei, plus wir drei – im Innenhof des Resozialisierungszentrums festgenagelt waren, wurde sie still, rollte sich hinter Ian zu einem Ball zusammen und entschuldigte sich unaufhörlich bei uns.

„Es tut mir so leid", schluchzte sie, ihre Wange an Ians breiten, muskulösen Rücken gelehnt. „Aber ich wär nicht so weit gekommen, wenn ich nicht eine totale Bitch gewesen wär."

„Nun, wir sind jetzt hier, um uns um dich zu kümmern", sagte Ian in dem Versuch, sie zu beruhigen, während das Tackern von AK-47 Schüssen durch den engen Hof hallte.

Und wenn ich tausend Jahre alt würde, ich würde niemals die Mentalität von Menschen verstehen, die auf Polizisten und andere Mitglieder des Rechtsvollzugsdiensts schießen, wenn sie ihr Gebäude betreten. Ja, wir steckten für den Moment in der Falle, aber Verstärkung würde bald das Gebäude umstellt haben, und dann konnten auch sie nirgendwo mehr hin. Es gab keinen Ausweg. Selbst, wenn sie Geiseln nahmen, endete das für gewöhnlich unbefriedigend. Es gab kein Szenario, in dem sie als Gewinner aus der Situation hervorgingen. Um das zu erkennen, mussten sie lediglich einen Moment lang logisch denken.

„Und Javier."

„Wie bitte?" Meine Gedanken waren auf Wanderschaft gegangen, aber ihre Bemerkung weckte mein Interesse.

„Mein Freund, Javier – Javi", erklärte sie. „Abel Hardy ist auch hinter ihm her. Das ist der Typ, vor dem wir auf der Flucht waren. Wir sind wegen ihm aus Texas weg."

„Und wo ist Javier jetzt?", fragte ich, auch wenn ich das gar nicht wirklich wissen wollte.

„Er war in unserem Zimmer, oben im zweiten Stock."

Natürlich war er das. Wir waren im Innenhof im Erdgeschoss. Es machte nur Sinn, dass Javier sich im Haus befand, ganz oben im zweiten Stock. Murphys Gesetz und so.

„Ich hab das schon zu den Marshals in Lubbock gesagt", begann sie geduldig. „Wenn Javi und ich nicht zusammen gekascht werden, dann sag ich nicht aus. Das ist ja, warum wir weggerannt sind, weil die nicht zugehört haben. Aber Sie hören zu, ja? Sie sind anders als die Texas Marshals." Ich warf ihr über die Schulter hinweg einen Blick zu. Sie sah uns aus ihren großen, kornblumenblauen Augen an, als wären wir Engel, die für sie vom Himmel herabgestiegen waren.

„Also wart ihr zusammen, Javier und du, als –" Ich versuchte, mich zu erinnern. „– die Drogenrazzia stattgefunden hat."

„Und wir haben gesehen, wie Mr Hardy die Leute alle abgeknallt hat. Ja."

„Wie viele waren es?"

„Fünf. Drei Männer und zwei Frauen. Das sind die vermissten Touristen. War in allen Zeitungen in Lubbock."

Ich nickte.

„Du und Javier wart dort?" Ian wollte ganz sicher gehen.

„M-hmm", erwiderte sie unschuldig. „Er hat mir gesagt, ich soll still sein, aber ich hatte so 'ne Angst – ein bisschen wie jetzt auch, aber wenigstens haben Sie alle 'ne Kanone. Wir hatten gar nix. Ich war ganz sicher, dass Mr Hardy uns auch abmurkst, aber dann ist die Polizei gekommen, und dann die Marshals."

„Und du und Javier wurdet getrennt?"

„Ja, Sir, genau so war's."

Ich konnte mir vorstellen, wie es passiert war, wieso berichtet worden war, dass Lucy alles gesehen hatte, ohne dass ihr Freund dabei erwähnt worden war.

„Also holen Sie ihn raus, ja?"

Scheiße.

„Ja?", drängte sie.

„Javier und wie weiter?"

„Valencia", seufzte sie. „Ist das nicht voll hübsch?"

Wir nickten beide, dann wandte Ian sich an den Agenten von der Homeland Security, der die ganze Zeit neben uns gehockt hatte.

„Wie heißen Sie?", gelang es mir, ihm zuvor zu kommen.

„Agent Gerald Spivey."

„Okay, Agent Spivey." Ian seufzte. „Marshal Jones und ich holen einen zweiten Zeugen da raus, sichern Sie diese hier für uns. Haben Sie verstanden?"

„Jawohl, Sir."

„Super." Ian schnaufte einmal, dann drehte er sich zu mir um. „Lass dir nicht das Hirn wegpusten."

„Dito."

Die Polizisten gaben uns Deckung, als wir auf das Gebäude zurannten, und dann zählte Ian und ich gab ihm Rückendeckung, während er die Tür eintrat und wir hineinstürmten. Weiter kamen wir nicht. Offenbar war eine SWAT-Einheit durch den Hintereingang hereingekommen, denn als wir ins Gebäude platzten, waren sie bereits dort, entlang des Flurs aufgereiht, alle mit Panzerweste.

„Marshals", grüßte der SWAT Befehlshaber uns kurz.

„Lieutenant", erwiderte Ian. „Ist dieses Stockwerk sicher?"

„Positiv, alle Bedrohungen wurden neutralisiert."

Ich wollte gar nicht wissen, wie viele Menschen gestorben waren.

„Wir gehen jetzt hoch in den zweiten Stock. Ist dort ein Zeuge zu sichern?"

„Jawohl, Sir." Ian nickte.

„Folgen Sie uns nach oben."

„Haben Sie schon Scharfschützen in Position?", fragte ich.

„Negativ. Wir konnten keine höhergelegene Position gewinnen. Da wir uns in einem Wohngebiet befinden, ist Eingrenzung unsere Aufgabe. Niemand, der eine Bedrohung für Zivilisten darstellen kann, verlässt dieses Gelände."

Übersetzt hieß das: Jeder, der vom Zentrum wegrannte und dabei eine Waffe trug, wurde erschossen. Der Lieutenant hatte zwanzig Mann bei sich, und obwohl ich sehen konnte, dass Ian sich am liebsten mitten unter sie gemischt hätte, packte ich ihn am Arm und hielt ihn zurück, als sie an uns vorbeigingen.

„Was soll das?"

„Sie gehen vor, dann kommen wir."

„Meinst du, ich wüsste das nicht?"

„Dann hör auf, so auszusehen, als würdest du jeden Augenblick losspurten wollen. Warte." Ich beendete den Satz nicht und ließ ihn los.

„Ich warte", entgegnete er, hörbar genervt.

Ich trat hinter ihn und legte meinen Mund an sein Ohr. „Wehe, du verschwindest. Bleib da, wo ich dich sehen kann."

Er lehnte sich zurück, gerade so weit, dass er mich hinter sich fühlen konnte. „Tue ich immer."

„Tust du *nie*."

„Okay."

Die Nachhut rannte an uns vorbei, und Ian stürmte hinterher, mit mir dicht auf seinen Fersen.

Wenn wir Marshals ein Gebäude durchsuchten, schrien wir, kündigten uns an, bellten Befehle wie „Keine Bewegung!" und „Auf die Knie!" und „Die Hände hoch, wo ich sie sehen kann!" Ein SWAT Team tat das nicht: Sie drangen einfach vor. Wer auf uns schoss, hatte immer noch eine Chance. Wir wiesen uns dann aus, sozusagen: „US Marshals, die Waffen runter!" Bei einem SWAT Team war das anders: Wenn jemand dumm genug war, auf sie zu schießen, schossen sie zurück, und das war's. Ich war sehr erleichtert, dass keine Schüsse fielen, weder während wir die Treppe hochstiegen noch während wir die erste Etage durchsuchten, um sicherzustellen, dass der Zeuge nicht geflüchtet war, und auch keine, als das SWAT Team begann, die nächste Treppe hochzustürmen.

Ian und ich folgten ihnen und schickten eine Menge verängstigter Zivilisten nach draußen, nachdem wir per Funk mitgeteilt hatten, dass sie das Gebäude verlassen würden. Es galt schließlich, auch sie zu beschützen.

Als wir im zweiten Stock ankamen, war das SWAT Team schon mit der Durchsuchung fertig, hocheffizient wie sie eben waren, und hatten zwei Mann zurückgelassen, das Treppenhaus zu bewachen, während der Rest von ihnen aufs Dach vordrang. Die Hälfte von ihnen war bereits draußen, und ich konnte Schüsse hören. Weitere Jugendliche kauerten im Flur oder spähten aus ihren Zimmern.

„Javier Valencie!", brüllte Ian.

Die vorletzte Tür auf der rechten Seite öffnete sich, und ein Junge kam heraus, die Hände hoch über dem Kopf. „Bitte nicht schießen!"

„US Marshal", rief ich. „Ich werde dich zu Lucy bringen."

„Lucy?", fragte er hoffnungsvoll und trat einen Schritt vor.

Ein anderer Junge packte seinen Arm, um ihn aufzuhalten, und flüsterte ihm etwas zu. Javier erstarrte. „Woher weiß ich, dass Sie Marshals sind?"

Ich drehte mich langsam um, packte den Saum meines Parkas und hob ihn so weit hoch, dass er die Dienstmarke sehen konnte, die ich am Gürtel trug. „Es tut mir leid, dass die Marshals in Texas dir und deiner Freundin nicht zugehört haben."

Er rannte über den Flur auf uns zu, und selbst, als ich die Hand hob, wurde er kaum langsamer, sodass er direkt in mich hineinlief.

„Alles in Ordnung, Kumpel", sagte ich sanft und legte ihm meine Hand auf die Schulter, als er anfing zu zittern.

Sein Gesicht verzog sich, als wollte er anfangen zu weinen, und ich begriff in dem Moment, dass sowohl er als auch das Mädchen, das er liebte, jünger waren, als sie aussahen. „Ist sie okay?"

„Ihr geht's gut. Komm, wir gehen zu ihr."

„Hey, alle hergehört", brüllte Ian, sodass ihn jeder hören konnte. „Mitkommen, wir gehen."

Dass Javier uns vertraute war alles, was die anderen brauchten. Sie strömten aus den Zimmern, trugen Handtaschen, Rucksäcke und Umhängetaschen. Ian ging voraus, an den zwei SWAT Typen vorbei, die an der Treppe standen, die Jugendlichen – dreißig inklusive Javier – hinterdrein, und ich beschloss den Reigen.

Obwohl wir uns schnell bewegten, sprudelte die Geschichte aus den Jugendlichen heraus, in atemlosen, abgehackten Informationsfetzen. Die Männer mit den Waffen waren Freunde von dem Typen, der das Zentrum führte. Sie waren angeblich nur auf der Durchreise, machten aber jetzt schon seit einem Monat Station. Sie bauten Bomben, dealten Drogen, um ihre Unternehmungen zu finanzieren, und horteten Schusswaffen. Niemand wusste, was sie eigentlich wollten, aber sie bezeichneten sich selbst als Umweltterroristen.

„Aber sie haben Drogen verkauft, Mann", sagte einer der Jugendlichen. „Das is' nicht richtig. Oder?"

Er schien ernsthaft verwirrt.

„Nein, ist es nicht", stimmte ich zu und erinnerte sie daran, eng zusammenzubleiben, im Gänsemarsch zu gehen und sich zu beeilen.

Wir kamen gut voran und wurden am Fuß der Treppe von einem Meer aus Uniformen in Empfang genommen. Gemeinsam warteten wir darauf, dass das SWAT Team die Bewaffneten auf dem Dach überwältigte. Bis das nicht geschehen war, war keiner der Gemeinschaftsbereiche sicher, also waren der Innenhof oder das Verlassen des Gebäudes durch die Eingangstür tabu.

Wir sahen Rauch auf dem Dach, und ein paar Minuten später kam die Entwarnung.

Die Polizei übernahm die Jugendlichen und lud sie in einen Gefängnisbus, während Ian mit Javier zu Agent Spivey und Lucy ging.

Sie kreischte, als sie ihn sah, er rannte los, und sie feierten ihre Wiedervereinigung leidenschaftlich und dramatisch und mit viel Zunge. Ich bezweifelte, dass einer der beiden atmen konnte, so wild küssten sie sich.

Ian trennte sie irgendwann, und als Javier wieder klar denken konnte, sah er sich um und meinte dann geistesabwesend: „An den Typen da erinner' ich mich gar nicht." Ian und ich drehten uns um, sahen ihn zur gleichen Zeit: einer der Jungen, den wir vom zweiten Stock mitgebracht hatten – und er trug eine Pistole.

Bevor ich den Polizisten, die dabei waren, die restlichen Jugendlichen in einen zweiten Bus zu verfrachten, eine Warnung zurufen konnte, hatte Ian bereits seine Waffe ins Halfter gesteckt und war losgerannt. Er warf sich auf den Jungen, erwischte ihn von der Seite her, und das mit solcher Wucht, dass plötzlich ein Loch in der Schlange klaffte. Ian landete auf ihm und rang ihn zu Boden, während hinter ihnen mehrere uniformierte Polizisten los und auf sie zu stürmten, die Waffen im Anschlag, und Ian zuschrien, sich nicht zu bewegen und die Hände auf den Kopf zu legen.

„US Marshal", schrie ich und sprintete los, in Richtung meines Partners, eine Sekunde lang in wilder Panik, dass sie Ian erschießen würden. Aber sie senkten bereits ihre Waffen, da sie die Aufschrift auf dem Rücken seines Parkas gesehen hatten.

Als ich mich wieder zu unseren beiden Zeugen umdrehte, lächelten Lucy und Javier mich an.

„Sehen Sie", sagte Lucy strahlend, „wir helfen Ihnen schon."

Ich steckte die beiden in unser Auto, startete den Motor und drehte die Heizung auf, sodass sie auf dem Rücksitz kuscheln konnten und es dabei warm hatten, während ich draußen an den Wagen gelehnt auf Ian wartete.

Ian gab den jugendlichen Möchtegernschützen an die Polizisten weiter und kam zu mir.

„Was?", schnaufte er und sah mich aus zusammengekniffenen Augen an.

„Wie lautet die Verfahrensanweisung, Ian?"

„Was?"

„Du siehst einen Mann mit einer Waffe: Was tust du?"

„Oh, um Himmels willen."

„Was", wiederholte ich fest, „sollst du verdammt noch mal tun?"

„Ich rufe: ‚Waffe' und ziehe meine." Er war genervt, ich konnte es an seiner Stimme hören.

„M-hm", stimmte ich zu. „Und was hast du gerade eben gemacht?"

„Er stand mit den anderen Jugendlichen in der Schlange, Miro", verteidigte er sich. „Du weißt, was passiert wäre, wenn ich gerufen hätte. Er hätte sich den Knirps vor sich geschnappt, und dann hätten wir ein Geiseldrama am Hals gehabt. Bestenfalls. Was, wenn er dem Knirps die Waffe an den Kopf gehalten hätte und mit den anderen in den Bus gestiegen wäre?" Seine Stimme wurde lauter, je erregter er wurde. „Was dann?"

„Was dann? Keine Ahnung. Du bist der Hellseher", schoss ich zurück.

„Warum stellst du dich dumm?"

„Also ich bin dumm, wenn du dich nicht an die Verfahrensanweisung hältst?"

„Soll das ein Witz sein?"

„Nein, ich meine das todernst. Was ist los mit dir?" Ich spürte, wie mein Gesicht warm wurde. „Er hätte nur den Kopf drehen müssen, dann hätte er dich kommen sehen und dir eine Kugel in den Schädel gejagt."

„Ich hab doch meine Weste an."

„Was deinem *Kopf* aber verdammt wenig genützt hätte, du verdammter Idiot!", tobte ich und schlug mit der Faust auf das Wagendach. „Was hast du noch gleich zu mir gesagt, bevor wir in dieses vermaledeite Haus –"

„Hör zu –"

„Nein! Scheiße! Was hast du gesagt?"

„Ich hab gesagt: ‚Lass dir nicht das Hirn wegpusten'", sagte er hölzern.

„Ganz genau! Lass dir nicht das Hirn wegpusten! Und was machst du? Hä? Du hast es verdammt noch mal geradezu herausgefordert!"

Mein Herz hämmerte, ich zitterte, und mein ganzer Körper fühlte sich an wie Eis, mein Gesicht brannte. Ich konnte nicht aufhören, mir vorzustellen, wie der Junge sich umdrehte und abdrückte und Ian zu Boden ging. Die Bilder zogen wie in Dauerschleife vor meinem inneren Auge vorbei.

„Miro."

Ich brauchte Abstand, und zwar sofort. Ich wirbelte herum und stürmte um die nächste Häuserecke, kam kurz dahinter keuchend zum Stehen und beugte mich vor, die Hände auf die Knie gestützt, und rang nach Atem in dem Versuch, nicht zu hyperventilieren.

Er war nur Sekunden später an meiner Seite, legte eine Hand um meinen Nacken und drückte sanft. „Tut mir leid. Es tut mir wirklich leid. Vergib mir, ich hab nicht mal drüber nachgedacht."

Ich konzentrierte mich darauf, Luft in meine Lungen zu ziehen und sie wieder hinauszupressen.

Seine Finger glitten von meinem Nacken in meine Haare, und die langsamen, kreisenden Bewegungen beruhigten mich. Er hockte sich neben mich. „Nächstes

Mal rennen wir beide los, und dann bist du nahe genug, um mir Rückendeckung zu geben. Denn, weißt du, ein Geiseldrama zu verhindern, das ist wichtig. Aber mich auf ihn zu stürzen wäre okay gewesen, wenn du nah genug gewesen wärst, um ihn zu erschießen, wenn er die Waffe gehoben hätte."

Ich nickte.

„Also, okay, das war so nicht gut, und wenn du das in deinem Bericht nicht erwähnen könntest, damit Kage mich nicht zusammenscheißt, dann wäre ich dir sehr verbunden."

Ich richtete mich langsam auf. Endlich, ein Silberstreif am Horizont meines Tages.

„Ohh, komm schon", flehte er, als ich ihn angrinste, bevor ich mich auf den Weg zurück zum Wagen mache. „Willst du mich wirklich so reinreiten?"

Ich sagte nichts, als ich ins Auto stieg. Nein, ich würde meinen Partner niemals so ins offene Messer laufen lassen. Aber ich war mir nicht zu schade, es ihn *denken* zu lassen.

Er stieg zu uns ins Auto, legte die Stirn aufs Lenkrad und stöhnte.

„Können wir jetzt bitte fahren, Marshal Doyle?", fragte ich.

„Ich hab gesagt, dass es mir leidtut."

„Ja. Ja, das hast du."

Er fuhr los. Ich lehnte mich zurück und machte es mir bequem, legte den Sicherheitsgurt an und schloss die Augen.

„Ich hole dir Frühstück."

„Keinen Hunger", seufzte ich schwer.

„Ich hab Hunger", sagte Lucy vom Rücksitz.

„Ich könnte auch was vertragen", fiel Javier ein.

„Scheiße", sagte Ian elendig.

Geschah ihm recht. „Ich habe nicht gerne Angst", sagte ich leise.

„Ja, das weiß ich."

Ja, das wusste er.

„Also gehen wir jetzt was essen oder was?", wollte Lucy wissen.

„Bezahlen Sie?", wollte Javier wissen.

„Er zahlt", sagte ich und opferte Ian und sein Portemonnaie ohne zu zögern.

ICH DACHTE oft bei mir, dass der Grund, warum manche Mitglieder des Rechtsvollzugsdiensts abtrünnig wurden – nämlich die riesigen Mengen an Verwaltungsarbeit und Formalitäten, mit denen wir uns herumschlagen mussten – ein durchaus legitimer war. Es war ermüdend. Aber obwohl es mehr Arbeit für mich bedeutete, schrieb ich dennoch einen vollen Bericht, einschließlich aller Handlungen seitens Ians nach dem Zeitpunkt der Sicherung des zweiten Zeugen. Ich speicherte den ab und schickte ihn an Ian – und dann änderte ich ihn, bevor ich ihn Kage einreichte. Es war lustig zu sehen, wie blass Ian wurde, als er ihn las.

„Ich bin tot", winselte er.

Noch besser war, dass Kage nur Sekunden später seine Tür aufwarf und Ian und mich zu sich hereinrief, um uns mitzuteilen, was mit unseren beiden Ausreißern geschehen würde. Ian schlich hinter mir in sein Büro und stand schweigend neben mir vor dem Schreibtisch unseres Chefs, während der erklärte, dass Lucy und Javier nach Oregon transferiert würden, da Chicago nicht länger sicher für sie war. Marshals aus der Dienststelle in Portland würden heute Abend eintreffen und die beiden in Gewahrsam nehmen.

Als er fertig war und uns bedeutete, dass wir gehen konnten, blieb Ian stocksteif stehen.

„Sonst noch etwas?", fragte er Ian scharf.

Ich sprang in die Bresche. „Wir wollten uns nur ganz sicher sein, dass die beiden auch wirklich zusammenbleiben. Wir wollten Lucy und Javier Bescheid sagen."

Finsterer Blick vom Chef. „Wir haben sie gemeinsam hereingebracht, also ist diese Entscheidung bereits gefallen. Sie werden definitiv gemeinsam ins Programm gehen."

„Vielen Dank, Sir", sagte ich fröhlich und wandte mich zum Gehen.

„Sie können auch gehen, Doyle."

Da Ian nun definitiv wusste, dass ich den Bericht frisiert hatte, gab ich Fersengeld. Halb durch den Raum warf ich einen Blick über meine Schulter und sah, wie Ian gerade die Tür hinter sich schloss.

Er starrte mit zusammengebissenen Zähnen hinter mir her.

Ich rannte hinaus auf den Flur und eilte zum Aufzug, drückte auf den Knopf und überlegte dabei, ob ich noch mal in der Kurzhaft bei Lucy und Javier vorbeischauen sollte. Ich hatte ihnen bereits versprochen, dass sie gemeinsam ins Zeugenschutzprogramm aufgenommen werden würden, und sie hatten mir das geglaubt, aber es noch einmal zu hören, konnte bestimmt nicht schaden. Ich hatte ihnen erklärt, und der Chef hatte es gerade bestätigt, dass die Entscheidung darüber bereits gefallen war.

„Du Arschloch!"

In dem Moment ging der Fahrstuhl auf. Ich huschte hinein zu den fünfzehn oder so anderen Leuten, drehte mich um und lächelte ihn an, als er losstürmte. Die Türen schlossen sich genau in dem Moment, als er mich erreichte.

Ich war mir sicher, dass jeder seinen Wutschrei hören konnte, als der Fahrstuhl seine Fahrt nach unten begann.

„Ich weiß auch nicht, was mit dem Typen los ist." Ich zuckte mit den Schultern und erntete diverse Lächeln und auch das ein oder andere Lachen.

Im Erdgeschoss stieg ich aus. Unser Büro war im dreiundzwanzigsten Stock, von daher dauerte es immer ziemlich lange, bis man mit dem Fahrstuhl unten ankam. Draußen auf der Dearborn Street sah ich mich zwischen den Gebäuden aus Beton, Stahl und Glas um, und da es schon fast Mittag war, entschloss ich mich,

47

zu den Imbisswagen rüber zu gehen und mir beim Vietnamesen das eine Sandwich zu holen, das ich so gern mochte. Ich überquerte die Straße und machte mich auf den Weg, und erst da registrierte ich, dass ich es so eilig gehabt hatte, vor Ian zu flüchten, dass ich meinen Parka vergessen hatte, und dass ich bereits vor Kälte zitterte.

Ich dachte kurz darüber nach, zurückzugehen, aber es machte mehr Sinn, mir erst etwas zum Essen zu holen. Auch wenn ich vollkommen unterkühlt sein würde, bis ich bei dem Imbisswagen ankam.

„Du bist so ein Riesenarschloch!"

Ich hatte gerade genug Zeit, einen Blick über die Schulter zu werfen, da wurde ich von hinten gepackt.

„Lass mich los!", protestierte ich lachend, und der Klang verbarg mein Aufkeuchen, als Ian seinen Arm um meine Brust schlang und mich rückwärts gegen seinen Körper riss. Er war so warm; so eng an mich gedrückt strahlte er eine solche Hitze aus. Bei dem Gefühl seiner Brust und seines festen, flachen Bauchs an meinem Rücken blieb mir beinahe die Luft weg, und der Hauch seines Atems auf meinem Hals, während er sich in Drohungen über die Fortdauer meines irdischen Lebens erging, brachte mein Herz zum Rasen.

„Ich habe keine Angst vor dir", sagte ich und sog gierig das Gefühl seiner Berührung in mich auf wie ein Schwamm Wasser.

„Warum hast du das gemacht?", wollte er wissen und zog mich noch näher, hielt mich noch fester, erlaubte mir kaum, einen Schritt zu tun.

„Um dir eine Lektion zu erteilen, dass du mir nicht solche Angst einjagen sollst", sagte ich leise und schob meine Hände unter seinen offenen Parka, strich über seine Flanken.

„Ach ja? Und hast du jetzt das Gefühl, mir eine Lektion erteilt zu haben?", neckte er mich. Er stolperte gegen mich, als wir unbeholfen versuchten, weiterzugehen, und unsere Schultern und Hüften stießen immer wieder gegeneinander, während wir versuchten, uns nicht gegenseitig zu Fall zu bringen.

Ich machte eine Bewegung, um mich wegzudrehen und mich so von ihm loszumachen, aber er konterte, wir stolperten in- und gegeneinander, und das Ganze endete damit, dass er direkt hinter mir stand, keine Haaresbreite zwischen uns, sein linker Arm um meinen Hals geschlungen und seine rechte Hand auf meinem Bauch.

„Miro?"

Ich erbebte. Ich hätte die Empfindungen, die durch meinen Körper strömten, nicht unterdrücken können, selbst wenn ich es gewollt hätte. Es war zu viel. Ich war vollkommen überstimuliert.

„Ist dir kalt?"

Oh lieber Gott, ja, bitte, leg es so aus. „Ja, mir ist verdammt kalt."

Augenblicklich ließ er mich los und begann, sich den Parka auszuziehen.

„Oh nein, dann erfrierst du", protestierte ich und trat ein, zwei Schritte zurück, wirbelte herum und joggte los, die Straße hinunter. „Komm, wir beeilen uns einfach!"

Er holte mich mühelos ein, und eine Hand packte meinen Oberarm und brachte mich so zum Stehen. „Ich hab einen richtigen Pullover an, aber du trägst nur dieses Strickdingsbums. Jetzt nimm einfach meine Jacke."

„Das ist kein Strickdingsbums, das ist ein Henley", informierte ich ihn, als er mir die Jacke aufdrängte.

„Wen interessiert das schon." Er lachte leise und schüttelte den Kopf, als er mich ansah. „Jetzt zieh sie schon an. Wir holen uns schnell was zu essen und gehen dann zurück zu unserem Papierberg."

Die Jacke war warm, und was noch besser war, sie roch nach Ian. Als ich meine Hände in die Jackentaschen steckte, fand ich in der rechten ein Paar Handschuhe, die ich seit November vermisst hatte. „Hallo?"

„Was?", fragte er, während wir die Straße entlanggingen.

„Die gehören mir."

„Du hast sie mir gegeben."

„Habe ich nicht."

„Egal, gib sie mir jetzt, mir ist eiskalt."

„Oh, um Himmels willen", sagte ich und öffnete den Reißverschluss des Parkas.

Sein Grinsen, als er mich daran hinderte, war der pure Schalk.

„Oh, ganz reizend."

„Ich hoffe allerdings, dass wir wirklich nur bis zu den Imbisswagen gehen."

„Tun wir."

„Okay, gut, weil ernsthaft, es ist bestimmt mindestens Minus vierzehn Grad hier draußen."

„Höchstens Minus vier", korrigierte ich ihn.

„Und mit dem Wind, der vom See kommt?"

Vielleicht hatte er recht.

Zurück in unserem Gebäude betraten wir den Fahrstuhl und wurden in eine Ecke gedrängt. Ich stand vor ihm und war überrascht, als er meine Hüften umfasste und sich wieder an mich drängte.

„Mir ist *eiskalt*."

„Tut mir leid", seufzte ich, als sich seine Lenden an meinen Hintern drückten. Mir wurde schwindelig.

„Schon okay", brummte er in meinen Nacken, dann spürte ich, wie er seine Stirn auf die Stelle legte. „So langsam wird's mir wärmer."

Verfluchter Ian. Er war mir viel zu nahe. Ich würde seinetwegen noch eine Latte in diesem verdammten Aufzug bekommen. Ich musste wirklich dringend ausgehen und jemanden für eine oder auch zwei Runden Sex finden.

Vielleicht sollte ich nach der Arbeit ins Fitnessstudio gehen, den Typen von neulich suchen und –

„Hörst du mir überhaupt zu?"

„Was?" Ich spürte seine rechte Hand auf meiner Hüfte unter dem Parka, sein raues Kinn, das über mein Ohr rieb, seinen Atem auf meiner Wange. Nichts anderes existierte.

„Ich hab gesagt, denk dran, dass wir heute pünktlich Schluss machen müssen."

„Warum?"

„Weil wir zu Emma müssen."

„Wovon redest du?", fragte ich und sah ihn über meine Schulter hinweg an.

„Die Geburtstagsparty ihres Bruders?", versuchte er meinem Gedächtnis auf die Sprünge zu helfen.

„Nein", sagte ich schlicht.

„Du kannst nicht nein sagen", erklärte er mir. „Das ist der Bruder meiner Freundin."

„Und genau deshalb muss ich nicht hingehen", sagte ich. „Sie ist *deine* Freundin."

„Und du bist mein Partner und mein Kumpel. Das steht in diesem Freundschaftsdings."

„Freundschaftsvertrag?"

„Genau das."

„Nein, tut es nicht."

„Ich glaube, du hast das Kleingedruckte nicht gelesen."

„Ich glaube, du hast sie nicht mehr alle, wenn du denkst, dass ich einen ganzen Abend mit –"

„Wenn ich hingehen muss, dann musst du auch", beharrte er, als wäre es damit entschieden.

„Entspricht nicht der Wahrheit."

Aber er grinste mich an, übermütig und frech mit den vielen Lachfältchen um seine Augen und dem auf der einen Seite höhergezogenen Mundwinkel, und als er seinen Kopf wieder auf meine Schulter legte, gab ich auf.

„Wir sollen so gegen sieben da sein."

Ich würde nie wieder Sex haben.

5

DIE TÜR stand offen, als ich an Emma Finchs Wohnung im Gold Coast District ankam, was sehr gut war, da dank der lauten Musik und des Stimmengewirrs wohl auch niemand mein Klopfen gehört und mir aufgemacht hätte. Ich drängte mich durch die Menge in dem riesigen, weit offenen Raum und fand die Gastgeberin in der Küche.

„Miro!", rief sie erfreut und nahm mir die Flasche Pinot Noir und die Packung Kona aus der Hand, bevor sie mich fest umarmte.

„Wieso nur klingst du so erleichtert?" Ich schmunzelte.

„Ist der Kaffee für mich?" Sie klang hoffnungsvoll.

„Jawohl, Madam."

„Seht ihr", sagte sie zu den Frauen, die um uns herum standen. „Das ist einer zum Behalten."

„Und hübsch ist er auch." Eine der Frauen lehnte sich an die Anrichte und sah mir in die Augen. „Woher kommt der Name Miro? Ich würde ja vermuten Griechenland, aber deine Gesichtszüge sind eher osteuropäisch."

„Wovon redest du da?", fragte Emma ihre Freundin.

„Er hat diese fantastischen, slawischen Wangenknochen und die lange Nase." Ich lachte. „Ich bin Tscheche. Miro ist die Abkürzung für Miroslav."

Emma hob die Augenbrauen. „Miroslav? Wirklich?"

Mein Knurren brachte sie zum Lachen.

„Und Jones?"

„Längere Geschichte", informierte ich sie und sah mich nach meinem Partner um.

„Nun, ich freue mich jedenfalls sehr, dass du da bist." Sie seufzte, was meine Aufmerksamkeit zu ihr zurücklenkte, und reichte mir zwei Flaschen Newcastle. „Geh und such ihn, bitte. Als ich ihn das letzte Mal gesehen habe, hat er gerade *Call of Duty* gespielt und alle anderen umgebracht, und dann ist Dennis gekommen und hat gesagt, dass er ein anderes Spiel einlegen will, weil seine Freundin *Grand Theft Auto* spielen möchte."

„Das ist genau das Richtige für ihn", sagte ich und nahm einen Schluck Bier. „Das weißt du doch."

„Er muss aber lernen, nicht so aggressiv aufs Gewinnen erpicht zu sein."

„Ja, okay." Ich grinste. „Da hast du recht."

Sie drehte mich um und gab mir einen leichten Schubs. „Geh spielen."

Ein paar Leute tanzten, mehr noch standen herum, aber ich kannte niemanden, also suchte ich mir einen Weg durch die Menge in den hinteren Teil der Loft, wo, wie ich wusste, der Fernseher mit der Spielekonsole stand. Ich war erst ein paar Mal bei Emma gewesen, aber oft genug, dass ich in etwa wusste, was wo war. Auf dem riesigen Plasmafernseher fuhren zwei Autos ein Rennen. Die Mienen der ringsum auf Teppichen, Sofas und Sesseln sitzenden Partygäste waren wenig begeistert. Niemand hatte Spaß. Ian hielt einen Controller in der Hand, und Emmas blonder, blauäugiger, Ersti-Schnucki Bruder Dennis den anderen. Man konnte die Spannung förmlich mit beiden Händen greifen: Der Wettkampf darum, zu beweisen, wer den Längeren hatte, war in vollem Gange.

Ich trat näher, nickte den Leuten zu, die mich anlächelten, und stelle mich neben Ians Stuhl. „Was du nicht weißt", sagte ich zu Dennis, „ist, dass er im wahren Leben ganz genauso fährt."

„Na endlich", murmelte Ian. Er klang gereizt und legte den Kopf in den Nacken, sodass er zu mir hochsehen konnte. „Wo warst du?"

„Musste mich noch hübsch machen", neckte ich ihn mit einem Grinsen.

Er musterte mich.

„Was?"

„Du siehst aus wie immer."

„Ich habe andere Klamotten an, du Idiot."

„Wie auch immer."

Ich würde mich nicht noch einmal mit ihm über Mode unterhalten. Er hatte in seiner eigenen Garderobe nur zwei Unterscheidungsmerkmale: sauber und schmutzig.

„Miro." Dennis hauchte meinen Namen, dann stellte er das Spiel auf Pause und stand auf, um mir die Hand zu schütteln. „Schön, dass du es geschafft hast."

„Hi, Mann, alles Gute zum Geburtstag. Deine Schwester hat dein Geschenk geklaut", verpetzte ich sie und reichte Ian sein Bier, als er ebenfalls aufstand. „Also pump sie an für den Wein."

„Das ist schon in Ordnung", sagte er und drückte meine Hand fester. „Ich hab einfach nur gehofft, dass du kommst."

„Ich weiß auch, warum." Ich lachte schmutzig, drehte einen Arm nach hinten und knuffte Ian in den Bauch. „Du willst, dass ich meinen Hund an die Leine lege."

„Nein, ich –"

„Fick dich, M", sagte Ian, stieß mich zur Seite und warf den Controller einem der Typen zu, die auf dem Sofa saßen.

„Oh, hast du keine Lust mehr?", fragte Dennis ihn unschuldig, als wäre das nicht genau das gewesen, worauf er die ganze Zeit gehofft hatte.

„Nein, Mann", sagte Ian mit jener tiefen, rauen Stimme, mit der er manchmal sprach. „Ich hab die Nase *so was* von voll."

Ich lächelte Dennis an, als Ian mich am Oberarm packte und mich hinter sich herzog.

„Wieso hast du meine Stiefel ausgezogen?"

„Sie passten nicht zum Outfit", sagte ich herablassend.

„Schon klar."

Ich schnaubte ein Lachen. „Du hast nicht die geringste Ahnung, warum ich mich umgezogen habe, oder?"

„Nein."

Ich schüttelte den Kopf. „Ich muss wirklich mal mit dir Einkaufen gehen. Du hast eine Frau zu beeindrucken."

„Glaube nicht, dass Klamotten das richten können."

„Was richten?"

„Nichts", sagte er und legte einen Arm über meine Schulter. „Komm mit."

Wir kehrten in die Küche zurück, wo Emma noch immer Hof hielt.

„Hast du jemand anderen drangelassen, Schatz?"

„Sicher", sagte er scharf und sah sie mit zusammengekniffenen Augen an.

Ich packte seinen Pullover und zog, bis er neben mir stand, Schulter an Schulter. „Sei nett."

„Ich bin immer nett", grummelte er in sich hinein.

„Es ist das Alkohol-zu-Blut Ungleichgewicht", belehrte ich Emma, die mich anlächelte. „Wenn erst einmal mehr Bier als Blut in ihm ist, wirst du eine frappante Verbesserung von Tonfall und Stimmung feststellen können."

Während sie lachte, tauchte ein Typ neben mir auf, den ich nicht kannte.

„Hi, Em", grüßte er leise.

„Oh, Phil, du hast es geschafft", sagte sie rasch, mit stockender Stimme.

„Natürlich", erwiderte er. Sein Blick huschte zu Ian, dann zu ihr zurück.

Irgendetwas war da im Gange, aber als ich den Kopf zur Seite wandte, um zu sehen, ob mein Partner das auch bemerkt hatte, war seine Aufmerksamkeit auf etwas anderes gerichtet. Er war sehr interessiert an einem Mann, der gerade durch die Tür gekommen war.

„Was?", fragte ich und lehnte mich näher zu ihm.

Er senkte den Kopf, sein Gesicht in meinem Haar verborgen, als er mir ins Ohr flüsterte: „Dealt der Typ da drüben?"

Ich lehnte mich ein Stück zur Seite, sodass ich um ihn herum sehen konnte, entdeckte den fraglichen Typen, und sah, wie er winzige Beutelchen an Dennis' Gäste verteilte. „Du willst mich wohl verarschen."

„Oh Miro", sagte Emma abrupt. Sie klang nervös und fahrig. „Was ich dich fragen wollte – wie geht's deinem Handgelenk?"

„Roland!", quietschte eine der Frauen, die neben Emma standen, schlängelte sich um die Gastgeberin herum und eilte zu dem Mann an der Tür.

„Dem geht's gut", antwortete Ian geistesabwesend für mich. Seine Augen blieben fest auf den Fremden gerichtet, der Emmas Freundin gerade etwas gab, das aussah, als wäre es in Alufolie eingewickelt. „Das ist LSD oder pulverisiertes E, die Sau."

„Bist du bewaffnet?"

„Natürlich."

Wir drehten uns um, lehnten uns mit dem Rücken gegen die Anrichte, und ich schaute mich im Raum um, wobei ich besonders der Eingangstür Beachtung schenkte.

„Ian", wimmerte Emma hinter mir. „Bitte. Es ist Dennis' Party. Ich war diejenige, die darauf bestanden hat, dich auch einzuladen."

„Wirklich", sagte er, hob einen Fuß und zog die Jeans weit genug hoch, dass er in den Bikerstiefel fassen konnte, den er trug. „Also wollte dein Bruder mich gar nicht hier haben."

„Nein, Dennis wollte nur – es war okay, nachdem ich ihm gesagt hatte, dass Miro auch kommt."

Er lachte leise, als er seine SIG Sauer P228 Semiautomatik – so nannte ich sie, er bestand darauf, dass es eine M11 war – auf Schulterhöhe hob. Wie auch immer man sie nannte, in Ian Doyles Händen war sie jedenfalls tödlich präzise. Ich fasste in meine Gesäßtasche, in die ich die Dienstmarke, die ich normalerweise am Gürtel trug, gesteckt hatte, zog sie heraus und hielt sie hoch. Es war interessant, dass ich es war, den der Mann zuerst sah, und nicht mein Partner mit der Waffe.

„Sir", sagte ich streng. „Bitte legen Sie die Hände verschränkt auf Ihren Kopf."

Dann entdeckte er auch Ian und trat einen Schritt zurück.

„Und knien Sie sich hin!"

Er sah von Ian zurück zu mir.

„Sofort", befahl ich im selben Moment, in dem er seine Entscheidung traf.

Er wirbelte herum und floh.

„Scheiße", fluchte ich, da mir plötzlich eingefallen war, dass ich nicht bewaffnet war – es war eine Party, um Himmels willen –, und dass daher Rennen und Zu-Boden-Ringen von Verdächtigen meine Aufgabe war. Ich konnte keine Verstärkung sein: Ian musste meine sein.

An der Eingangstür drängelten sich noch mehr Gäste, um hereinzukommen, und so rannte der Mann zum Balkon. Also, vielleicht war das der Grund. Seine Wahl machte jedenfalls nicht wirklich Sinn. Aber als er losrannte, drückte ich Ian meine Dienstmarke in die Hand und nahm die Verfolgung auf. Um mich herum fingen die Leute an zu rufen, dann zu schreien, und weiter vorn sah ich, wie der blonde Mann seine Handgelenke vor dem Gesicht verschränkte und durch die Glasscheibe der Balkontür sprang.

Es kam mir nicht einmal in den Sinn, langsamer zu werden.

Dicht auf seinen Fersen nutzte ich ihn als Schutzschild gegen die Glasscherben, die mir entgegenflogen, erwischte den Rücken seines Mantels und hielt auch dann noch fest, als er gegen das Geländer prallte und darüberfiel.

Ich hechtete hinterher, wurde im Fall herumgewirbelt und sah alles wie in Zeitlupe an mir vorbeiziehen: die dunkle Nacht, den sanft fallenden Schnee, die Lichter der Gebäude und Straßenlampen und dann, Gott sei Dank, die Feuertreppe.

Durch meinen Hechtsprung schneller als mein Verdächtiger, hatten wir die Positionen getauscht, sodass ich derjenige war, der voranfiel, und eisige Luft pfiff an meinen Ohren vorbei. Blindlings ruderte ich mit meiner unverletzten Hand um mich und erwischte die Feuerleiter just in dem Moment, in dem Roland gegen das Geländer prallte und dann, außer Atem und wild nach Luft ringend, hart auf dem Treppenabsatz aufkam.

Ich baumelte an der Treppe, hing mit meinem ganzen Gewicht an der rechten Hand. Nicht gut. Aber Situationen wie diese waren der Grund, warum wir bis zum Abwinken Kreuzheben trainierten. Ich zog mich hoch und schaffte es, einen Fuß auf das Geländer zu stellen, drückte mich ab, drehte mich in der Bewegung, ließ die Leiter los und warf mich auf den sich gerade langsam wieder aufrappelnden Roland. Ihm ging erneut die Puste aus, als ich auf ihm landete und ihn mit dem Gesicht nach unten zu Boden stieß. Es war laut, und alles um mich herum wackelte und schepperte, und ich wäre sehr überrascht gewesen, wenn ich die Leute in der Wohnung vor mir oder auch in der direkt darunter nicht aufgeweckt hätte.

Und wie auf Stichwort ging in der Wohnung ein Licht an, und durch die Fensterscheibe sah ich eine Schrotflinte auf mich gerichtet.

„US Marshal", schrie ich, beide Hände hoch erhoben, während meine Brust sich wild hob und senkte.

Der Mann hob den Kopf, was ein gutes Zeichen war, weil das bedeutete, dass er nicht mehr zielte. Nicht, dass er das gemusst hätte, so nahe war er mit seiner Waffe. „Zeigen Sie mir Ihre Dienstmarke."

„Ich kann meinen Partner bitten, sie raufzubringen", bot ich an.

Er kniff die Augen zusammen, dann lehnte er sich näher ans Fenster und warf einen Blick auf den bewusstlosen Mann unter mir. „Das ist Roland Morris."

„Ich habe ihn gerade wegen Drogenbesitzes festgenommen", erklärte ich.

Der Mann betrachtete prüfend mein Gesicht, während ich begann, in der Kälte und durch das Abflauen des Adrenalins zu zittern.

„Sie haben ein gebrochenes Handgelenk."

Das hatte ich in der Tat, aber es war seltsam, dass ihm das in diesem Moment auffiel. „Richtig."

„Sind Sie bewaffnet?"

„Nein, Sir."

Er sah mich erneut prüfend an, dann verschwand er ganz plötzlich.

Als eine Sekunde später mein Handy klingelte, ging ich dran. „Hi", sagte ich, dann hustete ich. „Alles klar da oben?"

„Woher zum Teufel soll ich das wissen, ich bin im Aufzug!"

„Wieso bist du so wütend?"

„Wieso bin ich so wütend?", schrie er. „Du bist von einem Scheißbalkon gesprungen!"

„Ian –"

„Was zum Teufel, Mann!?"

„Oh, komm schon, wozu die ganze Aufregung? Du bist letztens auch von einem Balkon gesprungen."

„Das war etwas anderes, und du warst dabei direkt hinter mir!" Er war wirklich laut.

„Also, theoretisch –"

„Sei still! Halt verdammt noch mal den Mund!"

Er war richtig wütend, und langsam fing ich an, mir Sorgen zu machen. Normalerweise konnte ich Ian mit ein bisschen Necken und etwas Geplänkel aus jeder Laune herauslocken. „Ian, es ist –"

„Verdammt noch mal, Miro!"

„Hör zu, wenn ich meine Waffe dabei gehabt hätte, dann hätte ich das Springen von Balkonen dir überlassen."

„Als ob ich das getan hätte!", bellte er.

„Red keinen Scheiß", schoss ich zurück. „Natürlich hättest du, und zwar ohne auch nur eine Sekunde zu zögern."

„Fick dich, Miro. So leichtsinnig bin ich nicht!"

Ich schnaubte verächtlich. „Entschuldige, kennen wir uns?"

Das Freizeichen tutete mir ins Ohr, und das sich öffnende Fenster ließ mich den Kopf drehen. Schrotflintenmann war zurück, aber diesmal hatte er sich das Gewehr unter den Arm geklemmt und hielt mir eine Decke hin. Dann öffnete er mit einer Drehung der anderen Hand ein Lederetui, und ich sah das Abzeichen der Chicagoer Polizei.

Ich nahm den Überwurf aus Chenille und wickelte mich erleichtert darin ein. „Miro Jones, US Marshal."

„Henry Bridger, Rauschgiftdezernat."

„Oh", seufzte ich und lachte leise. „Kann ich Sie für einen Drogendealer interessieren, Detective, und den mit ihm verbundenen Papierkram?"

„Ja", sagte er und grinste mich an. „Das können Sie in der Tat."

„Ich komme mit Ihnen aufs Revier."

„Ich ziehe mich schnell um."

„Okay."

„Hat Ihr Partner auch Ihren Mantel oder wollen Sie sich einen von mir borgen?"

„Er wird ihn mit runterbringen."

„Wo um alles in der Welt waren Sie?"

Ich zeigte nach oben.

„Und ich dachte immer, Marshals nehmen Leute in Schutzhaft oder spüren flüchtige Verbrecher auf."

„Oh, nein, Detective, wir bieten den Komplettservice."

„Ich würde Ihnen ja anbieten, hereinzukommen, aber –"

„Er könnte aufwachen, ich weiß", stimmte ich zu und nahm die Glock entgegen, die er mir reichte. „Ich führe eine 20er mit .40 Kugeln, aber diese 34er ist auch nicht schlecht."

„Der GTL 22 Aufsatz ist spitze, was?"

Ich nickte, hob die Waffe und wog sie in der Hand. „Ich sollte mir für meine auch einen leichten holen."

„Sie brauchen allerdings ein spezielles Halfter dafür."

„Richtig", sagte ich und stand mit etwas wackeligen Knien auf. „Wenn mein Partner rein will …"

„Ich mache ihm unten die Tür auf."

„Danke. Welche Nummer?"

„Ich bin in der 801."

Also in der achten Etage. Ich konnte mir lebhaft die Kommentare der anderen vorstellen, White, Sharpe – Sanchez' Nachfolger – Dorsey und Kowalski hatten einen Heidenspaß daran, mich in die Pfanne zu hauen. Aber Gott, das letzte, was ich brauchte, war, dass der Chef Wind von der Sache bekam. Schlimmer wäre nur zu sagen: Jawohl, Sir, ich bin von einem Balkon gesprungen. Die Vorstellung war in etwa so angenehm wie eine Wurzelbehandlung.

„Jones!"

Der Schrei kam aus der Gasse unter mir.

Ich beugte mich über das Geländer, sah hinunter auf Deputy US Marshal Ian Doyle und winkte.

„Du Wichser!"

Ich brachte ihn zum Schweigen.

Seine Schultern sackten herab, und er legte den Kopf in den Nacken und warf mir einen bitterbösen Blick zu.

„801", rief ich. „Komm rauf und hilf mir."

Er rannte los, durch die Gasse, und verschwand um die Ecke des Gebäudes. Ich setzte mich auf die Fensterbank neben mir und schaute nach, ob Morris noch atmete. Einige Minuten später, zitternd in der kalten Nachtluft, hörte ich das Einmannabbruchkommando am Fenster.

„Hi", grüßte ich meinen Partner, als er aus dem Fenster auf die Feuertreppe kletterte.

„Das hat mich zehn verdammte Jahre meines Lebens gekostet", knurrte er, hockte sich vor mich und nahm mein Gesicht zwischen seine harten, schwieligen Hände.

„Ich bin nicht tot", versicherte ich ihm.

Er untersuchte mich, schnell aber gründlich, und schnaufte, während er meinen Kopf nach rechts und nach links drehte. Dann fuhr er mit den Händen über meinen Hals, meine Brust, über meine Flanken und über meinen Bauch. „Tut irgendwas weh?"

„Alles", gestand ich, in der Hoffnung, dass mein Geständnis den leisen Laut erklären würde, der mir bei seiner Berührung entflohen war.

„Bist du ganz sicher, dass du okay bist?" Er war sichtlich besorgt, und Emotionen ließen seine Stimme tiefer werden. Der Ausdruck in seinen Augen, als er mich ansah, war ängstlich.

Ich räusperte mich und machte mich sanft von ihm los. „Ja, mir geht's gut."

„Was kann ich –"

„Können wir was essen gehen, wenn wir den Kerl hier hinter Gitter gebracht haben?"

Ians Lächeln, die plötzliche Wärme in seinen Augen und die Art, wie sie meine Blicke festhielten, ließen meinen Bauch die vertrauten Purzelbäume schlagen. Dieser unverhohlen besitzergreifende Ausdruck sandte jedes Mal heiß das Blut in meinen Schwanz. Und der Mann hatte nicht die geringste Ahnung.

Als sie gerade neu war, unsere Partnerschaft, hatte ich gedacht, dass ich zu viel hineininterpretierte in die Art, wie ich manchmal aufsah und in seinem Lächeln versank, in die Blicke, die er mir zuwarf, oder in das Gefühl, dass sich seine Augen in meinen Rücken bohrten. Kein Mann, der nicht mit mir ins Bett gehen wollte, hatte je so reagiert, hatte mich je so direkt und unverwandt angesehen, bevor seine Züge weich wurden, oder hatte je so glücklich gewirkt, einfach nur in meiner Nähe zu sein. Aber er tat es. Ian tat es. Und das war eine beständige Quelle des Unbehagens und des Stolzes für mich.

Es dauerte ein paar Stunden, bis die Formalitäten erledigt und alle Unterlagen ordnungsgemäß ausgefüllt und abgelegt waren. Wir saßen an Bridgers Schreibtisch, und er tippte an seinem Computer, während Ian aufschrieb, wessen Zeuge er geworden war, und ich aufnahm, was ich gesehen hatte. Die anderen Partygäste wurden immer noch befragt, und während Bridger sich weitere Notizen machte, drehte ich mich so, dass ich meinen Partner prüfend ansehen konnte.

„Was ist?"

„Hast du schon eine Idee, wie du das bei Emma wiedergutmachen kannst?"

Der stechende Blick war einer meiner Favoriten. Er trat immer dann in Erscheinung, wenn der wütende Blick oder der Blick aus zusammengekniffenen Augen nicht mehr ausreichte. „Warum muss ich bei ihr etwas gutmachen?"

„Du hast ihren Bruder hochgehen lassen."

Er warf Bridger einen Blick zu, und der Detective nickte. Ian sah zu mir zurück. „Ich bin nicht derjenige, der einen Drogendealer zu sich nach Hause eingeladen hat."

„Ja, aber du hättest sie – und die anderen auch – warnen können, was passieren würde. Du hättest dafür sorgen können, dass sie weg sind, bevor die Polizei auftaucht."

„Genau", stimmte Bridger zu. „Mann, Sie sollten sich schon mal eine wirklich gute Entschuldigung einfallen lassen. Vielleicht ein bisschen um Gnade winseln."

„Ich hab nur meinen Job gemacht", verteidigte er sich.

Ich schüttelte den Kopf.

„Macht er Witze?"

„Leider nein", erklärte ich dem Detective.

Bridger pfiff leise und machte sich wieder ans Tippen.

„Sonst noch was?", fragte Ian missmutig.

„Ich bin der reinste Krüppel", klagte ich, als mein Körper begann, gegen das lange Sitzen zu protestieren.

„Das kommt davon, wenn man von Gebäuden springt", knurrte eine neue Stimme.

Verdammt.

Ich zuckte zusammen und hob langsam den Kopf, was auch nicht half, die einschüchternde Gegenwart genau des Mannes, dem ich auf gar keinen Fall begegnen wollte, erträglicher zu machen. Einsvierundneunzig groß, muskelbepackt und mit den kältesten, stahlblauen Augen, die ich je gesehen hatte, war mein Vorgesetzter, Sam Kage, nicht die Sorte Mann, mit der man sich anlegte. Und ich war nicht der Einzige, der in seiner Gegenwart wie auf Eiern ging. Ian war ein harter Typ, ein Green Beret, ein Hauptmann in der US Armee, aber selbst er legte sich nicht mit unserem Chef an. Kage hatte etwas an sich – eine Art grimmige Wildheit und verbissene Festigkeit – die klar und deutlich kommunizierte, dass er einen erwischen und dann dafür sorgen würde, dass man für seine Sünden büßte. Und auch wenn dies bisher immer nur Kriminellen gegolten hatte, wollte ich doch das Schicksal nicht herausfordern.

„Ich hatte meine Waffe nicht dabei", erklärte ich hastig. „Wir waren schließlich auf einer Party."

Wieso sahen mich alle Männer, mit denen ich es zu tun hatte, mit zusammengekniffenen Augen an, als wäre ich der letzte Idiot?

„Und da ich keine Waffe hatte, habe ich den Verdächtigen verfolgt, um ihn zur Strecke zu bringen", plapperte ich weiter.

„Und wo waren Sie?", wollte er von Ian wissen.

„Ich habe den Tatort gesichert, Sir."

Kage kam näher. „Machen Sie so etwas noch einmal, Jones, und ich sorge dafür, dass Sie bis ans Ende Ihres Lebens Ihren Dienst im Gericht versehen."

Ich räusperte mich. „Jawohl, Sir."

„Fahren Sie ins Krankenhaus und lassen Sie sich untersuchen."

„Ja, aber –"

„Und zwar noch vor Morgenfrüh, sonst bleiben Sie zu Hause", bellte er. „Bis auf weiteres."

Scheiße. „Jawohl, Sir."

Er wandte sich an Ian. „Und wenn Sie nicht besser aufpassen, Doyle, und weiterhin zulassen, dass Ihr Partner verletzt wird, werde ich meine Entscheidung, Sie zum Marshal zu machen, anfangen zu überdenken. Vielleicht ist der Job zu zahm für Sie. Nicht genug Aufregung und Schwierigkeiten, sich auf das Wesentliche zu konzentrieren, wenn es nicht um Leben und Tod geht?"

„Nein, Sir", sagte Ian scharf.

„Wie war das?"

„Ich sagte: Nein, Sir."

Kage knurrte. „Als ich mich entschlossen habe, mein ursprüngliches Team von fünf Mann aufzustocken, erst mit Ching und Becker, dann mit Ihnen, Kohn und zuletzt Jones, war ich davon ausgegangen, dass Sie alle für sehr lange Zeit bei uns bleiben würden."

Ian blieb stumm.

„Aber wenn Sie nicht wirklich vorhaben, auf Ihren Partner aufzupassen, dann kann ich jemanden finden, der das tun wird."

Ians Kiefermuskeln wurden hart.

„Wir sind ein Team, Doyle."

Er räusperte sich. „Jawohl, Sir."

Kage wandte sich an Bridger. „Lassen Sie mich wissen, was Sie sonst noch von uns brauchen, Detective."

Bridger nickte und nahm die Visitenkarte, die Kage ihm reichte, sichtlich nervös an. Was durchaus verständlich war – der Mann war in der Tat furchteinflößend. Seine Größe, der muskulöse Körperbau, der eisige, durchdringende Blick: Das alles schien zu vermitteln, dass man unauffällig von der Bildfläche verschwinden sollte, wenn man Mist baute. Ich wollte nie in die Situation kommen, das herausfinden zu müssen.

„Auf welcher Etage befindet sich die Mordkommission?"

„Auf der vierten", antwortete Bridger schnell. „Darf ich fragen warum, Marshal?"

„Ich möchte mit einem der Detectives sprechen, der mich gebeten hat, mich hier mit ihm zu treffen."

„Mit welchem? Ich kann für Sie oben anrufen und nachhören, ob er so spät noch da ist."

„Das wird er sein, denn wie gesagt, wir haben ein Treffen vereinbart. Und es ist Duncan Stiel."

Nach einem Moment grinste Bridger. „Oh, Sie meinen den Schatz des Milliardärs?"

Großer. Fehler. Ian *träumte* nur davon, mit einer solch eisigen Verachtung auf andere herabblicken zu können. Bridger schluckte schwer.

„Nein", sagte Kage ausdruckslos. „Ich meine den hochdekorierten Inspektor der Mordkommission."

Bridger räusperte sich.

„Vierter Stock, sagten Sie."

„Ja."

„Ich finde ihn selbst."

Bridger blieb stumm.

Sein Blick fiel wieder auf mich. „Krankenhaus."

Als ob ich einen direkten Befehl des Mannes ignorieren würde. „Jawohl, Sir."

60

Kage warf Ian einen Blick zu, dann wandte er sich um und verließ den Raum. Die Leute wichen ihm aus, als er den Flur entlangging, den wir durch die Glasscheiben auf der anderen Seite des Raums überblicken konnten.

„Wow, ist der krass drauf", kommentierte Bridger. „Bestimmt sehr lustig, mit ihm zu arbeiten."

„Absolut", stimmte Ian zu. „Aber lassen Sie mich Ihnen eines sagen: Wenn man irgendwo feststeckt und in der Klemme sitzt, gibt es niemanden, den man lieber zur Verstärkung rufen würde. Entweder kommt er selbst oder er sorgt dafür, dass andere kommen, und zwar so schnell wie möglich."

„Oh, ja", sagte ich schmunzelnd. „Der Ausdruck ‚Himmel und Hölle in Bewegung setzen' wurde eigens für ihn erfunden."

„Das wurde er", stimmte Ian zu. Er sah Bridger an. „Sind wir hier fertig? Wir dürfen jetzt zum zweiten Mal in ebenso vielen Tagen ins Krankenhaus fahren."

„Wann haben Sie sich das gebrochen?", fragte Bridger und deutete mit einem Kopfnicken auf mein Handgelenk.

„Vor zwei Tagen."

„Heilige Mutter Gottes. Wie?"

Ich nickte ebenfalls mit dem Kopf, allerdings in Ians Richtung.

„Oh."

„Fick dich, M. Lass uns gehen."

Ich begann zu lachen, und Bridgers Augen wurden groß.

„Also wie's aussieht sind alle Marshals ein bisschen furchteinflößend."

„Oh, absolut", sagte ich, als Ian mich auf die Füße zog.

„Und müssen Sie alle denselben Haarschnitt haben? Selbst Ihr Vorgesetzter?"

Kages Schnitt war praktisch militärisch, simpel und kurz. Nur Ians Haare waren noch kürzer, aber das lag daran, dass er noch in der Armeereserve diente. Meine Haare wiederrum waren etwas länger und auch dichter, und ich benutzte Haargel, um sie zu verwuscheln und hoch zu stylen. Aber wir hatten eine Kleidervorschrift, deren Einhaltung unser immer einwandfrei angezogener Vorgesetzter mit Argusaugen überwachte und wenn nötig erzwang.

„Wir müssen alle gleich aussehen, damit uns die Bösewichte nicht auseinanderhalten können."

„M-hm", machte Bridger und nickte, als hätte ich nicht mehr alle Tassen im Schrank.

Im Aufzug bemerkte ich plötzlich, wie mich ein leichter Schwindel überfiel.

„Halt dich an mir fest."

Ich legte eine Hand auf Ians Schulter und folgte ihm aus der Polizeiwache.

„Spring nie wieder aus irgendwelchen offenen Fenstern, verstanden?", befahl er mir, als ich stolperte.

„Bist es wohl leid, Ärger mit dem Chef zu bekommen, was?", zog ich ihn auf.

„Schön, dann mach so weiter. Ich bin sicher, das ist eine gute Idee."

Ich benahm mich wie ein Idiot. „Tut mir leid. Entschuldige. Ich verspreche es."

„Komm her", schnaufte er und legte einen Arm um meine Taille, während er mich zum Auto führte.

Im Krankenhaus stellte ich erstaunt fest, dass es schon nach neun Uhr war, und dass ich nicht nur ein wenig hungrig war, sondern dass ich einen Elefanten hätte verspeisen können. Auf der Straßenseite gegenüber dem Krankenhaus gab es ein 24/7 Diner, und nachdem ich eine Weile lang gebettelt und gefleht und gequengelt hatte, stand Ian widerwillig auf und ging uns etwas zu essen holen.

Die Krankenschwester, die mir solange Gesellschaft leistete, hieß Arlene und war sehr nett. Sie leuchtete in meine Augen, um zu sehen, ob die Pupillen geweitet waren, kontrollierte meine Reflexe und begutachtete besorgt meine diversen Schrammen und Prellungen. Ich sagte ihr, dass die schon alt waren.

„Alt?"

„Ja, von neulich."

Arlene war verwirrt, bis ich ihr mitteilte, dass ich erst vor zwei Tagen hier im Krankenhaus gewesen war. Nachdem sie sich meine Krankenakte geholt und nachgelesen hatte, untersuchte sie den Gips an meinem linken Handgelenk, während ich ihr erklärte, dass ich in Wahrheit Spider Man war.

„Wissen Sie, Marshal, die meisten Menschen gehen es ein paar Tage lang ruhig an, nachdem sie sich einen Knochen gebrochen haben."

„Ja, ich weiß."

„Sind Sie sich da sicher?"

„Glauben Sie, ich habe eine Gehirnerschütterung?"

„Unter anderem."

„Wieso sagen Sie das so in diesem Tonfall?"

„Weil es offensichtlich ist, dass mit Ihnen etwas nicht stimmt", grollte Arlene.

„Ja, das ist sein Gehirn", sagte Ian, der mit einem Tablett beladen mit Milchshakes, Burgern, Zwiebelringen, Pommes frites und zwei Flaschen Wasser hereinkam.

„Die im Diner haben dir erlaubt, das mitzunehmen?"

„Was, das Essen?" Er war verwirrt.

„Das Tablett, du Idiot."

„Als ob irgendwer mir irgendwas verbieten würde."

Prompt fing Arlene an zu schimpfen. „Sie können das hier nicht hereinbringen."

Er schob mit dem Ellbogen seine Jacke zurück, sodass sie die Dienstmarke an seinem Gürtel sehen konnte.

„Das interessiert mich nicht", sagte Arlene kategorisch.

„Wenn Sie's gut sein lassen, gebe ich Ihnen meinen Milchshake ab."

Die Milchshakes waren riesig, also passte das. Er und ich teilten uns den Schoko, und sie bekam Erdbeere.

Sie nahm mir Blut ab, hörte mein Herz ab und maß meinen Blutdruck, und als ich nach dem Röntgen aus der Radiologie zurückkam, lag Ian auf meinem Bett, sah sich ein Basketballspiel im Fernsehen an und vertilgte die restlichen Pommes.

„Wir sollten irgendwo noch Nachtisch essen gehen, wenn du hier fertig bist", sagte er und rülpste.

„Hast du Emma angerufen?", fragte ich und scheuchte ihn vom Bett runter, sodass ich mich hineinlegen konnte.

„War nicht nötig", sagte er und hielt mir sein iPhone hin, ohne den Blick vom Fernseher abzuwenden.

Ich stellte auf Lautsprecher, und gemeinsam hörten Arlene und ich zu, wie Emma Finch mit meinem Partner Schluss machte. Sie war wütend und verletzt, und obwohl weder sie noch ihr Bruder verhaftet worden waren, würden sie vermutlich endlose Stunden Sozialdienst ableisten müssen.

„Sie macht so über Handy mit ihm Schluss?"

Ich schnitt eine Grimasse. „Ich kann das vermutlich richten", informierte ich Arlene.

„Lass es", sagte Ian, und die Krankenschwester und ich drehten uns gemeinsam zu ihm um. „Ist schon in Ordnung."

„Sie trauern innerlich", erklärte Arlene seine Worte.

„Und du leidest unter Schock", fügte ich hinzu.

„Weder noch", knurrte er. „Aber ein Bier könnte ich vertragen."

Ich sah Arlene an.

„Sie dürfen kein Bier trinken", sagte sie mit fester Stimme.

„Muss mal pissen", verkündete Ian, stand auf und verschwand aus dem Zimmer.

„Solch reizende Manieren", sagte Arlene sarkastisch.

Als der Arzt eine Viertelstunde später herein kam, lachte ich immer noch. Nach drei langen Stunden wurde ich kurz nach Mitternacht entlassen, mit einer Rechnung für die Untersuchungen und Medikamente, bei der es mir den Atem verschlagen hätte, wenn ich nicht für die US Regierung gearbeitet hätte. Die schwindelerregende Summe würde komplett übernommen werden, da sie im Zuge der Ausübung meiner Pflichten entstanden war.

„Erinnere mich daran, nie außer Dienst verletzt zu werden."

Ian hörte nicht zu. Das einzige, was ihn interessierte, war, dass ich die Erlaubnis erhalten hatte, am nächsten Tag wieder zur Arbeit zu kommen. Trotz meines Flugs durch die Lüfte ohne Trapez war ich unbeschadet davongekommen.

„Ich darf sogar Bier trinken." Ich lachte leise.

Er warf einen Arm um meine Schulter und zog mich an sich. „Du hast mich fast zu Tode erschreckt."

„Ich weiß."

„Weißt du nicht."

„Okay."

„Du bist der solide Teil."

Von uns beiden, meinte er – ich war der solide Teil in dieser Partnerschaft. Und das wusste ich auch.

„Du musst du sein, und ich werde ich sein."

„Einverstanden", sagte ich mit einem Lächeln, als wir in den Aufzug traten.

„Und nur, dass du es weißt", sagte er heiser und wandte mir den Blick zu. „Sie treibt es mit Phil."

Ich sah ihn aus zusammengekniffenen Augen an; ganz offensichtlich hatte ich irgendwo etwas verpasst. „Was?"

„Emma", sagte er mit einem schmalen Lächeln. „Sie schläft schon seit einiger Zeit mit diesem Phil, der heute Abend da war. Die Sache jetzt ist nur ihre Ausrede, um mich abzuschießen."

„Nein."

Er nickte.

„Ich glaube dir nicht."

„Warum sollte ich lügen? Es lässt mich schließlich in keinem besonders guten Licht dastehen, da ich ja offensichtlich nicht genug für sie war."

„Warte", knurrte ich, zerrte an seiner Schulter und brachte ihn so dazu, mich anzusehen. „Woher weißt du das?"

Er zuckte die Schultern. „Ich weiß es eben."

„Quatsch. Du weißt es nicht."

Er gab mir sein Handy. Ich nahm es, als wir aus dem Aufzug traten und zum Hauptausgang gingen. In seiner Fotogalerie fand ich mehrere Bilder von Emma und einem Mann beim Abendessen. Ich konnte mich daran erinnern, ihn auf der Party gesehen zu haben, wenn auch nur kurz. Sie neigten sich die Köpfe zu, hielten Händchen und verließen das Restaurant Bravo gemeinsam. Es folgten Bilder von ihnen im Taxi, Bilder von ihnen vor einem Haus und schließlich durch ein Fenster aufgenommene Bilder, in denen sie sich aneinanderklammerten. Es brauchte kein Genie, hier die richtigen Schlüsse zu ziehen.

„Wir haben nie gesagt, dass wir exklusiv sind", sagte Ian, als wir auf die Straße hinaustraten, und drehte sich zu mir um. „*Theoretisch* hat sie mich nicht betrogen. Aber ich will auch nicht mit jemandem schlafen, der gleichzeitig noch mit jemand anderem ins Bett geht."

„Natürlich nicht."

Er zuckte die Schultern. „Es ist, wie es ist."

„Aber sie hätte ehrlich sein können."

Er holte tief Luft. „Mir geht's gut."

„Wer hat die Bilder gemacht?"

„Ich."

„Du hast deine eigene Freundin bespitzelt?", fragte ich und packte ihn.

„Ich habe Informationen gesammelt", verteidigte er sich und machte einen Schritt auf mich zu, sodass mein Arm nicht länger ausgestreckt war, sondern etwas verdreht zwischen unseren Körpern klemmte, meine Hand flach ausgestreckt auf seinem Bauch.

„Und wem wolltest du sie geben?", brachte ich heraus. Ich war mir nur allzu deutlich der festen Bauchmuskeln unter dem weichen Baumwollstoff bewusst, und kämpfte mit mir, um meine Finger nicht in den Stoff zu graben.

„Dir", sagte er mit einem Grinsen und drängte sich an mich, als sich Leute, die das Gebäude hinter uns verlassen wollten, an uns vorbeischoben.

Bevor ich darüber nachdenken konnte, was ich da tat, und mit einem Messbecher Demerol intus, der mich mutiger machte, als ich es sonst war, ließ ich meine Hand über seine feste Brust gleiten. „Lass uns was trinken gehen."

„Nein", gähnte er, beugte den Kopf herunter und drückte für einen Moment seine Stirn gegen meine Schulter, bevor er sich aufrichtete und zurücktrat. „Lass uns irgendwo Apfelkuchen holen."

Das klang noch besser. „Okay."

„Wir holen welchen und essen ihn bei dir auf dem Sofa."

„Du magst mein Sofa wirklich sehr", seufzte ich. Meinerseits mochte ich es wirklich sehr, dass er so gern bei mir war.

„Ja", gestand er. „Es ist ein gutes Sofa. Ich hatte auf diesem Sofa noch nie einen Albtraum."

Das war in der Tat sehr gut.

6

AUF DEM Rückweg zu mir machten wir erst einen Abstecher für den Nachtisch – da Apfelkuchen aus war, nahm ich eine Kürbispastete für mich und ein Stück Schokoladenkuchen für ihn – und dann bei ihm, um Klamotten für den nächsten Tag zu holen. Er schlief nach der Hälfte von *Stirb Langsam* ein, und ich deckte ihn mit einer Wolldecke zu. Als der Film vorbei war, stand ich auf und wusch die Teller ab, und als ich zurückkam, hatte er sich der Länge nach auf dem Sofa ausgestreckt, Sofakissen unter dem Kopf, und schlief tief und fest. Es war faszinierend, wie verletzlich er aussah, wenn er schlief. Ich fragte mich, wie Emma es hatte über sich bringen können, mit ihm Schluss zu machen.

Als ich nach oben ging, nahm ich sein Handy mit. Ich lebte in einem kleinen Stadthaus mit einem großen Erdgeschoss und einer Empore, die sich halb über die Etage darunter zog. Dort am Kopf der Treppe standen mein Bett und der Nachttisch mit meiner altmodischen Industrielampe. Ich hatte die Lampe in einem verlassenen Gebäude gefunden, als ich fünfzehn gewesen war, und hatte sie seitdem immer mit mir getragen. Selbst, als ich noch von einem Paar Pflegeeltern zum nächsten geschoben worden war, hatte ich es geschafft, sie nicht zu verlieren. Ich war absolut überzeugt gewesen, dass sie und ich eines Tages ein richtiges Zuhause haben würden.

Gegenüber dem Treppenaufgang waren das Bad und mein Kleiderschrank, und das war es. Alles andere war unten. Was ich schön fand, war, dass ich am Fußende meines Bettes liegen und in das Wohnzimmer unter mir schauen konnte. Mit gerade mal siebzig Quadratmetern war mein Greystone winzig, aber ich brauchte nicht viel Platz. Es gehörte mir, war mein Reich, von dem aufgearbeiteten Holzfußboden im Wohnzimmer über den Philco Kühlschrank und den versiegelten Betonboden in der Küche bis hin zu dem Kohler-Wasserfall-Duschkopf in meinem Bad. Ich hatte es zu meinem Zufluchtsort gemacht.

Die Innenausstattung war ebenfalls komplett von mir: schwarz-weiß Fotos von meinen Mädels und verschiedenen Orten, an denen ich gewesen war, an jeder verfügbaren Wand bunte, gerahmte Kunstdrucke und das Shabby Chic Holzregal in einer Ecke, auf das ich Topfpflanzen und weitere Bilderrahmen gestellt hatte. Meine Küchenschränke waren offen und zeigten das Fiestaware-Essgeschirr und das Pyrex-Kochgeschirr, das meine Mädels während der Jahre an der Uni zusammengetragen hatten; nach dem Abschluss hatten sie mir alles aufs Auge gedrückt, aber inzwischen mochte ich die Sachen. Mein Heim war kompakt und übersichtlich, wie in einem Bungalow, und mir gefiel das. Ich hatte mir einen Picknicktisch gekauft anstatt eines normalen Esstischs, damit ich mir nie den Kopf um Stühle und dergleichen zerbrechen musste, und es überraschte mich immer wieder, wie viele Leute von der Idee begeistert waren, drinnen auf einer Picknickbank zu sitzen und gemeinsam zu essen. Mein Haus war warm und dabei gleichzeitig absolut pflegeleicht. Verglichen mit der spartanisch eingerichteten, umgebauten Lagerhalle mit den dunklen Böden, grauen Wänden und weißen Akzenten, in der Ian lebte, war mein Haus wohnlich und gemütlich. Das sagte er immer wieder.

Ich streckte mich auf meinem Bett aus, rief die Fotos von Emma und Phil auf Ians Handy auf und begann, eines nach dem anderen zu löschen. Als das Handy klingelte und ich ihre Nummer sah, ging ich dran.

„Hallo", grüßte ich ernst.

„Miro?"

„Ja."

„Geht es dir gut? Ich versuche schon den ganzen Abend anzurufen, und Ian ist nie drangegangen."

„Ja, mir geht's gut."

„Ich … okay, ähm, ist Ian bei dir, weil –"

„Er schläft tief und fest. Er hatte einen anstrengenden Abend."

„Vertauschst du da nicht etwas? Du bist derjenige, der von meinem Balkon gefallen ist."

„Er weiß, dass du mit Phil schläfst, Emma."

„Wie bitte, was?"

„Ich lösche gerade die Beweise von seinem Handy. Das ist nicht gut für ihn."

Ein langes Schweigen. „Ich habe ihn nicht einmal bemerkt", sagte sie schließlich.

„Naja, er ist immerhin darauf trainiert, unbemerkt zu bleiben, von daher macht das nur Sinn."

„Ja, so gesehen."

Ich hüstelte ein wenig. „Gab es sonst noch etwas, das du ihm sagen wolltest?"

„Ja. Nein." Sie seufzte. „Ich weiß es nicht. Ich hätte ihm nicht auf die Mailbox sprechen sollen."

„Er hat mir die Nachricht vorgespielt."

„Natürlich hat er das. Ich hätte gewusst, dass du lügst, wenn du behauptet hättest, dass er das nicht getan hat."

„Wie bitte?"

„Bitte, Miro, er erzählt dir alles. Du bist seine andere Hälfte."

„Soweit würde ich jetzt nicht –"

„Und wo wir gerade dabei sind, ehrlich zueinander zu sein, ich konnte ihn kaum ausstehen, wenn du nicht auch da warst."

„Wovon redest du?"

„Wovon ich – machst du Witze?" Sie lachte rau. „Er spricht, wenn du da bist, Miro. Er lacht, er unterhält sich."

„Ich –"

„Und wenn du nicht da bist, bringt er kein Wort raus. Winnie und Val wussten nicht mal, dass er Lachen oder auch nur Lächeln kann, bis du das eine Mal mit uns Bowlen gegangen bist."

„Also hast du was getan, beschlossen, ihn zu behalten, aber gleichzeitig auch Phil zu haben?", fragte ich und versuchte, nicht zu vorwurfsvoll und anschuldigend zu klingen.

„Ian und ich waren nie exklusiv."

Wenn ich glücklich genug gewesen wäre, Ian Doyle in meinem Bett zu haben, dann hätte ich verdammt noch mal alles getan, um ihn wissen zu lassen, dass er der Einzige war, der dort willkommen und gewollt war. Er wäre nie mehr davongekommen, wenn ich ihn einmal gehabt hätte.

„Und er ist ein beschissener Liebhaber, Miro. Du solltest jedes Mädchen warnen, das sich ihm nähert", sagte sie wütend, und ihre Stimme triefte vor Verachtung. „Er ist total egoistisch."

Ich ignorierte sie. „Hast du noch irgendwelche Sachen von ihm bei dir oder er von dir bei sich?"

„Du hättest mir sagen sollen, dass sein Job seine oberste Priorität ist, und dass er sang- und klanglos und ohne Bescheid zu sagen mitten in der Nacht verschwindet, wenn er in den Einsatz geschickt wird, und dann monatelang wegbleibt, ohne sich zu melden."

„Ich habe dich etwas gefragt."

„Und dann auf einmal vor der Tür steht und erwartet, dass ich mit ihm ins Bett steige."

Das klang schwer nach Ian. „Emma?"

„Nein! Ich habe nichts von ihm bei mir, und er hat immer seine ganze Wohnung abgesucht, wenn ich gegangen bin. Nur, damit er auch ganz sicher sein konnte, dass ich nichts vergessen hatte." Sie war fuchsteufelswild, aber ich hörte das verletzte Zittern in ihrer Stimme. „Es gibt in seiner Wohnung nichts, das nicht *ihm* gehört. Das würde er niemals zulassen."

Aber das stimmte nicht.

Ich konnte schon nicht einmal mehr sagen, wie viele von meinen T-Shirts er inzwischen hatte. Mein University of Chicago Kapuzensweater war beschlagnahmt worden, ebenso mein roter Kaschmirschal und, wie es schien, die Stiefel, die ich ganz vergessen hatte. Aber ich hatte nie auch nur eine Sekunde lang darüber nachgedacht. Wir tauschten Dinge untereinander aus; Partner machten das so. Ich hatte eines seiner Sweatshirts von West Point und seinen Burberry Kurzmantel aus Kaschmirwolle, den ich mir vor acht Monaten ausgeliehen und seitdem nie zurückgegeben hatte.

Außerdem hatte ich die Jacke seiner Einsatzuniform, die er bei mir gelassen hatte, nachdem er das letzte Mal in den frühen Morgenstunden zurückgekehrt war. Ich erinnerte mich noch gut an das Klopfen an meiner Tür um ein Uhr morgens, wie ich vom Sofa aufgestanden war, auf dem sich ein Typ – Wayne irgendwas – rekelte, und meine Haustür geöffnet hatte. Und meinen zerschrammten, abgekämpft aussehenden Partner unsicher hin und her schwankend davor gefunden hatte.

„Oh, Scheiße", hatte ich gekeucht, nicht sicher, wo ich ihn berühren konnte, ohne ihn zu verletzen.

„Ich hab eine Gehirnerschütterung", hatte er verkündet. „Du musst dich um mich kümmern."

Ich hatte meine Arme nach ihm ausgestreckt. „Natürlich."

Er war vorwärts getaumelt und hatte sich schwer gegen mich sacken lassen, seinen Kopf auf meine Schulter gelegt und seine Arme fest um meine Taille geschlungen.

„Das ist das Abzeichen der Luftlandeeinheit", hatte der Typ, mit dem ich nun keinen Sex mehr haben würde, mit einem Luftschnappen gesagt. „Heilige Scheiße, Alter."

Alles, was ich zu diesem Zeitpunkt gewusst hatte, war, dass mein Partner bei den Sondereinsatzkräften war. Ich hatte nie weiter nachgeforscht, denn es ging mich nichts an. „Du kannst gehen", hatte ich hastig hervorgestoßen. Es hatte mir mehr bedeutet, den Mann, den ich wirklich wollte, an mich gelehnt zu haben, sein Atem an meinem Hals, während er beinahe im Stehen einschlief, als ich Sex mit einem Typen haben wollte, den ich gerade erst ein paar Stunden lang kannte.

„Toll, Alter, fick dich ins Knie."

Das Zuschlagen der Tür hatte Ian zusammenzucken lassen, und er hatte mich fester gepackt.

„Alles okay, ist schon in Ordnung. Komm, wir bringen dich nach oben. Du kannst in meinem Bett schlafen."

„Nein", hatte er geächzt, „Sofa. Ich hab vom Sofa geträumt."

Es war eine gut gefederte, zweiteilige Mikrofasercouchgarnitur und es gab nichts, das auch nur im Geringsten bemerkenswert an ihr gewesen wäre, aber er war zielstrebig darauf zu getorkelt, während er Mütze, Jacke und Gürtel ausgezogen und auf den Boden fallengelassen hatte. Dann hatte er sich auf das Sofa plumpsen lassen, sich die nicht zugeschnürten, schweren Kampfstiefel ausgetreten und ihnen Hose und Socken folgen lassen. Er hatte sich eines der vielen Sofakissen unter den Kopf gestopft, tief geseufzt und sich nicht mehr gerührt. Nachdem ich eine Weile lang den langen, muskulösen Körper bewundert hatte, der ausgestreckt vor mir dalag, hatte ich ihn mit einer dicken Wolldecke zugedeckt.

Ich hatte hinter ihm aufgeräumt, alle Kleidungsstücke in die Waschmaschine gesteckt, mich ans andere Ende des Sofas gesetzt und gelesen. Etwa zwanzig Minuten später war er wach geworden, zu mir herüber gerutscht, hatte sein Kissen in meinen Schoß und sich wieder hingelegt.

„Sollst auf mich achtgeben", hatte er genuschelt, bevor er wieder eingeschlafen war.

Und ich hatte mich für einen Moment gewundert, warum er bei mir war und nicht bei Emma. Aber es hatte mich nicht genug interessiert, um ihn danach zu fragen, und auch nicht genug, um sie anzurufen und ihr zu sagen, dass sie kommen und ihn abholen sollte. Ich hatte ihn genau dort haben wollen, wo er war, heil und gesund.

„*Miro?*"

„Entschuldige bitte", sagte ich schnell, peinlich berührt, dass ich in Gedanken abgeschweift war. „Und es tut mir leid, dass die Sache so geendet ist."

„Schon in Ordnung, ich bin schon drüber weg."

Ich hoffte, das entsprach der Wahrheit. „Tschüss, Emma."

„Tschüss, Miro. Du warst, ehrlich gesagt, das Beste an meiner Bekanntschaft mit Ian Doyle."

Das war traurig, und ich dachte das immer noch, als ich den Kopf hob und ihn oben auf der Treppe stehen sah. „Wenn man vom Teufel spricht."

Er grunzte. „Was machst du da?"

„Ich lösche die Bilder von deinem Handy", teilte ich ihm mit.

„Hast du sie alle gefunden?"

„Habe ich."

„Gut." Er gähnte leise. „Bestimmt besser so."

„Als ob du ‚besser' kennen würdest", grollte ich.

„Hey, ich hab vergessen, etwas mitzunehmen, das ich zum Schlafen anziehen kann. Ich brauche einen Schlafanzug oder zumindest Boxershorts oder so was."

„Sieh in meinem Schrank nach", wies ich ihn an und legte sein Handy auf meinen Nachttisch. „Oberste Schublade rechts. Such dir eine aus."

Er trug kein Hemd, was mir, als er um das Bett herumging, einen ungehinderten Blick auf seinen unglaublichen Waschbrettbauch, die muskulöse Brust und die von der tief sitzenden Jeans perfekt zur Geltung gebrachten seitlichen Bauchmuskeln gewährte. Außerdem konnte ich die unzähligen Narben auf seinem Körper sehen, von Messern, Kugeln und – mein Favorit – einer Peitsche. Ein korrupter Bandenchef in irgendeiner gottverlassenen Ecke dieser Erde hatte ihn allen Ernstes ausgepeitscht. Ich war entsetzt gewesen, als er mir erklärt hatte, was diese Spuren hinterlassen hatte, aber Ian hatte, ganz Ian, nur mit den Schultern gezuckt. Ich versuchte, nicht zu lange über all das Grauen nachzudenken, das ihn verfolgte und gelegentlich ereilte, wenn ich nicht da war und auf ihn aufpasste. Soweit ich das sagen konnte, waren die Leute, die ihm Rückendeckung hätten geben sollen, nicht sehr gut darin, ihn zu beschützen. Oder aber … Oder aber es war genau umgekehrt, und sie waren fantastisch, und Narben von Peitschenhieben waren nur die Spitze des Eisberges der Dinge, die ihm hätten widerfahren *können*. Nicht, dass er darüber sprach. Von der Sache mit der Peitsche wusste ich nur deshalb, weil er es mir einmal spät nachts, als er sehr betrunken gewesen war, gestanden hatte. Ich hatte ihn damals, in jenem Moment, dringend berühren wollen, und ich wollte ihn auch jetzt, in diesem Moment, berühren. Der Wunsch, meine Hände über seine muskulöse Gestalt gleiten zu lassen, diese Arme um meinen Körper gelegt zu spüren und jeden einzelnen Zentimeter seiner glatten, olivfarbenen Haut zu lecken, brannte unauslöschlich in mir. Ich war mehr als nur bereit, ihn zu kosten, ihn zu nehmen und zu haben und zu behalten, er musste dafür nur ein Wort sagen.

„Igitt, Mann, du hast ja Tangas hier drin", rief er von der anderen Seite der Wand.

Scheiße.

Er kramte in meinen Sachen herum, und das war mein Fehler. Nichts beendete leidenschaftliche Fantasien schneller als Kommentare über die eigene Unterwäsche.

„Nimm dir einfach irgendwas und gut ist", rief ich zurück und setzte mich auf. Ich musste mich ebenfalls noch umziehen.

„Jetzt stell dich nicht so an." Er lachte leise in sich hinein und bemerkte: „Ich bin mir sicher, die Männer lieben es, wenn du dir was Hübsches anziehst."

„Ich habe eine Waffe", warnte ich, anstatt zu schreien. Ich brauchte dringend Urlaub, weit, weit weg von ihm.

„Ist das aus Leder?" Er kicherte dreckig.

„Ich hole meine Waffe!"

Er kam zurück und auf mich zu, in einer kurzen Schlafanzughose, die seinen Schritt umschmeichelte und den langen Schwanz, den ich schon so oft gesehen hatte, klar abmalte. Ian war nicht im Mindesten zurückhaltend oder schüchtern in meiner Gegenwart. Ob im Fitnessstudio, zu Hause oder in einem Hotelzimmer, wenn wir auf Observierung waren, es kümmerte ihn nicht. Sich vor mir nackt auszuziehen war kein Problem für ihn.

„Bitte nicht schießen", neckte er mich, als er an meinem Bett vorbei und zur Treppe ging und mir im Vorbeigehen durch die Haare wuschelte. „Ich will nur schlafen."

„Nimm dein Handy mit", brummte ich und warf es ihm zu. Diese spielerische Berührung war nicht das, was ich von ihm wollte.

„Hey."

Er stand so tief unten auf der Treppe, dass ich ihn nur von der Brust an aufwärts sehen konnte. „Danke, dass du nicht gestorben bist."

„Geh schlafen."

Er schnaubte. „Schon unterwegs."

Kurz darauf, als ich gerade ins Bad ging, wurde es unten dunkel. Nachdem ich mich bettfertig gemacht, Zähne geputzt und Schlafanzughose und T-Shirt angezogen hatte, ging ich zurück und legte mich hin. Nachdem ich die Lampe auf meinem Nachttisch ausgemacht hatte, senkte sich Halbdunkel über mein Haus. Das Mondlicht, das durch das Dachfenster und mein Fenster hereinfiel, verlieh den Schatten im Raum einen tiefdunkelblauen Ton, der mich an die Augen meines Partners erinnerte. Was mir natürlich nicht im Mindesten beim Einschlafen half. Ich drehte mich im Bett herum und krabbelte zum Fußende. Von dort aus konnte ich ihn ausgestreckt unter mir liegen sehen. Schön, dass wenigstens einer von uns etwas Schlaf bekam.

7

DAS LÄUTEN unten an der Tür weckte mich, bevor der Wecker geklingelt hatte. Ich rollte aus dem Bett und taumelte die Treppe hinunter, kam unten an Ian vorbei, der auf dem Weg zur Empore gewesen war, und tappte weiter zur Tür, völlig verschlafen und nur halb wach. Der Duft von Kaffee stieg mir in die Nase, und ich wunderte mich, wie das sein konnte. Ich öffnete die Haustür, bevor die Antwort durch meine Hirnwindungen zu mir durchgedrungen war.

„Hi."

Alles tat mir weh, und Brent Ivers auf meiner Fußmatte stehen zu sehen half auch nicht. Mein Ex hatte mich vor sechs Monaten für einen neuen Job und ein neues Leben in Miami verlassen. Zu unseren besten Zeiten hatte der Sex viel Spaß gemacht und wir hatten viel miteinander gelacht, auch wenn wir, auf seinen Wunsch hin, nie exklusiv gewesen waren. Am Tiefpunkt unserer Beziehung, gegen Ende hin, hatte es sehr wehgetan, in seine Wohnung zu kommen und dort andere Männer vorzufinden, wenn wir zum Abendessen verabredet waren oder seine Familie besuchen wollten. Er war gegangen, ohne mich auch nur zu fragen, ob ich mit ihm kommen wollte, ob ich mich versetzen lassen konnte. Und mir war es nie in den Sinn gekommen, etwas anderes zu sagen als Lebewohl. Chicago war der erste Ort, an dem ich mich jemals sicher gefühlt hatte, der einzige Ort, wo nie etwas Schlimmes passiert war, und meine Arbeit und mein Partner waren hier. Ich würde nirgendwo hingehen.

„Es ist eiskalt hier draußen, Baby. Kann ich reinkommen?", fragte Brent und rief mich damit in die Gegenwart zurück.

Ich sah ihn aus zusammengekniffenen Augen an. „Was machst du hier?"

„Ich habe dich vermisst."

„Quatsch", sagte ich unverblümt. „Was ist los?"

„Ernsthaft", winselte er, „lass mich rein."

Da es nicht so aussah, als ob er sich verdünnisieren würde, trat ich beiseite und ließ ihn ein. Ich schloss die Tür hinter ihm, und er drehte sich zu mir um und sah mich an.

„Verdammt, du siehst gut aus", sagte er heiser und kam näher.

Ich wich ihm aus und vergrößerte den Abstand zwischen uns.

„Was soll das denn?", fragte er gereizt. „Seit wann darf ich dich nicht mehr berühren?"

„Was zum Teufel tust du hier?", konterte ich.

„Ich bin geschäftlich in der Stadt, und ich dachte mir, ich könnte solange bei dir bleiben."

„M!", brüllte Ian, über das Geländer neben meinem Kleiderschrank gebeugt. „Kann ich mir von dir eine Unterhose leihen?"

„Du weißt, wo sie sind!", schrie ich zurück. „Gestern Abend hast du sie schließlich auch gefunden!"

„Was zum Teufel macht der denn hier?", knurrte Brent, der bei Ians Gebrüll sichtlich zusammengefahren war. „Hat er hier übernachtet?"

„Was zum Teufel macht der denn hier?", donnerte Ian, der seinen inneren Lautstärkeregler offenbar auf Luftschutzsirene eingestellt hatte.

Das war alles viel zu laut für mich – und noch dazu bevor ich einen Tropfen Kaffee bekommen hatte. Ich knurrte unwirsch, schlängelte mich um Brent herum und tappte über den Holzfußboden in Richtung Küche.

„Miro?", rief Brent und folgte mir. Im Hintergrund hörte ich Ian die Treppe hinuntertrampeln. „Was um alles in der Welt ist hier los? Was macht Ian hier, dass er sich Unterwäsche von dir leihen muss?"

Es sah in der Tat verdächtig aus, aber das hätte kein Problem sein sollen. Nicht für Brent. „Die viel wichtigere Frage ist doch, warum du geglaubt hast, du könntest ohne einen triftigen Grund hier einfach so aufkreuzen", sagte ich barsch, nahm mir einen Becher von den Haken über dem Spülbecken und holte mir Kaffee. Er roch himmlisch.

„Ich dachte, es wäre alles okay zwischen uns", erklärte er und trat näher, während ich mir Götternektar in die Tasse füllte.

„Willst du auch einen?"

„Hast du es je erlebt, dass ich Kaffee ablehne?"

Ich reichte ihm den dampfenden Becher, informierte ihn darüber, dass die Kaffeesahne dort war, wo sie immer war, und holte mir einen neuen Becher, als Ian in die Küche geschlendert kam.

„Gieß mir auch einen ein", befahl er, anstatt zu fragen, stampfte zu mir herüber und stellte sich neben mich. Unter seiner offenen Anzughose konnte man das weiß einer meiner Unterhosen hervorblitzen sehen.

„Du hast keine Haselnusskaffeesahne", beklagte sich Brent, der meinen Kühlschrank durchsuchte.

„Weil du der Einzige warst, der das Mistzeug getrunken hat, darum", sagte Ian spitz. „Jetzt gibt's nur noch halbfette Kaffeesahne, friss oder stirb."

„Warum bist du hier?"

„Warum bist du hier?", schoss Ian zurück.

„Miro?", sagte Brent scharf, schlug die Tür meines altmodischen Kühlschranks zu und wandte sich zu mir um. „Was zum Teufel ist hier los?"

„Hör zu, ich –"

Aber Ian schnitt mir das Wort ab, indem er vor mich trat und gegen Brent vorrückte. „Bist du nach Chicago zurückgezogen?"

„Nein, ich bin nur –"

„Und du dachtest dir was?", sagte er, baute sich mit finsterer Miene vor Brent auf und rammte ihm zwei Fingerspitzen ins Schlüsselbein.

„Auuua", jammerte er und versuchte, um Ian herumzuspähen. „Miro, bring ihn dazu –"

„Du dachtest, du könntest einfach zurückkommen, so als wäre nichts gewesen? So als wärst du nicht verdammt noch mal einfach abgehauen? Dachtest dir, du könntest dich hier einquartieren, während du in der Stadt bist, dir damit das Hotelzimmer sparen und als Bonus vielleicht noch ein bisschen Spaß zwischen den Laken haben?", knurrte Ian. „Ist es das, was du gedacht hast?"

„Lass mich in Ruhe!", fuhr Brent ihn an.

„Das ist totaler Bockmist", informierte Ian ihn mit lauter werdender Stimme, und seine Muskeln spannten sich an, wurden kampfbereit. „Du solltest schleunigst von hier verschwinden, bevor ich dir in den Hintern trete."

„Miro!", schäumte Brent, wich Ian aus und kam auf mich zu. „Was soll das? Was ist hier los?"

„Geh einfach. Es war keine gute Idee von dir, herzukommen."

„Aber meine Mutter will, dass du sie besuchen kommst", protestierte Brent.

„Das ist selbst für deine Verhältnisse mies, Arschloch", sagte Ian und stupste mich an, als er näherkam. Die Hitze, die sein Körper ausstrahlte, machte mir bewusst, wie kalt das Haus war.

„Wir sehen uns ein andermal, Brent", log ich und ging um ihn herum zum Kühlschrank. Ich brauchte die Kaffeesahne, da ich meinen Kaffee nicht wie Ian pechschwarz trank. „Pass auf dich auf."

„Gott, Miro, es tut mir so leid, dass ich dich verletzt habe. Ich hatte ja keine Ahnung wie sehr."

„Raus", befahl Ian. „Du hast ihn gesehen, du kannst das später als Wichsvorlage nehmen, aber mehr bekommst du nicht."

„Ich sollte dich zu Brei schlagen", knurrte Brent meinen Partner an.

Ich schnaubte spöttisch, während ich Sahne in meinen Kaffee goss. Dann öffnete ich eine Schublade, um mir einen Löffel zu nehmen. „Tschüss, Brent."

Nur wenige Sekunden später war er weg, und Ian knallte die Tür hinter ihm zu.

„Was hab ich dir darüber gesagt, Fremden die Tür aufzumachen?"

Ich lachte leise, als er in die Küche kam, sich neben mir gegen die Anrichte lehnte und an seinem Kaffee nippte. „Du hast recht. Ich verspreche, in Zukunft wachsamer zu sein."

„Und geh auf gar keinen Fall mit dem Typen ins Bett, egal was."

„Ja, okay, meinetwegen."

„Nein, sieh mich an."

Ich schenkte ihm meine volle Aufmerksamkeit.

„Ich meine das ernst. Er verdient nicht einen Moment deiner Zeit."

„Danke."

Er hielt meinem Blick unverwandt stand, und wir schwiegen, bis er schließlich etwas in sich hineinbrummte.

„Wie bitte?"

„Ich hab gesagt, du sollst auf mich hören."

Ich machte den Mund auf, um zu antworten, aber in dem Moment meldete sich sein Handy mit einem lauten Brummen vom Sofatisch.

Er ging ins Wohnzimmer und hob beim fünften Klingeln ab. Ich beobachtete ihn und sah mit sinkendem Herzen, wie er sich plötzlich kerzengerade aufrichtete und Haltung annahm, so als wartete er darauf, etwas Bestimmtes zu hören, als wartete er auf einen Befehl. Und weil ich zwei und zwei zusammenzählen konnte und dabei vier bekam, wusste ich, was passiert war, noch bevor er auflegte und zu mir zurückkam.

Er räusperte sich. „Ich werde heute Morgen nicht mit dir das Geleit machen können. Ich bin weg."

„Wie meinst du das, weg?"

„Wie, wie meine ich das? Ich meine, ich bin nicht hier."

„Was?"

Er kam näher, legte neben mir eine Hand auf die Anrichte.

„Sag's mir."

Er räusperte sich erneut. „Ich … ich muss gehen."

„Wohin?"

„Kann ich nicht sagen."

„Kannst du nicht oder willst du nicht?", bohrte ich nach.

„Kann ich nicht", presste er zwischen zusammengebissenen Zähnen hervor.

Ich holte rasch Luft. „Okay, du gehst also Gott weiß wohin, um dort Gott weiß was zu machen."

„Genau."

Damit mussten wir immer rechnen.

Da Ian aktiver Reservist war, während er als US Marshal arbeitete, musste die Armee ihn einfach nur anrufen und sagen: „Wir benötigen Sie für einen Einsatz", und weg war er. Alle Offiziere konnten jederzeit nach Belieben des Präsidenten eingesetzt werden, also musste die Armee nicht einmal einen Vertrag aufsetzen, wenn sie Ian wollten. Praktisch lief es so: Sie riefen bei den Marshals an, verkündeten: „Wir nehmen ihn jetzt mit, Sie bekommen ihn später wieder" und erklärten – wenn sie Lust dazu hatten – wie lange der Einsatz dauern würde, plus dreißig Tage für Einsatzabschlussbesprechung, administrative Abläufe und Urlaub. Worauf es hinauslief war schlicht und ergreifend, dass er ging, wenn sie es befahlen.

„Wirst du mich anrufen können?"

„Ich werd's versuchen", antwortete er ehrlich.

„Es wäre prima, aber ich mache mir keine Sorgen, wenn ich nichts von dir höre, okay?"

Seine Kiefermuskeln spannten sich an.

„Was meinst du, teilen sie mir Becker zu, während du weg bist, oder Kohn?"

„Vielleicht Kohn", meinte er, und als ich stöhnte, blitzte sein Lächeln auf, zeichnete Lachfältchen um seine Augen. „Sei nett zu ihm."

„Hoffentlich versucht er dieses Mal nicht noch mal, sich zu erschießen."

„Es war ein Querschläger."

„Egal: seine Kugel, seine Waffe", erinnerte ich ihn.

Er zog die Augenbrauen hoch, als wolle er sagen: Ja, okay, meinetwegen.

„Rufst du Kage von unterwegs aus an oder willst du, dass ich es ihm sage?"

„Ich kann mit dir zum Büro kommen und es ihm selbst sagen."

„Nein. Es wäre besser, wenn du einfach direkt gehen würdest, meinst du nicht?"

So wäre es für uns beide leichter. Normalerweise standen wir schweigend herum, wenn er gehen musste und doch nicht ging, er an irgendetwas gelehnt – Wand, Schreibtisch, Fenster –, während ich mit verschränkten Armen seinen Anblick in mich aufsog, mir jedes einzelne Detail seines Gesichts und seines Körpers ins Gedächtnis einprägte.

„Ja, okay", stimmte er rau zu.

„Von wo aus fliegst du?"

„Scott Air Force Base, in der Nähe von Belleville."

„Und wie kommst du dahin? Man fährt von hier aus gut fünf Stunden."

„Ich fliege vom O'Hare."

„Okay."

Seine Augen waren unverwandt auf mich gerichtet.

„Ruf mich an, wenn du wo-auch-immer-du-hingehst angekommen bist und dann, wenn du auf dem Heimweg bist."

„Ich werd's versuchen."

„Denk dran, kugelsichere Westen und Körperpanzerung sind deine Freunde."

„Definitiv."

„Okay, dann", nuschelte ich. „Du solltest mir deine Schlüssel für unseren Wagen dalassen, für den Fall, dass er versteigert wird, während du weg bist."

Die Behörde verkaufte alle Fahrzeuge und sonstigen Gegenstände, die während Razzien beschlagnahmt wurden, und alle Autos, die wir Marshals fuhren, konnten nach Katalog ersteigert werden.

„Hier", antwortete er, holte die Schlüssel aus seiner Tasche und legte sie auf die Anrichte. „Danke, dass du nicht vorgeschlagen hast, mich zum Flughafen zu fahren."

Das war letztes Mal die absolute Katastrophe gewesen – ich hatte wie erstarrt im Wagen gesessen, Hände ums Lenkrad gekrallt, und er hatte am Inhalt seines Rucksackes herumgefummelt. „Sicher. Ich habe die Zweitschlüssel für deine Wohnung, ich hole deine Post rein und Chickie ab."

„Danke."

„Keine Ursache. Dein Wolf ist bei mir in sicheren Händen."

„Er ist ein Husky."

„Mit einem Einschlag von Wolf und Malamut, ja, ich weiß", neckte ich ihn, und die ganze Zeit über dachte ich: *Gott, er ist wunderschön.*

Er trat dicht an mich heran und umarmte mich kurz und rippenzermalmend fest, eine echte Männerumarmung. Aber als er Anstalten machte, mich loszulassen, packte ich ihn einen Moment lang fester und drehte den Kopf so, dass ich den Duft seiner Haut einatmen und mein Gesicht in seinem Haar vergraben konnte.

Er zitterte, und da ich ihn nicht unnötig beunruhigen wollte, ließ ich ihn los. „Okay, Kumpel", sagte ich lächelnd. „Pass auf dich auf."

Seine Augen blickten suchend in meine. „Du auch."

„Ich muss nur auf Querschläger achten", frotzelte ich.

„Betritt kein Gebäude ohne Verstärkung und spring nicht von irgendwelchen Balkonen."

„Werde ich nicht."

„Okay", sagte er heiser.

„Okay", wiederholte ich und klopfte ihm ein letztes Mal auf die Schulter. „Tschüss."

Er schenkte mir den Hauch eines Lächelns, dann drehte er sich um und ging, hinaus ins Wohnzimmer, um seine restlichen Sachen zusammenzusammeln.

Ich hantierte geschäftig herum und spürte währenddessen, wie meine Brust eng und meine Kehle trocken wurde. Die Spülmaschine einzuräumen war von allergrößter Wichtigkeit.

„Bis später!", rief er von der Tür. „Denk dran, Chickie bei meinem Vater abzuliefern, bevor du zur Arbeit fährst, er hat ihn ja immer tagsüber."

„Jawohl, Sir", sagte ich und folgte ihm mit den Blicken, als er die Tür öffnete, mir ein warmes Lächeln zuwarf und verschwand.

Ich sagte mir, dass es okay war, dass er heil und gesund wiederkommen würde, so wie er es immer tat, und stieg die Treppen hinauf, um mich für den Tag fertig zu machen. Und dann musste ich einen Abstecher machen und seinen Werwolf abholen.

Ians Wohnung hatte Ähnlichkeit mit einer Schachtel. Sie war klein, hatte Jalousien an jedem Fenster, und die Wände waren aus Zement. Es war, als lebte er in einem riesigen Betonziegel. Nicht mal Teppichboden gab es, was andererseits aber auch wieder gut war, denn sein Wolf hätte ihn bestimmt zerfetzt. Als ich die Wohnungstür öffnete, kam er auf mich zu, Zähne gefletscht, ein tiefes Knurren in der Kehle, die Ohren flach angelegt. Ich wusste natürlich warum. Ich betrat sein Revier, nicht er meines.

„Hör auf damit", schimpfte ich und warf ihm einen finsteren Blick zu. Dann lächelte ich und säuselte: „Chickie Baby."

Sein glückliches Fiepen, als er mich erkannte, war goldig. Er tanzte entzückt um mich herum, nicht länger ein blutrünstiger Jäger, sondern ein großer, verschmuster Welpe.

„Dummer Hund", grüßte ich ihn und streichelte seinen riesigen Kopf. Ich musste mich dazu nicht einmal bücken. Sein Rücken ging mir bis zur Hüfte. „Wer sonst ist dumm genug, hier rein zu kommen?"

Er wand sich wild neben mir hin und her und nahm schließlich meine Hand sanft zwischen seine Kiefer, um mich dazu zu bringen, ihm mehr Beachtung zu schenken. Ich hockte mich hin und kraulte ihn hinter den Ohren, während er mein Kinn ableckte und seine Nase in meine Halsbeuge steckte.

„Komm, du Idiot. Lass uns eine Runde um den Block laufen, bevor wir dich ins Auto stecken."

Ich schnappte mir seine Leine von dem Haken an der Wand, wo sie direkt neben Ians Fahrrad hing. Die ganze Wohnung war Musterbeispiel einer Junggesellenbude, mit Highlights wie dem an Klammern aufgehängtem Bügelbrett im Flur. Die zusätzlich neben seinem Bett befestigte Lampe, bruchsicher, mit extralangem Kabel und Metallbügel, um sie daran aufzuhängen, gehörte auf eine Baustelle. Er konnte von Glück sagen, dass er so gut aussah, sonst hätte er nie eine Frau dazu gebracht, mehr als nur ein paar Minuten hier zu bleiben.

Ich fuhr von seiner Wohnung in Hyde Park raus nach Marynook, wo sein Vater lebte, und hielt vor dem kleinen, ebenerdigen Einfamilienhaus mit dem großen Panoramafenster, das inmitten einer Reihe gleicher, ebenerdiger Einfamilienhäuser stand, an. Als ich mich dem Vordertörchen näherte, trat Ians Vater aus dem Haus und hob grüßend die Hand.

„Miro", rief er. Ich ließ die Leine los, und Chickie raste auf den älteren Mann zu.

Colin Doyle ging auf die Knie, und ich sah, wie der Hund langsamer wurde, sodass er ihn nicht über den Haufen rannte.

„Ich hatte meinen Sohn erwartet", sagte Colin, als ich die Treppenstufen zur Haustür emporstieg.

„Ich weiß." Ich lächelte. „Aber er wurde abberufen, Sir."

„Oh", seufzte er, und seine Blicke trafen meine. „Wann?"

„Heute Morgen."

„Er hat mich nicht angerufen."

„Ich bin sicher, das wird er noch", log ich. Ich war der Einzige, bei dem Ian es auch nur in Betracht zog, sich zu melden.

Er schnaubte verächtlich. „Das wäre etwas ganz Neues. Der einzige Grund, warum wir uns überhaupt sehen, ist sein Hund."

Ich machte den Mund auf, um ihm zu widersprechen.

„Und du, Miro."

„Das ist nicht wahr, und ich habe nichts –"

„Du warst derjenige, der es vorgeschlagen hat. Du warst derjenige, der gesagt hat, lass doch deinen Vater sich um den Hund kümmern, anstatt jemanden dafür zu bezahlen, mit ihm Gassi zu gehen.“

„Ja, nun.“ Ich zuckte die Achseln. „Das war vielleicht nicht wirklich ein Gefallen, er frisst schließlich jeden Tag sein eigenes Körpergewicht in Futter.“

Er lachte leise. „Du hast mir einen riesigen Gefallen getan, Miro, und ich werde dir immer dafür dankbar sein.“

„Er hätte es dir nicht sagen sollen.“

„Es wäre schön gewesen, wenn er das nicht getan hätte, ja. Ich hätte so tun können, als wäre er von selbst auf die Idee gekommen.“

„Es tut mir leid.“

„Es gibt nichts, das dir leidtun müsste.“

„Es war keine große Sache.“

Er nagelte mich mit einem Blick aus seinen eisigen blauen Augen, die denen seines Sohnes so ähnlich waren, an Ort und Stelle fest. Der einzige Unterschied zwischen ihm und Ian war das Fehlen der tiefen Lachfältchen um diese Augen herum. Ians Vater hatte keine. „Es bedeutet mir sehr viel, Miro.“

Ich nickte.

Ich kannte die Hintergründe der Beziehung zwischen den beiden Männern nur vage. Das bisschen, was ich wusste, hatte mit einer Scheidung zu tun, nach der weder Sohn noch Mutter je wieder von Colin Doyle gehört hatten. Aber er war zwanzig Jahre später zu ihrer Beerdigung gekommen, und das war das letzte Mal gewesen, dass Ian seinen Vater gesehen hatte, bis wir ihm in der Innenstadt über den Weg gelaufen waren. Ian und ich waren zu dem Zeitpunkt seit zwei Jahren Partner gewesen. Ich war stehengeblieben, als jemand seinen Namen gerufen hatte, aber Ian nicht.

„Komm schon“, hatte Ian geknurrt, eine Hand fest um meinen Oberarm gelegt, und hatte versucht, mich zum Weitergehen zu bewegen.

„Der Mann da hat dich gerufen, Idiot“, hatte ich gesagt und gewartet, bis er uns erreicht hatte, ein breites Lächeln auf dem Gesicht und die Hand ausgestreckt.

„Hallo“, schnaufte er, als ich sie schüttelte. „Colin Doyle, freut mich, Sie kennenzulernen.“

Ich versuchte herauszufinden, wer der Mann war. Cousin? Onkel? „Ganz meinerseits, Sir.“

„Ich bin Ians Vater.“

„Oh“, entfuhr es mir überrascht. Ich hatte keine Ahnung gehabt, dass der Mann, der seit zwei Jahren mein Partner war, Familie in Chicago hatte. Ich drehte mich zu Ian um und wartete auf eine Erklärung.

Die Arme verschränkt, die Zähne zusammengepresst, stand mein Partner schweigend und stockstteif da.

„Wie geht es dir, mein Junge?“, fragte Colin leise.

Ich stieß Ian mit dem Ellenbogen an.

„Gut", brummte er.

„Es ist wirklich schön, Sie kennenzulernen", sagte ich leise und bedeckte die Hand seines Vaters mit meiner. „Möchten Sie vielleicht mit uns zu Mittag essen, Sir?"

„Liebend gerne", krächzte er, und ich sah die bebende Hoffnung in seinem Gesicht. In dem Moment war er tief verletzlich. „Wenn es Ian recht ist, versteht sich."

Ich sah meinen Partner an, forderte ihn schweigend heraus, auch nur ein Wort zu sagen.

„Schon in Ordnung", murmelte er.

Das Restaurant, ein Grieche in der Nähe des Centennial Parks, war eines unserer Lieblingsrestaurants. Wir setzten uns in eine Nische im hinteren Teil des Raumes, und ich hatte vor, mich Ian und seinem Vater gegenüber hinzusetzen, aber Ian stieß mich auf die Bank und rutschte nach. Sein Knie stieß unter dem Tisch gegen meines, aber anstatt ein wenig abzurücken, blieb er, wo er war.

„Und, Miro", begann Colin, dem ich mich auf dem Weg hierher vorgestellt hatte. „Was machen Sie beruflich?"

„Ich bin ein Deputy US Marshal, Sir, wie Ihr Sohn auch."

„Du bist ein Marshal?", fragte Colin Ian.

Und er hatte widerwillig geantwortet, so wie er jede der folgenden Fragen beantwortet hatte. Aber jede Antwort hatte man ihm wie Würmer aus der Nase ziehen müssen. Als Colin aufgestanden war, um zur Toilette zu gehen, war ich zu meinem Partner herumgewirbelt und hatte ihn von der Bank geschubst.

„Was zum Teufel?"

Sekunden später stand ich vor ihm, piekte ihm meinen Finger in die Brust, was ein bisschen so war, als würde ich versuchen, einen Granitbrocken zu pieken. „Wie kannst du deinen Vater nur so behandeln?"

„Das geht dich verdammt noch mal nichts an, Miro", beharrte er mit eisiger Stimme. „Und nachdem, was er meiner Mutter angetan hat –"

„Was hat er getan?"

„Ich werde nicht –"

„Hat er sie geschlagen?"

„Nein", fauchte er.

„Hat er gesoffen?"

„Ich will das nicht –"

„Gespielt? Sie betrogen?"

„Miro, du –"

„Hat er dich geschlagen?"

„Nein, er –"

„Dich misshandelt?"

„Was versuchst du –"

„Ich will wissen, was er getan hat!"

„Er ist verdammt noch mal abgehauen", flüsterte er, statt es zu brüllen, und beugte sich so nah, dass ich ihn klar verstehen konnte. „In der einen Minute war er da, in der nächsten war er … du hast schlicht und ergreifend keine Ahnung."

Ich betrachtete ihn eingehend.

„Was?", fragte er wütend.

„Er hat euch verlassen."

„Ja."

Ich sah ihn aus zusammengekniffenen Augen an.

„Sie war nie mehr dieselbe. Sie hat nie wieder gelacht."

Nicht einmal für ihren Sohn? Das kam mir unendlich egoistisch vor. Sollte nicht das übrig gebliebene Elternteil die Arbeit für zwei machen? Funktionierte das nicht so? Nicht, dass ich irgendeine Art von Erfahrung mit Familie gehabt hätte, aber das hatte ich bisher immer angenommen.

„Okay", sagte ich, nickte, setzte mich wieder auf die Bank und rutschte auf meinen Platz durch.

Nach einem Augenblick setzte er sich ebenfalls wieder hin, diesmal achtsam darauf bedacht, mich nicht zu berühren.

„Ich wette mit dir, es tut ihm leid", sagte ich langsam. „Wenn du ihn fragst. Er wirkt traurig."

„Es interessiert mich nicht, ob er –"

„Da sind Sie ja wieder", grüßte ich Colin jovial und unterbrach Ian damit. „Das ist gut, denn ich verhungere, und ich wollte den Taboulésalat bestellen, aber ich war mir nicht sicher, ob Sie den auch mögen."

„Ich werde alles zumindest probieren", sagte er heiter, und ich sah seinen verstohlenen Blick zu Ian hinüber. Der Blick und die Art, wie er mit seiner Serviette herumspielte und sich auf die Unterlippe biss, sagten mir klar und deutlich, dass Colin schrecklich nervös war.

„Und wo wohnst du jetzt?", fragte Ian schließlich.

„In Marynook", antwortete er. „Das ist in Avalon Park."

Die gesamte Unterhaltung während des Essens war mühsam und gestelzt, aber wir überstanden es, und als Ian aufstand, um einen Anruf entgegenzunehmen, lehnte Colin sich über den Tisch und tätschelte meine Wange.

„Vielen Dank, Sohn", sagte er, und da er mir einem väterlichen Irgendetwas am nächsten kam, lächelte ich zurück.

Als Ian zurückkam, rückte er dicht neben mich, hockte nicht mehr steif auf der Bankkante, um mich nur auch ja nicht zu berühren. Wir saßen eng aneinandergedrängt, berührten uns von den Schultern bis zu den Knien.

Sein Vater entschuldigte sich, um seinerseits einen Anruf zu tätigen, und ich wandte mich Ian zu. „Alles okay?"

Er gab einen Laut von sich und ließ seinen Kopf nach vorn fallen. Ich hatte diese Geste schon oft gesehen und erkannte sie wieder – es war das einzige Anzeichen dafür, das er jemals sehen ließ, dass er berührt werden wollte. Ich fuhr ihm mit den Fingern über den Nacken und ließ sie in sein kurzes, grobes Haar gleiten.

„Du machst deine Sache sehr gut."

Er knurrte, bevor er die Stirn auf seine überkreuzten Arme legte. Ich drückte seinen Nacken noch einmal und ließ ihn dann los.

„Lad ihn aber nicht ein, das Spiel mit uns zu gucken", wies er mich an.

Ich lachte leise. „In Ordnung."

Der Tag hatte das Eis gebrochen, und wenn sie sich auch nicht nahe standen, so hatten sie danach doch wenigstens wieder miteinander gesprochen, hin und wieder einmal. Dann hatten wir einen großen Drogenschmugglerring hochgehen lassen, der sich nebenbei noch in Hundekämpfen versuchte, und in einem der Zwinger war ein Wolf/Malamut/vielleicht auch Husky-Mischling entdeckt worden. Ian hatte einen Blick auf das Raubtier geworfen und eine verwandte Seele entdeckt. Die Frage, was er tagsüber mit Chickie Baby, wie Ian ihn genannt hatte, machen sollte, hatte ich beantwortet. Sein Vater war im Ruhestand, hatte einen großen Garten, seine Frau arbeitete tagsüber in einer Rechtsanwaltskanzlei, und die Kinder waren alle aus dem Haus. Als ich den Vorschlag gemacht hatte, hatte Ians Vater die Gelegenheit beim Schopf ergriffen, etwas – irgendetwas – für Ian tun zu können. Und es stellte sich heraus, dass Chickie ein großer Welpe war, der nichts wollte als Liebe und Aufmerksamkeit. Es sei denn, jemand versuchte, sich an Ian anzuschleichen oder in seine Wohnung einzubrechen. Ich schauderte bei dem Gedanken daran, was wohl die Konsequenzen sein würden.

„Miro?"

„Entschuldige", sagte ich rasch, in die Gegenwart zurückgerissen. „Okay dann, ich werde versuchen, um sechs Uhr zurück zu sein, Sir."

„Du hast meine Nummer. Wenn irgendetwas passiert und du ihn nicht abholen kannst, ruf mich an."

„Das mache ich", versprach ich, drehte mich um und ging die Treppenstufen hinunter. Chickie holte mich am Gartentörchen ein und rannte um mich herum. Sein Winseln war so süß. „Ich komme ja wieder, Kumpel", sagte ich und streichelte ihn. Dann rief Colin ihn, und wie von der Tarantel gestochen raste Chickie davon. Ich winkte ihnen aus dem Auto.

Im Büro angekommen hatte ich gerade genug Zeit, an meinen Schreibtisch zu gehen, bevor Kage neben mir stand und bedrohlich über mir aufragte.

„Morgen", grüßte ich ihn. „Hat Ian Sie angerufen?"

„Der befehlshabende Offizier hat mich angerufen, ich bin mir also darüber im Klaren, dass Doyle für unbestimmte Zeit abwesend sein wird."

Ich nickte, obwohl mein Magen bei der Nachricht Saltos machte.

„Und Sie", sagte er. „Wo ist Ihr Schreiben vom Arzt?"

„In Ihrem Posteingang, Sir", informierte ich ihn. „Ich schwöre, ich war da."

Er wies mit dem Kopf auf meinen Arm. „Das Handgelenk in Ordnung?"

„Ich muss den Gips sechs Wochen lang tragen, Sir, aber es ist in Ordnung. Ich meine, ich bin letzte Nacht von einem Balkon gesprungen, also wissen wir, dass ich –"

„Vielleicht wäre es klüger, mich nicht daran zu erinnern."

Das wäre es bestimmt. „Jawohl, Sir."

Als er ging, atmete ich tief durch. Ich vermisste Ian bereits jetzt.

8

MANCHMAL SUCHTE man eine bestimmte Sache und fand etwas ganz anderes. Um ein Beispiel zu nennen: Während mein Partner – der Mann, nach dem ich mich insgeheim sehnte – unterwegs im Einsatz für die US Armee war, gehörte es mit zu meinen Aufgaben, gemeinsam mit meinen Mitmarshals, Gefangene zu transportieren. An jenem Dienstag, sechs Wochen nach Ians Abreise, folgte ich also Mike Ryan und Jack Dorsey, als sie, zusammen mit einem ganzen Kontingent verschiedener Polizeieinheiten, mit Casey Dunn raus nach Northbrook fuhren, zu der Stelle, wo er die Leichen verschwinden ließ.

Dunn war der Aufräumer eines ukrainischen Waffenschiebers, sprich er räumte die Feinde des Mannes aus dem Weg und ließ sie dann draußen auf dem Schrottplatz verschwinden. Eine der Auflagen, um ins Zeugenschutzprogramm aufgenommen zu werden, war, dass er den Behörden zeigte, wo er die Leichen vergraben hatte. Sie interessierten sich dabei nicht nur für die Leiche, die Dunn an jenem Abend vergraben hatte, als sein Bruder, der gegen ihn ausgesagt hatte, ihm vom Haus der Familie in Schaumburg gefolgt war und ihn gesehen hatte. Sie mussten Ivan Tesler eine Menge Morde nachweisen können, und einstellige Zahlen würden da nicht ausreichen. Die Sache war die: Als wir am, wie Dunn sagte, vorletzten Grab ankamen, begann er plötzlich zu schreien.

„Ich bring' keine Frauen nich' um!", schrie er, und die Art, wie er sich hinter mich duckte und wie Espenlaub zitterte, zeigte deutlich, wie erschrocken und entsetzt er war. Er hatte nicht erwartet, die Dame dort zu finden.

Es dauerte drei Tage, um Dunn freizusprechen, und währenddessen untersuchten sie diese unerwartete Leiche und entdeckten dabei erstaunliche Ähnlichkeiten mit anderen Verbrechen, die von einem bekannten Angreifer verübt worden waren. Das Problem daran war zweierlei: Erstens, Verbrechen im Plural, und Plural war nie gut. Zweitens gab es einen Haken, diesen jüngsten Mord der Liste der Opfer von Craig Hartley hinzuzufügen, und das war, dass der Mann hinter Schloss und Riegel war, und zwar schon seit vier Jahren. Der behördliche Denkprozess führte zum vorhersehbaren Ergebnis, dass es drei Möglichkeiten gab: Hartley hatte einen Komplizen, es gab einen Nachahmungstäter oder er selbst kommunizierte mit jemandem draußen.

Die Ermittlungen in dieser Sache gehörten zum Glück nicht zu meinen Aufgaben. Aber da ich der Einzige war, mit dem der in Frage stehende Serienmörder bereit war, zu sprechen, hatte man mich dem FBI ausgeliehen, und so traf ich mich schließlich mit ihnen vor dem Elgin Mental Health Center.

Dort erwarteten mich nicht nur die Sonderermittler in diesem Fall, die Agenten Eric Thompson und Debra Rohl, sondern auch ein Team des örtlichen FBIs, das, wie ich wusste, von einem Mann geleitet wurde, dem nicht über den Weg zu laufen ich mich sehr bemüht hatte: Cillian Wojno. Das hatte man davon, wenn man herumschlief. Hin und wieder geriet man in unbehagliche Situationen mit Menschen, die man einmal gevögelt hat.

Wir taten unser Bestes, den jeweils anderen zu ignorieren, reichten uns nicht die Hände und beließen es bei einem knappen Kopfnicken zur Begrüßung, bevor er den Agenten in den Befragungsraum folgte und ich auf der anderen Seite des Einwegspiegels wartete. Sie wollten ausprobieren, ob Hartley auch ohne mich mit dem neuen Team sprechen würde, da das den Job für sie sehr viel leichter machen würde. Ich hoffte, dass er es tat, war aber nicht sehr optimistisch. Schließlich war ich derjenige, der ihm das Leben gerettet hatte, und das, obwohl er mir ein sehr teures Chefkochmesser in die Seite gerammt hatte. Ich hatte nur deshalb überlebt, weil die Spitze eine Rippe getroffen hatte, was das Eindringen verlangsamt hatte. Ich wäre beinahe dort auf seinem Küchenboden verblutet, aber ich hatte dennoch die Geistesgegenwart besessen, vor ihm zu bleiben und ihn mit meinem Körper zu schützen, sodass mein ehemaliger Partner bei der Chicagoer Polizei, Norris Cochran, ihn nicht erschießen konnte. Ich hatte gewollt, dass Hartley für das büßen musste, was er all den Frauen und ihren Familien angetan hatte, anstatt kurz und schmerzlos durch einen Kopfschuss zu sterben.

Es war eine Riesenproduktion da draußen im Befragungsraum, mit Handschellen und Fußfesseln, als Hartley schließlich hereingeführt wurde. Zuviel des Guten, hätte man sagen können, aber Hartley war hochintelligent, von überlegener körperlicher Stärke und noch vor fünf Jahren einer der besten Herz-Lungen-Chirurgen im Bundesstaat gewesen, also wollten sie keine Risiken eingehen. Wie immer beobachtete ich, wie die Leute, die sich im selben Raum wie er befanden, auf ihn reagierten.

Er sah nicht aus wie ein Monster. Einssechsundachtzig groß, eine Figur wie eine griechische Statue, dazu hellgrüne Augen und sanftgoldene Haut – das ließ einen eher an den netten Jungen von nebenan denken als an einen kaltherzigen und berechnenden Serienmörder. Den Fehler hatten alle gemacht, und neunzehn Frauen hatten ihn mit dem Leben bezahlt.

Als er Platz genommen hatte, suchten seine Augen den Raum ab, huschten über jedes der anwesenden Gesichter, bis sie sich schließlich auf Rohls hefteten.

„Guten Morgen, Dr. Hartley."

Er zog eine Augenbraue hoch, sagte aber nichts, und ich sah, wie er die Hände faltete.

„Werden Sie mit uns reden?"

Nichts, bis auf ein leises Stirnrunzeln und leicht geschürzte Lippen verrieten seine Enttäuschung. Er hatte erwartet, mich zu sehen, und ich war nicht da.

Rohl räusperte sich. „Da ich weiß, dass Sie Zugang zu Fernsehen und Zeitungen haben, gehe ich davon aus, dass Sie von der Leiche, die in Northbrook gefunden wurde, wissen, und auch davon, dass das Verbrechen einem der Ihren sehr ähnlich ist."

Keine Reaktion. Bis auf die Kälte in seinem Blick gab es kein Anzeichen, dass er überhaupt zuhörte.

„Wir haben uns gefragt, ob Sie eine Idee, eine Vermutung haben bezüglich der Person, die dieses jüngste Verbrechen begangen haben könnte."

Schweigen.

„Wir sind bereit, Ihnen einige Zugeständnisse zu machen, Ihnen Sonderrechte einzuräumen, wenn Sie uns an Ihrem Wissen teilhaben lassen, Dr. Hartley", sagte Rohl und lächelte ihn an.

Ich war ein gerade frischgebackener Polizist gewesen, als ich dem Mann, der jetzt den Agenten so gesammelt am Tisch gegenüber saß, das erste Mal begegnet war. Es war seltsam, ihn so kalt zu sehen. Zu keiner Zeit, selbst bevor ich ihn verdächtigt hatte, war ich je so behandelt worden.

„Doktor?"

Er lächelte, aber der Ausdruck erreichte seine Augen nicht, und er wandte sich um und warf einen Blick über die Schulter zu dem Agenten, der stoisch hinter ihm stand. „Ich bin jetzt bereit, in meine Zelle zurückzukehren."

Thompson sah Wojno an, der sich seinerseits an seinen Partner wandte, der neben dem Spiegel stand, und ihm zunickte. Der Mann klopfte an die Scheibe, und ich trat aus dem Beobachtungsraum an die Seite des Wärters, der auf meiner Seite der Tür stand.

„Ich bin bereit", sagte ich zu ihm.

„Tut mir leid, Sir", bekundete er sein Mitgefühl.

„Danke", sagte ich. Er schloss die Tür auf, und ich glitt hindurch und wartete darauf, dass Rohl oder Thompson meine Gegenwart zur Kenntnis nahmen.

„Miro", grüßte Hartley mich mit einem breiten Lächeln, und seine Augen glitzerten, als er rasch aufstand.

Der Wärter machte einen schnellen Schritt vor und packte Hartleys Schulter, Schlagstock gezückt und bereit, ihn einzusetzen. Und sei es auch nur, um Hartley dazu zu bringen, sich wieder hinzusetzen.

„Das ist schon in Ordnung", sagte Rohl heiser. Sie rang sichtlich mit sich, die Angst niederzukämpfen, die der so plötzlich über ihr aufragende Mann in ihr ausgelöst hatte. Ihre instinktive Reaktion war es gewesen, zu flüchten. Thompson war so überrascht, dass er aufgesprungen war und dabei seinen Stuhl umgeworfen hatte.

Craig Hartley war ein furchteinflößender Mann, und das umso mehr, weil seine eisige Ruhe so abrupt und unerwartet mit einer einzigen schnellen, entschlossenen Bewegung zunichtegemacht werden konnte.

Der Wärter trat misstrauisch zurück. Er steckte den Schlagstock nicht zurück in die Halterung an seinem Gürtel, sondern hielt ihn einsatzbereit. Thompson setzte sich nicht wieder hin, sondern stand da und beobachtete Hartley, der mich anstarrte, als wäre ich der wiedergeborene Messias.

„Ich habe gehofft, dass du hier irgendwo sein würdest", seufzte er und wies mich mit einer Geste an, näherzutreten, ganz so, als wären wir irgendwo in einem Restaurant und nicht in einem Hochsicherheitsbefragungsraum in einem Gefängnis für geisteskranke Straftäter. „Ich habe dich seit fast zwei Jahren nicht mehr gesehen."

„Ja, seit Sie uns in dem Mordfall Lambert geholfen haben", sagte ich und blieb, wo ich war.

„Du warst sehr zufrieden mit meinen Beobachtungen", erinnerte er mich, kniff die Augen zusammen und trat von einem Fuß auf den anderen. „Ich habe gelesen, dass Christina Lamberts Mörder im Gefängnis gestorben ist. Wurde er vorher vergewaltigt?"

Ich räusperte mich. „Das weiß ich nicht."

„Es wäre ihm recht geschehen. Es gibt keine Entschuldigung für Vergewaltigung. Dafür gibt es schließlich Verführung."

Hartley hatte seine Opfer erst umgebracht und dann verstümmelt. Er hatte es Kunst genannt. Es war schwer für mich gewesen, etwas anderes zu sehen als Blut und freiliegendes Gewebe, Muskeln und Knochen. Dennoch war es offensichtlich gewesen, dass Hartley seinen Opfern nicht eine Sekunde lang Schmerzen zugefügt hatte. Die Frauen waren in sein Bett gestiegen, eingeschlafen und gestorben. Das war es gewesen, was Norris und mich schließlich auf ihn aufmerksam gemacht hatte, die wiederholte Aussage von Leuten, die einen wunderschönen blonden Mann gesehen hatten, einen hinreißenden Mann, einen echten Märchenprinzen. Nachdem wir begonnen hatten, Daten, Zeiten und Orte zu vergleichen, war uns ein Muster aufgefallen, und wir hatten begonnen, ihm täglich Besuche abzustatten, hatten ihn befragt, hatten gebohrt, hatten versucht, ihn dazu zu bringen, sich zu verraten. In seiner Überheblichkeit hatte er das zugelassen, so sicher, dass weder Norris noch ich so klug waren wie er. Aber er hatte uns schließlich hereingelassen, hatte Norris die Erlaubnis erteilt, sich umzusehen, während ich ein Auge auf Hartley hatte, der in der Küche gewesen war und gekocht hatte.

Es war mein eigener Fehler gewesen. Ich hatte ihm den Rücken zugekehrt und den Ring mit den tahitischen Perlen und Diamanten in einer Schüssel über der Spüle gesehen. Der Moment, in dem ich die Verbindung hergestellt und mich daran erinnert hatte, warum mir der Ring so bekannt vorkam und wo ich ihn vorher schon einmal gesehen hatte, war gewesen, als hätte mich ein Blitzschlag getroffen.

Ich kannte dieses spezielle Schmuckstück, hatte es schon hundertmal gesehen, und hatte immer gedacht, wie hübsch diese extravagante Spielerei an Kira Lancasters Ringfinger aussah. Er war deutlich zu sehen gewesen auf dem Foto, das wir erhalten hatten, als sie als vermisst gemeldet worden war. Dieses

Zeichen der Zuneigung war ein Hochzeitsgeschenk ihres Ehemannes gewesen, und Hartley hatte es als Trophäe behalten, nachdem er mit ihr geschlafen und sie dann umgebracht hatte. Er hatte den Ring seiner Schwester geschenkt, und es hatte sich später herausgestellt, dass sie am Abend vorher bei ihm zu Besuch gewesen war. Sie hatte für ihn gespült und dafür den Ring abgenommen, hatte ihn in die Schüssel gelegt und dort vergessen. Diese simple Handlung hatte ihren Bruder als das Monster entlarvt, das er war.

Ich hatte den Ring gesehen, und als ich mich umgedreht und über meine Schulter geblickt hatte, hatte er sich auf mich gestürzt, das Chefkochmesser aus dem Messerblock neben der Spüle in der Hand. Er hatte einen Arm um meinen Hals geschlungen, und ich hatte meine Waffe nicht erreichen können. Mein Schrei hatte Norris herbeigebracht, Waffe in der Hand, und er hatte Hartley angebrüllt, mich loszulassen. Dieser Tag hatte zwei Resultate gehabt: Ich hatte einem Mörder das Leben gerettet und einen Partner verloren. Norris weigerte sich, mit einem Mann zu arbeiten, dem sein eigenes Leben so wenig wert war, und ich hatte beschlossen, dass es bessere Wege gab, zu dienen und zu schützen, als in der Mordkommission.

„Miro?"

Ich sah zu Hartley auf, in die Gegenwart zurückgebracht durch die Verwendung meines Vornamens, die ich sehr zum Verdruss der meisten anderen zuließ. „Entschuldigung."

Er war bezaubert, und man konnte es in seinem Lächeln sehen. „Es gibt nichts, für das du dich entschuldigen musst."

„Aber ich sollte besser aufpassen."

„Ich habe dich beinahe getötet, und du hast mir dennoch das Leben gerettet. Ich werde die Dinge zwischen uns nicht ins Reine bringen können, solange ich hier bin."

Ich nickte und grinste. „Dann also nie."

Er atmete hörbar ein.

„Ja?"

„Nie ist eine so lange Zeit", sagte er leise, und sein Blick wanderte zu Rohl hinüber. Es war wirklich erschreckend, wie schnell die Wärme aus seinen Augen wich, sobald er mich nicht mehr ansah. „Würden Sie bitte aufstehen, sodass ich mich mit Marshal Jones unterhalten kann?"

Sie erhob sich rasch, und ich trat vor und setzte mich auf den Stuhl ihm gegenüber. Augenblicklich nahm er ebenfalls Platz und beugte sich vor, studierte mich und sah mir schließlich direkt in die Augen.

„Du siehst müde aus, Miro. Schläfst du nicht gut?"

„Mir geht's gut", murmelte ich und spielte an dem braunen Briefumschlag herum, den Rohl auf dem Tisch liegengelassen hatte. „Können wir uns über die Sache in Northbrook unterhalten?"

„Worüber auch immer du mit mir reden möchtest, es soll mir ein Vergnügen sein."

„Aber es sind Ihre Gedanken, Ideen, an denen wir interessiert sind."

Er hüstelte. „Hast du die Weihnachtskarte erhalten, die ich dir geschickt habe?"

„Ja, habe ich, vielen Dank."

Er schien erfreut, und seine Augen wurden weicher, sein Lächeln breiter. „Dann frage mich alles, was du wissen möchtest."

Ich lockerte meine Krawatte, und er war wie gebannt. „Also, wir wissen beide, dass Sie zu klug sind, um einen Komplizen zu haben."

„Das erscheint nicht sehr wahrscheinlich, nicht wahr?"

„Nein", sagte ich mit einem Lächeln. „Und die Theorie vom Nachahmungstäter?"

Er schnaubte. „Sag mir, hat er so präzise geschnitten wie ich?"

„Nein, kein bisschen." Ich rollte meine Schultern in dem Versuch, die vertraute, wachsende Anspannung abzuschütteln. Einen Mann zu besuchen, der mir einst ein Messer in den Leib gerammt hatte, brachte eine nicht unbeträchtliche Menge Stress mit sich. „Aber das bringt mich zu meiner letzten Frage, Doktor."

„Natürlich, aber erlaube mir, mich vorher nach Detective Cochran zu erkundigen. Wie geht es ihm?"

„Das weiß ich nicht", antwortete ich ehrlich. „Ich habe schon lange nicht mehr mit ihm gesprochen."

„Meinetwegen." Er schnurrte geradezu.

Ich wiegte den Kopf hin und her. „Gewissermaßen."

„Du hast mich ihm vorgezogen, das ist der Grund."

„Das ist ein bisschen stark vereinfacht, Doktor."

„Ist es das?"

„Finde ich", sagte ich, plötzlich müde. „Aber sagen Sie mir, haben Sie draußen einen Bewunderer?"

Er betrachtete mich einen Augenblick lang prüfend. „Ich würde dich gerne sehr viel öfter sehen als immer nur dann, wenn du eine Antwort von mir brauchst."

Ich lehnte mich in meinem Stuhl zurück. „Verhandeln wir gerade?"

„Ja", sagte er ausdruckslos.

„Marshal", warnte Rohl mich aus dem Hintergrund.

„Er unterhält sich gerade mit *mir*", erinnerte Hartley sie eisig, dann wandte er seinen Blick wieder mir zu. „Und?"

„Was wollen Sie?"

„Was bietest du an?", fragte er sanft, verführerisch.

Ich dachte darüber nach, überlegte, wozu ich imstande war, ohne mich in ein Desinfektionsbad stürzen zu müssen, sobald ich nach Hause kam, und verdoppelte das. „Einmal im Jahr."

„Alle sechs Monate", konterte er.

„Abgemacht", sagte ich, denn *das* war mein tatsächliches Limit. Das Gefängnis erlaubte keine Besuche von mehr als dreißig Minuten für Insassen des Hochsicherheitstrakts. Ich konnte zweimal im Jahr herkommen und würde insgesamt eine Stunde bleiben. Das konnte ich tun. „Dann erzählen Sie mir jetzt von Ihrem Bewunderer."

„Ich sage wer, aber nicht wie."

„Okay."

„Und du solltest meine Schwester und ihre Familie umsiedeln."

Ich begegnete seinem durchdringenden Blick. „Und warum?"

Er zuckte die Schultern. „Ich habe mehr als einen Anhänger, und viele von ihnen geben ihr die Schuld an meiner Verhaftung."

„Sie ist Ihre Schwester", erinnerte ich ihn.

„Sie hat den Ring dort liegengelassen, damit du ihn findest, Miro."

„Es war ein Zufall, und das wissen wir beide."

„Es ist auch gleich", seufzte er, und die Intensität, mit der er mein Gesicht studierte, war nahezu nervenaufreibend.

Ich drehte mich auf meinem Stuhl um, aber Thompson telefonierte bereits.

„Wir sind dran", bellte er.

Ich drehte mich zu Hartley zurück. „Der Name?"

„Was werden die Leute denken?"

„Dass ich zusammen mit diesen Leuten hergekommen bin und mich mit Ihnen unterhalten habe, und dass wir den Typen gefunden haben."

„Und ich bin der Informant?"

„Ich habe Sie geschnappt, ergo schnappe ich auch ihn. Meinen Sie nicht?"

„Aber das malt dir eine Zielscheibe auf den Rücken", sagte er scharf. „Das kann ich nicht zulassen."

„Nun, was auch immer Sie denen sagen – sorgen Sie dafür, dass mir nichts passiert."

„Solange du dein Wort hältst."

„Ich dachte, Sie stünden in meiner Schuld."

Er sah aus, als hätte ich ihn geschlagen.

„Tun Sie das nicht?"

Ein schnelles Nicken.

Ich atmete tief ein. „Ich werde kommen. Versprochen." Er war ein Serienmörder, und normalerweise erging es ihnen in Gefangenschaft nicht sehr gut. Irgendwer hatte immer eine Frage an sie – brauchte Antworten, Einblicke, Erkenntnisse –, und ich war der Köder, den sie ihm vor die Nase hielten, damit er mitspielte. Es würde immer irgendjemanden geben, der mich an meine Verantwortung gegenüber dem Gesetz erinnerte und somit daran, Hartley zu besuchen.

Er schluckte schwer. „Clark Viana hat ein Haus in Highland Park."

„Was macht er beruflich?", fragte Rohl.

„Er ist Börsenmakler."

„Und woher sollen wir wissen, dass er unser Mann ist, Doktor?"

„Er verwahrt seine Trophäen in seinem Weinkeller."

„Okay", schnaubte Rohl, und plötzlich war jeder im Raum am Telefon und nicht länger an mir oder dem guten Doktor interessiert.

Da sie alle angeregt in ihre Handys sprachen, bemerkte es niemand, als Hartley die Hand ausstreckte und meine Krawatte packte. Der Wärter, der hinter Hartley stand, konnte nicht sehen, was vor sich ging, aber das war okay. Ich hatte keine Angst. Um ehrlich zu sein, ich hatte noch nie Angst vor ihm gehabt, und das war die Grundlage unserer fortdauernden Beziehung geworden. Das und die Tatsache, dass er versucht hatte, mich umzubringen, und dabei versagt hatte.

„Ich werde herausfinden, wie Sie die Nachrichten rausschmuggeln", versprach ich.

Sein Griff um meine blassblaue Krawatte mit den roten Kreisen war nur leicht; wenn ich mich zurücklehnte, würde sie durch seine gekrümmten Finger gleiten. „Eines Tages, Miro Jones, werde ich dich besitzen, und du wirst mein größtes Kunstwerk sein."

Ich nickte.

„Du glaubst mir vielleicht nicht, aber so wird es sein."

„Da bin ich mir sicher", sagte ich, als er langsam die Finger öffnete.

„Der Morgen wird kommen an dem du die Augen aufschlägst und ich bei dir bin", flüsterte Hartley, der Mittelfinger seiner rechten Hand nur Zentimeter von meinem Gesicht entfernt.

„Extrem unwahrscheinlich", knurrte ich und lehnte mich zurück, und die Krawatte floss wie Wasser zwischen seinen Fingern hindurch. „Wir werden Ihre Schwester und ihre Familie beschützen."

Sein Lächeln ließ seine Augen schimmern. „Was du glaubst, das mir wichtig ist, Miro."

Ich bewegte mich durch den Pulk der Agenten hindurch zur Tür.

„Pass gut auf dich auf", fügte Hartley hinzu.

Ich klopfte an die schwere Stahltür.

„Ich sehe dich dann im Juli, wenn es heiß ist."

„Ja, das werden Sie", stimmte ich zu, als die Tür sich öffnete, und ich schlüpfte hindurch.

Ich warf einen Blick zurück in den Raum und beobachtete Hartley, als er mit weiteren Fragen bombardiert wurde. Aber er blieb stumm, blickte sie mit leeren Augen an, bis der Wärter schließlich verkündete, dass es Zeit für ihn war, in seine Zelle zurückzukehren.

Plötzlich war ich geradezu lächerlich dankbar dafür, dass ich mit meinem eigenen Wagen hier war und somit nicht auf die FBI Agenten warten musste, um zu fahren. Und ich dachte an den Tag, an dem ich das letzte Mal zum Elgin gefahren war.

Ich hatte gespürt, wie mir die Galle hochkam, und war den Gang entlanggestürzt, während ich mein Handy aus der Brusttasche meiner Anzugjacke gezerrt hatte. Es gab nur eine Person, mit der ich reden wollte.

„Hi", war die raue Stimme durch den Hörer gekommen. „Bist du bald fertig da drinnen?"

„Warum? Wo bist du?"

„Draußen."

Er war da. Und ich musste nur noch zu ihm gelangen.

„Du bist hergefahren?", fragte ich, während man mich erst durch die innere, dann die äußere Tür ließ, die zu dem Flur führten, der die Einzelhaft vom Rest der Anstalt trennte.

„Ja. Ich dachte mir, du könntest vielleicht Verstärkung gebrauchen."

„Das tue ich", stimmte ich zu und ging schneller. Ich wollte raus hier, ich *musste* raus hier. „Ich werde Hunger haben. Ich habe anschließend immer Hunger."

„Warum?"

„Weil ich kotzen muss."

„Würde ich auch müssen."

„Okay", sagte ich, und meine Stimme brach, als ich vor den nächsten Türen ankam. Es waren drei an der Zahl, und jede musste erst geschlossen werden, bevor sich die nächste öffnen konnte. Die Sicherheitsvorkehrungen waren wirklich beeindruckend, aber ich konnte kaum mehr atmen. „Bin fast da."

„Miro?"

Ich zog heftig Luft in meine Lungen. „Ja. Ich bin hier."

Die Leitung blieb stumm, während ich durch die folgenden zwei Türen gelassen wurde. Den Gefängnisdirektor sah ich auf dem Weg nach draußen nicht, aber das musste ich auch nicht. Vermutlich wartete er auf die FBI Agenten, um sie zu verabschieden. Ich dagegen war nur ein Marshal: Er sah uns ständig.

Ich legte auf, sammelte Waffe, Dienstmarke und Schlüssel auf der anderen Seite des Metalldetektors ein und joggte zur Eingangstür. Ein Schlag gegen den Paniktreibriegel, und einen Augenblick später war ich draußen. Ohne innezuhalten, rannte ich die Treppenstufen hinunter und erbrach mich in einen der Mülleimer. Einen Moment später wurde mir eine Flasche Wasser und ein Stapel Servietten in die Hand gedrückt, und eine warme Hand legte sich zwischen meine Schulterblätter.

„Alles okay?"

Ich nickte, ohne mich aufzurichten. Ich zitterte am ganzen Körper.

Ians Hand rieb in sanften Kreisen über meinen Rücken, dann, als ich mich aufrichtete, strich sie mir die verschwitzten Haare aus der Stirn. „Gleich geht's dir besser. Spül dir den Mund aus, dann sorge ich dafür, dass du was Anständiges in den Bauch bekommst. Pfannkuchen zum Beispiel. Mit Frühstück ist alles besser."

Aber es waren nicht Spiegeleier oder Toast oder Kartoffelpuffer, die ich brauchte, ja nicht einmal Pfannkuchen, sondern Ian.

Ich brauchte Ian.

Das war jetzt beinahe zwei Jahre her. Und als ich dieses Mal durch die letzte Türe platzte und die Treppen hinunterrannte und den Inhalt meines Magens von mir gab, war er nicht da.

Keine raue Liebkosung, die mich wieder erdete.

Keine grollende Stimme.

Kein freches, großspuriges Grinsen, das mich wissen ließ, dass er es allein durch bloße Willenskraft besser machen konnte.

Ich vermisste ihn, und an manchen Tagen fühlte es sich bei jedem Atemzug, den ich tat, so an, als wäre meine Brust voller Nadeln. Und an noch schlimmeren Tagen musste ich mit einem Serienmörder sprechen, weil ich der Einzige war, den er gern genug hatte, um sich mit ihm zu unterhalten.

„Was zum Teufel, Mann", stöhnte ein Typ, der an mir vorbeikam. „Das ist voll widerlich."

„Halten Sie den Mund", fuhr eine weibliche Stimme ihn an, und dann stand eine Frau neben mir, eine Box Feuchttücher in einer Hand und ein Baby auf der Hüfte. „Hier, nehmen Sie die, damit können Sie sich den Mund abwischen."

Das war wirklich sehr nett. Ich dankte ihr überschwänglich, und als ich meinen Wagen erreichte, roch ich frisch nach Lavendel. Ich hatte in weiser Voraussicht eine Flasche Wasser auf dem Beifahrersitz liegengelassen, und so konnte ich mir auch den Mund ausspülen. Ein paar Mal gurgeln. Ich spielte mit dem Gedanken, entweder nach Hause zu fahren oder zur Dienststelle, und dort an meinen Spind zu gehen. An beiden Orten gab es eine Zahnbürste und Zahnpasta.

Während ich noch überlegte, wo ich hinfahren sollte, piepste mein Handy, und ich sah Kohns Nummer auf dem Display.

„Hi, ich –"

„Wo zum Teufel steckst du?"

Ich räusperte mich. „Ich bin am Elgin."

„Das war heute Morgen?"

„Ja, warum?"

„Weil du heute mir zugeteilt bist und wir im Geleitschutz sind. Mach, dass du herkommst, damit wir die Sache angehen können."

„Ich bin unterwegs."

„Gut", sagte er und legte auf.

Seit Ian fort war, hatte es ein fröhliches Partner-wechsel-dich für mich gegeben, und heute saß der selbst ernannt metrosexuelle Eli Kohn an Ians Schreibtisch.

„Hiii, Jonesie", grüßte er mich fröhlich.

Ich zeigte ihm den Mittelfinger.

„So mürrisch am frühen Morgen. Du brauchst vermutlich einen Kaffee."

Ich brauchte meinen Partner zurück. Das war es, was fehlte und was mich so unleidlich machte. „Du kommst mit mir?"

„Immer, Baby."

Ich schüttelte den Kopf, während er gackernd lachte.

Kage erschien im Türrahmen seines Büros und informierte uns, dass wir heute Morgen im Geleitschutz waren und heute Nachmittag einen Gefangenen zurückholen würden. Kohn ging zu ihm und nahm den Zettel entgegen, den Kage ihm hinhielt.

„Denken Sie daran, meine Herren, nicht auf dem Laufenden gehalten zu werden, macht mich unleidlich."

Das wusste ich aus eigener Erfahrung. Kage wusste gerne, wo wir waren. Sich nicht regelmäßig bei ihm zu melden endete darin, dass man ohne Gehaltsscheck nach Hause geschickt wurde. „Jawohl, Sir."

„Jones."

Ich erstarrte und schenkte ihm meine volle Aufmerksamkeit.

„Das FBI sagt, dass Sie von unschätzbarem Wert für ihre Ermittlungen gewesen sind, auch wenn sie der Ansicht sind, dass Ihre Methoden einem Fehlverhalten nahekommen."

Ich hüstelte.

„Sie sagen, dass Sie mit Dr. Hartley geflirtet hätten, und dass er Ihnen das Versprechen abgerungen hat, ihn zweimal im Jahr zu besuchen."

„Ich denke, dass, was immer sie gehört oder auch nicht gehört haben, nichts mit ihrem Fall zu tun hat."

„Korrekt", sagte er knapp. „Gute Arbeit."

„Vielen Dank, Sir."

„Wie fühlt es sich an, den Gips los zu sein?"

Ich bewegte meine befreite Hand. „Das können Sie sich nicht vorstellen."

Er nickte kurz und kehrte in sein Büro zurück, ließ aber wie immer die Türe auf. Ich holte Kohn im Flur ein.

„Weißt du, ihr zwei, du und Doyle, ihr lasst den Rest von uns wirklich gut dastehen."

Ich vermisste Ian zu sehr, um mir irgendwelchen Mist über ihn anzuhören, und ging in die Offensive. „Wovon redest du?"

„Ihr Typen springt von Balkonen."

„Es war nur das eine Mal", sagte ich abfällig und schob mir den Schal unter meine schwarze Steppjacke. Hoffentlich wurde es nicht noch kälter.

Er ergriff meinen Oberarm und hielt mich fest, sodass ich stehenbleiben musste, und stellte sich vor mich. „Beim ersten Mal war ich ja dabei, aber ich habe gehört, dass du beim zweiten Mal geflogen bist."

„Ich habe es etwas anders in Erinnerung."

„Dann sag mir, wie du es in Erinnerung hast."

Ich löste sanft meinen Arm aus seinem Griff, und während wir weitergingen, erklärte ich ihm, dass ich einen Drogendealer verfolgt hatte, als ich von Emmas Balkon gesprungen war. Als wir den Fahrstuhl erreicht hatten, starrte er mich an, als hätte ich sie nicht mehr alle. „Was?"

„Machst du Witze?", sagte er trocken. „Man springt nicht hinter Leuten her von Balkonen, Jones."

Ich schnaufte spöttisch und zog mein Handy aus der Manteltasche, als es brummte.

„Du bist nicht bei den Green Berets, weißt du. Das ist dein Partner."

„Ja, okay", begütigte ich ihn, packte ihn an seinem Mantel aus Kaschmirwolle mit Holzschließen und hielt ihm mein Handy unter die Nase, sodass er die SMS des Detectives der Chicagoer Mordkommission sehen konnte, mit dem wir zusammenarbeiteten. „Rybin sagt, dass er und Cassel uns an dem geschützten Haus in Brookfield treffen werden, wo wir unsere Zeugin in Gewahrsam nehmen und sie dann für ihre eidesstattliche Aussage zum Gericht bringen können."

„Warum schickt dir die Polizei eine SMS und nicht jemand von unserem Team?"

„Du weißt doch, dass White unsere Telefonnummern an die Detectives weitergibt, mit denen er zusammenarbeitet."

Er schüttelte den Kopf „Das ist nicht die korrekte Vorgehensweise."

Ich schnaubte spöttisch.

„Halt den Mund."

„Mr. - Ich bin während meines letzten Einsatzes im Personenschutz mal früher gegangen, um ein Mädel zu vögeln, bevor ich Abendessen geholt habe."

„Das war ein Mal!"

Ich imitierte Sam Kage: „Vielleicht brauchen Sie einen längeren Urlaub, Mr Kohn, um sich ein wenig auszutoben."

„Scheiße", stöhnte er. „Man hätte doch meinen sollen, dass Ching mich gewarnt hätte, dass er auf dem Weg ist."

Ich kicherte. „Ching liebt so was, das weißt du."

„Ich weiß es jetzt", sagte er genervt.

Ich musste lachen.

„Und deine Kage-Imitation ist total unheimlich."

Wir schwiegen während der Fahrt mit dem Aufzug, und als sich unten angekommen die Türen öffneten, stand Chris Becker dort mit seinem Partner Wes Ching.

Sie gaben ein interessantes Paar ab: Becker, der ehemalige Linebacker der University of Kentucky, und Ching, sein kleinerer aber wesentlich aggressiverer Partner. Becker war die Sorte Mann, dem die Frauen hinterhersahen, wenn er die Straße hinunterging, mit selbstbewussten Schritten und seinem unbefangenen Lächeln. Ching war ruhiger und, so dachten viele, der geistig gesündere der beiden. Zumindest dachten sie das solange, bis er eine Tür eintrat und hindurchstürmte. Nach einer Razzia hieß es dann immer: „Der Schwarze und der Asiate, was ist los mit denen?" Aber natürlich nur, wenn Kage nicht in Hörweite war. Wenn er da war, konnte man davon ausgehen, dass niemand auch nur ein Sterbenswörtchen über sein Team zu sagen hatte. Gesund war das nicht.

95

Als Becker uns sah, blitzte augenblicklich sein freches Lächeln auf. „Morgen, die Damen", neckte er uns und wackelte mit seinen dichten Augenbrauen.

Kohn zeigte ihm den Mittelfinger.

„Was ist los mit dir, hast du deine Tage?", fragte Ching laut.

Ich lächelte die Frauen an, die an uns vorbei den Fahrstuhl betraten. „Dass Sie mir auch ja diesen Scheiß Supervisor Kage oben melden."

„Fick dich, Jones!"

Kohn zeigte auf Becker, dann drehte er sich um und folgte mir den Flur hinunter. „Arschloch", grollte er.

„Absolut", stimmte ich zu. „Aber wenn er als deine Verstärkung durch die Tür kommt, dann magst du ihn, oder?"

Er knurrte.

Das bedeutete ja.

Im Wagen fing Kohn an zu meckern. „Lass uns mit meinem fahren. Diese Kiste ist eine Reise in die Vergangenheit."

„Sie ist ein Klassiker."

„Sie ist scheiße", beharrte er. „Um Himmels willen, Jones, in dem Ding gibt's ja nicht mal Airbags."

Ich wechselte das Thema, denn die Sache stand nicht zur Diskussion: Ich fuhr. Ich ließ mich nicht gerne von anderen fahren. Ian war nur deshalb eine Ausnahme, weil er mir keine andere Wahl ließ, der Tyrann. „Und, welche Zeugin geleiten wir heute?"

„Nina Tolliver", sagte er mit einem Grinsen. „Und ich hab gehört, dass du sie magst, also alles in allem eine runde Sache, oder?"

„Ich urteile nicht", log ich unverfroren, denn natürlich tat ich das. Ich war schließlich auch nur ein Mensch. „Und ich mag sie auch nicht im Sinne von ich-will-mit-ihr-die-Hochzeitsliste-anlegen. Ich finde einfach, sie ist ein toller Mensch, der das große Los in der ‚Ich habe einen psychopathischen mörderischen Drecksack geheiratet'-Lotterie gezogen hat."

Drew Tolliver hatte als bezahlter Schläger der Corza Familie angefangen und sich dann weiter hochgearbeitet, bis er einer der ganz Großen im Bereich Prostitution, Drogenhandel, Kreditwucher, Schutzgelderpressung und Waffenschiebung geworden war. Sein jüngster Geschäftszweig, bevor das FBI ihn hochgenommen hatte, war Auftragsmord gewesen. Seine Frau hatte von alledem absolut nichts bemerkt. Was sie aber bemerkt hatte, als er eines Tages nicht mehr nur sie, sondern auch seine Zwillingssöhne, siebeneinhalb Jahre alt, geschlagen hatte, war, dass er ein schlechter Mensch war.

„Ich kann mir nicht vorstellen, wie es ist, Gefangener in meinem eigenen Heim zu sein", sagte Kohn nachdenklich. „Es war klug von ihr, die Kinder ins Internat zu schicken. Ich meine, nicht so schön für sie, dass sie sie nicht sehen kann, aber wenigstens sind sie sicher."

„Genau", stimmte ich zu. „Und so hatte sie auch die Zeit, sich ein neues Hobby zuzulegen."

Die schiere Menge belastenden Materials, das Nina Tolliver über alle gesammelt hatte, die ihr Haus betreten hatten, war überwältigend. Sie hatte mehrere Stunden vernichtenden Filmmaterials gesammelt, einfach indem sie ihren Laptop im Wohnzimmer gelassen hatte, wenn Männer vorbeikamen, um ihren Mann zu besuchen, und die Webcam eingeschaltete hatte, was niemandem je aufgefallen war. Morde wurden geplant, Namen wurden genannt und jedes Gesicht war klar erkennbar, also gab es keinerlei Zweifel wer sprach, wer die Befehle gab und wer sie ausführte.

Dann, um ihm zu entkommen, hatte sie ihn gebeten, sie auf einer Reise nach Atlantic City mitzunehmen, und er hatte ihrem Wunsch nachgegeben. „Sie ist wirklich mutig", sagte ich, weil es wirklich gesagt werden musste. „Und es war ein Geniestreich, im Flieger auszuflippen, wo der Flugsicherheitsbegleiter direkt eingreifen und niemand etwas sagen konnte, als man sie in Handschellen abgeführt hat."

„Ja. Sehr clever."

„Und jetzt kann sie endlich wieder mit ihren Kindern zusammen sein, in Sicherheit, an einem geschützten Ort."

„Nachdem sie vor Gericht ausgesagt hat", erinnerte er mich. „Und der erste Schritt dahin ist die eidesstattliche Aussage."

„Die sie heute macht." Ich seufzte. „Also bringen wir sie hin, damit sie dafür sorgen kann, dass man ihren Ehemann einsperrt. Je schneller die Dinge ins Rollen kommen, desto schneller ist er weg vom Fenster, und wir können uns daran machen, die Typen, die noch eine Etage höher stehen als er, hinter Schloss und Riegel zu bringen."

„Dir ist schon klar, dass ihr Ehemann es nicht verdient, ins Zeugenschutzprogramm aufgenommen zu werden."

„WITSEC macht da keine Unterschiede. Es kommt einfach drauf an, was er gesehen hat", sagte ich weise.

„Ja, ich weiß. Ist trotzdem scheiße."

DAS GESCHÜTZTE Haus in Brookfield gehörte nicht dem FBI, sondern der Polizei von Chicago, von daher war es weitaus weniger komfortabel, als unsere es in der Regel waren. Es handelte sich um ein kleines, komplett unterkellertes Wohnhaus im Ranchstil in einer Reihenhausiedlung am Stadtrand. Es war schon älter, hatte keine Zentralheizung, sondern nur Heizstrahler und erinnerte mich an das Haus einer der weniger angenehmen Pflegefamilien, in denen ich gelebt hatte, bis hin zu den rosa Fliesen und der Milchglasschiebetür der Dusche. In der Küche fehlten an einigen Stellen die Deckenkacheln: So konnte man beim Kochen aufschauen und die Spinnweben über sich bewundern. Alles an diesem Haus gruselte mich. Es roch nach Scheuermittel und Schimmel. Ich war froh, dass Einsatz im Personenschutz nur alle drei bis vier Monate auf dem Plan stand. Marshals wurden abwechselnd für Geleitschutz, Personenschutz und Rücktransport von Gefangenen eingesetzt. Es gab viel Bewegung und Abwechslung, damit wir wachsam und am Ball blieben. Außerdem sollte die Rotation durch die Einsatzbereiche es unmöglich machen, jemals mit Sicherheit zu wissen, welcher Marshal für was eingesetzt wurde.

Deshalb wussten Topher Cassel, Joshua Rybin, Ted Koons und Keith Wallace, die vier Detectives der Chicagoer Polizei, auch nicht, wer durch die Tür kommen würde, als Kohn und ich auftauchten. Sie hatten aber vermutlich kein *GQ* Model erwartet. Mit seinen schicken Klamotten, dem dreihundert Dollar teuren Haarschnitt und dem schlanken, muskulösen Körperbau sah Eli Kohn definitiv aus wie ein Model, und die vier Männer dachten vermutlich, jemand wollte sie auf den Arm nehmen.

„Hi", grüßte Kohn und zog seine Dienstmarke aus der Tasche seines modischen Mantels. „Wenn ich Ihre sehen dürfte, meine Herren."

Sie zeigten ihm ihre Dienstausweise, was im Grunde genommen überflüssig war, da wir schließlich nur deshalb hier waren, weil wir die Erlaubnis dazu erhalten hatten. Nachdem wir uns die Hände geschüttelt hatten, drehte ich mich zu unserer Zeugin um.

Nina Tolliver war eine winzige Frau. Das war das erste, was mir durch den Kopf ging. Ihr langes, lockiges braunes Haar hing ihr bis zur Mitte des Rückens hinunter, aus dem Gesicht gehalten von einem Octopus Haargreifer – den ich nur deshalb erkannte, weil ich während der Uni Mitbewohnerinnen gehabt hatte, vier an der Zahl, und das Badezimmer übersät gewesen war von allem möglichen Krimskrams, von Haargummis bis hin zu lackierten Haarnadeln. Allerdings hatte keine meiner nervigen, heiß geliebten Freundinnen so lange Haare gehabt wie Nina. Ich nutzte diesen Umstand als Gesprächsöffner, als ich auf sie zuging.

„Wow, gute Frau, Sie haben aber verdammt lange Haare."

Und so einfach bekam ich von ihr ein Lächeln statt der sichtbaren Unruhe und Besorgnis, mit der sie die Detectives beobachtete. Sie sah gut aus in ihrem marineblauen Ann Taylor Hosenanzug.

„Ich bin Nina Tolliver", sagte sie, als ob ich das nicht wüsste, als würden wir eine ganz normale Unterhaltung führen. „Und Sie sind?"

„Miro Jones", antwortete ich und lächelte zurück.

Sie legte den Kopf schief. „Miro?"

„Die Abkürzung für Miroslav", erklärte ich, wie ich das immer tat. „Das ist tschechisch."

„Mir gefällt der Name", sagte sie, und ich realisierte, dass ich neben freundlicher Neugierde und Offenheit noch etwas anderes in ihren Augen sah, und zwar echte Sorge.

„Haben Sie Angst?"

Sie schüttelte den Kopf.

„Was ist es dann?"

„Sind Sie beiden allein gekommen?"

„Nein. Hier schwirren irgendwo noch zwei andere Marshals herum. Vielleicht haben Sie sie einfach nur nicht gesehen."

„Das glaube ich nicht."

„Doch, bestimmt", beharrte ich. „Ich verspreche Ihnen, beim Geleitschutz sind wir immer zu viert, nicht zu zweit."

Ihre Stirn legte sich in Falten. „Sie irren sich. Sie sind die einzigen beiden Marshals, die ich heute gesehen habe."

Ich schaltete sofort – mit sinkendem Herzen und einem Angstschauer, denn ich wusste in dem Moment, dass ich und Kohn und Nina allein waren.

Ich warf Kohn einen Blick zu, und er nickte rasch, hatte genauso verstanden, was Sache war wie ich.

„Oh Gottchen, ich muss mal für kleine Jungs", verkündete er laut, und alle vier Detectives lachten laut, als er aus dem Zimmer eilte.

„Mir gefallen die Laufschuhe", sagte ich und zeigte auf Ninas Fußbekleidung. „Sie bringen das Outfit so richtig zur Geltung."

Sie zuckte die Schultern. „Ich dachte mir, ich nehme die Pumps mit ins Gericht und ziehe mich da um, aber ich bin vermutlich viel zu förmlich angezogen. Heute findet ja noch keine Verhandlung statt."

„Richtig", stimmte ich zu und mir wurde klar, dass jetzt genau der richtige Zeitpunkt war, sie umzubringen, bevor die grellen Scheinwerfer des Medienzirkus auf sie gerichtet waren. Die Ruhe vor dem Sturm, und nur ein Staatsanwalt und der Anwalt der verklagten Partei würden hören, was sie zu sagen hatte. „Wir haben noch ein bisschen Zeit. Möchten Sie einen Tee?"

„Das wäre schön", erwiderte sie leise.

„Ich mache dir auch einen Tee", rief ich Kohn hinterher, dann wandte ich mich wieder Nina zu. „Wenn Sie mir sagen, wo es zur Küche geht, Madam."

Sie schenkte mir ein Lächeln, und ich war drauf und dran, ihr den kurzen Flur hinunter zu folgen, bis mir einfiel, dass ich ja schauspielerte, und dass ich dafür sorgen musste, dass alles echt aussah.

Also fragte ich die Detectives: „Möchte einer von Ihnen auch einen?"

„Nein, Mann, danke, für uns nicht", antwortete Cassel.

Ich nahm Ninas Arm und ging mit ihr durchs Wohnzimmer in die Küche und weiter zur Hintertür, wo ich anhielt und wartete.

„Hey", rief einer der Detectives Kohn durch die geschlossene Badezimmertür zu. „Alles in Ordnung da drinnen?"

Es war offensichtlich dazu gedacht, herauszufinden, wo Kohn war, und im selben Moment hörte ich das Piepsen eines Sensors.

„Scheiße!", hörte ich, und dann schwere Fußtritte.

99

„Sieh in der Küche nach dem anderen!"

Ich stieß die Glasschiebetür auf, zückte meine Waffe und schob Nina durch die offene Tür. „Wenn ich losrenne, rennen Sie mit", befahl ich laut.

„Okay", war alles, was sie sagte.

Wir hasteten die Treppenstufen hinunter, rannten durch den Garten, und ich sprang über den niedrigen Maschendrahtzaun, der das Grundstück von dem des Nachbarn trennte, und hob Nina hinüber. Es überraschte mich, dass ich sie nicht antreiben oder wiederholt daran erinnern musste, mir zu folgen, aber sie war sehr darauf konzentriert, zu überleben. Sie wollte leben, feuerte sich selbst damit an, als wir losrannten.

„Ich habe Söhne", wiederholte sie, während sie ihren Rock höher zog. „Sie brauchen mich."

Während wir durch den Hindernisparcours im Nachbargarten rannten – ein Jack Russel Terrier, der durch seine Hundetür geflitzt kam, um uns zu begrüßen, eine Schaukel, Gartenmöbel –, zog ich mein Handy aus der Hosentasche und rief meinen Chef auf seiner Privatnummer an.

„Jones?", grollte er.

„Ich flüchte von dem geschützten Haus in Brookfield, zusammen mit Nina Tolliver. Ich weiß nicht, ob Kohn es raus geschafft hat oder nicht. Er hat sie von mir und der Zeugin abgelenkt, indem er durchs Badfenster gestiegen ist. Zwei Detectives verfolgen uns. Wir glauben, dass White und Sharpe irgendwo auf dem Grundstück überfallen wurden. Ich bin auf dem Weg zu George's Diner, zwei Häuserblocks entfernt, weil das der einzige Ort hier in der Gegend ist, den ich kenne. Schicken Sie umgehend Verstärkung."

„Verstanden. Wir sind unterwegs. In zwanzig Minuten sind wir vor Ort, Jones."

Er war dreizehn Meilen von uns entfernt, wofür er entweder zwanzig Minuten oder eine Stunde brauchen würde, je nach Verkehr – und das trotz der sich drehenden, blauen Lichter auf seinem Wagen. Die I-55 – keiner von uns nannte sie je den Stevenson Expressway – war der schnellste Weg. „Okay."

„Lassen Sie sich nicht umbringen."

„Nein, Sir."

Und weg war er. Nina und ich erreichten die Straße und rannten. Mit dem Rock bis zur Hüfte hochgezogen und ihren Laufschuhen flog sie förmlich dahin. Dank meiner längeren Beine war ich viel schneller als sie, also wurde ich langsamer, passte mich ihrem Tempo an, aber wir rannten beide um unser Leben.

Ein Auto schloss von hinten auf, und eine Kugel traf einen Mülleimer neben mir. Ich stieß Nina zu Boden, drehte mich um, sah die Bedrohung und drückte ab. Cassel, der um den Wagen herumgekommen war, um mich zu erschießen, ging zu Boden, als ich ihn in die Schulter traf. Aber Rybin, der das Auto als Schutzschild benutzte, schoss über die Motorhaube und erwischte mich in der rechten Schulter, gerade neben dem Saum der kugelsicheren Weste, die ich unter meinem Hemd trug. Ich spürte den Einschlag, spürte Druck und dann Schmerz. Ninas Schrei jagte mir einen Schreck ein. Ich feuerte zurück, traf mehrfach in die Motorhaube und zerschoss die Windschutzscheibe, was genug war, dass Rybin in Deckung ging.

„Kommen Sie!", schrie ich ihr zu.

Die Sirenen machten mir richtig Angst, denn die Männer, die uns jagten, konnten ebenso wie wir Verstärkung anfordern. Ich hätte ein abtrünniger Marshal sein können, der Nina mit der Waffe bedroht hatte. Ich hätte versuchen können, Nina zu entführen. Es gab endlose Möglichkeiten, die Situation zu missverstehen, von daher hielt ich auch nicht an, um einen Streifenwagen heranzuwinken. Wir rannten in Richtung Ogden Avenue, die Waffe hielt ich in der einen Hand und die andere hatte ich gegen meine Schulter gedrückt. Nicht, dass das viel half: Blut strömte zwischen meinen Fingern hindurch.

Ein Auto schoss heran, und als Nina schrie, war mein erster Gedanke, dass sie getroffen worden war. Aber die Tatsache, dass sie mich plötzlich überholte, gefolgt von brennendem, alles erstickendem Schmerz im oberen Teil meiner Brust ließ mich wissen, dass ich derjenige war, der die Kugel abbekommen hatte. Und zwar auf der Innenseite des Schultergelenks, über dem Halsausschnitt der verdammten Weste. Diesmal allerdings auf der linken Seite.

Alles wurde langsamer, und für einen Moment hatte ich wirklich Angst – dass ich sie nicht würde beschützen können, weil ich verletzt war. Sie war seltsam, diese Klarheit mitten im Adrenalinschub.

„Sind Sie –"

Ihre Stimme und das Beben darin, brachten mich rasch in die Gegenwart zurück. „Nicht anhalten! Weiterlaufen!"

Ich überholte sie, und sie folgte mir. Wir rannten hinter eine Frozen Yoghurt Bar, dann zwischen zwei Gebäude. Dort hängten wir sie ab, denn die Gasse war zu schmal für ein Auto, und sie würden einmal um den Block herumfahren müssen. Ich packte Ninas Hand und rannte blindlings auf die Straße, und Hupen und Schreie grüßten uns, als Autos mit quietschenden Reifen anhielten, um uns nicht zu überfahren.

Im Fernsehen oder in Kinofilmen sieht es immer so einfach aus. Da weichen die Leute den Autos aus, als wäre es ein Kinderspiel. Es war eines der Dinge, die mich über kurz oder lang dazu brachten, die Kinoleinwand anzuschreien. Was der Grund war, warum Ian nicht mehr mit mir ins Kino ging und mich stattdessen dazu zwang, die Filme bei ihm zu Hause zu sehen. Er behauptete, ich würde mich zu sehr hineinsteigern, und sagte mir, ich solle lernen, mich emotional zu distanzieren. Ich arbeitete noch daran.

Nina war fantastisch. Wenn ich mir persönlich einen Zivilisten hätte aussuchen können, mit dem ich vor bewaffneten Verfolgern flüchten wollte, ich hätte niemanden besseres wählen können. Sie befolgte meine Anweisungen besser als irgendjemand sonst, dem ich je begegnet war.

Sicher auf der anderen Seite auf dem Bürgersteig angekommen, taumelte ich einen Schritt, und für einen Moment verschwamm mir die Sicht vor Augen. Ich verlor zu schnell zu viel Blut und musste meinen Plan ändern.

„Folgen Sie mir", bellte ich sie an, nachdem ich einen Mann in der Tür zu einer Autowerkstatt hatte stehen sehen.

Ich stürzte auf ihn zu, Nina dicht an meiner Seite, und schrie um Hilfe.

Die Menschen überraschten mich immer wieder. Anstatt die Flucht zu ergreifen und sich im Innern des Gebäudes zu verbarrikadieren, winkte er uns zu, uns zu beeilen. Als wir näherkamen, trat er beiseite, sodass ich an ihm vorbeilaufen konnte, Nina dicht auf meinen Fersen.

Ich verlor das Gleichgewicht und ging auf die Knie, drehte mich im Fall aber zur Seite und stieß Nina hinter mich, schützte sie mit meinem Körper. Ein geparktes Auto gab uns Rückendeckung. Ich hörte sie laut nach Luft schnappen, als sie mit meinem Rücken kollidierte.

„Lassen Sie mich sehen, wie schwer Sie verletzt sind", befahl sie mir. „Ziehen Sie das hier aus, damit ich die Wunde sehen kann."

„Erst, wenn ich sichergestellt habe, dass keine Bedrohung besteht."

„Ja, okay", sagte sie, und ihr Atem stockte. „Aber vielleicht können Sie die Waffe mit einer Hand halten, sodass ich Ihnen den Mantel ausziehen kann, und dann die Hand wechseln?"

„Was?" Ich hatte vor lauter Schwindel, verschwimmender Sicht und stechendem, beißendem Schmerz Schwierigkeiten zu verstehen, was sie wollte. Ich musste wirklich bei Bewusstsein bleiben.

„Hier – lassen Sie mich das machen."

Es war schwer, konzentriert zu bleiben, als sie um meinen Körper herum fasste, den Reißverschluss meines Mantels öffnete, grob an dem Stoff zog und mir das ruinierte Stück meiner Oberbekleidung auszog.

„Oh, Gott", stöhnte sie, und ihr Gesicht verzog sich. „Sie bluten wirklich stark. Dieses T-Shirt ist völlig durchgeweicht und – ich dachte, die Weste soll das verhindern!"

Das tat sie auch, nur eben nicht immer. Sie war schließlich keine Körperpanzerung.

„Bewegen Sie den Arm. Ich muss nachsehen, ob die Kugel auf der anderen Seite ausgetreten ist."

Ich nahm die Waffe von einer Hand in die andere, wie sie es vorgeschlagen hatte.

„Oh, Herr im Himmel", rief sie, was mir eine ziemlich gute Vorstellung davon gab, wie viel Flüssigkeit sich ihren Blicken präsentierte. „Miro, Ihr Schlüsselbein ist – und Ihre Schulter, ich – Sie verlieren zu viel Blut!"

Der Mann und fünf andere Mechaniker drängten sich um uns, obwohl ich meine Waffe auf sie gerichtet hielt.

„Alles okay", sagte der Mann, der uns eingelassen hatte, beschwichtigend. Er hob beide Hände, dann drehte er den Kopf erst nach rechts, dann nach links, machte auf beiden Seiten eine ruckartige Bewegung, eindeutig ein Signal an die anderen Männer. Sie traten zurück, dann kam er langsam näher. „Laufen Sie vor den Bullen weg?"

„Ja", rief Nina mit zitternder Unterlippe. „Und sie haben ihn angeschossen! Zwei Mal!"

„Ja, das sehe ich", murmelte er, dann griff er hinter sich, zog ein Tuch aus der hinteren Hosentasche und knüllte es zusammen. „Ich werf das Ihrem Mädel zu, okay? Bitte nicht schießen."

„Er wird Sie nicht erschießen!", schrie Nina mit rasch lauter werdender Stimme. „Er ist ein US Marshal, um Himmels willen! Er versucht, mir das Leben zu retten!"

Der Mann zuckte zusammen, was ich nur halb wahrnahm. Ich spürte ein Pochen in meiner Brust, das es mir schwer machte, die Waffe hochzuhalten. Ich begann, mir zunehmend Sorgen zu machen, dass ich das Bewusstsein verlieren würde und Nina nicht mehr beschützen konnte. Wenn es nur meine Schulter gewesen wäre, hätte ich mir keine Gedanken gemacht. Die Kugel war durchgegangen, und das war gut. Das Blut, das meinen Arm hinunterrann und sich in der Beuge meines Ellbogens sammelte, das war weniger gut, aber auch nicht lebensbedrohlich. Die Wunde in meiner Brust hingegen war eine andere Sache. Ich wusste nicht, wie viel Schaden angerichtet worden war, und das war beunruhigend. Wenn ich sterben sollte, wollte ich vorher noch mit Ian sprechen.

„Sie sind ein Marshal?"

Scheiße. Konzentration. „Ja", sagte ich und lehnte mich zur Seite, sodass er die Dienstmarke an meinem Gürtel sehen konnte.

„Lassen Sie mich näherkommen, Marshal."

Ich senkte die Waffe, zumal mir zunehmend die Fähigkeit fehlte, sie hochzuhalten.

Er kam rasch näher, kniete sich neben uns und presste das Tuch gegen meine Schulter, dicht an meiner Kehle.

„Scheiße."

„Lado!", bellte er. „Bring mir saubere Tücher von hinten und dann ruf 911!"

„Nein", sagte ich und drehte den Kopf zu Nina, aber ich konnte keinen Blickkontakt herstellen, da sie in Bewegung war. Sie war aufgestanden und um mich herumgekommen, zog sich ihre Anzugjacke aus, knüllte sie zusammen und presste sie gegen das andere Loch in meiner Schulter. „Nina, nehmen Sie mein Handy und rufen Sie meinen Vorgesetzten an."

„Woher weiß ich –"

„Eintrag unter Chef im Telefonbuch", sagte ich. Für einen Moment verschwamm meine Sicht, dann begegnete ich dem Blick des Mannes, der jetzt sowohl sein Tuch als auch ihre Anzugjacke gegen beide Seiten meiner Schulter presste.

„Das sieht in Filmen glamouröser aus", informierte er mich mit einem halben Lächeln.

„Ja, nicht wahr?", hustete ich und lachte leise.

„Tut mir leid, Sir, ich dachte, Sie hätten sie vielleicht entführt und sie beide wären auf der Flucht vor den Bullen."

„Sind wir", sagte ich, lachte und stöhnte dann.

„Tut ziemlich weh, was?"

„Ja."

Plötzlich hatte ich mein Handy am Ohr; Nina hielt es mir hin.

„Hallo?"

„Wo zum Teufel sind Sie, Jones?", knurrte Kage wütend.

Ich sah zu dem Mann auf, der verhinderte, dass ich verblutete. „Wo bin ich?"

„Sie befinden sich in der Nähe der Ogden Avenue, bei Chaney and Sons Restauration."

„Okay", sagte ich und ließ meinen Kopf nach vorne sinken. „Haben Sie das gehört?"

„Ja, aber Brookfield ist quasi die Welthauptstadt der Autowerkstätten. Ich brauche einen Anhaltspunkt."

„Anhaltspunkt?", fragte ich.

„Das Flower Pot Garden Center ist direkt nebenan."

„Sir?", fragte ich mühsam; sprechen wurde zunehmend schwieriger.

„Ich habe ihn gehört. Wir sind sofort da. Wo sind die Detectives, die Sie verfolgt haben?"

„Keine Ahnung. So Gott will nicht dabei, die Tür einzutreten."

„Das ist nicht lustig, Jones."

„Ich –" Die Sirenen sandten einen Schauer der Angst durch mich, anstatt wie üblich Erleichterung auszulösen. „Haben Sie das gehört?"

„Ja. Das bin ich."

Ich verlor beinahe das Bewusstsein. „Okay. Ich warte dann hier und blute weiter, okay?"

„Sehen Sie nur zu, dass Sie nicht verbluten. Ich habe heute noch niemanden verloren, wir müssen nicht mit Ihnen anfangen."

„Jawohl, Sir", sagte ich und legte auf. Kaum hatte ich das getan, klingelte mein Handy. „Es wird alles gut", versprach ich dem guten Samariter und Nina. „Versprochen."

„Was?", fragte Kohn vom anderen Ende der Leitung.

„Oh, Gott sei Dank. Hi, Kumpel." Ich zuckte zusammen.

„Oh, ich bin dein Kumpel? Seit wann?"

„Wo bist du?"

„In einem Schuppen im Garten eines Zivilisten auf der Vernon Avenue."

„Alles okay?"

„Ich habe mich gut zerkratzt, als ich durch das Fenster gestiegen bin, aber ich werde es überleben. Ich will wirklich nicht auf den Waschbären schießen müssen, der mit mir hier drinnen ist, aber wenn er angreift, werde ich das tun. Ich meine, er könnte Tollwut haben."

Ich zuckte erneut zusammen, denn lachen tat weh. „Bitte halt den Mund. Ruf den Chef an, er ist fast hier."

„Habe ich schon getan", sagte er schnell. „Du klingst komisch. Was ist los?"

„Angeschossen."

Schweigen.

„Eli?"

„Nenn mich verdammt noch mal nicht Eli, du wirst nicht sterben."

„Okay", sagte ich, selbst als es langsam dunkel um mich herum wurde.

„Ich seh dich dann gleich", sagte er rau, und ich hörte die Worte „US Marshal" durch die Leitung, bevor das Freizeichen erklang. Er war in Sicherheit, das erleichterte mich.

„Oh, verdammt, Miro, setzen Sie sich auf", befahl Nina, als ich auf dem kalten Betonboden zusammensank. „Der Boden wird Ihnen alle Wärme entziehen. Kommen Sie, setzen Sie sich auf und lehnen Sie sich an mich."

Aber das war unmöglich. Ich wollte mich ausruhen. Nina war dank mir in Sicherheit, und Kohn war in Sicherheit, weil er in einem Gartenschuppen oder Geräteschuppen oder so was steckte, zusammen mit einem tollwütigen Waldbewohner. Der Gedanke brachte mich zum Lachen.

„Himmel, Miro, Sie sind so kalt."

Aber ich war gar nichts mehr.

„US Marshals!"

Ich gab einen erleichterten Laut von mir, als ich ganz in der Nähe Schüsse hörte, direkt draußen *vor der Tür*. Es fielen mehrere Schüsse, dann zwei weitere. Ich musste Nina warnen, in Deckung zu gehen, aber als ich versuchte zu sprechen, kam kein Wort heraus.

„Jones", hörte ich Kages kehliges Knurren, und im selben Moment legte sich eine große Hand auf meine Brust. Unglaublich, wie warm die Hand meines Chefs war, ich konnte mir nicht vorstellen, wie es sein musste, von ihm umarmt zu werden. „Nicht sterben."

Guter Gott, ich war wirklich total neben der Spur. Ich mochte meinen Chef, aber ich begehrte nur einen Mann innig. Und oh … oh je, er würde wirklich wütend sein, wenn er hiervon erfuhr.

„Sir?", brachte ich krächzend heraus.

„Sprechen Sie nicht, Jones", knurrte er, dann hörte ich ihn brüllen: „Hier drin!"

„Kohn steckt in 'nem Schuppen."

„Hat er. Dorsey und Ryan haben ihn abgeholt."

„Sagen Sie Ian, dass ich –"

„Sie können verdammt noch mal selbst mit Doyle reden. Halten Sie durch und verdammt noch mal den Mund."

Ich wollte widersprechen, aber stattdessen verlor ich das Bewusstsein.

9

ALS ICH wach wurde, hing ich an gleich vier Schläuchen: einer für die Nahrungszufuhr, einer für Antibiotika, einer für Flüssigkeit und einer zum Aufräumen. Am selben Morgen noch verschwanden Medikamente und Katheter. Ich war froh, sie los zu sein. Ich war noch nie ein großer Fan davon gewesen, in irgendeiner Form lahmgelegt oder mit Schmerzmitteln vollgedröhnt zu sein. Ich zog es vor, immer und zu jeder Zeit zu einhundert Prozent die Kontrolle zu haben. Ich hatte zu viele schlechte Erinnerungen daran, anderen ausgeliefert zu sein.

Inzwischen war es zwei Tage später. Sobald ich wach wurde, begann der Aufmarsch des Untersuchungsausschusses: Mitglieder von FBI und des Chicago PD, mein Vorgesetzter, sein Vorgesetzter und der Vorgesetzte der vier Detectives, die versucht hatten, mich und Kohn und Nina Tolliver umzubringen. Der Polizeichef war ebenfalls anwesend, ebenso der Staatsanwalt, sein Assistent und ein Gerichtsschreiber. Das waren eine Menge Leute, aber mein Raum war groß.

Offenbar hatten sie Kohn und Nina bereits befragt und nur darauf gewartet, dass ich wach wurde, damit ich ihre Aussagen bestätigen konnte.

„Woher wussten Sie, dass Sie in der Bredouille steckten?", fragte der Ermittlungsbeamte des FBI.

„Sobald Nina sagte, dass Kohn und ich die einzigen Marshals waren, die sie an dem Tag gesehen hatte, wusste ich, dass etwas nicht stimmte." Ich warf meinem Chef einen Blick zu. „Sind Sharpe und White tot?"

Ein rasches Kopfschütteln, aber die Muskeln in seinem Kiefer wurden hart.

„Nein?"

„White liegt zwei Zimmer weiter im Koma, Sharpe ist gestern entlassen worden."

„Was ist Whites Prognose?"

„Er muss einfach nur wieder wach werden", beruhigte er mich.

Ich nickte, und der Ermittlungsbeamte öffnete erneut den Mund, aber ich stellte meinem Chef eine weitere Frage. „Sind Cassel und Rybin tot?"

„Nein. Beide wurden festgenommen. Sie haben Cassel verwundet, und wir haben Rybin am Flughafen festnehmen können, als er versucht hat, das Land zu verlassen."

„Und Koons und Wallace? Sind die tot?"

„Ja", sagte er ausdruckslos.

„Und das sollten sie nicht sein", fauchte ihr Vorgesetzter. „Sie wurden erschossen, ohne –"

„Sie wurden aufgefordert, ihre Waffen fallen zu lassen und sich auf den Boden zu legen", informierte Kage den Mann eisig. „Sie haben das Feuer erwidert."

„Wir haben nur das Wort Ihres Mannes dafür", argumentierte er.

„Korrekt", stimmte er zu, und ich war froh, nicht der Empfänger seines feindseligen Blickes zu sein. „Becker und Ching sind mehrfach ausgezeichnete Marshals, und sowohl meine Abteilung als auch Ihre hat sie freigesprochen."

„Richtig", warf der Ermittler ein, dann wandte er seine Aufmerksamkeit erneut mir zu. „Nun, Marshal, was geschah, nachdem Sie und Mrs Tolliver das Haus verlassen hatten?"

Ich ging die ganze Sache Schritt für Schritt mit ihnen durch, erwähnte jedes Detail, inklusive der Freundlichkeit des Inhabers der Autowerkstatt, Kohns Anruf aus dem Schuppen sowie die Schüsse, die ich gehört hatte, und dann die zwei letzten.

„Das müssen die korrupten Bullen gewesen sein, als sie auf Kowalski und Ching geschossen haben", schloss ich.

„Wir wissen nicht mit Bestimmtheit, dass sie korrupt waren", ging ihr Vorgesetzter erneut in die Defensive.

„Richtig", sagte ich ehrlich. „Vielleicht hat Tolliver eines ihrer Familienmitglieder entführen lassen. Vielleicht sind sie gezwungen worden."

Er öffnete den Mund, um zu widersprechen.

„Es sei denn, Sie haben bereits ihre Konten überprüft und auffällige Geldbewegungen feststellen können", schlussfolgerte ich. „Und wenn dem so ist, dann ist korrupt eindeutig das korrekte Attribut, Sir."

„Das ist es", sagte Kage trocken und mit frostiger Stimme. „Wir haben die Einzahlungen zurückverfolgt und konnten nachweisen, dass sie jahrelang Bestechungsgelder angenommen haben. Ihre Abteilung ist von Korruption durchzogen – wie immer."

„Vergessen Sie dabei nicht, dass Sie selbst einmal ein Detective der Polizei gewesen sind, Marshal Kage?"

„Nein", entgegnete er, seine Stimme rau und grollend. „Ich hatte selbst einen korrupten Partner, aber mein Vorgesetzter wusste davon, ebenso das Dezernat für interne Ermittlungen. Wie es aussieht, hatten Sie nicht die geringste Ahnung, was da direkt vor Ihrer verdammten Nase vor sich gegangen ist."

Er nahm kein Blatt vor den Mund, mein Chef, und der folgende laute Wortwechsel überraschte mich kein bisschen. Die Realität sah allerdings so aus, dass der Chef meines Chefs, Tom Kenwood, der Mann mit dem größten Einfluss im Raum war, und wenn der Chief Deputy sprach, hielten alle anderen den Mund.

Kenwood durchquerte den Raum und trat neben mein Bett. „Sie haben Ihre Sache gut gemacht, Jones. Ruhen Sie sich aus und kommen Sie sobald wie möglich zu uns zurück. Sie haben eine ungeheuer wichtige Zeugin gerettet, die über umfassende Beweismittel über die illegalen Aktivitäten der Corza Familie verfügt. Ohne Ihre heldenhaften Taten wären wir gezwungen gewesen, wieder bei null anzufangen, und zwei Kinder hätten ihre Mutter verloren. Sie machen Ihnen, Ihrem Vorgesetzten und Ihrem gesamten Team alle Ehre."

„Vielen Dank, Sir."

Kenwood hob den Kopf, und sein Blick begegnete dem des Polizeichefs. „Wir werden eine offizielle Ermittlung gegen diese beiden Männer und ihre Abteilung einleiten", verkündete er. „Der Justizminister hat den Bürgermeister heute Morgen darüber in Kenntnis gesetzt, und wir werden einen unabhängigen Sonderermittler berufen."

Niemand sagte ein Wort.

Er wandte sich an Kage. „Ich würde gerne White sehen und mit seiner Frau sprechen, und dann Sharpe."

„Jawohl, Sir."

Alle verließen den Raum, bis auf Kage. Ich bemerkte, dass Chief Deputy Kenwood draußen im Flur auf ihn wartete. Er beugte sich über mich und legte seine Hand auf meine unverletzte Schulter. „Rufen Sie Doyles Vater an, sobald Sie können. Es geht um einen Wolf?"

Ich lächelte. „Jawohl, Sir."

„Wir sprechen uns in einer Woche, Jones."

„Nicht schon eher? Ich könnte vor Langeweile sterben."

„Ich empfehle Ihnen Netflix", sagte er trocken.

Ich nickte.

Er ging forschen Schrittes hinaus, und er und Kenwood verschwanden aus meinem Blickfeld. Ich sah mich um und entdeckte mein Handy auf dem Rolltisch neben meinem Bett. Irgendwer hatte es netterweise in die Steckdose eingestöpselt. Das Display zeigte mir sechs verpasste Anrufe von Ians Vater und einen von Ian selbst. Ich wünschte mir, ich wäre für diesen Anruf wach gewesen.

„Jesus, Maria und Scheiße auch Josef!" Ich fuhr ruckartig zusammen, als Catherine Benton in mein Zimmer gestürmt kam. Weder die Lautstärke ihrer Stimme noch ihr Parfüm waren unbedingt für ein Krankenzimmer geeignet. Beides ein wenig zu … anregend.

Ihr folgte Janet Powell, die sogar noch lauter schrie. „Was um alles in der Welt hast du mit dir angestellt?"

„Ich habe dir doch gesagt, er ist schwer verletzt", kreischte Aruna Duffy, stürzte an den beiden anderen Frauen vorbei, packte meine Hand und ließ sich schwerfällig neben mir auf das Bett plumpsen. Sie war noch nie eine zarte, grazile Elfe gewesen, auch wenn sie mit ihren ein Meter siebenundsechzig und knappen fünfzig Kilogramm für gewöhnlich so aussah. Aber sie war im siebten Monat schwanger, futterte alles, was sie in die Finger bekam, und war stämmiger, als sie es je in ihrem Leben gewesen war und sich von daher ihrer eigenen Kraft nicht mehr bewusst.

„Ich dachte, ihr tragt eine ballistische Panzerweste?", fragte Min Kwon, die zur anderen Seite meines Bettes geeilt kam und damit die Gruppe vervollständigte. „Wieso bist du verletzt worden, *chagiya*?"

„Das ist wie bei einem Kondom, Min, es kann schon mal Löcher haben", sagte ich und hob mein Kinn an als Zeichen, dass sie sich zu mir herunterbeugen sollte, damit ich sie auf die Wange küssen konnte. Die Verwendung des Kosewortes sagte mir, dass sie sich aufrichtig Sorgen gemacht hatte.

Sie schnaubte, als ich ihre Wange küsste, dann wandte sie den Kopf und küsste meine. Aruna war die Nächste, dann kam Janet. Catherine hatte die Aktenmappe, die auf einem Regalbrett neben meinem Bett gelegen hatte, offen in der Hand. Ich hatte keine Ahnung, was darin war, aber als ich sah, wie sie sich den Inhalt durchlas, ging mir auf, dass das meine Krankenakte sein musste.

„Leg das wieder hin."

Ihr „Pst!" war laut und schneidend.

„Du solltest nicht herumschnüffeln", schalt ich sie.

„M-hm", sagte sie. Die Nase in meiner Akte vergraben küsste sie mich geistesabwesend auf die Wange, dann richtete sie sich auf. Als ihr Kopf hochfuhr und sie mich mit ihren dunkelbraunen Augen durchbohrte, zuckte ich beinahe zusammen. „Du hast dir auch das Handgelenk gebrochen?"

„Das ist vor Wochen passiert", verteidigte ich mich. „Es ist schon komplett verheilt."

Sie knurrte und blätterte weiter durch die Seiten. Der riesige, fünfkarätige, in Platin gefasste Diamant, den sie an der linken Hand trug, glitzerte und funkelte, als sie umblätterte. „Drück auf die Ruftaste", befahl sie Min. „Ich will mit der Krankenschwester sprechen."

„Was macht ihr überhaupt hier?", fragte ich die Frauen, die seit meinem ersten Jahr an der University of Chicago meine Familie gewesen waren.

„Aruna ist dein Notfallkontakt", erklärte Min sanft, wie das ihre Art war. Sie war lieb und logisch und das Herz unserer kleinen Gruppe. Außerdem war sie eine brutale Prozessanwältin, die man wirklich nicht gegenüber auf der anderen Seite des Gerichtssaals sitzen haben wollte. Ich hatte mir einen ihrer Prozesse angeschaut, als ich sie das letzte Mal besucht hatte, und sie war wahrhaft furchteinflößend. „Und nachdem man sie angerufen hat, um sie zu informieren, hat sie uns angerufen."

Ich drehte meinen Kopf auf dem Kissen, um Aruna anzusehen.

„Was? Darf ich sie etwa nicht anrufen?"

„Du hast ihnen allen völlig ohne Grund Angst eingejagt."

„Von wegen völlig ohne Grund", fuhr Catherine auf und hob den sechs Zentimeter dicken Hefter mit beiden Händen hoch, um ihn mir zu zeigen. „Das ist ernst, Miroslav."

„Wir sind so schnell gekommen, wie wir konnten", erklärte Janet.

110

Aruna war die Einzige, die in Chicago geblieben war, die Einzige, die ich regelmäßig sah. Catherine lebte in Manhattan, Janet in Washington DC und Min in Los Angeles. Aber ich telefonierte nach wie vor einmal die Woche mit ihnen. Wir alle wussten genau, was mit den jeweils anderen vier los war. Sie waren alle ein so großer Teil meines Lebens, dass es sich, obwohl ich Catherine seit sechs Monaten nicht mehr gesehen hatte, Janet seit acht und Min seit vier, nicht so anfühlte.

„Ich war gestern hier", erklärte Aruna und tätschelte meine Hand, ihre grüngoldenen Augen warm, als sie mich ansah. „Deshalb bist du in diesem Zimmer."

Ich sah mit zusammengekniffenen Augen zu ihr hoch. „In welchem Zimmer war ich vorher?"

„In einem kleinen", klärte sie mich auf und warf sich ihr langes, glattes braunes Haar über die Schulter.

„Und was hast du gemacht?"

„Ich habe sie gefragt, ob sie morgen in den Nachrichten sein wollen."

„Du arbeitest für *20/20*", erinnerte ich sie. „Du berichtest nicht über Lokales hier in Chicago."

„Als ob sie sich nicht alle zehn Finger danach lecken würden, einen Enthüllungsbericht darüber bringen zu können, wie Krankenhäuser mit verwundeten Helden umgehen."

„Ich bin kein Held."

„Du hast diese Frau gerettet, deine Zeugin", sagte sie schnell. „Das hat dein Vorgesetzter mir erzählt."

„Oh, um Himmels willen", maulte ich.

„Sei still. Sie haben dich verlegt oder nicht?"

„Weil du ihnen gedroht hast."

„Verdammt richtig, das habe ich", schnaubte sie, und ich sah ihre Augen vor Wut blitzen. „Mach mir das Leben schwer – ich mach sie platt!"

„Aruna –"

„Als ob sie sich nicht lieber mit ihr anlegen würden als mit mir", höhnte Catherine. „Ich bitte dich."

Ich schüttelte den Kopf. „Mädels, ihr könnt nicht einfach hier reinmarschieren und anfangen –"

„Möchten sie die Bilanzprüfer im Haus haben?", fragte Janet betont. „Ich glaube nicht."

Meine liebe, unaufdringliche Freundin, eine der Hauptbilanzprüferinnen der Abteilung für Steuerbefreite und Regierungsorganisationen des IRS, war in Wahrheit die wohl furchteinflößendste Person im Raum. Die Leute dachten, sie wäre süß und knuffig, mit ihrem roten Lockenköpfchen und den großen blauen Augen – bis sie zuschlug, und ihnen aufging, wie furchterregend sie war.

„Ich –"

„Mr Jones?", sagte die Krankenschwester, als sie das Zimmer betrat. „Was kann ich für Sie – Oh, entschuldigen Sie, aber Sie dürfen nicht so viele Besucher auf einmal –"

„Er kann so viele Leute in seinem Zimmer haben, wie er will", belehrte Min sie. „Und wenn Sie den Sicherheitsdienst rufen, sorge ich dafür, dass Sie Ihren Job los sind."

„Stopp", bat ich. „Diese Frau steckt Nadeln in mich."

„Ich muss mit Mr Jones' behandelndem Arzt sprechen", fuhr Catherine die Krankenschwester an, bevor diese die Chance hatte, Min zu antworten. „Bitte richten Sie ihm aus, dass Dr. Catherine Benton hier ist."

„Ich weiß nicht –"

„Dr. ... Catherine ... Benton", sagte sie langsam und frostig. „Jetzt sofort."

Die Krankenschwester sah sich im Zimmer um und verschwand eilig.

„Er wird nicht wissen, wer du bist", sagte ich zu meiner eingebildeten Freundin. „Du nimmst dich gerade ein bisschen sehr wichtig."

Sie knurrte, trat an mein Bett und schnipste ihren Finger gegen meine Stirn.

„Hexe", grummelte ich, aber ich musste lachen.

„Ich habe Bedenken", erwiderte sie. „Und ich muss wissen, was dein Arzt getan hat, denn es steht nicht in seinen Aufzeichnungen, und das ist beunruhigend. Wenn er das, woran ich denke, nicht getan hat, werde ich umgehend selbst Hand anlegen."

Min schnappte nach Luft.

„Ich möchte ganz entschieden nicht von dir aufgeschnitten werden", sagte ich mit Nachdruck.

„Sie könnten sich glücklich schätzen", sagte mein Arzt, Dr. Sean Cooper, der eher so aussah, als gehörte er auf das Titelblatt eines Hochglanzmagazins, statt in einem weißen Kittel durch Krankenhausflure zu laufen, als er ins Zimmer kam. „Dr. Benton ist eine der besten Neurochirurginnen des Landes."

„Korrekt", stimmte sie zu und hob eine Augenbraue in meine Richtung. „Ich habe gesehen, dass Miro unter Sauerstoffunterversorgung bedingt durch die Schusswunde an seinem Schlüsselbein gelitten hat, und meine Befürchtung ist der Eintritt von –"

„Erb-Duchenne Lähmung", beendete er den Satz. „Ja."

„Und", blaffte sie, „wie lange war er –"

„Ich habe seine Unterlagen noch nicht auf den neuesten Stand gebracht, aber kommen Sie mit, und ich zeige Ihnen den MRI, den wir gemacht haben."

„Ausgezeichnet", sagte sie knapp und wandte sich zur Tür. „Rühr dich nicht vom Fleck, ich komme wieder", sagte sie über ihre Schulter.

Als sie gegangen war, drehte Aruna sich zu mir um und wackelte mit ihren Augenbrauen.

„Ihr Mädels seid die reinsten Tyranninnen."

Ich war mir absolut sicher, dass das Krankenhauspersonal sehr glücklich sein würde, wenn ich entlassen wurde.

ALLEN BERICHTEN nach zufolge war ich während meiner Kindheit und Jugend in Pacoima, Kalifornien, auf dem besten Weg in ein kriminelles Leben gewesen. Ladendiebstähle – immer etwas zu essen, denn ich hatte immer Hunger –, Schulvermeidung und gewisse Kurierdienste. Die Typen sagten zu mir, hey, Junge, ich geb dir 'nen Zwanziger, wenn du das hier zu der und der Adresse bringst, und ich tat wie geheißen. Ich fragte nie, was in den Päckchen war – es war mir völlig egal. Aber ich erwarb mir den Ruf, zuverlässig zu sein, und das führte dazu, dass ich zu Geschäftsabschlüssen bei Hahnenkämpfen und in Hinterzimmerspielhöllen mitgenommen wurde, und zusah, wie die Typen tranken, rauchten und koksten. Es dauerte nicht lange, bis sie auch mir anboten, mal zu ziehen oder einen Schluck zu trinken oder mir eine Nase voll Koks reinzuziehen.

Bis ich fünfzehn war, war ich schon in über zwei Dutzend Pflegefamilien ein- und dann wieder ausgezogen. Dank all der illegalen Aktivitäten, an denen ich mich versuchte, war ich oft genug erwischt worden, wenn die Polizei eine Haustür eintrat. In der Regel hatte das zur Folge, dass die größten, stärksten Männer im Raum mich nach draußen schleppten und bei mir blieben, bis das Jugendamt aufkreuzte.

Das waren die einzigen Männer in meinem Leben, die mich jemals wirklich sahen, die mit mir sprachen und zumindest so wirkten, als kümmerte es sie, ob ich lebte oder starb. Sie waren die Retter, die weißen Hüte, die Helden: Das prägte sich in mein Hirn ein. Anstatt also die Bullen zu hassen, tat ich das Gegenteil: Ich beschloss, dass ich niemals der Typ sein wollte, der hochgenommen wurde. Ich wollte der Typ sein, der andere hochnahm.

Polizisten waren freundlich, zuverlässig, stark und, als ich älter wurde, verdammt heiß. Ich hatte Glück. Mir erging es sehr viel besser als vielen anderen Pflegekindern. Ich wurde nicht vergewaltigt, missbraucht oder zur Prostitution gezwungen. Meine Pflegeeltern interessierten sich nur in der Regel einen Scheißdreck für mich. Ich musste mir meine Kleidung und mein Essen selbst besorgen. Es war, als wäre ich unsichtbar. Das letzte Mal, dass man mich aus einer Pflegefamilie herausgeholt hatte – die Leute, bei denen ich lebte, hatten ihr eigenes Drogenlabor im Keller gehabt –, war der Detective, der mich aus dem Haus führte, vor meinem Vormund stehengeblieben und hatte ihn voll ins Gesicht geschlagen. Während der Mann vom Boden zu ihm hoch starrte, zog der Detective demonstrativ an den Kleidungsstücken, die an meiner viel zu mageren Gestalt hingen. Ich war schwer unterernährt, und dieses Mal landete ich im Krankenhaus. Und dann bekam ich eine neue Sachbearbeiterin zugeteilt – und, wie es sich herausstellte, einen Engel: Mrs Perez.

Sie war meine sechste Sachbearbeiterin. Mrs Benita Perez änderte meinen Nachnamen von Chukovskaya, was jemand offenbar für meinen Nachnamen gehalten hatte – sie waren sich nie ganz sicher, es hatte lediglich zusammen mit Miroslav auf dem Zettel gestanden, den ich bei mir gehabt hatte – in Jones. Sie machte die Änderung mit einem Kugelschreiber in einem Formular und tippte sie dann in den Computer ein. Und mit dieser winzigen Änderung gab sie mir eine zweite Chance.

„Ich mag Smith nicht, also nehmen wir den anderen einfachen Namen, ja?", hatte sie gesagt und mich angelächelt. „Und jetzt, wo du ein Jones bist, lass uns mal sehen, was du neben Mist bauen sonst noch kannst."

Es hätte nichts bedeuten oder ändern sollen, aber hatte ich mich vorher darauf konzentriert, niemandes Kind zu sein, war ich jetzt ein junger Mann, der bereit war, erwachsen zu werden und etwas aus seinem Leben zu machen.

Eine Woche später hatte sie mich in eine neue Schule gesteckt und in eine Pflegestelle in Redondo Beach gegeben. Es lebten zehn von uns dort, und es war mehr eine Kaserne als ein Heim, aber mir war das egal. Mr Hutchins gebrülltes „Jones!", wenn es Zeit war, zum Abendessen zu kommen, war Musik in meinen Ohren. Der ehemalige Armeegeistliche war wie alle anderen Pflegefamilien – es kümmerte ihn wenig, ob ich da war oder nicht. Aber zumindest verwendete er das Geld, das er für meinen Unterhalt bekam, tatsächlich dazu, mir etwas zu essen und zum Anziehen zu kaufen. Ich wertete das als einen Gewinn.

Als ich sechzehn wurde, suchte ich mir gleich zwei Jobs: nach der Schule im Supermarkt Regale einräumen und Kassierer an einer vierundzwanzig Stunden Tankstelle. Ich machte die Nachtschicht und eingeschlossen in meinem kugelsicheren Plexiglaskäfig hatte ich viel Zeit zu schlafen und zu lernen. Niemand kontrollierte, wie alt ich war, niemanden interessierte das. Alle bis auf Mrs Perez waren überrascht, als ich an der University of Chicago angenommen wurde, und was die finanzielle Hilfeleistung für Studenten nicht abdeckte, das übernahmen die Stipendien, um die zu bewerben Mrs Perez mir half. Das Jahr, in dem ich meinen Abschluss machte, war das Jahr, in dem sie in Rente ging. Ich schickte ihr immer noch Weihnachtspostkarten nach Portland.

Bis ich nach Chicago gezogen war, hatte ich noch nie ein richtiges Zuhause gehabt, jedenfalls kein dauerhaftes. Das Studentenwohnheim war eine Offenbarung, und der Job, den ich in dem Diner zwei Blöcke weiter bekam, war beinahe zu gut. Zum ersten Mal war ich genauso wie alle anderen, ein ganz normaler Ersti wie sie. Niemand blickte auf mich herab oder behandelte mich anders als die anderen. Ich konnte mich komplett neu erfinden, und das tat ich auch.

Ich hatte schon vor langer Zeit erkannt, dass ich schwul war, und nun machte ich mich daran, mit jedem Typen zu schlafen, der auch nur das leiseste Anzeichen von Interesse bekundete. So traf ich Janet Wollard, später Powell. Sie platzte um sechs Uhr morgens in das Zimmer ihres Freundes im Studentenwohnheim und fand mich nackt in seinem Bett.

Sie schrie.

Ich stöhnte.

Ihr Freund, Todd irgendwas, rannte ins Bad und schloss sich dort ein.

„Komm gefälligst da raus!", brüllte sie ihn durch die Tür an.

Ich hüpfte auf einem Bein auf und ab und versuchte, mir meine Hose anzuziehen.

„Oh, Jan." Monica Byers, die in der Tür stand, schnalzte mitfühlend mit der Zunge. Sie und die zwei Mädchen, die hinter ihr standen, trugen äußerst knappe Nachtwäsche, wie ich sie eher von einem Victoria's Secret Model erwartet hätte. „Ich schätze, Todd war dich so leid, dass er schwul geworden ist."

Der Ausdruck in Janets Gesicht, die Qual, die darin geschrieben stand, war mehr, als ich ertragen konnte.

„Alter, ich bin nicht schwul", sagte ich verächtlich und grinste sie spöttisch an, eingebildete Schnepfe die sie war. Sie war ein absolutes Alphaweibchen, musste immer im Mittelpunkt stehen, und wenn man ihr nicht in den Arsch kroch, war sie der reinste Albtraum. „Und Todd ist nur so mitgenommen, weil er hier reingekommen ist und Janet und ich im Bett waren. Hat einen Knacks fürs Leben bekommen, armer Kerl."

Sie war sprachlos.

Ihr Hexenzirkel war sprachlos.

Und mit meiner Lüge bewahrte ich Todds Geheimnis und machte aus Janet das böse Mädchen, das sie immer hatte sein wollen. Ich packte ihre Hand und zog sie hinter mir her, durch die Tür und die Hintertreppe hinunter. Im Gemeinschaftsraum im Erdgeschoss angekommen ließ ich sie los. Sie rannte um mich herum, stellte sich vor mich und versperrte mir den Weg.

„Was?"

„Todd ist schwul?"

„Todd war neugierig."

„Warst du oben?"

Ich grinste. „Baby, ich bin immer oben." Die erste Wahrheit, die ich an diesem Tag aussprach.

Sie stemmte ihre Hände in die Hüften und sah mir fest ins Gesicht. „Warum hast du für mich gelogen?"

„Weil Monica Byers eine *F-Wort* ist", erklärte ich, „und ich benutze das Wort nur aus Rücksicht dir gegenüber nicht. Mädchen mögen es nicht, richtig?"

„Richtig."

„Und außerdem hast du nicht verdient, was sie dabei war auszuteilen."

Ihre Augen wurden weich, als sie ihre Hand ausstreckte. „Ich bin Janet Woollard."

„Miro Jones."

„Willst du mit in mein Zimmer kommen? Ich bin gerade erst von zu Hause zurückgekommen, und meine Mum hat mir bergeweise Tiefkühlzeug mitgegeben."

„Hast du Hot Pockets?"

„Habe ich, und Bagel Bites und Pizzabrötchen auch."

„Was ist mit Waffeln? Es ist ja erst halb sieben oder so."

„Ich habe sogar Ahornsirup und literweise Limo."

„Gebongt."

Wir hielten ein Festgelage in ihrem Zimmer und pendelten zwischen ihrem Bett und der Mikrowelle hin und her. Ihre Zimmerkollegin, Aruna Rao, die später einen großen, irischen Feuerwehrmann namens Liam Duffy treffen und sich Hals über Kopf und unsterblich in ihn verlieben würde – was sie davor bewahrte, jemals wieder nach Dallas, Texas, zurückkehren zu müssen – schneite zwei Stunden später herein.

„Hallo", grüßte sie mich.

Ich klopfte auf die Matratze neben mir. „Gesell dich zu uns."

Und während Janet und Aruna von Anfang an gut miteinander ausgekommen waren, wurden sie erst an diesem Tag, als wir uns gemeinsam an viel zu vielen Weinschorlen sinnlos betranken, Freundinnen. Nach diesem Tag waren wir unzertrennlich. Als ich mir in der zweiten Stunde Bio von Catherine Mindel Unterlagen auslieh und sie anschließend zum Essen in den Diner einlud, in dem ich arbeitete, und sie an einen Tisch mit Janet und Aruna setzte, waren die beiden nicht begeistert. Einen Monat später, als wir zur Hochzeit ihrer Cousine nach Detroit fuhren, schlug die anfängliche Abneigung ins komplette Gegenteil um. Wir vier wuchsen enger zusammen, und als wir nach Chicago zurückkamen und Min Song als Catherines neue Zimmerkollegin vorfanden, weil die erste ausgezogen war – offenbar war Catherine ein wenig zwangsneurotisch –, adoptierten wir sie. Min war lieb und nett, bis jemand auf ihre Freunde losging. Dann Gnade dir Gott. Einmal hatte sie sogar unseren Philosophiedozenten zur Schnecke gemacht, weil der sich vor versammelter Klasse über Janet lustig gemacht hatte. Er hatte sich nach der Standpauke, die sie ihm gehalten hatte, drei Tage lang freigenommen. Janet hatte sie beinahe erdrückt.

Das waren wir, ich und meine Mädels. Wir versuchten zwar alle, auch weitere Freundschaften zu schließen, aber keine davon kam so richtig in Gang. So zogen wir im folgenden Jahr zusammen in ein Haus abseits des Campus. Die Mädels teilten sich die zwei Schlafzimmer und ich schlief auf dem Ausziehsofa im Wohnzimmer und wurde sehr gut darin, Sex im Auto zu haben, da ich keine Tür hinter mir schließen konnte, um neugierige Augen auszusperren. Nicht, dass mir das wichtig gewesen wäre: mit meinen Freundinnen zusammenzuwohnen, das war mir wichtig. Und sie ließen mich nie im Stich. Jedes Jahr nahm eine von ihnen mich für die Weihnachtsferien mit zu sich nach Hause. In einem Jahr beschloss Aruna, nicht nach Hause zu fahren, sondern mit Liam und seiner Familie Weihnachten zu feiern; ich blieb ebenfalls und feierte mit. Sie waren alles sehr nette Leute, und sein Cousin Kerry war heiß und ließ mich mit ihm anstellen, was immer ich wollte. Es hielt nicht lange, aber Neujahr und Valentinstag waren in dem Jahr sehr viel lustiger gewesen als sonst.

Als wir nach vier Jahren unseren Bachelor abschlossen und uns zum Masterstudium beziehungsweise für die Polizeischule in alle Winde verstreuten, dachte ich, dass es das gewesen wäre, und dass meine Familie mich nun doch verließ. Aber Liam machte Nägel mit Köpfen und Aruna einen Antrag, und so blieb sie in meiner Nähe. Und die anderen hatten ebenfalls nicht vor, einfach zu verschwinden. Ich wurde von allen heterosexuellen Typen, die ich kannte, glühend beneidet, gab es doch gleich vier kluge, schöne, talentierte Frauen, die ganz verrückt nach mir waren.

„Wie machst du das nur?", wurde ich hin und wieder gefragt.

Ich zuckte die Schultern und erwiderte, dass ich sie alle ehrlich und aufrichtig gern hatte. Und das war die Wahrheit. Sollte mich je eine von ihnen mitten in der Nacht anrufen mit der Bitte, einen Spaten und Kalilauge mitzubringen und dafür zu sorgen, dass das Auto vollgetankt war, ich würde es tun ohne Fragen zu stellen. Catherine war überzeugt, dass wir uns eines Tages ihrer Schwiegermutter würden entledigen müssen, aber bislang hatten wir noch keine Leichen verschwinden lassen müssen.

„ICH BIN wieder da", verkündete Janet, als sie durch die Haustür kam. Chickie taumelte hinter ihr herein.

„Du hast den Hund tatsächlich müde gemacht?", fragte ich von meinem Lager auf dem Sofa. Chickie kam zu mir und leckte mein Kinn, dann trabte er in die Küche, wo seine Wasserschüssel stand und, viel wichtiger noch, wo Aruna sich aufhielt, für die er eine besondere Schwäche hatte.

Aruna hatte Hunde nie besonders gemocht, aber bei ihrer ersten Begegnung hatte es zwischen ihr und Chickie gefunkt. Die einzige andere Person, die er so gern mochte wie sie und Ian, war Arunas Ehemann Liam.

„Oh, da ist er ja", säuselte sie dem Werwolf zu. „Da ist mein Engel ja. Ich habe dich vermisst, ja, das habe ich. Ja, ja, vermisst habe ich dich."

Er winselte glücklich, ich konnte es bis zu mir auf dem Sofa hören.

„Schau mal, was Mami für dich hat!"

„Aruna, hör auf, dem Hund Menschenfutter zu geben", rügte ich.

„Das ist ein Steak, ja, ja, schau, das ist eins", sagte sie zu Chickie, mich vollkommen ignorierend.

Gott. „Kein Steak für den Hund!"

„Wir hören nicht auf ihn, nicht wahr? Nein, das tun wir nicht, das werden wir nicht tun. Er ist eine Spaßbremse, ja, das ist er."

Ich gab es auf. Sie würde eh tun, was immer sie tun wollte.

„Hallo", fuhr Janet mich an.

„Was?"

„Ich habe versucht, dir zu sagen, dass der Hund unmöglich müde zu machen ist, aber ich wette, ich bin dem näher gekommen, als dein Partner es je geschafft hat."

Ich schnaufte spöttisch. „Er ist sehr beeindruckend, du hast ja keine Ahnung."

„Er läuft vielleicht schnell, aber ich laufe weit", scherzte sie. „Mein Mann kann kaum mit mir mithalten."

„Wo wir gerade von deinem Ehemann sprechen, ist es nicht Zeit für dich, wieder nach Hause zu fliegen?"

„Halt den Mund", murmelte sie und ging an mir vorbei in die Küche, wo Aruna etwas kochte, das himmlisch roch.

„Gib dem Hund Wasser", befahl ich.

„Er hat Wasser", informierte Aruna mich. „Und Steak."

Ich stöhnte und sah mich auf der Suche nach Unterstützung um.

Catherine war oben auf der Empore und telefonierte mit ihrem Ehemann, und ab und zu konnte ich ihr tiefes, kehliges Lachen hören.

„Und", sagte Min sanftmütig und setzte sich neben meinen Beinen auf das Sofa, ihre eigenen untergeschlagen. „Wie fühlst du dich?"

Ich kannte sie gut genug, um zu wissen, dass die Sanftmut nicht echt war. Sie war dabei, mir eine Falle zu stellen. Genauso machte sie es im Gerichtssaal auch, gab sich süß und fügsam, als wäre sie ein Kaninchen anstatt eines Tigers. „Viel besser."

Ihr einfältiges Lächeln machte mir Angst.

„Oh, um Himmels willen, jetzt spuck es schon aus."

„Na schön. Wie steht es um dein Liebesleben?"

Schweigen.

„Ich muss dich zurückrufen", hörte ich Catherine zu ihrem Mann sagen, dann war sie die Treppe runter, nur Sekunden hinter Aruna und Janet, die in der Küchentür auftauchten.

Sie waren wie die Geier.

Oh guter Gott.

Ich zog eines der Sofakissen hinter meinem Rücken hervor und verbarg mein Gesicht. Einen Moment später hob ich es wieder, und meine Freundinnen saßen um mich herum. Drei von ihnen hockten auf der Kante des Sofatisches, und Min hatte sich nicht gerührt.

„Erzähl", heischte Janet.

„Mann, Mädels, ihr seid alle so hübsch", sagte ich, nur um etwas zu sagen, auch wenn es absolut wahr war.

Catherine machte ein finsteres Gesicht und schob sich eine Strähne ihres langen, schwarzen Haars, die sich aus ihrem Bauernzopf gelöst hatte, hinters Ohr. Als Chirurgin trug sie ihre Haare gewöhnlich so, hochgebunden und aus dem Gesicht gehalten. „Beantworte die verdammte Frage."

„Du fluchst ziemlich viel."

„Das sieht dir ähnlich, mich darauf hinzuweisen", sagte sie herablassend. „Und jetzt rede."

„Ja, rede", sagte Janet süß. „Und wenn es pikante Details gibt –"

„Fang mit denen an", ermutigte Min mich. „Ich liebe pikante Details."

„Was wollt ihr –"

„Wisst ihr, wer richtig heiß war?" Aruna seufzte. „Sein Chef."

„Oh, ich habe ihn nicht gesehen." Janet klang traurig. „Erzähl mir alles."

„Wirklich knusprig, dein Chef", sagte Aruna mit einem anzüglichen Grinsen.

„Er ist verheiratet, das weißt du schon, ja? Hast du seinen Ring nicht gesehen?", antwortete ich.

„Was sein knusprig-sein ausschließt?", fragte Min. „Seit wann?"

„Ist auch egal, ich schweife ab. Es ist so unglaublich offensichtlich, dass du in deinen Partner verliebt bist", sagte Aruna mit feierlichem Ernst. „Also sag, wie weit bist du mit deiner Eroberung?"

„Er ist hetero", verkündete ich, „wie er es immer schon gewesen ist und es immer sein wird. Das wird sich nicht magisch ändern."

Aruna stieß einen verächtlichen Laut aus, als wäre ich lediglich verwirrt. „Ich habe ihn kennengelernt – Teufel, wir haben ihn alle kennengelernt, aber ich bin hiergewesen, hier in diesem Raum, als er auch hier war, und die Art, wie er dir mit seinen Augen gefolgt ist … Miro, Baby, er ist so was von nicht hetero."

„Er –"

„Oder vielleicht ist er es, aber er will dich einfach", warf Janet ein.

„Verdammt, das ist heiß", flüsterte Catherine.

Sie machten mich wahnsinnig.

„Weißt du, da du dich ja noch erholst, sollte nicht jemand anderes zu Ians Wohnung fahren und nach seinen Pflanzen sehen und seine Post reinholen?", schlug Min fröhlich vor.

„Genau", stimmte Janet zu. „Ich meine, du hast seinen Hund hier, aber es sollte doch jemand mal nach dem Rechten sehen."

„Worauf wollt ihr hinaus?", fragte ich misstrauisch.

„Nun, wir wollten nur sagen, dass seine Wohnung vermutlich gelüftet werden muss oder so, und da du nicht kannst … machen wir das."

„Nein."

„Warum nein?" Min schien ehrlich an meiner Antwort interessiert. „Sein Briefkasten quillt bestimmt schon über vor lauter Post. Jemand sollte sich darum kümmern."

„Weil ich nicht will, dass ihr in seiner Wohnung herumschnüffelt!"

„Miro Jones, das würden wir nie tun!"

Janet verschränkte die Arme, während Aruna kicherte.

Sie würden mich noch umbringen. „Ich meine das ernst. Ihr –"

„Und so könnten wir vielleicht auch herausfinden, ob Ian mit jemand anderem zusammen ist."

„Ist er nicht."

Alle vier sahen mich mit verwirrten Mienen an.

„Nein, ich meine nicht, dass er mit jemand anderem zusammen ist, ich meine, er ist mit niemandem zusammen. Seine Freundin hat gerade erst mit ihm Schluss gemacht."

„Oh, wie wunderbar", sagte Catherine böse.

„Ihr hört mir nicht zu."

„Ich höre dir zu", schnaubte sie. „Aber jetzt ist mir langweilig. Und da Ian nicht hier ist und wir auch nicht wissen, wann er zurückkommt – Themawechsel. Also, worüber können wir sonst reden, oder besser gesagt, über wen ..."

„Ja, genau", sagte Aruna anzüglich, „wir brauchen jemand Neues und Interessantes."

„Worüber –"

„Einen anderen heißen Typen", sagte Janet und wackelte mit den Augenbrauen.

„Warte –"

„Und weißt du, wer wirklich zum Anbeißen war?", sagte Min und rutschte über die Couch, bis sie neben meiner Hüfte saß. „Dein Arzt."

„Vielen Dank", neckte Catherine sie. „Das bin ich in der Tat, nicht wahr?" Janet schlug mit einem Kissen nach ihr.

„Du solltest ihn um eine Verabredung bitten", beharrte Aruna. „Er sah wirklich gut aus."

„Oh, ja, das tat er", stimmte Min zu.

„Ich rufe das Krankenhaus an", bot Janet an. „Vielleicht kommt er vorbei und spielt Doktorspiele mit dir."

„Ihr wisst nicht mal, ob er schwul ist", protestierte ich verzweifelt.

Totenstille. Ich gab ein ersticktes Geräusch von mir.

„Mann, dein Gaydar ist echt scheiße", informierte Catherine mich. „Um Gottes willen, Miro, wie kannst du das denn nicht sehen?"

„Ist es nicht langsam Zeit, dass ihr wieder nach Hause zurückkehrt?"

Min fällte das Urteil: „Du brauchst Sex."

„Ich –"

„Du kannst einen Rückstau erleiden", pflichtete Janet bei, dann wandte sie sich an Catherine. „Männer können krank werden davon oder nicht? Das sagt Ned jedenfalls."

„Dein Mann würde alles sagen, um Sex zu bekommen."

„Mein Mann bekommt viel Sex", sagte sie, was sehr viel mehr Information war, als ich haben wollte. „Aber du, Miro, wie lange ist es her? Hattest du überhaupt irgendwelchen Sex, seit Brent weg ist?"

„Lieber Gott, stopp", flehte ich und rollte mich auf den Bauch.

„Oh mein Gott, kein Wunder, dass er keinen Sex hat, seht euch diesen Schlafanzug an." Min war entsetzt.

„Ich habe vorhin, bevor ich Joggen gegangen bin, im Internet total süße Lounge Pants gesehen", sagte Janet und stand auf, um ihr iPad vom Beistelltisch zu holen. „Ihr wisst, was wir tun sollten …"

„Shoppen!", schrie Catherine, und stieß als Zugabe einen Schlachtruf aus.

„Ich kann nicht, ich erhole mich noch", erinnerte ich sie.

„Als ob du mitkommen müsstest", sagte Aruna empört. „Wann hast du jemals mitkommen müssen?"

„Bitte werft nichts weg, was ich derzeit besitze", flehte ich.

„Nein, natürlich nicht", beruhigte Min mich und hob beschwichtigend die Hände.

Aruna drückte ihr ein Glas Wasser in die eine und eine Tablette in die andere Hand.

„Nein", sagte ich und schüttelte den Kopf. „Ihr könnte mich nicht schon wieder unter Drogen setzen. Ich habe genug geschlafen."

„Hör auf deine Ärztin", sagte Catherine und schenkte mir ein breites, billiges Lächeln.

„Aber ich habe Hunger", jammerte ich.

„Du kannst erst etwas essen, Schätzchen", versprach Aruna.

Ich ergab mich, nahm die Schmerztablette, die mich komplett umhauen würde, und tätschelte Chickie, der zu mir getrottet kam und sich neben mich fallen ließ. Dann setzte ich mich auf und nahm den Teller mit Tandoori Huhn, Masala Dosa und Korma Gemüse von Aruna entgegen, die extra für mich mein Lieblingsessen gemacht hatte.

„Danke dir", sagte ich aufrichtig, und Aruna beugte sich vor und küsste mich auf den Scheitel.

„Wo ist mein Teller?", wollte Janet wissen.

„Ihr beiden könnt euch eure verdammten Teller selber holen."

„Deine Schwangerschaftshormone schlagen zu", beklagte Min sich bei ihr.

„Und es wird nur noch schlimmer werden", erklärte Catherine in ihrer besten Ärztinnen-Stimme, als wären wir alle im Patientengespräch.

Das Essen war fantastisch. Ich bekam einen Nachschlag, trank jede Menge Wasser, und dann legte ich mich wieder hin.

„Ich hab euch alle lieb", sagte ich, als ich spürte, wie mein Körper schwer wurde.

„Das wissen wir, Baby", seufzte Aruna. „Das wissen wir."

Ich schlief ein zu dem leisen Gemurmel meiner Freundinnen, die sich unterhielten, während sie um mich herum verteilt auf dem Sofa und dem Sofatisch saßen und aßen. Es erinnerte mich daran, wie es gewesen war, bevor ich einen Job hatte, der mich umbringen konnte, und einen Partner, den ich so sehr wollte, dass kein anderer Mann genügen würde.

10

Zwei Wochen später fuhr ich gemeinsam mit Ethan Sharpe und Jer Kowalski – Jer war die Abkürzung für etwas, das ich im Leben nicht hoffen konnte, aussprechen zu lernen – Sharpes Partner Chandler White besuchen. Wir freuten uns wie die Schneekönige, ihn im Wohnzimmer anzutreffen, wo er am Sofatisch saß und seine Reservewaffe reinigte, eine korrosionsbeständige Kim Ultra Raptor Selbstladepistole.

„Warum könnt ihr ihn nicht jetzt schon mitnehmen?", klagte seine Frau, Pam, als sie von der Arbeit zurückkam. Ursprünglich hatte sie sich Familienpflegezeit genommen, aber sie war vorzeitig zur Arbeit zurückgekehrt, um ihm zu entkommen. Sie war Lehrerin an einer Highschool, und die Tatsache, dass sie es vorzog, sich mit hormonellen Jugendlichen herumzuschlagen statt bei ihm zu bleiben, sprach Bände darüber, wie nervig und lästig er geworden war.

„Nächste Woche Montag", sagte Sharpe und nahm einen der PS4 Spielecontroller, während White sich auf den anderen stürzte. „Ich komme ihn in aller Frühe abholen."

Da es erst Donnerstagnachmittag war, ächzte sie leise, bevor sie in der Küche verschwand. Sie sahen gut aus nebeneinander auf der Couch, White mit seinen Sommersprossen, den braunen Haaren und blauen Augen, und sein größerer, dunklerer und gepflegterer Partner. Sharpe hatte mir irgendwann einmal erzählt, dass seine Eltern sich kennengelernt hatten, als sein Vater in Paris stationiert gewesen war. Seine Mutter war erst vor kurzem aus Delhi dorthin gezogen. Da sie beide neu in der Stadt gewesen waren, hatten sie sich schnell miteinander angefreundet und dann ineinander verliebt.

„Man kann nie wissen, wann man sich verliebt, Jones", hatte Sharpe gesagt. „Das richtige Mädchen für mich könnte jeden Moment um die Ecke kommen."

Ich hatte dagegengehalten, dass er das Auswahlverfahren für die weibliche Hauptrolle in seinem Leben vielleicht etwas langsamer angehen lassen sollte. Er und Kohn durchliefen Chicagos hübsche Frauen sehr schnell.

„Wir müssen los", verkündete Kowalski und stand aus dem leinenbezogenen Ohrensessel auf, in dem er gesessen hatte. „Kommst du, Sharpe?"

Nein, er würde bleiben und mit seinem Partner zu Mittag essen – ich verstand sein Verlangen, ich wünschte, ich könnte dasselbe mit meinem tun –, also musste Kowalski mit mir zurück ins Büro fahren.

„Jetzt erzähl noch mal, wie war das mit dem Wolf", sagte er, als er in den schwarzen Nissan Xterra I, den ich derzeit fuhr, einstieg. Der Pornoschlitten war kürzlich bei einer Auktion versteigert worden, und so hatte ich das nächste bei einer Drogenrazzia beschlagnahmte Auto bekommen.

„Ians Vater ist gestern Abend verreist, also hatte ich heute Morgen niemanden, bei dem ich ihn abliefern konnte."

„M-hm."

„Aber meine Freundin Aruna rief gestern Abend an und sagte, dass sie und ihr Mann ihn dieses Wochenende nehmen könnten, da sie raus nach Wisconsin zu einem Familientreffen fahren."

„Okay."

„Ich schätze, sie haben irgendwo ein Häuschen im Wald oder so, wo er Platz hat, herumzulaufen und so."

„Du machst dir keine Sorgen, dass ihn jemand mit einem echten Wolf verwechseln und seinen pelzigen Kadaver ins Jenseits befördern könnte?"

„Ein Wolf mit einem breiten, neongrünen Halsband?"

Kowalski zuckte die Achseln. „Auch wieder wahr. Na, wenigstens ist es nicht eins von diesen albernen Halstüchern."

Ich schmunzelte.

„Also bist du deshalb so spät gekommen, weil du den Hund noch wegbringen musstest."

„Genau."

„Ist Doyles Wolf die ganzen zwei Monate über bei dir gewesen?"

„Ja."

„Mann, Jones, ich wünschte, ich hätte auch so einen netten Boyfriend wie dich."

Ich stieg voll auf die Bremse, und sein Sicherheitsgurt zog sich ruckartig fest, fing ihn auf und warf ihn in den Sitz zurück.

„Scheiße!"

„Sicherheitsgurte funktionieren", kommentierte ich drollig und wandte den Kopf, um ihn anzusehen.

„Dein Problem ist, dass du so verdammt sensibel bist."

Ich wartete.

„Ja, ja, schön, es tut mir leid, können wir jetzt weiterfahren?"

Ich strafte ihn mit Schweigen.

„Ich weiß, dass du ihn vermisst", sagte Kowalski aus heiterem Himmel.

„Wovon redest du?"

„Doyle", erklärte er. „Du vermisst deinen Partner. Ich würde Kohn auch vermissen, wenn er abhauen würde. Nur dein Partner kennt dich wirklich."

Da erwachsene Männer nicht vor aufgestautem Verlangen winselten, räusperte ich mich nur und pflichtete ihm bei. Als mein Handy klingelte, streckte ich die Hand aus, um dranzugehen, aber Kowalski verpasste ihr einen Klaps.

„Wo ist dein Ohrhörer?"

„Vermutlich in dem anderen Wagen", fauchte ich und hob beim zweiten Klingeln ab.

„Hi", sagte Aruna am anderen Ende. „Hunde dürfen keine Schokolade essen, oder?"

„Nein."

„Was ist mit Joghurt?"

„Hör mir genau zu: Gib dem Hund keine Menschennahrung zu fressen. Das habe ich dir schon mal gesagt."

Ich hörte ihr missmutiges Zungenschnalzen.

„Lass mich mit deinem Mann sprechen."

Ein Schnauben, dann: „Hi." Liam Duffys angenehme Stimme wand sich durch die Leitung. „Was gibt's?"

„Ich wollte mich einfach noch mal bei euch bedanken für eure Hilfe und dafür, dass ihr ihn mitgenommen habt."

„Machst du Witze?", sagte er fröhlich. „Er ist immer so brav, wenn du ihn mitbringst, und jetzt habe ich jemanden, der mit mir Joggen geht, während ich hier bin, und der mir hilft, auf Aruna aufzupassen."

Das war in der Tat so. Chickie hatte einen ausgeprägten Beschützerinstinkt, wenn es um Frauen ging, und bei Kindern war er sogar noch schlimmer. Er versuchte immer, Aruna zu behüten, und drängte sich zwischen sie und andere Leute. Sie lobte ihn dafür, und er wand sich vor Freude.

„Aber ich glaube, du hast uns zu viel Hundefutter mitgegeben."

„Es ist lustig, dass du glaubst, dass ein 15 Kilo Sack ausreichen wird."

„Wirklich?" Er klang überrascht. „Für drei Tage?"

Ich lachte laut, bevor ich auflegte.

„Ernsthaft, Jones", sagte Kowalski schnell. „Wo ist dein Ohrhörer?"

Er war so regelorientiert. Was Sinn machte, Kohn war ihm darin sehr ähnlich. Ian war was das anging entspannter, er nahm die Regeln nicht so genau, und er hatte mich im Lauf der Zeit mürbe gemacht, sodass ich mich auch nicht mehr um alle scherte.

„Und, wie ist es, kannst du Kohns Frauen noch alle auseinanderhalten?"

„Und, wie ist es, Captain America zu folgen und dir dabei jeden Knochen im Leib zu brechen?"

„Neuerdings breche ich mir ganz allein die Knochen oder werde auch mal angeschossen."

Darauf fiel ihm keine kluge Bemerkung ein.

Wir schwiegen für den Rest der Fahrt, und ich hielt vor unserem Gebäude an, sodass er aussteigen konnte und nicht mit mir durch die Tiefgarage kommen musste.

„Was?"

„Du kannst aussteigen, ich –"

„Nein, Mann, park den Wagen. Jetzt sei nicht so verdammt sensibel."

Ich drehte mich zu ihm, zu dem Berg aus Muskeln im Beifahrersitz neben mir – seine Oberarme waren breiter als meine Oberschenkel, einen Nacken hatte er nicht – und wartete.

„Ja, okay", knurrte er. „Ich hätte dich nicht wegen Doyle aufziehen sollen, wo du dich doch so nach ihm sehnst und alles."

Ich zog meine Augenbrauen hoch, und er fluchte leise.

„Okay – warum gehen wir nicht zu Starbucks und holen dir so einen schwulen Kaffee?"

Es wurde immer schlimmer. Ich musste lachen.

„Fick dich, Jones!"

Ich ließ ihn vom Haken, fuhr mit quietschenden Reifen an – was ihm gefiel – und hinunter in die Tiefgarage. Während wir zusammen zum Eingang gingen, blieb ich stehen und warf einen Blick auf meine Stiefel.

„Was?"

„Nichts. Ich will nur nicht, dass sie nass werden. Die Sohlen sind aus Leder."

Er verdrehte die Augen. „Du und Kohn. Warum tragt ihr eure guten Sachen zur Arbeit?"

Das war eine sehr gute Frage.

Später am Tag saß ich an meinem Schreibtisch und war damit beschäftigt, die restlichen Schreibarbeiten zu erledigen, um den Fall Tolliver abschließen zu können, als mein Handy klingelte. Ich ging ran, ohne auf das Display zu schauen, da ich ganz darauf konzentriert war, meine Maus zu suchen, wo auch immer die hingekommen war. Ich begann, meine Schreibtischschubladen zu durchwühlen.

„M?"

Ich erstarrte. „Ian?" Nach beinahe zwei Monaten tat es gut, seine Stimme zu hören.

„Ja."

„Hi, Kumpel", sagte ich mit einem, wie ich mir ziemlich sicher war, dümmlichen Lächeln. Gott, ich war so glücklich, von ihm zu hören. „Bist du in Sicherheit?"

„Ja."

„Heil und unverletzt?"

„Ja."

„Gut, von dir zu hören." Es war, als könnte ich plötzlich wieder atmen, als wäre ich nicht länger gefangen an jenem dunklen, engen Ort, an dem ich nach Luft gerungen hatte, seit er fortgegangen war. „Wieder zurück in der Zivilisation?"

„Beinahe. Ich bin in Honolulu und im nächsten Flieger nach Chicago, der in etwa einer halben Stunde abhebt. Ich werde irgendwann in den frühen Morgenstunden ankommen, also sehen wir uns dann morgen."

„Du solltest ausschlafen, dich ausruhen." Ich seufzte. „Ich und Becker fliegen morgen nach Tennessee, um dort einen Gefangenen abzuholen und zurückzubringen."

„Oh, dann arbeitest du also dieses Wochenende."

„Ja, und weil dein Vater nicht in der Stadt ist, habe ich deinen Hund mit ein paar Freunden in die Berge geschickt."

„Na, das wird ihm gefallen. Wer hat ihn?"

„Meine Freundin Aruna und ihr Mann. Du hast sie schon mehrmals getroffen."

„Ja, richtig, sie sind wirklich nett."

Irgendetwas stimmte nicht. „Du klingst komisch. Alles okay?"

„Ja, klar, bin nur müde."

„Okay", sagte ich erleichtert, atmete meine Sorge aus. „Schon doof, dass ich dich nicht eher wiedersehen werde, aber auf die Art hast du Gelegenheit, dich langsam wieder an dein Leben hier zu gewöhnen. Ich kann dir Arunas Nummer geben, wenn du Chickie holen willst, bevor –"

„Nein, das ist schon okay. Du kannst ihn Montag mitbringen."

„Okay, gut." Ich konnte nicht aufhören, zu lächeln. „Ich bin so froh, dass du wieder da bist."

„Du hast mich vermisst, was?", sagte er, als ob das ganz selbstverständlich gewesen wäre. Er war so arrogant.

„Habe ich", gestand ich, denn das war meine Rolle in der Partnerschaft. Ich sprach es aus, damit er es nicht tun musste. Das war unsere Art. „Habe ich wirklich." Es tat so gut, seine Stimme zu hören, wieder mit ihm reden zu können, wann immer ich wollte. „Glaubst du, dass sie dich sofort wieder einberufen werden?"

„Ich hoffe nicht."

Es gab keine Garantien bei Ian. „Okay."

Er räusperte sich. „Und, hast du während ich weg war noch aufregendere Dinge gemacht, als vom Balkon zu springen?"

„Weißt du", sagte ich spielerisch, „eigentlich dachte ich mir, dass ich mir das für uns aufhebe. Wir können es noch mal machen, wenn du wieder zurück bist."

Schweigen.

„Bist du noch da?" Er war ja schließlich in Hawaii, vielleicht war eine heiße Bikinischönheit an ihm vorbeigegangen, und er hatte mich sitzen lassen.

„Bitte, was?"

„Was?"

„Du sagst, du hebst das für mich auf?"

Oh, er hörte also *doch* zu. „Für uns, genau. Ich finde, das könnte unser Ding sein. Ich bin mir sicher, der Chef wird begeistert sein."

„Nichts da, nein, das sollte *nicht* unser Ding sein", sagte er mit vollem Ernst.

„Hey, nur, dass du es weißt, White ist auch in Ordnung."

„Wie bitte?"

„Naja, weil er ja im Koma lag."

„Er hat – was?"

„Ich dagegen lag nicht im Koma. Ich habe nur geschlafen. Lass dir von niemandem etwas anderes erzählen."

„Ich bin – du hast … was?"

„Was machst du da?", fragte Kowalski, der seinen Stuhl zu mir rüber gerollt hatte. „Du sollst das fertig machen, damit wir losgehen und unseren Zeugen abholen können."

„Ich kann meine Maus nicht finden."

„Mit wem sprichst du?"

„Kowalski", antwortete ich Ian.

„Wer ist das?"

„Doyle", antwortete ich Kowalski.

Kowalski bedeutete mir mit einer Geste, ihm mein Handy zu geben, und ich überreichte es ihm, während ich in meinem Papierkorb nachsah. Warum meine Maus darin war, auf einem Berg Papier thronend, erschloss sich mir nicht.

„Wer von euch fummelt immer an meinem Schreibtisch rum?", brüllte ich in den Raum hinein.

Es hagelte Dementis von allen Seiten. Ein ganzer Raum voller Leute, von denen keiner jemals an meinem Platz gesessen hat. Ganz bestimmt.

„Angeschossen", sagte Kowalski schroff. „Zweimal. Ja, er und White. Ching auch, aber du kennst ja Wes. Den müsste man schon mit einem Panzer überfahren oder so. Sie haben ihn aus dem Krankenhaus entlassen, während dein Junge und White noch im OP waren."

Endlich konnte ich die Seite, die ich brauchte, öffnen, und fing an zu tippen, während Kowalski weiter mit Ian sprach.

„Er hat sauviel Blut verloren, aber er hat die Zeugin gerettet. Ich glaube, alle vier – was? Oh, ja, Kohn auch, er war die Ablenkung, hat Jones Zeit gegeben, die Zeugin da raus zu bringen."

„Wie hieß die Werkstatt noch gleich, in die Nina und ich geflüchtet sind?", fragte ich Kowalski.

„Woher soll ich das wissen? Schlag's nach."

Schweigen.

„Was?" Er sprach immer noch mit Ian. „Ja, ihm geht's gut, alles noch dran. Bis auf die Stiefel. Ich schwöre bei Gott, Kohn ist genauso. Wie hältst du das ständige Gejammer über Klamotten aus?"

Ich kicherte, als er mir mein Handy zurückgab und davonrollte. „Hi, also –"

„Angeschossen?" Ian klang, als wäre er kurz davor zu hyperventilieren. „Du wurdest angeschossen? Schon wieder?"

„Ja, ich –"

„Hattest du deine Weste nicht an?"

Ich verschluckte mich beinahe. „Ich? Natürlich hatte ich meine –"

„Warum hat mich niemand angerufen?"

„Ähm", setzte ich schmunzelnd an, „und wie hätten wir das machen sollen, Mr Green Beret, Sir?"

„Verdammt!"

„Schon gut, mir geht's gut, alles ist gut, bis auf, du weißt schon, die Tatsache, dass ich eine Woche lang zu Hause hocken musste und dann eine Woche lang hier am Schreibtisch. Und trotzdem habe ich es nicht geschafft, den ganzen Papierkram zu erledigen. Lass dich bloß nie anschießen, es ist der reinste Albtraum."

„Miro –"

„Und davor musste ich raus fahren zum Elgin und –"

„Du musstest Hartley besuchen?"

„Ja."

„Wann war das?"

„Bevor ich angeschossen wurde", wiederholte ich. „Hörst du mir zu?"

„Ja, ich – ist jemand mit dir gefahren?" Er klang gequält.

„Nein."

„Scheiße."

„Das ist schon okay."

„Nein, ist es nicht."

„Ian –"

„Hast du deinen verfluchten Verstand verloren?"

Ich war verwirrt. „Wie bitte?"

„Brauchst du mich jetzt dort oder nicht?"

Ich konnte ihn nicht sehen, er konnte mich nicht sehen, von daher bestand die Möglichkeit, dass wir über zwei völlig verschiedene Dinge sprachen. Vielleicht versuchte ich ja, ihn aufzuheitern, während er nur hören wollte, dass ich ihn vermisste und wollte, dass er nach Hause kam. Ohne in seine wunderschönen Augen blicken zu können, war es schwer, das mit Bestimmtheit zu sagen. „Ja", sagte ich rau, erlaubte für den Moment der Welle brennender, verzehrender Sehnsucht, die in mir aufstieg, in meiner Stimme mitzuschwingen. „Ich brauche dich hier."

Er atmete tief ein. „Okay, also, ich muss jetzt in den Flieger, aber, ähm, wir sehen uns dann morgen früh, okay?"

„Ian, mach keine –"

„Ich will dich sehen!"

Es dauerte eine Weile, bis seine Worte zu mir durchdrangen. Er wollte mich sehen?

„Okay? Ist das in Ordnung?", fauchte er gereizt.

Es war so viel mehr als nur in Ordnung. „Ja, in Ordnung."

Wir schwiegen beide für einen Moment.

„Es war eigenartig."

„Was war eigenartig?", hakte ich nach. Ich wollte wissen, woran er dachte. Wann immer er von sich aus über etwas sprach, wollte ich alles darüber wissen.

„Ich hab mir die Jungs, die mit dabei waren, angesehen und immer denken müssen: Wenn Miro jetzt hier wäre, würde er dies sagen oder das, und so."

„Oh ja? Bin ich so leicht vorhersehbar?" Ich lachte leise.

„Ja. Ja, das bist du."

„Was soll ich sagen, ich bin ein unkomplizierter Typ."

„Hm."

„Hey", sagte ich fröhlich. „Mein Gips ist ab, ich kann dich also wieder dominieren."

„Was?", keuchte er.

„Wenn wir beim Training gegeneinander antreten", neckte ich ihn. „Bevor du gefahren bist, hattest du da einen Vorteil, aber jetzt kann ich dich wieder zu Boden werfen und festnageln."

Sein Atem stockte, das konnte ich selbst durch den Telefonhörer hören.

„I?", sagte ich, kürzte seinen Namen bis auf den einen Buchstaben ab, was ich selten tat, aber plötzlich machte er mir Angst. „Du bist nicht verletzt worden, oder?"

„Nein, ich –"

„Erinnerst du dich an das eine Mal, als du gelähmt zurückgekommen bist, und sie sich nicht sicher waren, wie lange das anhalten würde, und du –"

„Das ist zwei Jahre her, Miro. Ich kannte dich damals kaum."

„Erinnerst du dich daran oder nicht?", fuhr ich ihn mit lauter werdender Stimme an.

„Natürlich erinnere ich mich – warum bringst du das immer wieder aufs Tapet?"

„Weil du mich angelogen hast", betonte ich.

„Und ich hab mich entschuldigt!"

„Und, ist es wieder so wie damals oder nicht?", fragte ich. Erneut wurde meine Stimme lauter.

„Nein!", blaffte er. „Es ist überhaupt nicht so."

„Okay. Das war alles, was ich hören wollte."

Er hatte mich darüber angelogen, wo er war, und ich hatte ihn schließlich in einem VA Krankenhaus in Rhode Island aufgespürt. Ich war so wütend auf ihn gewesen, dass er mich weggeschoben hatte, dass er geglaubt hatte, er müsste die Sache allein durchstehen, bis es ihm entweder wieder besser ging oder eben nicht. Ich war fuchsteufelswild gewesen, dass er geglaubt hatte, er müsste alles alleine machen. Er war mein Partner, und ich hatte es verdient, dass man besser von mir dachte. Er hätte wissen müssen, dass, was immer es war, ich ihm beistehen würde. Ich hielt ihm immer den Rücken frei. Das hätte er nie bezweifeln sollen.

„M?"

Ich hüstelte. „Entschuldige, ich dachte nur gerade an das letzte Mal, als du im Krankenhaus gewesen bist."

„Na, entschuldige bitte, dass ich nicht da war, als wir die Rollen getauscht haben."

„Schon in Ordnung", sagte ich wegwerfend. „Aber bist du dir ganz sicher, dass du okay bist?"

„Ja, ich schwöre, ich bin in sehr viel besserer Form, als du es bist."

„Ich bin in glänzender Form", verteidigte ich mich.

„Was man von deinen Schuhen nicht sagen kann", warf Kowalski mit einem Lachen ein.

„Was ist mit deinen Schuhen?", wollte Ian wissen.

„Sie werden nass vom Schnee."

Er seufzte schwer. „Was hab ich dir dazu gesagt?"

„Ja, ich weiß, ich und Kohn sollten nicht unsere guten Sachen zur Arbeit anziehen."

Er blieb still.

„Bist du noch da?"

„Ja."

„Okay, also –"

„Miro?"

„Mir geht es wirklich gut, versprochen."

„Wo bist du verletzt worden?"

„Eine Schusswunde in der rechten Schulter, die andere am linken Schlüsselbein", berichtete ich. „Aber es wurde beide Male nichts Wichtiges oder Lebensbedrohliches getroffen. Ich habe nur viel Blut verloren."

„Bist du sicher?"

„Hör zu", sagte ich sanft. „Mir geht es gut, I. Ehrenwort. Sieh zu, dass du nach Hause kommst, dann kannst du selbst nachsehen, okay?"

Er räusperte sich. „Ja, okay."

„Okay, dann sehen wir uns, nachdem ich nach –" Ich musste in den Unterlagen auf meinem Schreibtisch nachsehen. „– Drake Ford wieder zurück bin."

„Er klingt wie ein Schauspieler oder so, was?"

„Ja, ein bisschen." Ich lachte leise.

„Okay, dann, ich muss los."

„Okay, pass gut auf dich auf."

„Immer doch", knurrte er, dann ertönte das Freizeichen.

„Ich glaube, ich habe noch nie so viele Worte mit ihm gewechselt wie jetzt", bemerkte Kowalski und warf mir einen Blick zu.

„Tja, das ist Ian, Captain Communication."

Anscheinend war das lustig. Kowalski verschluckte sich an seinem Kaffee.

11

BRENT IVERS hatte gelogen.

Er hatte behauptet, auf Geschäftsreise in der Windy City zu sein. Aber wie sich herausstellte, hatte sich der tolle neue Job in Luft aufgelöst, und so war er zurückgekommen. Das jedenfalls war Inhalt der Nachricht, die er mir hinterlassen hatte, nachdem „dein Hexenzirkel mir nicht erlaubt hat, dich zu sehen, als du verletzt worden bist", wie er sich ausdrückte. Offenbar hatte er angerufen, während ich im Krankenhaus gewesen war, und nachdem Aruna ihn darüber informiert hatte, dass ich im Dienst verletzt worden war, hatte sie ihm klipp und klar gesagt, dass es ihm unter keinen Umständen erlaubt sei, mich zu sehen. Sie hatte ihm mit Körperverletzung gedroht, wovon er mir in seiner zweiten Nachricht brühwarm berichtet hatte. In der vierten schimpfte er immer noch darüber.

„Er klingt reichlich gaga", sagte Kowalski, während er die Karten austeilte.

Ich erzählte die Story während unserer üblichen Donnerstagabendkartenrunde, die diese Woche bei Becker stattfand. Ursprünglich hatten wir uns freitags getroffen, aber ich, Ian, Kohn und Ryan waren alle Single, und Freitagabend waren wir normalerweise auf Aufriss aus.

„Vielleicht brauchst du eine einstweilige Verfügung", schlug Kohn vor, bevor er einen tiefen Schluck von seinem Bier nahm. „Ich kann dir morgen eine besorgen, du sitzt ja dann schon mit Becker im Flieger."

„Du brauchst keine einstweilige Verfügung für deinen Ex", erklärte Mike Ryan – groß, dunkelhaarig, ein Körperbau wie ein Profischwimmer, was er zu Unizeiten auch gewesen war. „Gib mir seine Adresse, und ich und Sharpe fahren bei ihm vorbei und unterhalten uns eine Runde mit ihm. Danach wird er dich in Ruhe lassen."

„Jepp", stimmte Sharpe, der mir gegenüber saß, zu.

Ich lachte. „Ich kann meine eigenen Schlachten schlagen, vielen Dank, die Herren. Und es ist ja auch keine Schlacht, es ist nur witzig, das ist alles."

„Ja, zum Schießen ist es", sagte Jack Dorsey, der aus der Küche zurückkam und Becker ein Corona reichte. „Aber wenn du ihn in der Nähe herumlungern siehst und er dabei sein Messer wetzt, dann sag uns Bescheid."

Ich schnaubte verächtlich. „Oh, sicher. Hey, Jack, eine Frage."

„Was?"

„Was ich dich hatte fragen wollen, was ist mit deinem Bruder und seinem Partner passiert? Ich habe sie schon seit Monaten nicht mehr gesehen. Ich vermisse es so, den netten Jungs vom ATF ihr Geld abzuknöpfen."

Er knurrte. „Elliots Partner ist in ein Winzdorf am Arsch der Heide in Kentucky gezogen, wo sein Lebensgefährte hinversetzt worden ist, und –"

„Was?", platzte ich überrascht heraus.

„Was?", äffte er mich nach.

„Der Typ, ich meine, Pete … Er ist schwul?" Heilige Scheiße, vielleicht hatten die Mädels ja doch recht, wenn sie mich damit aufzogen, dass ich nichts mitbekam. Alles, was ich gesehen hatte, als ich Peter Lomax und seinen Partner, Jack Dorseys kleinen Bruder Elliot, getroffen hatte, waren zwei echte Alphatypen. Sie wirkten beide wie großspurige Angeber, wenn auch auf nette Weise. Es war offensichtlich gewesen, dass Jack sich mit seinem Bruder gut verstand, und von daher auch mit Peter. Aber ich hatte nicht die geringste Ahnung gehabt, dass Pete schwul war – mein Gaydar war bei ihm überhaupt nicht ausgeschlagen, nicht ein Mal.

„Ich dachte, ihr Homos kennt euch alle untereinander", sagte er ernst.

„Das hast du jetzt nicht wirklich gesagt", meinte Sharpe trocken.

„Was?"

„Erzähl schon zu Ende", befahl Ching.

„Ja, meinetwegen. Er ist schwul, und er ist umgezogen, um bei seinem Partner zu leben, und als zwei Monate später noch eine Stelle in Louisville freigeworden ist, sind mein Bruder und seine Frau auch dorthin gezogen."

„Echt?" Kohn klang ebenfalls überrascht.

„Ja, ich meine, ich war mir sicher, dass seine Frau Felicia da was gegen haben würde, aber ihre Familie lebt ja nicht hier, sondern in Cincinnati. Für sie ist das also näher."

„Aber scheiße für dich, dass dein Bruder nicht mehr hier ist", sagte ich mitfühlend.

„Ja, aber er kommt mich im Sommer besuchen, und ich und Sandi fahren um Labor Day rum für eine Woche oder so hin", sagte Dorsey, und er klang, als wäre das für ihn okay. „Und dann kommt er für Thanksgiving nach Hause. Es wird also nicht mehr so sein wie früher, aber es ist okay. Ich meine, ich versteh's ja. Ich liebe meine Familie, aber ich verbringe mehr Zeit mit Ryan als mit meiner Frau."

Sharpe nickte. „Ja, ich meine, wenn dein Partner umzieht, was sollst du da groß machen? Dir einfach einen neuen suchen? Wie soll das gehen?"

Ich sah mich im Zimmer um. Ich konnte mir Ryan nicht ohne Dorsey vorstellen, Ching nicht ohne Becker, Kowalski nicht ohne Kohn und Sharpe nicht ohne White. Und mich nicht ohne Ian. Es war seltsam, überhaupt darüber nachzudenken. Wenn einer von uns – oder zwei von uns, wie im Augenblick, Ian war ja noch im Einsatz und White krankgeschrieben – einmal nicht da war, tauschten wir anderen untereinander die Partner aus. Und obwohl jeder von uns sich für jeden der anderen opfern würde, war der eigene Partner doch derjenige, auf den man sich blind verlassen konnte, der einem absolut immer den Rücken freihielt, der im Rettungswagen mit ins Krankenhaus fuhr, wenn doch etwas passierte, und auch derjenige, der überzeugt war, dass alles, egal was, dadurch besser gemacht wurde, dass man selbst auch dabei war.

Zumindest war das für mich so.

„Was zum Teufel ist das?", beschwerte Ryan sich lautstark aus der Küche.

Ich sah zu ihm hinüber, und er hielt ein dünn geschnittenes Stück Fleisch hoch.

„Das ist Prosciutto", rief Kohn ihm zu.

„Und was ist das?"

„Das ist eine Art besonderer, superdünn geschnittener, salziger Schinken", fuhr Kohn fort.

„Und warum heißt es dann ganz anders?"

Kohn schnaufte. „Warum fragst du mich das? Ich bin Jude – ich esse den Scheiß nicht mal."

„Iss es einfach", befahl Kowalski Ryan.

Ryan knurrte, und ich hätte etwas gesagt, aber Dorsey schlenderte zu ihm in die Küche, um auch zu probieren.

„Schmeckt gut, was auch immer es ist", sagte Ryan mit einem Achselzucken.

„Ich will ein Sandwich", verkündete ich.

„Dann steh verdammt noch mal auf und mach dir eins", knurrte Ching mich an.

Ich schnaubte ein Lachen, legte meine Karten – eine 2 und eine 7, die nicht mal farblich zusammenpassten – ab und stand auf.

„Oh, oh!", rief Becker, das Handy in seiner Hand. „Chef sagt, dass ich nicht nach Tennessee fliege."

„Wer kommt dann mit mir?", fragte ich und sah mich am Pokertisch um.

Alle sahen auf ihren Handys nach, aber keiner hatte eine Nachricht empfangen.

„Oh, Mann", stöhnte Ching. „Jetzt sag nicht, wir haben einen Anfänger bekommen."

Kohn kicherte. „Ich wette, wir bekommen Hilfe abgestellt, White und Doyle sind ja immer noch nicht einsatzbereit."

„Ja, aber White soll nächste Woche wieder da sein, und Doyle kommt … wann zurück?", fragte Becker und sah mich an.

„Montag."

„Seht ihr?", sagte er zu den anderen. „Kein Platz mehr frei. Wir haben alle, die wir brauchen."

„Sei nicht so ein elitäres Schwein", warnte Ryan ihn. „Wenn das Team nie vergrößert worden wäre, dann bestünde es immer noch nur aus mir, White, Sharpe, Dorsey und Kowalski. Du wärst auch nicht mit dabei. Veränderungen können gut sein."

Wir alle bombardierten ihn mit Essen.

„Ihr Arschlöcher!"

Es tat gut, mit ihnen zu lachen, aber ganz im Ernst. Auf einer zwölfstündigen Autofahrt den Babysitter zu spielen entsprach nicht meiner Vorstellung von Vergnügen. Da fuhr ich lieber allein.

DA ICH wusste, dass ich schon früh im Flieger sitze würde, hörte ich um Mitternacht mit dem Alkohol auf. Zuhause kippte ich ein Glas Wasser und nahm eine Tablette, bevor ich ins Bett ging. Als also der Wecker um 6:30 klingelte, und ich aufstehen und mich auf den Weg zum Flughafen machen musste, ging es mir vergleichsweise gut. Am Gate wartend schlürfte ich abwechselnd heißen Kaffee und kaltes Mineralwasser aus einer Flasche.

„Hast du mir auch ein Wasser geholt?"

Ian Doyle stand vor mir, lässig gekleidet, seinen Militärrucksack über eine Schulter geworfen.

Die Anweisung hatte geheißen, auf keinen Fall aufzufallen. Wir waren keine Marshals, die einen Zeugen transportierten, sondern zwei Typen, die Urlaub machten. Aber Ian konnte nicht einfach in einer Menge untergehen: Selbst in Cargohosen über den Militärstiefeln, einem weißem T-Shirt unter einem schweren Strickpullover und dem Dufflecoat, den ich ihm letztes Jahr zum Geburtstag geschenkt hatte, sah er fantastisch aus. Nichts, das er trug, passte auch nur ansatzweise zum Rest, aber sein Lächeln machte diesen Umstand mehr als wett. Ich fühlte mich beinahe schwerelos vor Glück.

„Oh, Scheiße", entfuhr es mir, und ich sprang auf die Füße und umarmte ihn fest.

Da er ein Stück größer war als ich, lehnte er sich immer schwer auf mich, wenn er mich umarmte, schwerer vermutlich, als es ihm bewusst war. Ich liebte das, bedeutete es doch, dass er mir so nahe kam wie niemand sonst, von einem Bettgefährten mal abgesehen.

„Hast du wirklich geglaubt, dass ich es zulassen würde, dass du einen ganzen Tag lang mit Becker zusammen in einem Auto eingepfercht sitzen musst?"

Er roch so verdammt gut, nach der verdammten Zitrusseife in seinem Badezimmer und dem Aftershave, das er in einem winzigen Laden in Chinatown kaufte. Angeblich benutzte er es, weil es den Rasurbrand linderte, aber mir was das egal. Ich mochte den Geruch. Ein bisschen wie Minze mit einem Hauch von Zitrone, und dabei gleichzeitig waldig und rauchig.

Er lachte leise. „Hast du mich vermisst?"

„Ja", flüsterte ich, und mir ging auf, dass er mich ausnahmsweise einmal genauso fest umarmte wie ich ihn.

„Das ist gut."

Er hatte doch bereits leuchtend blaue Augen und Grübchen und ein Lächeln, das so atemberaubend war, dass man, wenn man es einmal gesehen hatte, alles tun würde, um es wiederzusehen, und dazu eine große und schlanke Gestalt mit kräftigen

Muskeln. Es war absolut unfair, dass er auch noch himmlisch roch. Irgendeinen Fehler musste er doch haben, damit es dem Rest von uns gegenüber gerecht blieb. Die verschiedenen Frauen in seinem Leben hatten über alles Mögliche geklagt, von Schwierigkeiten mit Intimität im allgemeinen bis dahin, dass er schlecht im Bett war, aber ich war nicht wirklich davon überzeugt, dass er nicht perfekt war. Er konnte ein Arsch sein, sicher, aber auch nicht mehr als andere Typen, die ich hätte nennen können.

Ich ließ ihn los, denn wenn ich ihn noch länger festgehalten hätte, wäre das vermutlich komisch für ihn geworden. Und ich wollte nicht, dass er sich unwohl fühlte. „So", sagte ich mit einem, wie ich vermutete, idiotischen Grinsen. „Du siehst gut aus, keine Löcher in dir oder jedenfalls nicht mehr als sonst."

Seine Stirn zog sich kraus.

„Was ist?"

„Rechte Schulter und linkes Schlüsselbein?"

„Was?"

„Wo du angeschossen worden bist?"

„Oh. Ja." Ich legte meine Hand auf meine rechte Schulter. „Beide Schüsse sind direkt durchgegangen, von daher war es keine große Sache. Ich habe wirklich Glück gehabt."

Die Muskeln in seinem Kiefer spannten sich an, und ich umfasste seinen Nacken mit einer Hand und rieb mit dem Daumen über seinen Kiefer.

„Es ist alles wieder in Ordnung."

Seine Augen blieben fest auf meine gerichtet, und plötzlich registrierte ich das Gefühl von Ians Bartstoppeln unter meinem schwieligen Daumen und mir wurde klar, was zum Teufel ich da machte.

Mit einem leisen Räuspern zog ich meine Hand zurück. „Ich hole dir eine Flasche Wasser", verkündete ich. Ich wartete nicht auf seine Antwort, sondern flüchtete.

Als ich zum Gate zurückkam, hatte er sich den Mantel ausgezogen und auf den Sitz neben sich geworden, saß vornübergebeugt auf einem der Sitze und kramte in seinem Rucksack herum. Dann richtete er sich auf und zog sich den Pullover aus, wobei sein T-Shirt hoch rutschte und ein Stück seines muskulösen Rückens entblößte.

Plötzlich wurde ich von hinten angerempelt, und ich drehte mich schnell um. Vor mir stand eine Frau, die mich mit offenem Mund ansah. Sie klappte ihn schnell zu.

„Sie sind in mich reingerannt", zog ich sie auf.

Sie biss sich auf die Lippe.

„Weil Sie den hübschen Mann angestarrt haben."

Ein Nicken.

„Habe ich auch", gestand ich, und sie lächelte mich an, bevor sie davoneilte.

Ich atmete tief durch, dann ging ich weiter und zu ihm hinüber. Er zog sich gerade einen dunkelblauen Henley über den Kopf.

„Was stimmte nicht mit dem Pullover?", wollte ich wissen, als ich mich neben ihn fallen ließ und ihm die Wasserflasche reichte.

„Ich glühe. Es ist total heiß hier drinnen."

„Könntest du es vielleicht einrichten, dich nicht vor allen Leuten nackt auszuziehen?"

Er sah mich mit zusammengekniffenen Augen an. „Ich hab mich nicht nackt ausgezogen, nur meinen Pullover."

Ich tat so, als wäre ich völlig in mein Handy vertieft, bis unser Flug aufgerufen wurde.

„Was ist los mit dir?", fragte er, während wir in der Schlange standen, den Rucksack über einer Schulter.

„Nichts", sagte ich, denn es würde verfliegen – das Gefühl, das sich immer einstellte, wenn er von einem Einsatz nach Hause zurückkehrte. Es war der Drang, von ihm Besitz zu ergreifen, der jedes Mal wie eine Woge in mir aufstieg und mich beinahe erstickte. Der Drang, ihm mein Zeichen einzubrennen oder ihn irgendwie zu markieren, wie, das wusste ich nicht … Ich wusste nur eines, nämlich, dass ich wollte, dass die Leute wussten, dass er jemandem gehörte, und dass sie nicht denken sollten, dass er zu haben war.

„So bist du immer, wenn ich zurückkomme."

Ich ignorierte die Bemerkung, obwohl er natürlich recht hatte. Sobald das erste, wilde Verlangen, ihn zu behalten – ihn festzubinden, irgendwie festzuhalten – verflogen war, überfiel mich jäh die Erschöpfung, wieder bei null anfangen zu müssen. Ian wieder an mich zu gewöhnen und ihn dahin zu bringen, dass er sich in meiner Gegenwart wohlfühlte, dass er mir vertraute, hatte Ähnlichkeit mit dem Zähmen einer wilden Katze. Die Zeit, die er fort war, löschte jedes Mal alles, was ich zuvor aufgebaut hatte, und ich konnte wieder von vorn anfangen. Körperlich war er zurück, aber im Geiste war er noch ganz woanders und das waren auch seine Reaktionen: Überall sah er Gefahren und Bedrohungen, und das schloss mich mit ein. Es war ermüdend, der immer wiederkehrende Kampf, wieder in den Kreis derer aufgenommen zu werden, denen Ian Doyle vertraute.

„Vielleicht hättest du ja doch lieber Becker dabeigehabt", brummte er in sich hinein.

„Becker zieht sich jedenfalls nicht mitten im Flughafen aus", sagte ich missmutig. Das war das einzige, das mir zu sagen einfiel. Ich rang mir ein Lächeln ab für den Flugbegleiter, der meinen Boarding Pass scannte.

„Ich wünsche Ihnen einen angenehmen Flug, Mr Jones."

„Vielen Dank", sagte ich und ging mit großen Schritten weiter, legte rasch Abstand zwischen mich und meinen Partner.

Er holte mich mühelos im Gang zum Flieger ein, legte eine Hand auf meine linke Schulter, und seine Finger gruben sich tief in den Muskel. „Warum bist du …"

Er beendete den Satz nicht, nahm aber seine Hand auch nicht weg, und einen Augenblick später registrierte ich, welchen enormen Druck er ausübte, um mich stillzuhalten. Ich spürte die Wärme seiner Hand durch meine Kaschmirstrickjacke und das T-Shirt darunter, und wie ein Blitzschlag schoss das Verlangen durch meinen Körper hindurch und direkt in meine Lenden.

Ich würde die zehn bis zwölf Stunden zusammen mit ihm in einem Auto nie überleben, wenn ich mich nicht unter Kontrolle bekam. Ich hätte mit jemandem schlafen sollen, völlig egal mit wem, sogar mit Brent, während er fort gewesen war. Ich hatte es nicht, und so war ich jetzt hin- und hergerissen zwischen Freundschaft und Leidenschaft. Es war keine gute Kombination.

„Du bist überall so hart, M", sagte Ian leise. Sein Körper streifte meinen, als wir weitergingen. „Ich wette, du könntest …"

Ich wartete, aber er sagte nicht mehr. „Ich könnte was?"

Er zuckte die Schultern.

„Nein, jetzt sag. Was könnte ich?"

Er räusperte sich leise. „Ich hab mich immer schon gefragt, wie du das machst – dich so schnell bewegen und Fliehende einholen oder dich so tief ducken, wenn wir Football spielen. Bei deiner Muskelmasse."

Sie war eine bewusste Entscheidung gewesen. Als Kind war ich klein gewesen und nicht sehr stark, und die Leute hatten mir Dinge weggenommen. Sie hatten mir Schutz, Essen und Geld weggenommen, alles hatten sie mir weggenommen, was mir gehörte, weil ich schwach gewesen war. Jetzt, wo ich älter war, sorgten die Kraft meines Körpers sowie die Waffe, die ich führte, dafür, dass mir niemand mehr etwas wegnahm.

„Das liegt daran, dass ich voller Kraft bin, Kumpel", neckte ich ihn und stieß ihn sacht mit der Schulter an. Ich wollte, dass es zwischen uns wieder so war wie vor zwei Monaten, bevor er in den Einsatz gegangen war, wollte es so dringend, aber ich wusste, dass es noch Wochen dauern würde, bis zwischen uns wieder alles in Ordnung war. „Weißt du doch."

„Ich …"

Als ich mich zu ihm umdrehte, stockte ihm der Atem, und für einen Augenblick ließ ich in meiner Wachsamkeit nach und schenkte ihm meine absolute, volle und ungeteilte Aufmerksamkeit. Sonst war ich immer so vorsichtig: Ich stand nie zu nah neben ihm und drehte meinen Kopf nie so zur Seite, dass seine Lippen über mein Ohr oder meinen Kiefer streiften, wenn er sich zu mir beugte, um etwas zu sagen. Ich berührte ihn nicht zu oft und umarmte ihn immer nur dann, wenn er einberufen wurde oder zurückkam oder wenn einer von uns beinahe gestorben wäre. Ich sah ihm nie zu lange in seine klaren blauen Augen und erinnerte mich wieder und wieder daran, die hellen Funken darin nicht zu bewundern oder wie dunkel das Blau wurde, wenn er besorgt oder wütend war. Wenn wir Football spielten, sorgte ich dafür, im selben Team zu spielen wie er, damit ich nie in die Situation kommen konnte, ihn angreifen zu müssen. Und vor allem achtete ich darauf, ihn nie, niemals, körperlich zu dominieren, ihn zu packen und herumzuschieben oder sonst auf irgendeine Art hart anzufassen. Ich wusste, dass ich ihn nie wieder loslassen würde, wenn ich einmal Hand an ihn gelegt hatte. Aber sein scharfes Luftholen, das Geräusch; es klang nicht wie Angst, sondern wie Verletzlichkeit und Verlangen, wie Unterwerfung ... Meine Hand hob sich, bevor mein Hirn die Absicht registrieren konnte.

Ich ergriff seinen Oberarm und riss ihn seitwärts gegen mich. Ich sah die Verwirrung, die sich augenblicklich über seine Züge legte, aber viel wichtiger noch, ich sah die geweiteten Pupillen, die geöffneten Lippen, die roten Flecken an seinem Hals und den Schauer, der durch ihn hindurchrann. Und zum ersten Mal dachte ich nicht darüber nach, was diese Zeichen bedeuten würden, wenn ich sie an irgendjemandem *außer* Ian wahrnähme, sondern dachte stattdessen daran, was ich tun würde, wenn dieser schöne Mann an meiner Seite ein Fremder wäre.

Einatmen –

Für einen Augenblick verschwamm mir die Sicht, als wäre der Schlag meines Herzens ein elektromagnetischer Puls, und die Welt stand still. Ich war wie erstarrt, gefangen, nichts und niemand existierte außer Ian Doyle.

– ausatmen.

Bewegungen und Farben und Geräusche strömten wie eine Sturzflut wieder auf mich ein, aber der eine Augenblick war genug gewesen. Ich würde bei Ian nicht wieder bei null anfangen müssen, aber nur dann nicht, wenn ich *alles* veränderte. Ich würde eine Entscheidung treffen müssen: Ich konnte so tun, als hätte ich nie auch nur einen Funken von Begehren in dem Mann gesehen, oder ich konnte den Schritt nach vorn wagen.

Und es traf mich wie ein Schlag – all die Dinge, die ich vorher nicht in ihm gesehen hatte, wenn ich in seiner Gegenwart gewesen war.

„Miro?"

Vielleicht war es ein Fehler, aber ich musste es wissen. Denn wenn es auch nur den Hauch einer Chance gab, dass Ian mein war – dann musste ich sie ergreifen.

Die Leute, die vor uns standen, gingen weiter, und er machte Anstalten, ihnen zu folgen, aber ich verstärkte meinen Griff und erlaubte es ihm nicht, sich zu bewegen.

Ich erhielt meine Antwort in der Art, wie er rasch und heftig den Atem ausstieß, und dann zischend wieder einatmete.

Gott, wie blind war ich gewesen?

„M?"

„Entschuldige", sagte ich schnell und ließ ihn los.

Es war beinahe beängstigend zu erkennen, dass, wenn ich ihn richtig las und Ian tatsächlich wollte, was er zu wollen schien, dies das letzte Mal sein würde, dass ich ihn nicht berühren konnte, wann immer ich wollte. Alles, alles würde sich verändern, denn Ian Doyle würde mir gehören.

BUSINESS CLASS war um einiges besser als Economy – wir hatten mehr Platz für unsere Beine und auch breitere Sitze, und glücklicherweise gab es auf jeder Seite des Gangs nur zwei davon.

„Setz du dich ans Fenster", wies ich ihn an. „Du schläfst doch eh ein, sobald wir abheben, und auf die Art muss ich nicht über dich drüber klettern."

„Okay", willigte er ein und setzte sich, während ich unsere Mäntel in die Gepäckablage über uns stopfte. Unser Handgepäck mussten wir im Fußraum verstauen, da wir unsere Dienstmarken und unsere Waffen darin hatten.

Nachdem wir uns hingesetzt hatten, lauschten wir dem Kapitän, der uns an Bord begrüßte, uns informierte, dass wir pünktlich starten würden, und unsere Aufmerksamkeit für die Sicherheitsanweisungen erbat. Statt dem zu folgen, holte ich tief Luft, hob die Armlehne zwischen unseren Sitzen an und lehnte mich mit dem ganzen Körper an Ian, sodass wir uns von den Schultern über die Hüften und Oberschenkel bis hin zu den Knien berührten. Dann wartete ich – mit trockenem Mund und nahezu stillstehendem Herzen, die linke Hand zur Faust geballt – darauf, was er tun würde.

„Hab ich viele Pokerabende verpasst oder habt ihr nicht so oft gespielt?"

Ich drehte meinen Kopf, sodass ich ihn ansehen konnte.

Er wartete.

„Ich – was?", sagte ich heiser. Meine Stimme klang, als hätte jemand versucht, mich zu erwürgen. Ich brauchte dringend einen Schluck Wasser.

„Habt ihr Karten gespielt oder nicht?"

Ein eigenartiger Gedanke durchzuckte mich: Vielleicht bemerkte er es gar nicht, dass ich mich an ihn drängte? „Ja, doch, wir haben gespielt, bis auf die eine Woche, in der mein Clan hier war. Gestern Abend bin ich um achtzig Kröten reicher nach Hause gegangen."

„Beeindruckend", sagte er und versuchte zu lächeln, aber es sah eigenartig aus, gezwungen. „Und es war schön, dass deine Freundinnen gekommen sind, um dich zu sehen."

„Ja, das war es."

„Aber sie hätten es nicht gemusst, wenn ich da gewesen wäre."

„Nein. Du hättest dich um mich gekümmert."

„Ganz genau", stimmte er zu und betrachtete mich eingehend. „Du solltest was trinken, deine Stimme klingt irgendwie komisch."

Das war mein Stichwort, also beugte ich mich vor, zog meine Wasserflasche aus der Sitztasche, in der auch die Kotztüte steckte, und trank mehrere große Schlucke. Als ich mich zurücklehnte, setzte ich mich aufrecht hin, stellte den Abstand zwischen uns wieder her.

Ich war so erleichtert darüber, dass er nicht wütend geworden war, dass ich für einen Moment nicht registrierte, was er tat.

„Ich gehe ein", brummte er und hob eine Hand zur Belüftungsdüse. Er fummelte daran herum, und als er sich wieder zurücksetzte, war der Abstand zwischen uns verschwunden, und er lehnte sich eng an mich, genauso, wie ich es bei ihm getan hatte. „Ist dir nicht warm?"

War mir zu warm?

„In Flugzeugen gibt es nie genug frische Luft."

Mir war eiskalt.

„Und es ist wichtig, viel zu trinken."

Meine Kehle war trocken. Etwas zu trinken, war bestimmt eine gute Idee.

„Bist du okay?"

Ich war es nicht. Ich hatte Angst. Aber gleichzeitig war ich auch bereit. So oder so, ich würde herausfinden, was ich haben konnte. Als ich die Flugbegleiterin näherkommen sah, die herumging, um zu kontrollieren, ob alle Passagiere ihre Gurte angelegt hatten, schloss ich meinen schnell. Ich legte ihn nie an, bevor ich es nicht absolut musste.

„M?"

„Nein, alles in Ordnung", sagte ich leise. Ich atmete tief ein und schloss die Augen und spürte, wie Ruhe mich durchströmte, während ich den Geräuschen um mich herum lauschte. Ich hörte Stimmengemurmel, irgendwo bimmelten die mechanischen Glöckchen eines Computerspiels, und unter mir spürte ich den Moment, in dem wir abhoben. Aber am bewusstesten war ich mir der Nähe, die der Mann, der neben mir saß, zuließ.

Ich hatte Fantasien gehabt, natürlich. Sie fingen immer heiß und hart an. Zum Beispiel marschierte er stracks durch einen Raum, stieß mich gegen die Wand und nahm mich gleich dort, grob und schmutzig. Oder wir saßen irgendwo fest, in einem winzigen Rattenloch in einem Grenzort in Texas, zum Beispiel, oder ... aber der Ablauf war immer derselbe: Er fiel über mich her.

Er war ein Supersoldat – er warf Typen, die doppelt so schwer waren wie er durch die Gegend. Ich war Zeuge der unglaublichen Dinge gewesen, die er mit seinem Körper tun konnte. Seine Kraft war einschüchternd, und während der Kampfausbildung war er gegen zehn Mann gleichzeitig angetreten. Sein Spinning Kick war absolut sehenswert. Ich machte mir nie Sorgen, wenn er bei mir war, *nie*. Selbst wenn wir, aus irgendeinem Grund, unbewaffnet in die Ecke gedrängt würden, ich würde mir dennoch keine Sorgen machen. Vielleicht war es unrealistisch, aber er war ein Green Beret. Sie warfen ihn hinter den feindlichen Linien ab, um andere dort herauszuholen, und genau das tat er auch. Und weil ich *so genau* wusste, was für eine Art Mann er war, hatte ich nie auch nur einen Moment lang in Erwägung gezogen, dass ich derjenige sein könnte, der *ihn* überwältigte.

Aber er wartete darauf, dass ich ... handelte. Es war so unglaublich offensichtlich. Der unregelmäßig gehende Atem, das Befolgen meiner Anweisungen, der Wunsch nach Nähe ... Ich hatte sämtliche Anzeichen dafür komplett übersehen. Normalerweise war ich sehr viel scharfsichtiger, und vermutlich war das der Grund, warum gewisse Dinge bei mir nicht funktionierten, warum ich es nicht mitbekam, wenn Typen mich anbaggerten, warum ich ihre Anspielungen und Hinweise gar nicht wahrnahm: Ian Doyle hatte mich komplett blockiert.

Ich hatte immer geglaubt, dass, sollte er je mit dem Gedanken spielen, mit mir ins Bett zu gehen, er oben sein würde – aber offenbar würde ich das sein.

„M?"

Er lächelte mich an.

„Die nette Dame dort möchte gerne wissen, ob du etwas trinken möchtest."

Die Flugbegleiterin wartete auf meine Antwort. Ich war vollkommen weggetreten gewesen und hatte, versunken in Ian, die Zeit aus den Augen verloren. „Entschuldigung, ähm, einen Apfelsaft, wenn Sie den haben."

„Sicher", sagte sie, lächelte mich an und blickte dann zu Ian.

„Eine Cola bitte."

Wir bekamen beide unsere Plastikbecher gefüllt mit Eis und die Dosen, und dazu kleine Tütchen mit Salzbretzeln.

„Worüber hast du nachgedacht?"

Ich schüttelte den Kopf. „Du solltest Drake Fords Akte lesen."

Er nickte. „Gib mir deinen Laptop. Meiner ist nicht mehr auf dem aktuellen Stand, ich hab ihn ja seit zwei Monaten nicht mit dem Server synchronisieren können."

Ich beugte mich vor, zog meine Laptoptasche in meinen Schoß und öffnete sie.

„Danke", sagte er mit einem Lächeln. „Und du bist sicher, dass das okay ist? Du hast keine Sorge, dass ich Pornos oder so was finde?"

Ich schnaubte verächtlich. „Meine Pornos sind auf meinem Rechner zu Hause."

„Verstehe. Mehr Speicherplatz."

„Ganz genau."

Er lachte in sich hinein, als er den Tisch ausklappte und den Laptop öffnete. „He, M, dein E-Mail Programm ist noch offen."

„Du kannst es ruhig zumachen, es ist ja nicht mehr aktuell."

„Oh, schau mal einer an, wer das ist", murmelte er. „Der Brent."

„Du kannst die Mail nicht löschen, ich bin nicht online. Aber die Sachen, die du lesen musst, sind auf dem Desk–"

„Sei still, ich lese."

Ich ächzte und stieß sein Knie mit meinem an. „Ich ignoriere ihn, und ich nehme an, langsam wird er sauer."

„Du nimmst an? Du hast das nicht gelesen? Er klingt ein bisschen komisch."

„Mach dir wegen ihm keine Sorgen."

„Er – oh, das ist ziemlich … unzweideutig."

„Ja? Lass mal sehen", neckte ich ihn und griff nach dem Bildschirm.

Er stieß mich mit der Schulter an, und ich lachte, als ich mich in meinem Sitz zurücklehnte.

Nach etwa einer Minute weiterer Lektüre räusperte er sich.

„Was?"

„Ich würde dich gerne etwas fragen, aber vielleicht ist es zu persönlich."

„Das gibt es nicht", versicherte ich ihm und rutschte näher, damit er, wenn nötig, flüstern konnte. „Frag mich."

„Brent, er – es klingt, als ob er ... als ob ..."

Ian war nervös. Wie viel Zögern, wie viele Worte, die er nicht aussprechen konnte, wie viel Unsicherheit mussten sich erst in ihm aufstauen, bevor ich etwas unternahm? Bevor ich handelte?

„Was hast – ich meine, willst du ... warte."

„Will ich was? Will ich Brent?"

Er nickte, offensichtlich unbehaglich.

„Nein. Ich will Brent nicht."

Und so schnell fühlte er sich besser. War es Erleichterung? Wie lange schon war ich blind gewesen?

„Aber ganz offensichtlich will er mich noch oder zumindest will er das, was ich mit ihm gemacht habe." Ich wandte den Kopf, sodass meine Lippen über seine Ohrmuschel strichen, als ich sprach. „Brent mochte es, mich über sich zu haben. Ich ziehe das vor, aber ich kann beides."

Scharfes Luftholen.

„Ich mag die Kontrolle, die man hat, wenn man oben ist. Ich mag es, jemanden dazu zu bringen, mich in sich aufzunehmen. Das macht mich an."

Er zitterte nicht; seine Reaktion war weder so sanft noch so kontrolliert. Er erschauerte.

„Ian", sagte ich und wandte mich ihm zu, ließ meine Hand unter den heruntergeklappten Tisch gleiten und dann seinen Oberschenkel hinauf – langsam, sodass er mich aufhalten konnte, wenn er wollte – bis ich seinen Schritt erreichte. Seine Augen waren halb geschlossen, Schweißtropfen glitzerten auf seiner Stirn, und fleckige Röte zog sich seinen Hals hinunter.

„Wenn du zurückkommst, dauert es immer Wochen, bis du dich wieder eingewöhnt hast – dich wieder an mich gewöhnt hast."

„Oh ja?"

„Ist dir das noch nicht aufgefallen?"

„Als ob es so einfach wäre, zurückzukommen und wieder in mein –"

„Gibt es etwas, das ich tun kann, um dir zu zeigen, dass du zu Hause angekommen und in Sicherheit bist?"

Schweigen.

„Ian?"

Aber er konnte es nicht sagen. Er konnte es mir nicht sagen. Ich musste es offenbar so wissen. Ich gab der Versuchung nach und schloss durch die Hose meine Hand um ihn, spürte ihn hart und heiß in meiner Handfläche.

Sein stockendes Stöhnen sprach von reiner Qual.

„Ich werde denken, dass ich tun kann, was immer ich will, wenn du nichts sagst", flüsterte ich.

Jetzt hatte er einen Grund, weiter zu schweigen.

„Ian, das fühlt sich an wie Stahl, Kumpel", sagte ich heiser, meine Stimme tief und rau, als ich den Schwanz streichelte, den ich schon so oft gesehen aber nie zuvor berührt hatte. Er stieß unwillkürlich seine Hüften vor, verlangte nach mehr; sein unterdrücktes, tiefes Stöhnen war der heißeste Laut, den ich je in meinem Leben gehört hatte. „Wenn wir nicht in einem verdammten Flugzeug wären, würde ich das hier tief für dich schlucken und dich lutschen, bis ich auch den letzten Tropfen aus dir rausgesaugt habe."

Er zuckte heftig zusammen, und für einen Moment fürchtete ich, zu weit gegangen zu sein, ihn erschreckt zu haben und in einem dummen Moment, im Rausch der Leidenschaft, drei Jahre Freundschaft zerstört zu haben. Aber dann atmete er tief ein und langsam wieder aus und wandte sich zu mir um.

„Lass das Aufgeilen, okay?", sagte er schroff. „Tu, was du versprichst."

Ich nickte.

„Und du kannst nicht – ich hab gesehen, wie du bist, mit deinen Typen. Du steigst mit ihnen ins Bett und vergisst sie dann gleich wieder oder du suchst dir den Falschen aus, so wie mit Brent."

„Ja", sagte ich heiser.

„Aber das kannst du mit mir nicht machen. Du musst es ernst meinen."

„Okay."

„Es kann nicht einfach nur so eine schnelle Nummer zwischendurch sein. Für so was bin ich mir zu schade."

War ich denn vor Brent so eine Schlampe gewesen? „Natürlich."

Er atmete tief ein. „Ich glaube, es gibt einen Grund, warum ich so schlecht im Bett bin."

Ich spürte, wie sich meine Stirn in Falten legte. Ich mochte es nicht, wenn er sich selbst so schlecht machte. „Und der wäre?"

„Ich glaube, es liegt daran, dass ich noch nie mit dir im Bett gewesen bin."

12

Es WAREN die längsten drei Stunden und dreißig Minuten meines Lebens. Wir hatten eine Zwischenlandung, aber wo, das konnte ich nicht sagen. Niemand sonst auf dem Flug nach Blountville, Tennessee, knurrte, als der Kapitän ankündigte, dass es bei der Landung zu einer kurzen Verzögerung kommen würde.

„Ich mag dieses Geräusch", neckte Ian mich, tätschelte mein Bein und ließ dann seine Hand auf meinem Oberschenkel liegen, ließ sie langsam zur Seite und nach innen gleiten.

Ich zählte bis fünfzig. Auf Deutsch.

Als wir nach der Landung aufstehen durften, ließ ich ihm den Vortritt und verschlang dann seine Gestalt mit den Augen, nahm jede kleinste Einzelheit wahr wie noch nie zuvor. Seinen Gang, fließend und arrogant zugleich irgendwie, seinen festen, runden Hintern, die Sehnen in seinen Unterarmen und Handgelenken und das plötzlich aufblitzende Lächeln, das stets immer nur mir gegolten hatte ... all das sah ich, all das wollte ich.

Ich hatte nur einen Gedanken im Kopf. Mich nach rechts und links entschuldigend bahnte ich mir einen direkten Weg durch den Tri-Cities Flughafen, und die Leute machten mir Platz anstatt umgekehrt.

„Was haben wir es so eilig?", wollte Ian wissen, als ich seinen Arm packte und ihn hinter mir her zog.

„Ich bring dich um, wenn du nicht mithältst."

„Als ob ich nicht mit dir mithalten könnte", spottete er.

Am Schalter für die Mietwagen direkt neben der Gepäckausgabe stand bereits eine lange Schlange, und das war mir zu viel. Ich tat, was ich sonst nie tat: zückte meine Dienstmarke, verkündete, dass ich ein US Marshal war, und drängelte mich bis vorne vor.

„Genau genommen", erklärte Ian der Frau am Schalter, die unseren Mietvertrag vorbereitete, „ist er ein Deputy US Marshal. Normalerweise sagen wir US Marshal nur bei einer Razzia oder so."

„M-hm", sagte sie und nickte.

„Und das war eine echt miese Nummer", schalt er mir, aber um ehrlich zu sein, es hätte mir nicht gleichgültiger sein können.

Mit dem Mietvertrag für den Wagen in der Hand zog ich ihn durch die Tür hinaus auf den Parkplatz, wo die Mietwagen in langen Reihen aufgereiht standen.

„Wo bekommen wir den Schlüssel?"

Ich konnte nicht einmal mehr sprechen – Worte zu formen ging in meinem derzeitigen Zustand weit über meine Fähigkeiten hinaus. Mein Herzschlag dröhnte so laut in meinen Ohren, dass ich mich wunderte, dass er ihn nicht hören konnte.

Ich präsentierte der jungen Frau, die unter einem Baldachin auf dem Parkplatz wartete, den Mietvertrag, und versuchte, sie anzulächeln, um sie nicht zu erschrecken. Es musste funktioniert haben, denn anstatt schreiend davonzulaufen, wies sie uns den Weg nach links.

„Sie können jedes der Fahrzeuge dort in der hinteren Reihe neben dem Parkhaus nehmen. Die Schlüssel finden Sie im Wagen, aber denken Sie daran, dass Sie beim Verlassen des Parkplatzes hier vorbeifahren müssen."

Das Auto selbst war egal, wichtig war nur die Entfernung zwischen dem Eingang des Parkplatzes und dem Ort, wo es stand.

„Wo willst du hin?", fragte er, als ich mit schnellen Schritten loseilte. „Sollte ich nicht den Wagen aussuchen, weil ich ihn ja –"

Ich konnte nicht eine Sekunde länger warten. Wir waren so weit vom Eingang entfernt, wie ich hatte durchhalten können.

Ich wirbelte zu ihm herum, packte seinen Mantel mit beiden Händen und zerrte ihn zwischen zwei Abgrenzungen und dann um sie herum, dankbar dafür, dass das Gerüst, das die Planen zwischen den einzelnen Wagen hielt, aus solidem Metall war. Ich stieß Ian gegen einen der Stützpfeiler, nahm sein Gesicht zwischen beide Hände und zog ihn zu mir herunter, während ich mich vorbeugte.

Ich presste meinen Mund auf seinen und zwängte meine Zunge zwischen seine Lippen, gierig nach seinem Geschmack, nach seiner Wärme, nach allem, was er zu geben hatte.

Für einen Sekundenbruchteil durchfuhr mich nackte Panik, dass das zu viel für ihn war, aber er schmolz in meinen Armen dahin und sank gegen mich. Sein leises Wimmern war nahezu dekadent, voller Verlangen und Unterwerfung. Der Drang, ihn zu markieren und für mich zu beanspruchen, stieg wie ein urwüchsiger Instinkt in mir auf, und ich fiel voller Aggressivität über seinen Mund her, saugte und biss und nahm mir, was ich haben musste.

Seine Hände flogen über meinen Kurzmantel und suchten fiebrig nach dem Eingang, fummelten an Knöpfen, hoben meinen Pullover und zerrten mein T-Shirt aus der Hose. Die Berührung seiner Hände auf meiner Haut ließ mich in seinen Mund stöhnen, und als er sich näher drängte, seine Lenden gegen meine presste, gegen meine rieb, registrierte ich durch den Schleier hilflosen, quälenden Verlangens, dass ich genauso steif war wie er.

Für einen Augenblick hob er den Mund von meinen Lippen, rang keuchend nach Luft, dann war er der Aggressor und küsste mich, heiß und nass, drängte mich, den Kopf in den Nacken zu legen, schob seine Zunge in meinen Mund und erkundete das Innere, meinen Gaumen und meine Wangen, ließ keinen Zentimeter unerforscht. Ich winselte, als er den Kopf hob, und der Laut seines leisen Lachens ließ mich erbeben, bevor er seine Zähne in die Stelle grub, wo mein Nacken in meine Schulter überging.

Ich presste seinen Namen atemlos zwischen zusammengebissenen Zähnen hindurch. Das musste ihm gefallen haben, denn er wirbelte uns herum und drängte mich gegen denselben Pfeiler, gegen den ich ihn kurz zuvor gestoßen hatte.

„Scheiße", keuchte er, und für einen Augenblick hatte ich die Gelegenheit zu bewundern, wie gut ihm Leidenschaft stand: geschwollene Lippen, gerötete Wangen, geweitete Pupillen und zerwühlte, verschwitzte Haarsträhnen. Er war wunderschön. „Ich hab dir nicht wehgetan, oder? Ich bin manchmal zu grob, und –"

Ich machte nahezu einen Satz vorwärts und bedeckte seinen Mund mit meinen Lippen, küsste ihn, bis ich spürte, wie die Angst aus ihm wich und nur Verlangen zurückblieb. Er war wie knochenlos in meinen Armen, willig und nachgiebig, und ich nutzte das, drehte uns erneut, sodass es wieder Ian war, der mit dem Rücken gegen den Pfeiler gedrängt stand.

„M", stöhnte er leise. Einen Laut so voller Sehnsucht von diesem Mann zu hören, trieb mich beinahe in die Knie. „Ich – du kannst nicht."

Schnell und mit geübten Griffen hatte ich seinen Gürtel, Hosenknopf und Reißverschluss geöffnet und nun einen bildschönen, erigierten Schwanz in der Hand.

Seine Hüften stießen vor, und seine Stimme brach. „Ich ... Miro ... Ich konnte nicht mal –"

„Was konntest du nicht?", fragte ich, bevor ich über die geschwollene Spitze leckte und an seiner Hüftbeuge knabberte und saugte.

„Steif werden", würgte er hervor.

Ich grinste zu ihm hoch. „Na, ich glaube nicht, dass das ein Problem ist."

Mein Name floss über seine Lippen wie weicher, dicker Honig aus einer umgedrehten Flasche.

Ich öffnete meinen Mund, und mit einer einzigen, geschmeidigen, sinnlichen Bewegung nahm ich den Mann tief in meine Kehle auf. Augenblicklich vergruben sich seine Hände in meinem Haar, und ich mochte das; es gefiel mir, dass er so die Kontrolle über sich verlor.

Sein schwerer Atem, der immer wieder stockte; seine Hüften, die er nicht stillhalten konnte, die er immer wieder vorstieß – ich genoss jede seiner Reaktionen, aber am meisten genoss ich das Gefühl von ihm in meinem Mund, sein Gewicht auf meiner Zunge, seinen Geschmack, seinen moschusartigen, waldigen Geruch. Ich konnte so schnell süchtig werden danach, nach ihm. Als ich meine Hand um die Wurzel seines Glieds schloss und schließlich zur Tat schritt, ihn kräftig und mit viel Zunge lutschte, verloren seine Worte jeglichen Zusammenhang, und er stieß nur noch tiefe, kehlige Laute aus.

Ich schmeckte das Salz seiner Lusttropfen. Er versuchte, sich von mir loszumachen, aber stattdessen saugte ich umso fester.

Er zitterte, und ich ließ mit voller Absicht meine Zähne über seinen dicken Schaft gleiten. Mein Name in seinem sinnlichen Grollen klang so süß.

„Du kannst nicht – M!"

Er spritzte heiß in meine Kehle, und ich schluckte schnell, schluckte alles, was er mir gab, und schwelgte in der Art, wie seine Lippen sich lautlos öffneten und sein Kopf zurückfiel. Ich ließ seinen Schwanz erst aus meinem Mund gleiten, als ich absolut sicher war, dass nichts mehr kam und dass ich alles abgeleckt hatte. Er war wie ein Bild erfüllter Lust, verführt, vernascht und vollkommen befriedigt, wie er dort stand, keuchend, die Augen zu schmalen blauen Schlitzen geschlossen, den Hosenstall offen, T-Shirt und Henley hochgeschoben, die Haut an seinem Becken rot und irritiert von meinen Bartstoppeln und von Bissspuren und Knutschflecken übersät.

Als ich aufstand, befanden wir uns etwa auf Augenhöhe, da er immer noch gegen den Pfeiler in seinem Rücken zurückgesackt reglos dastand. Er machte mir ein bisschen Sorgen. Obwohl ich wusste, dass er es genossen hatte, während ich ihm einen geblasen hatte, war ich mir nicht sicher, was er jetzt, da es vorbei war, fühlte.

„Du solltest das wegstecken, Kumpel", sagte ich leise, trat näher an ihn heran und zog ihm die Unterhose über den jetzt weichen Schwanz. „Ich will nicht, dass die ganze Welt dich sieht."

„Vor einer Sekunde war dir das noch ziemlich egal."

Ich begegnete seinem Blick. „Niemand hat deinen Schwanz gesehen, weil der in meiner Kehle gesteckt hat. Nicht zu vergessen, niemand außer uns ist hier draußen in dieser Kälte."

Er atmete scharf ein, richtete sich auf und nahm mein Gesicht zwischen seine Hände. Dann fuhr er sanft mit den Daumen über meine Wangen und die Haut unter meinen Augen, beugte sich vor und verschmolz unsere Lippen miteinander.

Seine Lippen waren weich, der Kuss sanft und innig, als er mit seiner Zunge über meine strich. Eine Hand schob sich in meine kurzen Haare, und seine Finger fuhren die Konturen meines Schädels nach, bevor sie sich schließlich um meinen Hinterkopf schlossen und mich so stillhielten. Verglichen mit der fieberhaften Art, mit der ich über ihn hergefallen war, waren seine Bewegungen sinnlich und bedächtig.

Er konnte mich bis in alle Ewigkeit küssen, wenn er das wollte. Ich fühlte mich wie berauscht von seinen trägen, beinahe verträumten Berührungen, während er genoss, saugte und leckte und an meinen Lippen knabberte. Ich ergab mich ihm willig, und als er mich umdrehte, mich gegen den Pfeiler drängte, widersetzte ich mich nicht, ging widerstandslos mit der Drehung mit, bis ich sanft gegen Stahl stieß, während er den Kuss vertiefte, mir keine Zeit zum Atemholen ließ und nur nahm.

Seine Hände glitten über meinen Hals hinunter zu meinen Schultern, dann tiefer und zu meiner Brust, berührten mich, sanft und fest. Ich hob mich ihm entgegen, schmerzhaft erregt, flehte stumm um Berührung zwischen meinen Beinen. Der laute Klang einer Hupe ließ uns zusammenfahren.

Jemand fuhr auf der anderen Seite der Abtrennung vorbei, offensichtlich auf der Suche nach dem Ausgang. Ich bemerkte, dass Ians Hose sich immer noch um seine Knie knäulte – kein Wunder, dass er geschlurft war, als er mich gegen den Pfeiler zurückgedrängt hatte. Also beugte ich mich vor und zog sie ihm bis zu den Hüften hoch.

„Jetzt machst du dir Gedanken, dass mich jemand sehen könnte?" Er lachte, leise und verführerisch.

Ich vermied seinen Blick und zog stattdessen seinen Reißverschluss hoch, dann schob ich meine Finger in seine Hose und schloss den Knopf. Er stieß seine Hüften vor, und ich umfasste sie mit beiden Händen, genoss die Tatsache, dass er es zuließ, dass ich ihn auf diese Art und Weise berührte, so intim.

„Wieso hast du dir vorher keine gemacht?", flüsterte er, zu mir heruntergebeugt, und der Hauch seines Atems an meinem Ohr und das Gefühl seiner Bartstoppeln auf der bereits irritierten Haut meines Gesichts ließen mich erbeben.

Ich hatte solche Angst, dass ich träumte. „Vorher habe ich nicht klar gedacht."

„Nicht?"

Nachdem ich seinen Gürtel geschlossen hatte, drängte er sich näher, schob ein Knie zwischen meine Oberschenkel und öffnete so meine Beine, sodass er sich noch näher an mich drücken konnte.

„Sieh mich an."

Ich hob meinen Blick zu ihm und sah die Furcht in seinen Augen.

„Werde nicht plötzlich stumm."

Er stand vor mir, in zerwühlten Klamotten, mit zerrauften Haaren, und ich bekam kaum Luft.

„Okay?", murmelte er.

„Ja."

Seine Hände glitten über meine Flanken. „Du musst schon etwas mehr sagen."

Es gab so viel zu sagen, so viel zu fragen, und ich hatte Angst, zu viel zu erhoffen.

„Steigst du mit ins Auto?"

„Sicher", sagte ich, als er einen Schritt zurücktrat. Es war albern, aber ich vermisste bereits das Gefühl seiner Hände auf mir.

„Wie wäre es mit dem Silbernen da drüben?"

„Mir egal."

Es war ein Dodge Avenger, und nachdem wir eingestiegen waren, wartete er, bis ich bequem saß, fragte mich, ob mir das Innere gefiel, und erst dann fuhr er langsam rückwärts aus der Parkbucht heraus. Wir mussten am Tor anhalten, um dem Mitarbeiter dort unseren Vertrag zu zeigen, den Kilometerstand abzugleichen und zu bestätigen, dass wir das Auto vollgetankt erhalten hatten. Als wir das hinter uns gebracht hatten und hinaus auf die Straße fuhren, kramte ich mein Handy heraus, um das Navi zu starten und um herauszufinden, wo genau wir uns im Verhältnis zu Elizabethton befanden.

„Sieht aus, als wären es nur fünfundvierzig Meilen von hier aus."

Er knurrte.

„Und es ist jetzt etwa halb drei. Ich denke, dass wir in einer Stunde oder so dort sein sollten."

„M-hm."

Ian hörte mir nicht wirklich zu.

„Sag Bescheid, wenn ich dich lotsen soll."

„Jepp."

Ich lehnte mich zurück und machte es mir gemütlich. „Wir sollten irgendwo anhalten und uns Wasser holen."

Ein weiterer Laut, der mich wissen ließ, dass er zuhörte. Mehr oder weniger.

Ich gab auf und wandte den Blick aus dem Fenster, sah hinaus in den grauen Märznachmittag und fragte mich, wie kalt es wohl draußen war. Das Wetter war diesen Winter absolut seltsam gewesen, und im Januar war es dann mit einer komplett aberwitzigen Kälteperiode vollkommen durchgedreht. Jetzt waren es vermutlich um die Null Grad draußen. Es schneite leicht.

Ian hielt vor einem Walgreens und rannte hinein, kam wenig später mit einer Tüte wieder heraus und warf mir eine Flasche Wasser zu, sobald er wieder im Wagen saß.

„Chips? Vitamin Wasser, diverse Knabbereien? Was bist du, ein Kommunist?"

Er schnaubte ein Lachen, startete den Wagen und raste vom Parkplatz, ohne sich vorher anzuschnallen.

„Was ist in der Tüte?"

„Nichts."

„Stimmt etwas nicht?"

Er antwortete nicht, und ich bemerkte, dass er nicht wieder zurück auf die Autobahn fuhr.

„Ian?"

DAS STARLIGHT Motel hatte eine von diesen alten Neonreklamen, die aussahen, als gehörten sie nach Vegas, und nicht in die Innenstadt von Blountville. Es war ein zweistöckiges Gebäude in mauve und rosa, und als Ian in die Einfahrt einbog und unter einem Carport neben der Rezeption hielt, hatte ich keinen blassen Schimmer, was er vorhatte. Er stieg aus, ein paar Dollarscheine wechselten den Besitzer, er erhielt im Gegenzug dafür einen Schlüssel – mit einem von diesen Plastikanhängern daran, auf dem eine Nummer stand, was ich bisher nur im Film gesehen hatte – und stieg wieder zu mir ins Auto.

„Was machen wir hier?"

Ich erhielt keine Antwort.

Er fuhr weiter, parkte erneut, schnappte sich seinen Rucksack und befahl mir, auszusteigen und meine Reisetasche mitzubringen.

„Ian", begann ich, tat aber, wie geheißen, und schloss meine Tür, als er die Alarmanlage aktivierte. „Wir sollten weiterfahren und unseren Zeugen –"

„Halt den Mund", fuhr er mich an und erklomm eine Treppe mit einem Geländer, dessen weiße Farbe absplitterte und dem ich nicht mein volles Gewicht hätte anvertrauen wollen. Es sah mehr aus wie eine Verzierung als wie alles andere.

Oben angekommen, schritt er forsch den Gang entlang und erreichte die Tür, die er suchte, 15A, schloss sie auf und verschwand, bevor ich ihn eingeholt hatte.

„Heilige Scheiße", ächzte ich, als ich ihm durch die Tür folgte, und bestaunte den flauschigen rosa Teppichboden, die Vorhänge mit großem rosa Blumenmuster und die mauvefarbene, gesteppte Tagesdecke aus Polyester auf dem Bett. „Hier sieht es genauso aus wie in dem Hotel, in dem wir in Fort Lauderdale waren, erinnerst du dich?"

„Ja", sagte er heiser, schlug die Tür zu und legte die Sicherheitskette vor, bevor er sich zu mir umdrehte.

Es war dunkel im Zimmer, aber durch die zugezogenen Vorhänge fiel genug Licht von draußen herein, dass ich ihn sehen konnte. Ihn und wie er mich ansah, mit glitzernden Augen, die jede meiner Bewegungen verfolgten, und meinem Atem lauschte. Als wäre ich seine Beute.

Manchmal passte ich wirklich nicht auf.

„Was machen wir hier?", fragte ich, meine Stimme tief und rau.

Er schnaubte, als ich einen Schritt nach vorn und auf ihn zu trat.

„Ian?"

Er fuhr sich mit den Fingern durchs Haar, dann verschränkte er sie am Hinterkopf. Sie war neu, diese Unsicherheit in ihm, und ich fand sie liebenswert.

„Was ist in der Tüte?"

„Gleitgel."

Ich verschluckte vor Überraschung beinahe meine Zunge.

„Was? Das brauchen wir doch, oder nicht?"

„Wenn wir … ja", stammelte ich. „Ich hoffe, du hast die richtige Sorte erwischt."

„Ich auch."

„Du hättest mich reinschicken sollen."

„Ich hab nicht wirklich so weit gedacht."

Das zu hören gefiel mir. Sehr.

„Es … es kommt vielleicht nicht … nicht so weit, okay?"

„Sicher."

„Und vielleicht werde ich auch nicht … nicht alles."

„Ich weiß."

„Aber es … wir … es wird trotzdem okay sein." Es war sowohl eine Frage als auch eine Feststellung.

„Ja", sagte ich mit absoluter Überzeugung.

„Okay."

„Bist du dir sicher?"

Er leckte sich die Lippen und nickte langsam.

Ich legte eine Hand um seinen Nacken und zog ihn an mich. Seine Lider schlossen sich, als ich mit der Zungenspitze über seine Lippen fuhr. Sein Stöhnen war weich und süß, als er sie für mich öffnete, den Kuss erwiderte, seine Hände auf meinen Hüften.

„Ian."

Er knurrte, hörte nicht auf, mich zu küssen, und drängte mich rückwärts in Richtung Bett.

„Wirst du mir die Führung überlassen?"

Bitte, Gott, sag ja.

Er gab einen Laut von sich, der wie Zustimmung klang, aber ich war mir nicht sicher, und ich musste sicher sein. Ich beendete den Kuss und trat einen Schritt zur Seite, damit ich nicht rücklings aufs Bett fiel.

„Ian?"

Er sah mich eindringlich, abwartend an.

Ich musste ihm sagen, was er tun musste, das wusste ich instinktiv. Kein Wunder, dass er vermeintlich mies im Bett gewesen war mit Emma, mit all den anderen. Sie hatten erwartet, dass er die Führung übernahm, und so war er nicht gemacht. Ich konnte es so klar, so deutlich in ihm sehen, in dem Beben, das diesen starken, muskulösen Mann erfüllte. Er sah aus, als sollte er derjenige sein, der mich zu Boden warf und der sich nahm, was er wollte, aber stattdessen wartete er auf Anweisungen.

Die Zeit für Fragen war vorbei. Ich konnte ihn nicht fragen, was er wollte, das wusste ich. Wenn ich ihn um Erlaubnis bat, verlor ich in seinen Augen die Kontrolle, und Ian sehnte sich nach meiner Dominanz. Er hatte immer meinen Körper wahrgenommen, die physische Kraft, die in meinen Muskeln lag, aber die geballte Kraft in meinem Innern hatte er bislang nie auch nur erahnt. Aber ich verstand, dass ein Teil von ihm festgehalten werden wollte, dazu gezwungen werden wollte, sich zu unterwerfen, und intuitiv hatte er gewusst, dass ich ihm das geben konnte.

Es war beängstigend. Wenn ich einen Fehler machte, ruinierte ich nicht nur eine Freundschaft, sondern auch eine Partnerschaft. Wenn ich ihn nicht richtig las, wenn ich falsch verstand, was er brauchte oder wollte, dann war es das. Ich würde keine zweite Chance bekommen. Wenn ich einen Fehler machte … Aber wie konnte ich sie nicht ergreifen, diese Chance, alles zu bekommen? Nicht zu wissen, das war schlimmer. Ich war viele Dinge, aber ein Feigling war ich nicht.

All das wirbelte mir durch den Kopf, während Ian wie erstarrt vor mir stand, wachsam und abwartend.

„Komm her", befahl ich.

Er reagierte sofort, und ich sog einen stärkenden Atemzug ein.

„Zieh dich aus, komplett."

Augenblicklich entledigte er sich seines Dufflecoats und ließ ihn fallen, dann fasste er in seinen Rücken, zwischen seine Schulterblätter, und zog sich seinen Henley und das T-Shirt darunter über den Kopf. Ihm zuzusehen, wie er sich für mich auszog, sandte heiß das Blut in meinen Schwanz, und ich erkannte, dass Ian *und* mich *gleichzeitig* zu beherrschen mehr war, als ich bewerkstelligen konnte.

„Willst du dich nicht ausziehen?"

Ich räusperte mich. „Mach dir keine Gedanken um mich. Jetzt die Schuhe."

Er trat sie sich aus, setzte sich und zog seine Socken aus, dann stand er schnell auf und zerrte Hose und Unterhose herunter. Nachdem er sie beiseite geschleudert hatte, wartete er, Hände auf den Hüften, darauf, was als Nächstes kommen würde.

„Schlag die Decke zurück und steig ins Bett, knie dich in der Mitte auf alle Viere."

Er bewegte sich, ohne Fragen zu stellen, und bei dem Anblick des Spiels seiner Muskeln unter seiner glatten Haut, des festen, knackigen Hinterns, der kraftvollen Linien seines Rückens, seiner Oberschenkel und Beine wurde mein Mund trocken. Jeder Teil des Körpers dieses Mannes war wohlgeformt und wunderschön und voller Narben. An manchen Stellen schien der nur aus dickem, silbernen Narbengewebe zu bestehen, an anderen Stellen waren es hauchdünne Linien von Stich- oder Schusswunden. Und dann waren da natürlich die kreuz und quer verlaufenden Linien auf seinem Rücken, wo er wochenlang wieder und wieder ausgepeitscht worden war. Narbengewebe war eigenartig: Unter der Haut war es wie ein Wurzelsystem, das sich von einer Stelle aus ausbreitete und weiter verästelte. Auf der Haut bildete es Muster, beinahe wie Kunst, manchmal wulstig und aufgewölbt, weil es darunter so dick war. Es tat weh, darüber nachzudenken, dass Ian so brutal behandelt und verletzt worden war, aber jedes dieser Male hatte ihn zu dem gemacht, der er jetzt war. Ich hatte vor, jedes einzelne mit meinen Fingern und mit meiner Zunge zu berühren.

„Wo ist die Tüte?", fragte ich leise in dem Versuch, mein heftiges Verlangen unter Kontrolle zu halten.

Er wies auf den Nachttisch, ohne sich von der Stelle zu bewegen, weder verlegen noch ungeduldig.

Ich glitt rasch um das Bett herum und warf ihm dabei einen Blick zu. Sein langer, wunderschöner Schwanz ragte stolz auf und tropfte Flüssigkeit auf das Laken unter ihm. Die Situation, die Befehle, die ich ihm gab, hatten ihn richtig auf Touren gebracht.

Hinter ihm stehend zog ich mir schnell den Mantel, den dicken Pullover und das T-Shirt darunter aus, und als ich meine Gürtelschnalle öffnete, erbebte er. Ich konnte es sehen.

„Du bist wunderschön", flüsterte ich und beugte mich vor, fuhr mit einer Hand über seine Flanke. „Das weißt du, nicht wahr?"

Ihm stockte der Atem, und ich lächelte, als ein erneuter Schauder durch seinen Körper rann.

Ich richtete mich wieder auf und zog meine Hose aus, ließ die Socken an und kletterte hinter ihm aufs Bett. Als ich ihm einen Kuss auf den Rücken drückte und im selben Moment das Zellophan von der Tube zog, stieß er ein tiefes Stöhnen aus.

„Ich sage dir, was ich tun werde, okay?"

Er nickte.

„Zuerst mache ich diese Tube Gleitgel auf, die du gekauft hast." Das Klacken, als ich den Deckel aufschnappen ließ, war laut in dem Raum, in dem nur Ians Atem die Stille brach. „Ich hätte gerne ein dickeres gehabt für dein erstes Mal, also werde ich ganz sanft sein."

„Ich – das ist – nur nicht langsam."

„Warum nicht?", wollte ich wissen und legte mich über ihn, bedeckte seinen Rücken und schlang einen Arm um ihn, nahm seinen schweren Schwanz in meine Hand und streichelte ihn von den Eiern bis zur Spitze.

„Miro!", schrie er und stieß vor in meine Faust. „Bitte."

Die abgehackte Bitte in Ians schroffer, grollender Stimme war etwas, das ich nie erhofft hatte zu hören.

„Ich muss –" Er keuchte, als ich einen gelbeschmierten Finger zwischen seine Pobacken gleiten ließ, und sein ganzer Körper spannte sich augenblicklich an. „– du musst …"

Ich drückte seinen Schwanz, und er stieß schwer den Atem aus, entspannte sich aber augenblicklich, als ich meine Hand an seinem Schaft auf und ab gleiten ließ. Ich spielte mit seinen Eiern und fuhr mit dem Daumen über den Schlitz in der dicken Spitze.

„Bist du bereit?"

„Ja", krächzte er und wand sich unter mir.

„Ian", sagte ich heiser, bohrte meinen Mittelfinger tiefer, drückte gegen die weichen Falten seines Eingangs, fuhr über sie, und dann, langsam, stetig hinein. „Ich möchte, dass du dich gut fühlst."

„Das tue ich. Aber beeil dich." Seine Forderung endete in einem tiefen Stöhnen, als ich meinen Finger krümmte und seine Prostata streifte, was ihn in meinen Armen zusammenzucken ließ. „Oh, Scheiße!"

Das war ein sehr guter Laut. „Hat dich noch nie jemand so berührt?"

„Nein."

„Ian, hast du dich selbst hier berührt? Sag es mir."

„Miro", winselte er. „Ich wusste nicht, dass ich …"

„Was?", fragte ich, schob meinen Finger in seinen Körper, unnachgiebig und unaufhaltsam. „Du wusstest nicht, dass du was?"

„Es wollen würde", sagte er mit rauer Stimme. Er beugte sich tiefer, dann schob er seine Hüften zurück, zuckte im selben Moment zusammen, als mein Finger über die Stelle rieb, die, seiner Reaktion nach zu urteilen, niemand jemals berührt hatte.

Ich bewegte meinen Finger in ihm, schob ihn hinein und zog ihn heraus, wieder und wieder. Dann nahm ich einen zweiten Finger hinzu, öffnete ihn sanft und langsam, bis sich seine Muskeln entspannten. Sein Schaft in meiner anderen Hand war prall und fest, und die unaufhörlich hervorperlenden Lusttropfen ließen meine Hand leichter über seine Haut gleiten.

Er schwitzte, bebte, und als ich zu den Fingern noch meine Zunge dazunahm, schrie er laut meinen Namen.

„Du machst das sehr gut", lobte ich ihn leise, knabberte an seinem Hintern, leckte die Stellen und biss dann sanft zu.

„I-ich hab das Gefühl, ich müsste platzen, wenn du dich nicht beeilst."

Ich richtete mich auf, zog meine Finger aus ihm heraus und ließ seinen Schwanz los. „Dann komm, wir können weitermachen, wenn du –"

„Nein, nicht wie …" Er stieß ein leises Schnaufen aus, das in einem Laut nicht unähnlich einem Schluchzen endete, und die Spannung in seinem Körper und wie steif er sich hielt, sagten mir, wie sehr es ihn frustrierte, dass ich ihn nicht verstand.

Ich bereitete ihn vor, öffnete ihn, aber mit meinem Zögern brachte ich ihn gleichzeitig um.

„Bleib ganz still, während ich das Kondom überstreife."

„Was für ein Kondom?"

Diesmal zuckte ich zusammen. „Ian, ich war davon ausgegangen, dass du zusammen mit dem Gleitgel auch Kondome gekauft hast."

„Hast du in der Tüte welche gesehen?"

Nein, hatte ich nicht. „Ja, aber du weißt, dass ich mit ziemlich vielen Männern geschlafen habe."

Er sah über seine Schulter und in mein Gesicht. „Ich auch. Naja." Er zuckte die Schultern. „Mit Frauen, aber wir haben alle sechs Monate die Untersuchung, und ich hab noch nie Sex ohne Gummi gehabt."

„Nein", sagte ich mit einem Husten. „Ich auch nicht."

Er ließ seinen Kopf wieder nach vorne fallen. „Ja, also, dann ist es doch okay, ich vertraue dir, und du bist bereits mein bester Freund, also … nichts, okay? Nur wir."

Ich würde in meinem besten Freund kommen, in dem Mann, den ich mehr wollte als alle anderen. Lieber Gott, ich wollte ihn behalten.

„Du denkst zu viel."

Das tat ich.

Während ich mit einer Hand Gel über meinen Schwanz schmierte, schob ich die Finger der anderen wieder in seine enge Öffnung, spreizte sie wiederholt, sanft aber bestimmt.

„Du musst mir entgegen drücken, wenn ich eindringe, verstanden?"

„Ja."

„Nimm deinen Schwanz in die Hand, Ian. Besorg's dir."

„Muss ich –" Er schnappte nach Luft. „– nichts für tun."

„Okay", sagte ich heiser, als ich die Spitze meines Penis' vor den weichen Falten seines rosa Rings in Position brachte.

„Hör auf zu denken", bat er.

Als könnte ich an irgendetwas anderes denken als an ihn.

Langsam und vorsichtig drang ich ein Stück weit in ihn ein, dann hielt ich inne und wartete, ließ seinen Körper sich an die Invasion gewöhnen und spürte, wie sich seine Muskeln fest um mich schlossen.

Ians Arme gaben nach, und er fiel schwer auf die Matratze; nur sein Hinterteil ragte noch in die Luft, als ich weiter in ihn eindrang, dabei zusah, wie sein Körper meinen Schwanz Zentimeter für Zentimeter schluckte. Er war so eng, so heiß, und mein Eindringen war trotz der Muskeln, die sich immer wieder reflexartig eng um mich schlossen, mühelos leicht.

„Miro", presste er zwischen zusammengebissenen Zähnen hervor, und der Klang seiner Stimme brachte mich schier um.

Er verspannte sich, krampfte sich innerlich zusammen, aber der Winkel in Kombination mit meinem Gewicht hatten mein Einsinken unaufhaltsam gemacht. Mit einem festen Stoß drang ich ganz in ihn ein, vergrub mich tief in ihm.

„Oh, Scheiße", stöhnte Ian, und seine Stimme brach, wurde zu einem rauen Schrei.

Ich wollte mich zurückziehen, aber er hob einen Arm, legte seine Hand wie einen Schraubstock um meinen Oberschenkel und hielt mich still und in ihm fest.

„Warte."

Natürlich würde ich das. Ich würde alles tun, was er wollte. Ich war bis zum Anschlag vergraben in dem Mann, den ich als den Mittelpunkt meines Lebens haben wollte, dem einzigen Mann der Welt, den ich an diese Stelle setzen wollte. Was immer er wollte, was immer er brauchte, ich würde es ihm geben.

„Miro."

Aber ich hatte die Kontrolle verloren, und das war nicht gut.

Ich beugte mich vor, über ihn, und befahl ihm, sich aufzurichten, meine Stimme rau an seinem Ohr. Als er meinem Befehl folgte, schlang ich einen Arm um seine Brust, packte die festen Muskeln dort und stützte mich mit der anderen Hand ab, was uns beiden Halt gab.

Sein Kopf fiel zurück gegen meine Schulter und meine Brust war hart an seinen Rücken gedrängt, als ich harte, hungrige Küsse über seinen gesamten Hals verteilte.

„Miro", keuchte er, wand sich unter mir, als ich meine Hüften vorstieß, mich tief und hart in ihn hineingrub. „Nicht aufhören."

Nein.

Würde ich nicht.

„Du musst's dir selbst besorgen, Ian", wies ich ihn mit belegter Stimme an, dann saugte, leckte und küsste ich einen Pfad entlang seines Kiefers, hinunter zu seiner Kehle und seinem Nacken, und weiter hinunter bis zu seiner Schulter. Er schmeckte nach Salz und Schweiß und roch nach ihm selbst, nach Ian, und ich wollte alles von ihm, seine Essenz, auf meiner Zunge spüren.

„Muss nicht – du hast mich."

„Ja", krächzte ich, ließ meinen Mund weiterwandern. Ich musste seinen Rücken erreichen, musste ihn dort kosten, ihn ganz schmecken. „Ich habe dich, ich lasse dich nicht los."

Die Worte waren wichtig, und das verstand ich.

Ich zog mich sanft zurück und half Ian, seinen Halt auf der Matratze wiederzufinden, sich mit beiden Händen abzustützen, dann packte ich seine Hüften und rammte wieder in ihn hinein.

Er schrie laut meinen Namen.

Ich tat es noch einmal, und dann wieder, wollte tiefer in ihm sein, wollte es nahezu verzweifelt, wollte mich tief in ihm versenken, mich in ihn einbrennen, sodass er nie mehr würde vergessen können, dass ich ihn gehabt hatte, selbst, wenn er es gewollt hätte.

Ich leckte an seiner Wirbelsäule hinauf und spürte, wie sich seine Muskeln um meinen Schaft schlossen, ihn nahezu eisern umschlossen, und mich festhielten. Ich griff unter ihn und packte seinen Schwanz, drückte und zog, und als ich die erste, heiße Salve auf meinen Fingern spürte, ließ ich ihn los.

„Ich kann nicht länger … Miro!"

„Komm", befahl ich mit belegter Stimme.

Er keuchte, erlöst, erleichtert, während ich ihn durch seinen Orgasmus hindurch fickte und das Gefühl genoss, wie sich sein samtiges Inneres rhythmisch um meinen Schaft schloss und mich massierte. Er zitterte, als ich kam, tief in seinem Körper pulsierte, und seinen zuckenden Kanal mit meinem Samen füllte.

„Es ist warm", sagte er, als ich auf seinem Rücken zusammenbrach.

Sein Atem flog, und ich dachte vage, dass ich mich vielleicht bewegen sollte, aber mein Höhepunkt hatte mich ausgelaugt, und ich brauchte einen Moment, um den Blutstrom wieder in andere Bahnen zu lenken.

„Nicht bewegen, okay?", murmelte Ian.

Darum musste er mich nicht zweimal bitten.

13

ICH BEWEGTE mich langsam und vorsichtig, als ich mich schließlich aus ihm zurückzog. Dann schob ich ihn sanft ein Stück zur Seite, sodass er nicht auf der feuchten Stelle landete. Ich glitt vom Bett und ging ins Bad, wo ich Waschlappen und Handtuch fand, wischte mich einmal schnell selbst ab und hielt den Lappen dann erneut unter den Wasserhahn. Ich wrang ihn aus, bis er den perfekten Zustand zwischen nicht-zu-nass und nicht-zu-trocken erreicht hatte, und ging schnell zurück zum Bett, wo Ian ausgestreckt auf der Matratze lag.

Sanft schob ich seine Pobacken auseinander und wischte ihn ab, küsste die Stelle knapp über seinem Hintern und kehrte ins Bad zurück, wo ich beide Handtücher aufhing. Als ich wieder ins Zimmer zurückkam, geriet ich in den Bannstrahl kobaltblauer Augen und blieb wie angewurzelt stehen.

Er sagte kein Wort. Seine Blicke glitten über mich, an mir hinauf und hinab und wieder zurück, dann sah er mir in die Augen.

Ich räusperte mich. „Habe ich dir wehgetan?"

Ein kaum merkliches Kopfschütteln.

„Gut."

Seine Augen waren so intensiv blau. Ich hatte seine dichten, dunklen Wimpern noch nie zuvor wirklich wahrgenommen. Die feine Röte, die sich über seinen ganzen Körper zog, war wunderschön, aber schöner noch waren die Male, die ich auf ihm hinterlassen hatte, und die sich dunkel von seiner olivfarbenen Haut abhoben.

„Darf ich zu dir kommen?", fragte ich.

„Bitte."

Ich eilte auf das Bett zu, bog aber im letzten Moment zur Heizung ab. Ich drehte sie voll auf und sprang dann ins Bett. Er drehte den Kopf und sah mich an, und als er das tat, sah ich das träge, sinnliche Lächeln. Es war genug.

Ich stieß ihn auf den Rücken und legte mich auf ihn, nahm seinen Mund in einem langen, innigen Kuss in Besitz, kostete und schmeckte ihn erneut und ließ ihn nicht eher los, bis dass ich seinen Schwanz zwischen uns steif werden spürte.

„Verdammt, Doyle, deine Regenerationszeit ist fantastisch."

„Normalerweise nicht", murmelte er, während ich einen Arm zwischen uns schob und ihn in die Hand nahm. Mit einem Wischen meines Daumens verteilte ich die hervorperlenden Lusttropfen über die anschwellende Spitze.

„Würdest du das hier gern in mich stecken?"

Er kniff die Augen zusammen. „Möchtest du das? Du hast nämlich schon mehrmals gefragt."

Ich zweifelte weder ihn noch seine Worte je an. Das gab es in unserer Beziehung nicht. Ich fragte nicht wieder und wieder nach, wenn er etwas sagte, aber jetzt, in dieser neuen Situation, tat ich genau das: Ich hinterfragte ihn. Und das brachte ihn innerlich um, erfüllte ihn mit Zweifel. Ich durfte nicht aus den Augen verlieren, wie er, wie *wir*, außerhalb des Bettes waren. Ich durfte die Kiste nicht gegen die Wand fahren. Normalerweise fragte ich ein Mal. Ich bekam entweder ein ja oder ein nein und das war es; ich brachte den Inhalt der Konversation nicht wieder aufs Tapet. In dieser Situation, während wir Haut an Haut lagen, musste ich ganz genauso handeln.

„Wenn du etwas Bestimmtes willst, dann sag es mir.“

„Das tue ich immer.“

„Okay.“

„Und was ist mir dir? Was willst du?“

„Ich will wieder in dir sein, aber ich denke, wir sollten das besser langsam angehen. Wie wäre es, wenn wir uns stattdessen eine Runde unterhalten?“

Er nickte, rollte sich auf die Seite, stütze sich auf einen Ellbogen auf und sah mich an.

„Ich bin in einen dieser Clubs gegangen, weißt du.“

„Wovon sprichst du?“

„Das *weißt* du“, sagte er betont.

Ich rutschte näher an ihn heran, und er legte eine Hand auf meine Hüfte. „Nein, weiß ich wirklich nicht.“

„Ein Sexclub.“

„Was?“

„Ein BDSM Club, um genau zu sein.“

Mich durchfuhr ein Schock, aber ich schluckte die Reaktion hinunter, damit er sie nicht in meiner Stimme hörte. „Wirklich?“

„Ja.“

„Und?“

Jetzt rutschte er näher, nahm meinen Oberschenkel und legte ihn über seine Hüfte, sodass mein steifer werdender Schaft an seinen geschmiegt lag. Plötzlich hatte ich das dringende Bedürfnis, ihn in die Arme zu nehmen, also fackelte ich nicht lange und zog ihn an mich, drückte sein Gesicht in meine Halsbeuge und hielt ihn fest. Sein Mund öffnete sich an meiner Kehle; ich war nicht stolz auf das kätzchenhafte Geräusch, das ich daraufhin von mir gab.

„Warum hast du das vorher noch nie gemacht?“, fragte er leise.

„Weil ich nicht geglaubt habe, dass du mich lassen würdest.“

Er machte sich aus meinen Armen los. „Du hättest es besser wissen müssen.“

Und er hatte recht. Ich hätte es besser wissen müssen, und ich hätte es auch getan, wenn ich auch nur das kleinste bisschen aufmerksam gewesen wäre. Tatsache war, dass ich so mit meinen eigenen Gefühlen beschäftigt gewesen war, dass ich seine vollkommen übersehen hatte.

Es waren die kleinen Dinge, die so laut sprachen: wie er von allen außer mir einen gewissen Abstand hielt, wie besitzergreifend er mit meinen Sachen war – von Kaffeetassen im Büro bis hin zu Büchern, die ich ihm auslieh – und wie er sich nie, niemals die Gelegenheit entgehen ließ, mit mir zu kommen, egal wohin, wenn er es auch nur irgendwie einrichten konnte. Ian war mein Schatten, und ich hatte es nie als das erkannt, was es war.

„Ich wollte dich so oft anfassen, dich berühren", sagte er heiser.

„Du hast ja keine Ahnung, was wollen heißt", entgegnete ich mit rauer Stimme.

Seine Lippen verzogen sich zu einem Lächeln, als er an meinem Körper hinuntersah, mit seinen Blicken dem Weg seiner Hand folgte – über meine Brust und meinen Bauch schließlich tiefer zu meinem steifen Schwanz. „Es hat sich anders angefühlt."

„Was?"

„Du."

„Wie meinst du das?"

„Deine Haut, deine Hände … mich hat noch nie jemand so festgehalten."

Die große Frage: „Und das war okay?"

„Ja, war es absolut", sagte er mit einem stockenden Stöhnen, dann drehte er uns herum und legte sich auf mich, seinen Kopf auf meiner Brust, und schob seine Arme unter mich.

Gott.

Das war es. Wenn mein Leben in diesem Moment enden sollte, ich würde glücklich gehen.

„Du machst die besten Geräusche."

„Wie bitte?" Ich hatte nicht zugehört.

„Tust du. Vielleicht denkst du das nicht, aber du tust es."

„Ich verstehe nicht."

„Ich weiß, dass du zufrieden bist. Wegen des Geräuschs, das du gemacht hast."

„Und welches Geräusch war das?"

„Wie ein Schnurren."

Ich schnaubte verächtlich, aber er hielt mich fester, und mir gefiel das. „Erzähl mir von dem Club, in den du gegangen bist. Die Geschichte will ich ganz hören."

„Naja, in dem ersten, in den ich gegangen bin, war da diese Frau, eine Domina, weißt du?"

„Und?"

„Ich hab mich von ihr anketten lassen, und sie hatte all diese Paddel und Peitschen und so."

„Ian, du bist in deinem Leben genug geschlagen worden – gefoltert, wenn du im Einsatz warst – und du solltest wirklich nicht –"

„Wessen Geschichte ist das?"

Ich machte den Mund zu, aber ich fuhr mit der Hand über die Narben auf seinem Rücken.

„Ich hab ihr gesagt, ich hätte meine Meinung geändert, und sie hat das ganz locker genommen, als ich gegangen bin."

„Warum bist du gegangen?"

„Weil ich wusste, dass sie mich nicht wirklich dort festhalten konnte, wenn ich nicht bleiben wollte, und es ist ja nicht der Schmerz, auf den es für mich ankommt", sagte er, drehte sich ein wenig zur Seite, sodass mein Arm von seinem Rücken glitt, stützte seinen Oberkörper auf und sah hinunter in mein Gesicht. „Ich meine, es hat mich nie angemacht, wenn jemand mich gefoltert oder verprügelt hat oder so."

Ich nickte schnell und schluckte mein Mitgefühl hinunter.

„Ich mag es nicht, verletzt zu werden – will es nicht."

„Natürlich nicht."

Er leckte sich nervös die Lippen. „Ist es okay, dich zu berühren?"

Es war alles, was ich je gewollt hatte, von daher *ja*, es war okay. Mehr als okay. Er konnte mich berühren, so viel er wollte, mich anfassen, mich küssen, mich lecken, mich beißen, mich aufs Bett drücken, sich an mich kuscheln – alles, alles, was immer er nur wollte. Ich war schlicht und ergreifend gierig auf alles, was er mir geben wollte. Aber das brennende Verlangen und die verzehrende Sehnsucht, die wie eine Sturzwelle durch mich hindurchbrausten, würden ihn vermutlich zu Tode erschrecken, wenn ich sie in Worte fasste. Also flüsterte ich nur: „Du kannst tun, was immer du willst."

Er fuhr mit einer Fingerspitze meinen Schwanz auf und ab, dann beugte er sich näher und betrachtete mich eingehend. „Das Teil ist beeindruckend, Miro. Nicht lang, aber dick. Kein Wunder, dass du so besorgt darum warst, mich gut vorzubereiten."

„Ich habe dich deshalb gut vorbereitet, weil ich niemals anders mit dir umgehen würde", schalt ich ihn.

„Und du machst es gerne", sagte er, und seine Augen flogen zu mir hoch, und der Ausdruck in ihnen forderte mich dazu heraus, ihn anzulügen.

Als ob es einen Grund dazu gäbe. „Ja, das tue ich."

„Hab ich gut geschmeckt, als du mir einen geblasen hast?"

„Absolut."

„Ich möchte das auch mal ausprobieren", sagte er mit einer leise grollenden Stimme, wie ferner Donner, beugte sich noch näher und ließ seine Zunge über die Spitze meines Schafts gleiten.

„Warte", sagte ich mit rauer Stimme und stockendem Atem.

„Warum?"

„Leg deine Hand um meine Wurzel, auf die Art kannst du verhindern, zu viel zu schlucken und zu würgen."

160

Er befolgte meine Anweisung, dann leckte und saugte er eifrig, erkundete mich mit seiner Zunge und schluckte die Lusttropfen, die hervorquollen.

„Hm, zähflüssig und salzig, irgendwie, aber es schmeckt nicht schlecht."

„Alle Männer schmecken anders", brachte ich heraus.

Er verzog das Gesicht. „Davon weiß ich nichts."

„Würdest du es denn gerne?"

Sein schiefes Grinsen ließ meinen Bauch Purzelbäume schlagen. Er setzte sich auf und rittlings auf meine Oberschenkel. „Nach dem BDSM Club bin ich in eine Schwulenbar gegangen. Ich dachte, vielleicht ist es das, was ich brauche."

Atmen wurde vollkommen überbewertet, und ich konnte gut ohne auskommen, bis ich gehört hatte, was er zu sagen hatte.

„Und als ich da war, ist mir klar geworden, dass es mich anmacht."

„Was? Die Männer?"

Er schüttelte den Kopf.

„Die Unterwerfung", schlussfolgerte ich.

„Ja."

„Aber nicht bei einer Frau."

„Nein."

„Weil eine Frau körperlich nicht stark genug ist, dich dazu zu bringen, etwas zu tun."

„Jedenfalls nicht ohne eine Waffe."

„Und das ist nicht das, worüber wir hier reden."

„Nein."

„Die Illusion von Stärke gibt dir nichts."

„Nein. Sie muss echt sein."

„Okay, sprich weiter."

„Naja, da ist dieser Typ, und er packt mich und fängt an, mich herumzuschieben, so wie er will, und dann stößt er mich vorwärts, als ob er mich an sein Sankt-Andreas-Kreuz fesseln wollte, und ich denke mir so – ja, die Riemen und Fesseln und so braucht er auch, wenn er mich daran hindern will, mich zu bewegen. Und vielleicht gibt es auch echte, aus denen ich mich nicht befreien kann, aber ich kann sehen, dass das Kreuzdings nicht richtig festgemacht ist, nicht richtig verankert, ich kann die Haken vermutlich einfach so aus der Wand ziehen und das Ding umschmeißen oder so. Die können mich so nicht halten."

Das war typisch Ian, so war er immer: Er analysierte alles.

„Aber dann wird mir klar, dass es selbst so eine Weile dauern würde, bis ich mich losmachen kann, wenn er mich erst mal dran festgebunden hat, und in der Zwischenzeit kann er wer weiß was mit mir machen."

„Ja, richtig."

„Und das ist der Teil, der absolut gar nicht geht. Kein Fremder legt Hand an mich, das sitzt zu tief drin."

161

„Du schleppst in Bars wildfremde Frauen ab, Ian. Das sind alles Fremde, und du gehst mit denen ins Bett."

„Ja, aber ich kenne ihre Namen, und keine von denen könnte mir wehtun", erklärte er. „Außerdem hat keine von denen je bei mir übernachtet. Ich hab sie immer anschließend nach Hause gefahren."

„Emma hat bei dir übernachtet."

„Weil es mehr war als eine Nacht. Und sie war auch nie gern bei mir, weil sie Angst vor Chickie hatte."

Ich lächelte, und er grinste zurück.

„Dann erzähl mir von dem Dom."

„Naja, ich hab ihm grünes Licht gegeben, mich notfalls auch zu verletzen, wenn er das tun musste. Was immer notwendig ist, mich kampfunfähig zu machen, richtig? Schließlich soll er mich ja dazu bringen, mich ihm zu unterwerfen."

Oh Gott. Mir graute bei dem Gedanken daran, was Ian wohl getan hatte. Er war nicht gerade für seine Geduld bekannt. „Du hast ihn nicht versehentlich ermordet, oder?"

Er beugte sich über mich, stützte sich rechts und links neben meinem Kopf auf der Matratze ab. „Ich hab ihn in den Schwitzkasten genommen, und er hat das Bewusstsein verloren."

Ich hob meine Hände und legte sie um seinen Nacken. „Du sollst deinen Dom nicht vermöbeln, Ian."

„Hab ich nicht, ich hab ihm nicht wehgetan", sagte er heiser und schluckte schwer, als meine Hände auf Wanderschaft gingen. Über seine Brust, leichte, zarte Berührungen, über seinen Bauch und tiefer, bis ich schließlich seinen aufgerichteten Schaft erreichte. „Und ich hab ihn für die Zeit bezahlt."

„Ich dachte, für solche Fälle gibt es immer ein Safeword."

„Ja, ich weiß, aber ich hab's vergessen."

„Wie vergisst man denn sein Safeword?"

Er zuckte die Schultern.

„Du hast nicht gedacht, dass du es brauchen würdest, stimmt's oder habe ich recht?"

„Vermutlich nicht, nein."

Typisch Ian.

„Also", sagte ich und schubste ihn sacht, sodass er das Gleichgewicht verlor. Als er zur Seite rutschte, folgte ich der Bewegung und stieß ihn auf den Rücken, während ich mit der anderen Hand nach dem Gleitgel neben mir griff. „Was haben wir daraus gelernt?" Ich drückte mich an ihn, und mein Penis rieb über seine Leiste. „Ian?", fragte ich, als ich den Deckel aufschnappen ließ und Gel über seinen Schwanz drückte.

„Was soll das –"

„Sag es mir", beharrte ich, bestrich seinen Schwanz und gleichzeitig meine Finger mit dem Gel, bevor ich den Deckel wieder zuschnappen ließ und die Tube beiseite warf. „Zu welchem Schluss bist du gekommen?"

Er rammte sich in meine schlüpfrige Faust, und sein Kopf rollte nach hinten, Mund geöffnet, Augen geschlossen. Als ich mich zu ihm hinunterbeugte, lehnte er seine Schläfe an meine Stirn.

„Ian", schmeichelte ich und saugte sein Ohrläppchen in den Mund.

„Ist es nicht … Miro", flehte er, „ich weiß, dass du es weißt."

„Aber du kannst dieses Mal nicht mit den Worten knausern. Diesmal musst du es aussprechen."

Er atmete zischend ein. „Ich will festgehalten werden, unterworfen werden von jemandem, der mir wirklich wehtun kann –"

„Und?", bohrte ich nach. Ich brauchte mehr von ihm, weil es wichtig war, weil es für uns beide ein Fundament sein würde, auf dem wir sicher stehen konnten.

„– und der das aber niemals tun würde."

Und das war ich. Und zwar nur ich, niemand sonst, es gab niemanden außer mir, und wir wussten es beide. Der einzige Mensch auf der Welt, bei dem er ganz er selbst sein konnte, dem er bedingungslos vertraute, war der, der gerade, in diesem Moment, mit ihm im Bett war. „Ich würde dir niemals wehtun", versprach ich und legte seine Hand um seinen Schwanz, dann drückte ich mich gerade weit genug hoch, dass ich das überschüssige Gel über meinen Steifen schmieren konnte. „Und das weißt du."

„Ja."

Er war bei mir sicher, und niemand sonst konnte ihm dieses Gefühl geben, denn ich hatte dafür gearbeitet, hatte die letzten drei Jahre in unsere Beziehung investiert, hatte sie genährt, gehegt und gepflegt. So wie er auch. „Du musst ehrlich sein."

„Immer."

„Okay", sagte ich und drückte mit zwei gelglatten Fingern gegen seinen Eingang. „Sag mir, wenn du zu wund bist."

„Alles gut."

Ich drang langsam ein, drehte meine Finger hin und her und drückte, rieb kleine Kreise in ihm, bis sich seine Muskeln entspannten und nachgaben, und verteilte währenddessen Küsse über seinen Hals und Nacken.

„Du vernachlässigst deinen armen Dicken, schau, er weint."

„Was hast du vor?"

„Wenn du nicht zu wund bist, will ich dich vögeln, und zwar so, in dieser Stellung."

Tiefes Seufzen von ihm. „Ja, bitte."

Ich ließ meine Finger aus ihm herausrutschen, brachte mich an seinem Eingang in Position und glitt dann langsam und stetig in ihn hinein.

„Miro." Mein Name in seinem kehligen Flüstern sandte kribbelnde Wärmeschauer durch mich, und ich vergaß langsam und stetig, vergaß vorsichtig, und drängte mich in einer schier endlosen Bewegung in ihn hinein.

Der Laut, den er ausstieß, war halb Stöhnen, halb Aufschrei. Er jagte mir einen Schrecken ein. „Ian?"

„Es fühlt sich immer so an?"

Das Staunen in seiner Stimme ließ mein Herz wieder schlagen. „Ja", antwortete ich, glitt hinaus und rammte mich wieder hinein, wobei ich den Winkel so anpasste, dass er jede Bewegung meines Schwanzes an seiner Prostata spürte.

„Scheiße!"

Ich bewegte mich hinein und hinaus, hob seine Beine und umfasste seine bebenden Oberschenkel mit meinen Händen.

„Küss mich", presste ich hervor, und er spannte seine bemerkenswerten Bauchmuskeln an, kämpfte sich so weit hoch, dass ich seinen Mund mit meinem in Besitz nehmen konnte.

Einen Augenblick später riss er den Kopf zurück und rang nach Luft, und im selben Moment zog ich mich ganz aus ihm zurück. Sein wilder Schrei überraschte mich, und als ich zur Seite rollte, die Bettkante gerade hinter mir, warf er sich auf mich. Er packte meine Handgelenke, drückte sie über meinem Kopf auf die Matratze und hielt sie dort mit einer Hand fest, während er die andere auf meine Brust legte.

„Warum hast du aufgehört?"

„Stell einen Fuß auf den Boden", sagte ich statt einer Antwort, „dann setz dich auf mich. Du bist stark genug, dass das klappt."

Er nickte und tat, wie ihm geheißen: Er stützte sich über mir ab, eine Hand in meinem Haar vergraben, die andere neben mir auf dem Bett, und ich stieß hoch und in ihn hinein.

„Gott, Miro, ich bin so voll."

„Das macht der Winkel, der ist anders in dieser Stellung", sagte ich; die Hände um seine Oberschenkel geschlossen hielt ich ihn fest, als ich mich in ihm bewegte.

Sein Mund öffnete sich, aber es kam kein Laut heraus, es war reiner Ausdruck seines Gefühls. Dann ein Keuchen, als Emotionen ihn überwältigten, während ich mich wieder und wieder in ihn hineinbohrte, unaufhaltsam, unaufhörlich. Ich wollte nur in ihm sein, verloren in ihm, in diesem Augenblick – nichts anderes zählte.

„Miro!"

Er ergoss sich über meine Brust und meinen Bauch, und ich zog ihn zu mir herunter, pfählte ihn mit meinem Schwanz und kam Sekunden später tief in seinem Körper.

Weiß explodierte gleißend hinter meinen geschlossenen Lidern, und für lange Minuten driftete ich ruderlos, ziellos. Und als ich langsam zu mir zurückkehrte, mir wieder bewusst wurde, wo ich war, spürte ich, wie immer, seine Blicke auf mir ruhen. Diese tiefdunkelblauen Augen waren wirklich wunderschön.

„Bist du okay?", fragte ich.

„Ja", erwiderte er, und mir wurde klar, dass, solange er sich nicht rührte, ich mich auch nicht bewegen konnte.

„Komm, steh auf, ich muss dich sauber machen."

„Nein, lass uns zusammen duschen gehen und uns umziehen und dann unseren Zeugen abholen."

„Kein Nickerchen?", winselte ich unwillkürlich.

„Kein Nickerchen", sagte er und lehnte sich über mich. „Aber ich besorg dir was zu essen." Erneut hob er meine Hände über meinen Kopf, drückte meine Handgelenke auf die Matratze, während er sich näher beugte. „Hast du Hunger?"

„Bärenhunger."

„Bist du okay?"

„Ja", sagte ich und konnte mein Lächeln nicht unterdrücken.

„Irgendwann werden wir uns unterhalten müssen."

„Worüber?", fragte ich und schnappte nach Luft, als sich die Muskeln in seinem Hintern fest um mich zusammenzogen und die Bewegung einen kurzen, stechenden Schmerz durch meine hypersensiblen Nervenenden sandte. In ihm schlaff zu werden klang sexy, aber in Wahrheit war es unangenehm.

„Über das hier natürlich."

Ich sah zu ihm hoch, sah die roten, geschwollenen Lippen, die schweren Lider, die seine Augen halb verbargen, und die Male überall auf seinem Körper. Niemand würde übersehen können, was wir getan hatten. „Und worüber genau?"

„Nun, zum Beispiel", erwiderte er und schloss seine Finger fester um meine Handgelenke und seine Oberschenkel fester um meine Hüften. „Werden wir das hier auch tun, wenn wir wieder zurück zu Hause sind?"

Er stellte die Frage und testete gleichzeitig aus, ob ich es zulassen würde, von ihm festgehalten zu werden. Statt einer Antwort befreite ich mit einem Ruck meinen Arm aus seinem Griff, und bevor er mein Handgelenk erneut packen konnte, hatte ich einen Fuß auf den Boden gestellt und mich kräftig abgedrückt, was mir genug Schwung verlieh, ihn auf den Rücken zu rollen und unter mir in die Matratze zu drücken. Das ganze Manöver dauerte nur Sekundenbruchteile, kam schockierend plötzlich und war vor allen Dingen eines: kraftvoll. Ians heftiges, scharfes Einatmen entging mir nicht.

„Ich würde es gerne", antwortete ich schließlich doch, ließ mich neben ihn fallen und zog ihn an mich, ein Bein über seine Hüfte geschlungen, sodass wir eng aneinandergedrückt dalagen. „Aber das müssen wir nicht jetzt in diesem Moment entscheiden."

„Ich denke, das müssen wir."

Oh. „Willst du es denn? Es wieder tun?"

„Hm, und wo wären wir dabei?", fragte er mich scheinbar beiläufig, anstatt meine Frage zu beantworten, aber seine Augen verrieten ihn, blickten suchend und beinahe ängstlich in meine.

Ich kannte ihn, ich kannte seine Körpersprache, und ich hörte die Worte, die er nicht sagte: Er wartete auf ein Zeichen des Zögerns, des Zauderns von mir. Stattdessen ging ich aufs Ganze. „Du kannst zu mir kommen und bleiben, wann immer du willst, und du kannst Chickie mitbringen. Den Schlüssel hast du ja schon."

„Richtig", sagte er nachdenklich.

„Oder ich könnte auch bei dir übernachten. Sobald mein Chemikalienschutzanzug aus der Reinigung ist, jedenfalls."

Seine Stirn legte sich in Falten. „Und was soll das bitte heißen?"

Ich grinste träge. Ich hatte erfolgreich wieder Normalität zwischen uns hergestellt.

„So schlimm ist es auch wieder nicht."

„Janet und Catherine waren kurz bei dir, als ich außer Gefecht war, um deine Post reinzuholen und so, und Cat meinte, sie würde das nicht noch einmal tun, jedenfalls nicht ohne vorher ihren Impfschutz zu erneuern."

„Ja, aber –"

„Janet meinte, dass sie kein Problem damit hätte, wenn sie dafür meine Waffe haben dürfte."

„Hör auf." Er lachte leise und ließ den Kopf zurückfallen, als ich sein Kinn mit meiner Nasenspitze anstupste. Ian war entspannter, als ich ihn je zuvor gesehen hatte, angreifbar und vollkommen wehrlos, während er in meinen Armen lag.

Ich drückte einen Kuss auf seinen Hals.

„Aber du würdest bei mir bleiben, oder?"

Ich würde schlafen, wo immer er wollte, völlig egal, solange er mich ließ. „Ja." Ich wollte nichts weiter als in seinem Bett sein.

Er fuhr mit den Fingerspitzen die beiden neuesten Narben auf meinem Körper nach. „Mach das nicht noch einmal."

„Ich werd's versuchen."

„Streng dich gefälligst mehr an."

„Jawohl, Sir."

Wir gingen für ein spätes Mittagessen in ein Diner in der Nähe, Dienstmarken offen an unsere Jacken geheftet, Waffen im Gürtel. Ich aß, als wäre es meine Henkersmahlzeit, und bei meiner Batterie aus Kaffee, Orangensaft und Wasser wusste die Kellnerin nicht, welche Flüssigkeit sie mir darüber hinaus noch anbieten konnte.

Ian trank Kaffee und Wasser und beobachtete mich, wie ich Pfannkuchen, Würstchen, Spiegeleier, Kartoffelpuffer und Maisgrütze inhalierte, während er Steak und Eier verschlang. Da es Freitag war, zahlte ich – wir hatten die Wochentage zwischen uns aufgeteilt, was die einzige Möglichkeit gewesen war, den unweigerlichen Diskussionen wer zahlte, zuvorzukommen. Wir hatten beide immer versucht, den anderen einzuladen, und waren die Debatten schnell leid geworden. Unser System funktionierte besser.

Nach einem Abstecher auf die Toilette ging ich zurück zu Ian, der am Eingang auf mich wartete. Ich drückte ihm mit einem Gähnen meine Jacke in die Hand, damit er sie hielt, während ich meine Mütze aufsetzte. Zwei State Trooper kamen auf uns zu, ein dritter hielt sich im Hintergrund.

„Können wir Ihnen helfen?", fragte Ian.

Einer der Männer nickte in die Richtung meiner Waffe.

„Oh, tut mir leid", sagte ich mit einem Lächeln und zog den Saum meines Pullovers so weit hoch, dass er den Stern auf der anderen Seite sehen konnte. „Wir sind Marshals. Mein Dienstausweis ist gleich hier in meiner Jacke."

Er atmete aus, entspannte sich und lächelte, als die anderen beiden näherkamen. „Ihre Kellnerin hatte die Waffen gesehen, als Sie aufgestanden sind."

„Kein Problem", sagte ich mit einem Schulterzucken. „Besser einmal zu viel kontrolliert als zu wenig."

Er nickte mir freundlich zu. Ian packte meinen Oberarm, knurrte ein auf Wiedersehen und zog mich hinter sich her.

„Was ist los mit dir?", neckte ich ihn, als wir draußen waren. Ich zog mir die Jacke über. Es war eisigkalt. „Es empfiehlt sich immer, nett zu den örtlichen Rechtspflegern zu sein."

„Warum?"

„Für den Fall, dass wir sie brauchen."

Der Ausdruck auf seinem Gesicht sagte mir deutlich, was er davon hielt, und das war nicht viel. „Wir sind hier nicht mal am richtigen Ort, M."

„Ja, schon, aber –"

„Oh, komm einfach."

Am Auto angekommen hielt ich im universellen Zeichen für Schere, Stein, Papier die geballte Faust über meine offene Handfläche.

„Ich fahre. Immer", informierte er mich.

„Ja, schon", begann ich und grinste, „aber es könnte für dich angenehmer sein, wenn du –"

„Steig ein", bellte er.

Ich versuchte, mein Lachen zu unterdrücken.

„Sofort", knurrte er, stieg ein und knallte die Tür zu.

Nachdem ich ebenfalls eingestiegen war, wandte ich mich ihm zu.

„Jetzt sag mir schon, wo ich lang muss."

Ich zog mein Handy aus der Brusttasche meines Mantels.

„Sag mal, ist das nicht der Mantel, den du mich gezwungen hast, zu kaufen?"

„Ist er."

„Also gehört er mir. Aber du hast ihn an."

„Ja", brummte ich und wartete auf die Richtungsanzeige. „Okay, du biegst da drüben ab und fährst in Richtung Süden. Wir müssen auf die 394 nach – was?"

Er wartete.

„Ian?"

Er griff in die Kaschmirwolle des Mantels und zog mich an sich. „Ich finde, das Blau ist total seltsam."

„Dir stand es", sagte ich leise, als er mir die Strickmütze vom Kopf zog. „Willst du, dass ich erfriere?"

„Im Auto? Mit der Heizung an?" Er kicherte, zog mich näher, bis seine Lippen nur noch einen Hauch von meinen entfernt waren. „Du wirst es überleben, denke ich."

Ich seufzte, so glücklich darüber, dass er Finger und Lippen nicht von mir lassen konnte. „Wir müssen los. Sieh zu."

„Ja", räumte er widerwillig ein, dann küsste er mich schnell, biss in meine Unterlippe und zupfte mit seinen Zähnen daran. Genauso schnell ließ er mich los und konzentrierte sich darauf, den Wagen vom Parkplatz zu manövrieren.

„Das ist nicht fair", beklagte ich mich. Mein Körper vibrierte nahezu vor unerwartetem Verlangen. Und es war nicht mehr nur nach Sex, auch wenn der immer willkommen war. Es war mehr als das. Ich wollte einfach nackt mit ihm im Bett liegen.

„Er wird nachlassen."

„Wer wird was?"

„Der Hunger."

„Wir haben gerade erst gegessen", erinnerte ich ihn.

„Ich rede nicht vom Essen, und das weißt du auch."

Das tat ich, aber ich wollte es ihn sagen hören. „Wenn man es richtig macht, sollte er das nicht."

Er schüttelte den Kopf. „Es ist nicht möglich, ein so intensives Verlangen in Schach –" Sein Atem stockte, als ich meine Hand auf seinen Oberschenkel legte und drückte.

„Hör zu", sagte ich ernst und sah ihm in die Augen. „Sprich nicht auf diese Art von Dingen, von denen du keine Ahnung hast."

Seine gesamte Aufmerksamkeit richtete sich auf mich.

„Keiner von uns war je in exakt dieser Situation."

Er nickte schnell.

„Also lass es."

Er stimmte nicht zu, aber er diskutierte auch nicht weiter, was ich als Sieg verbuchte. Einen Augenblick später wandte er seine Aufmerksamkeit wieder dem Auto zu.

„Ein so intensives Verlangen, hm?"

„Halt den Mund."

Ich lächelte. „Sieh zu, dass wir in die Gänge und von diesem Parkplatz kommen, Doyle. Ich schicke dem Chef eine E-Mail mit unserem Status."

Er erwiderte nichts, bog lediglich nach links auf die Straße ab – wie immer viel zu schnell – und fuhr über die 394 zum Bristol Highway.

„Wie lange bleiben wir auf dieser Straße?"

„Etwa fünfeinhalb Meilen", sagte ich geistesabwesend.

Ich lotste ihn von dort auf andere Highways, bis wir endlich auf der 19E in Richtung Elizabethton waren.

„Es gibt hier eine Menge Weihnachtsbaumschulen", kommentierte Ian auf dem Weg zur Dienststelle des Carter County Sheriffs.

„Jepp, Bäume und Meth sind hier die ganz großen Verkaufsschlager."

Er lachte leise.

„Hey, tu mir einen Gefallen. Wenn wir ankommen, lass mich mit ihnen reden."

„Wieso?"

Ich schnitt eine Grimasse. „Du bringst die Jungs vor Ort immer auf die Palme."

„Tue ich nicht", protestierte er.

„Tust du wohl. Und sei nicht so defensiv."

„Das ist doch lächerlich."

Aber eine halbe Stunde später, nachdem wir angekommen waren und feststellen mussten, dass es irgendwo eine Panne gegeben hatte, tobte er.

„Was zum Teufel?", blaffte Ian den Hilfssheriff vor uns an. „Wie kommen Sie dazu, einen Staatszeugen aus der Schutzhaft zu entlassen?"

Der Sheriff war nicht im Büro, aber Chief Deputy Greg Walker war da. Das machte neun Männer im Büro, gegen uns zwei. Ian versuchte, die Geschichte aus Walker herauszubekommen, während ich Kage anrief.

„Wie meinen Sie das, sie haben unseren Zeugen nicht?"

„Offenbar wurde er gestern Nachmittag der Polizei in Bowman übergeben", erwiderte ich.

„Warum?"

„Im System wurde er als in Polizeigewahrsam zu übergeben geführt, nicht in Staatsgewahrsam."

„Wie das?", fragte Kage gereizt. „Gibt es da unten überhaupt einzelne Polizeistellen? Ich dachte, es gäbe nur die zentrale Stelle des Sheriffs und dann die State Trooper."

„Ich habe keine Ahnung, aber die Stadt ist in Virginia, nicht in Tennessee."

„Virginia?"

„Ja, offenbar ist er in Bowman, und das ist im Lee County, Virginia. Vielleicht gibt es ja dort eine Polizeistelle."

„Wie groß kann Bowman schon sein?"

„Keine Ahnung", antwortete ich und nachdem ich ihn auf Lautsprecher gestellt hatte, begann ich, den Ort auf meinem Handy zu suchen. „Aber es ist direkt hinter Ewing an der US 58."

„Wie weit ist das von dort, wo Sie sind, weg?"

„Knapp zwei Stunden."

„Wie spät ist es bei Ihnen jetzt, irgendwas nach vier?"

„Halb fünf, ja."

„Okay, dann fahren Sie nach Bowman, kontaktieren die Behörden vor Ort und suchen sich für die Nacht ein Hotelzimmer. Ich will heute noch zwei Statusmeldungen haben."

„Jawohl, Sir."

„Wie geht es Doyle?"

„Sir?"

„Er ist gerade erst zurückgekommen, und ich habe gehört, dass sein letzter Einsatz nicht gut gelaufen ist."

Nicht? Das war mir neu. Ich fragte für gewöhnlich nicht, wie Ians Einsätze gelaufen waren, da er ohnehin nicht darüber reden durfte. Aber es überraschte mich dennoch, dass er in diesem Falle mir gegenüber kein Wort darüber verloren hatte. „Oh, ich weiß nicht."

„Aber ist er in Ordnung?"

„Ja, das ist er."

„Gut. Melden Sie sich, sobald Sie in Bowman sind."

„Jawohl, Sir."

Kage legte auf, und als ich vom Handy aufsah, griff Walker gerade nach einem Telefonhörer. „Das ist vorschriftswidrig, Marshal, und ich werde dafür sorgen, dass man Sie entlässt!"

Natürlich. In den anderthalb Minuten, die ich mit Kage telefoniert hatte, war es Ian gelungen, jeden einzelnen der Anwesenden in Rage zu bringen.

„Sie werden von Glück sagen können, wenn Sie dafür nicht gefeuert werden", fuhr Ian ihn an.

„Wir werden ja sehen, wer hier die Oberhand hat!"

Im Grunde genommen ich.

Ian legte den Kopf schief und grinste ihn an. „Tun Sie Ihr Bestes."

Alle waren angespannt, keiner rührte sich, und ich stand da und wartete, während Walker den Sheriff anrief.

„Sir, ich habe hier einen Deputy Marshal Doyle vor –" Walker verstummte und hörte zu. „Supervisory Deputy?"

Oh-oh.

„Ich weiß nicht, was er –" Wieder wurde Walker unterbrochen. „Er wurde nicht als Staatszeuge –"

Ich trat zu Ian. „Es ist zwei Stunden von hier."

„Ja", grollte er, ohne den Blick von dem Hilfssheriff am Telefon abzuwenden. „Das ist nichts, keine Strecke, aber trotzdem, das ist lächerlich."

Ich räusperte mich. „Also, der Chef meinte, dein letzter Einsatz wäre hart gewesen."

„Sind sie alle."

„Was war es diesmal?", fragte ich leise.

„Extraktion."

„Sind alle zurückgekommen?"

Er räusperte sich. „Nein."

„Das tut mir leid."

„Wir haben unser Ziel erreicht; wir haben unsere Mission erfüllt", sagte er automatisch, aber die Muskeln in seiner rechten Wange zuckten, wie sie es taten, wenn er sehr angespannt war, und seine Stirn legte sich in Falten.

„Was ist passiert?", hakte ich behutsam nach.

„Unsere Informationen waren nicht gut, und wir sind in etwas gelandet, das größer war, als wir erwartet hatten."

Ich legte eine Hand auf seinen Rücken. „Wird der Typ, der die Informationen geliefert hat, dafür belangt werden?"

„Der Typ ist tot."

Himmel.

„Ian?"

Er schüttelte leicht den Kopf, um mir zu bedeuten, den Mund zu halten, und trat einen Schritt vor. Walker hatte aufgelegt.

„Der Sheriff sagt, dass wir Sie und Ihren Partner hier unterbringen können, auf unsere Kosten, während wir Mr Ford von der Polizei in Bowman zurückholen."

„Nein, danke", sagte Ian spitz. „Wir holen ihn uns selbst. Gott weiß wie lange es dauern würde, wenn wir auf Sie warten müssten."

Die Muskeln in Walkers Kiefer zuckten. Die in seinem Hals auch. Er hätte Ian *so* gerne mit seinem Auto überfahren. Die Feindseligkeit war offensichtlich.

„Wir machen uns dann auf den Weg", sagte ich freundlich.

„Wir stehen Ihnen zur Verfügung, sollten Sie uns brauchen", sagte Walker, dem offenbar aufgetragen worden war, das zu sagen.

Ian schnaubte verächtlich und drehte sich um. „Also ob. Da käme ich mit Kaufhausdetektiven und Sicherheitsleuten weiter."

Als ich die Tür hinter uns schloss, hörte ich, wie etwas an der Wand daneben zerbarst. „Deine soziale Kompetenz ist unglaublich", bemerkte ich zum wohl hundertsten Mal in unserer Partnerschaft. Er hätte aus Ghandi einen axtschwingenden Psychopathen machen können.

Er grunzte, und als wir das Auto erreichten, sah er mich an.

„Was?"

„Es war kein guter Einsatz, aber ich war auch schon auf schlechteren, die wesentlich beschissener ausgegangen sind."

171

„Okay."

„Aber was ich immer am meisten hasse, ist, dass ich am Ende, wenn es vorbei ist, nicht direkt nach Hause kommen kann."

„Die Einsatznachbesprechung, richtig?"

„Ich meine danach."

„Steigst du nicht einfach ins nächste Flugzeug?"

„Nein, wir müssen darauf warten, dass der Befehl eintrifft."

„Und du magst das nicht, das Warten."

„Nein. Gar nicht."

„Wieso nicht?"

„Das sollte doch wohl offensichtlich sein", sagte er schroff und ließ den Wagen an.

„Sag es mir."

„Was glaubst du wohl?"

„Ich würde lieber nicht raten müssen."

„Mein Zuhause", sagte er knapp, „der Job, das alles."

„Chickie", schlug ich spielerisch vor.

„Und andere."

„Andere?"

„Jaaa", sagte er sarkastisch, „andere Nervensägen, die es besser wissen sollten, als auf den Busch zu klopfen, und die es trotzdem tun."

Ich war sehr zufrieden mit ihm und lachte leise in mich hinein, als ich das Navi auf meinem Handy startete.

WIR FUHREN schweigend, nur begleitet von der Musik auf meinem Handy. Es war ihm völlig egal, was für Musik ich laufen ließ, was mein Glück war, denn meinen Musikgeschmack konnte man am besten mit „vielseitig" beschreiben.

„US23 North nach Virginia", sagte ich schlaftrunken. Es war warm im Auto; die Heizung lief auf vollen Touren, da die Temperaturen draußen Minusgrade erreicht hatten. „Wir sollten eine Pause machen und uns ein Mountain Dew oder so holen."

„Zieh deinen Mantel aus."

Das war eine gute Idee. Nachdem ich mich aus meinem gewunden hatte, half ich Ian mit seinem.

„Erzähl mir, warum Drake Ford ins Zeugenschutzprogramm aufgenommen wird", sagte er abrupt.

„Weil er vor sechs Monaten mitangesehen hat, wie Christopher Fisher versucht hat, Safiro Olivera in einem verlassenen Gebäude zu verbrennen."

„Okay."

„Anscheinend wollten Ford und sein Freund, Cabot Jenner, zur Zeit des Vorfalls von zu Hause weglaufen, und als Ford sich auf die Suche nach etwas zu essen für sie gemacht hat, hat er einen Mann gesehen, der einen anderen Mann über seiner Schulter in ein Gebäude getragen hat."

Ian warf mir einen Blick zu. „Machst du Witze?"

„Ich kann mir so was nicht ausdenken."

„Okay, also, Ford beobachtet etwas Eigenartiges und folgt diesem Fisher, der gerade dabei ist, einen Mord zu begehen."

„Der aufräumt", korrigierte ich ihn. „Fisher macht die Entsorgung, nicht die Ermordung. Aber ja, so ziemlich."

„Was für ein Idiot."

„Wer? Fisher oder Ford?"

„Beide, aber hauptsächlich Ford."

Ich lachte leise.

„Und was genau hat er gesehen?"

„Er hat gesehen, wie Fisher den Leichnam von Safiro Olivera abgelegt hat, ihn mit etwas übergossen hat, das er für Flüssiganzünder hält, und dann weggegangen ist."

„Er ist weggegangen?"

„Ja, Fisher hatte überall im Haus Sprengkapseln verteilt, gefüllt mit Spuren von C4."

„Wieso läuft das dann unter Brandstiftung und nicht als Explosion?"

„Weil sie durch den Fund wissen, dass der Typ ein Brandstifter ist, das ist sein übliches Vorgehen. Erst gibt es im Haus ein paar kleine Explosionen und dann hey presto: Großbrand."

„Okay. Also, er ist gegangen, und unser Junge ruft die Polizei."

„Korrekt."

„Und sie kommen und erwischen den Typen auf frischer Tat, bevor er die Chance hat, das Feuer zu zünden?"

„Du bist sehr gut bei diesem Spiel."

„Halt den Mund", grummelte er, dann zeigte er zum Straßenrand. „Und was zum Teufel sollen all diese scheißgroßen Kreuze am Highway?"

„Wir sind hier im Süden?", schlug ich als Erklärung vor, da ich nicht wusste, welchen Grund es sonst geben konnte.

„Nicht wirklich."

„Welcher Teil von Tennessee ist nicht der Süden?"

„Und … was? Überall stehen Kreuze?"

„Das ist religiöse Propaganda am Straßenrand", informierte ich ihn. „Bereue, Sünder."

„Es ist unheimlich, das ist es."

„Weiter im Text."

„Ja, schön, wie auch immer. Ford ruft also die Bullen, und die Bullen nehmen wen genau fest?"

„Christopher Fisher, Serienbrandstifter und Aufräumer für den Malloy Verbrecherclan in Richmond."

„Nie von denen gehört."

„Sie schmuggeln Meth und OxyContin, versuchen sich in Prostitution und Glücksspiel. Verglichen mit dem, was wir so gewöhnt sind, sind sie kleine Fische, aber Fisher stand auf ihrer Gehaltsliste."

„Wovon er jetzt vermutlich viel zu erzählen hat?"

„Ganz genau."

„Weshalb Drake Ford ins Zeugenschutzprogramm aufgenommen wird."

„Richtig."

„Aber sein Freund nicht."

„Genau."

„Aber Ford wurde gerade nach Bowman verlegt, wo sein Freund ist?"

„Korrekt."

„Klingt das für dich irgendwie verdächtig?"

„Das tut es, ja."

„Hätte der junge Jenner es arrangieren können, dass sie ihm seinen Freund zurückbringen?"

„Unwahrscheinlich."

„Aber jemand anders hätte das tun können."

„Ja."

„Aber warum?"

„Keine Ahnung."

„Wie alt ist Ford?"

„Achtzehn."

„Und der Freund?"

„Auch, gerade geworden."

„Sind die überhaupt schon mit der Highschool fertig?"

„Erst im Mai."

Ian ließ sich das durch den Kopf gehen. „Okay, was wissen wir über Ford und Jenner? Waren ihre Familien einverstanden mit ihrer Beziehung?"

„Nein, waren sie nicht. Jenners Vater hat dafür gesorgt, dass Ford alles Mögliche zur Last gelegt wurde, von widerrechtlichem Betreten über Fahrzeugdiebstahl bis hin zu Entführung."

„Entführung?"

„Jepp."

„Wie entführt ein Minderjähriger denn einen anderen?"

„Naja, Ford ist gerade achtzehn geworden – wie ich dir gesagt habe –, und es gab eine Spanne von etwa zwei Monaten, in der Cabot Jenner erst siebzehn war."

„Das ist ja lächerlich."

„Da hörst du von mir nichts anderes."

„Okay, also können wir mit Sicherheit sagen, dass Jenner Senior Ford los sein will."

„Richtig."

„Heilige Scheiße", brüllte Ian. „Du weißt, was da passiert ist."

„Jetzt ja", seufzte ich. „Die Polizei in Bowman hat jemanden geschickt, um Ford zurückzuholen."

„Und sie haben keine Ahnung, wer hinter ihm her ist – keine Ahnung, mit wem sie es zu tun haben."

„Nö."

„Ford ist in Gefahr, wenn die Malloy Familie ihn findet, aber alle anderen sind es ebenfalls."

„Denn je eher Ford tot ist …"

„Desto eher wird Fisher aus Staatsgewahrsam entlassen, und keiner macht sich mehr Sorgen darum, wem er was alles verraten könnte."

„Genau."

„Hast du dem Chef das schon gesagt?"

Ich wackelte mit den Augenbrauen.

„Und was sollte das jetzt sein? Ian darf den Fall selber lösen?"

„Genau."

„Arschloch."

Ich lachte, als er sich wieder auf die Straße konzentrierte.

„Wo geht's weiter?"

„Wir haben noch vier Meilen auf dieser Straße, also nur die Ruhe. Dann biegen wir auf die US58 ab, auch bekannt als Wilderness Road, und dann immer weiter geradeaus, sie führt direkt durchs Stadtzentrum."

„Eine Autobahn führt mitten durch die Stadt?"

„Ja."

„Und was will der Chef, das wir mit der Polizei in Bowman machen? Sollen wir sie wissen lassen, dass wir kommen?"

„Er sagt nein, da wir uns nicht ganz sicher sein können, was los ist. Aber er hat die State Trooper alarmiert, damit wir sie als Verstärkung anfordern können, falls und wenn wir welche brauchen, und er will, dass wir uns alle zwei Stunden bei ihm melden."

„Als ob ich nicht allein klarkäme."

„Er sorgt sich mehr um mich, Captain America", sagte ich spitz.

„Ich stehe hinter dir."

„Ich weiß."

Ein paar Minuten lang herrschte Schweigen. Dann: „Also werden wir für heute Nacht ein Zimmer zum Übernachten brauchen."

„Ich suche uns eins", sagte ich und sah von meinem Handy und der E-Mail Unterhaltung, die ich mit Kage führte, auf zu Ians Profil. „Sobald wir herausgefunden haben, was Sache ist mit Ford."

„Okay."

Wir schwiegen beide.

„Wer ist Safiro Olivera?"

Ich begann laut zu lachen.

„Ich bin müde, das ist eine gute Begründung. Aber es ist mir eingefallen."

„Ja, das ist es."

„Dann sag schon."

„Safiro Olivera ist Leandro Oliveras kleiner Bruder."

Es dauerte einen Moment, bis der Groschen fiel.

„Machst du Witze?", fragte er trocken.

„Nö. Christopher Fisher hat versucht, die Leiche des Neffen von Lior Cardoso verschwinden zu lassen, der Nummer drei im Nava Kartel, eines der brutalsten Drogenkartelle in Mexiko, das rein zufällig in Tijuana beheimatet ist."

„Scheiße."

„Das hat das FBI auch gesagt."

„Wieso ist Ford dann überhaupt noch wichtig? Ohne Schutzhaft ist Fisher tot."

„Aber das weiß er nicht. Er hat keine Ahnung, wer Safiro Olivera war, und Orson Malloy auch nicht."

„Wer?"

„Die Malloy Familie." Ich kicherte. „Hörst du mir überhaupt zu?"

„Nicht wirklich."

Nun, wenigstens war er ehrlich.

„Ich mag nicht mehr drüber reden."

„Schön."

„Themawechsel."

„Wir haben meinen Themawechsel", sagte ich mit einem Gähnen.

„Wieso hast du seit Brent mit niemandem mehr geschlafen?"

„Was?", fragte ich, aus der Fassung gebracht. Himmel, worüber Ian so nachdachte ...

„Du hast mich gehört. Warum kein Sex mehr seit Brent?"

Es war eine verzwickte Angelegenheit, darüber zu sprechen, aber weitaus wichtiger war die Frage: War es richtig, das zu tun? War es klug, es ihm zu sagen? Würde es ihn verschrecken? „Ich war nicht interessiert."

„An niemandem." Es war keine Frage.

„Nein."

„Niemand im Fitnessstudio."

„Nein."

„Niemand in deinem Fußballverein? Oder in einem der anderen Teams?"

„Ich bin angeschossen worden, falls du das vergessen hast. Ich war damit beschäftigt, wieder gesund zu werden."

„Verstehe."

„Was versuchst du, mich zu fragen?"

„Ich frage nicht. Ich denke nur, du laberst gequirlten Quark."

„Oh ja?"

Er ritt nicht weiter darauf herum, sondern verstummte und fuhr schweigend weiter.

14

WIR BOGEN von der Wilderness Road ab und fuhren direkt hinein in die Berge. Die Stadt von Bowman schmiegte sich nahe des Cumberland Gap National Park in die Hügel, war aber nicht nahe genug, um Touristen anzuziehen. Bergstürze und Lawinen waren eine immerwährende Gefahr, und anscheinend kam es des öfteren vor, dass die Stadt dank einer dieser Katastrophen komplett von der Außenwelt abgeschnitten wurde. Gegenwärtig war sie bedeckt von einer weißen, flauschigen Schneedecke.

Auf der Fahrt durch die Stadt kamen wir an viel Privatland vorbei. Interessanterweise standen auf der einen Seite der vierspurigen Straße sehr viele Häuser, während auf der anderen Seite sanft gewellte Hügel, Teiche, Flüsse und riesige Anwesen die Landschaft zierten. Ich schnaubte, als wir an der langen Auffahrt zum Country Club vorbeikamen.

„Natürlich, *die* ist geräumt, aber die Seitenstraßen nicht. Warum auch."

Ian grinste.

„Die reichen Leute leben hier auf der rechten Seite", sagte ich scherzhaft, „und die armen Leute knubbeln sich auf der linken Seite."

„Jepp, hier hast du kein Armeleuteviertel, hier gibt's Leute von der falschen Straßenseite."

Ich schnaubte ein Lachen. „Okay, die nächste Straße links – welch eine Überraschung – ist Willow, und das ist die Straße, auf der die Polizeiwache liegt."

Es dauerte nur ein paar Minuten, bis wir sie erreicht hatten, und wir stiegen beide aus und streckten uns in der eisigkalten Luft und warfen uns unsere Mäntel über, bevor wir in das Gebäude eilten. Wir traten an einen langen, polierten Empfangstresen aus Eichenholz; dahinter standen zwei Schreibtische, an denen zwei Männer saßen.

„Guten Tag", rief ich und lehnte mich mit einem Lächeln an den Tresen. „Dürfte ich mit dem Dienstobersten sprechen bitte?"

Einer der Männer, der größere der beiden, stand auf und kam zum Tresen. Er bewegte sich nicht besonders schnell, aber er ging auch nicht absichtlich langsam. Ich fand dieses Getue im Ego-Streit ja immer fürchterlich und hoffte sehr, dass kein solches bevorstand.

„Kann ich Ihnen behilflich sein?"

„Das hoffe ich", sagte ich, als er seine Hände auf den Tresen legte. Ich zog meinen Dienstausweis aus der Brusttasche meines Mantels und hielt ihm den hin. „Ich bin Deputy US Marshal Miro Jones, und dies ist mein Partner, Deputy US

Marshal Ian Doyle. Wir haben einen Haftbefehl für Drake Ford und erwarten, dass Sie ihn uns ausliefern, damit wir ihn in Gewahrsam nehmen können."

Er sah verblüfft aus.

Der andere Polizist stand ebenfalls auf und gesellte sich zu uns.

„Was lässt Sie glauben, dass er hier ist, Marshal?"

Ich las seinen Namen von seinem Namensschild ab. „Weil, Officer Breen, der erste Hilfssheriff in Carter County uns in Kenntnis gesetzt hat, dass er gestern Nachmittag an Sie übergeben worden ist", sagte ich ausdruckslos. „Bitte händigen Sie mir meinen Zeugen aus, sonst werde ich die State Trooper informieren, und mein Chef wird sich mit Ihrem Gouverneur in Verbindung setzen."

Ian machte ein finsteres Gesicht, was wiederum den zweiten Mann, Gilman, nervös werden ließ. Ich versuchte, nicht gelangweilt zu erscheinen. Ich brauchte einen Drink und, ganz ehrlich, eine Mütze voll Schlaf.

„Wenn Sie bitte einen Moment hier warten würden."

„Sie haben zehn Minuten", ließ ich ihn wissen.

Beide Männer durchquerten den Raum zu der Glastür, auf der der Name des Polizeichefs stand, und Gilman klopfte, während Breen wartete. Die kurz darauf gebrüllte Aufforderung, einzutreten, konnte ich selbst von dort hören, wo ich stand. Beide Polizisten gingen hinein, und Ian trat näher an mich heran.

„Hast du deine Extra auch mitgenommen oder nur die Haupt?"

„Zum hundertsten Mal", sagte ich, als ich mich zu ihm umdrehte. „Ich besitze keine Zweitwaffe. Ich habe nur die eine, keine extra."

Seine Stirn legte sich in Falten.

„Wieso kannst du dir das nicht merken? So schwer ist das nicht."

„Du brauchst eine zweite Waffe. M. Glock hat diese neue 42er. Vielleicht sollten wir dir so eine besorgen."

„Du trägst genug Feuerkraft für uns beide mit dir herum."

„Ich –"

„Guten Tag, die Herren."

Der Polizeichef, Edward Holley – so stand es auf seiner Tür – grüßte uns, als er durch den Raum auf uns zukam. Wenn ich hätte raten müssen, hätte ich ihn auf um die Mitte fünfzig geschätzt. Er war groß, und sein braunes Haar wurde an den Schläfen grau. Er sah gut aus, mit tiefen Lachfältchen um seine dunkelgrünen Augen und Furchen auf der Stirn, die vermutlich sowohl vom Lächeln als auch vom Stirnrunzeln herrührten. Er strahlte eine Wärme aus, die deutlich zu spüren war, als er vor uns stehenblieb, und sein schiefes Lächeln forderte mich geradezu heraus, zu versuchen, ihn einzuschüchtern.

„Marshals?"

Ich nickte und reichte ihm meinen Dienstausweis, damit er ihn sich ansehen konnte. „Die Marke trage ich am Gürtel."

Holley neigte den Kopf in meine Richtung. „Dann lassen Sie mich mal sehen."

Ich drehte mich ein wenig zur Seite und hob Pullover und T-Shirt an.

„Miroslav Jones?", fragte er mit einem Lächeln, offenkundig belustigt.

„Lange Geschichte."

„Da Sie und Ihr Partner heute kaum noch werden abreisen wollen, höre ich mir die Sache beim Abendessen an."

„Tatsache ist", unterbrach Ian, trat an den Tresen und nahm dem Mann meinen Dienstausweis aus der Hand. „Wir machen uns auf den Weg, sobald wir haben, wofür wir gekommen sind. Wo ist unser Zeuge?"

Holley sah uns aus zusammengekniffenen Augen an. „Ich verstehe nicht. Ich dachte, Sie wollten einen Gefangenen über Nacht bei uns im Gefängnis unterbringen."

„Nein", sagte Ian knapp. „Sie sollen uns Drake Ford aushändigen."

Der Polizeichef sah verärgert aus. „Drake Ford ist im Gefängnis des Sheriffs von Carter County, wo er darauf wartet, dass staatliche … und das sind Sie … Scheiße." Er stöhnte plötzlich und drehte sich zu Gilman und Breen um. „Holen Sie Lautner her, finden Sie heraus, wo Colby und Fann sind, und wissen wir, dass Kershaw für den Selbstverteidigungskurs an der Highschool ist?"

„Ja, Sir", sagte Breen.

„Nun, dann holen Sie ihn sofort her. Sie, Gilman und ich fahren mit den Marshals raus zu Jenner und holen Drake Ford."

Die Männer reagierten umgehend. Holley fuhr sich mit den Fingern durch die Haare, während er mich und Ian betrachtete.

„Meine Herren –"

„Ian und Miro", korrigierte ich ihn.

Er lächelte mich an, bevor er erneut tief seufzte. „Vor drei Monaten habe ich Dalton Abernathy entlassen, da er nicht wirklich für mich gearbeitet hat. Er hat für Franklin Jenner gearbeitet, der rein zufällig der reichste Mann in dieser Stadt und in den drei umliegenden Countys ist. Sie haben vermutlich sein Land gesehen, als Sie in die Stadt gekommen sind: alles entlang der Hügel auf der rechten Seite der Straße."

„Haben wir."

„Nun, wie es sich herausgestellt hat, war es Daltons Job, Drake Ford von Franklins Sohn, Cabot Jenner, fernzuhalten."

„Oh", machte ich. „Und Sie glauben, dass Ihr entlassener Officer Abernathy seine Uniform noch hat, und dass er und ein paar von Jenners Männern hingegangen sind und Ford einkassiert haben."

„Ja, das tue ich."

„Und was?", fragte Ian gereizt. „Ford ist auf Jenners Land und wird zusammengeschlagen?"

„Ich hoffe es", sagte Holley mit einer Grimasse. „Ich hoffe, sie haben ihn nicht einfach erschossen."

Mir klappte der Kiefer herunter. Ich war entsetzt, und ich wusste, dass man mir das ansah.

„Franklin Jenner besitzt eine Menge Land, und seine Hypothekenbank, Derby Securities, hält die Schuldbriefe für viele Häuser in dieser Stadt. Niemand würde ihn für irgendetwas für schuldig befinden."

„Aber Sie haben keine Angst vor ihm?", fragte Ian mit einem Grinsen.

„Ich schiebe Ihnen beiden die Schuld in die Schuhe", erwiderte Holley, als hinter uns die Tür aufflog und ein weiterer Mann in das Gebäude gestürmt kam.

Fünf Minuten später saßen wir in Holleys Dodge Durano und fuhren gefolgt von zwei Streifenwagen den Weg, den wir gekommen waren, zurück, dann über die Autobahn und den Hügel hinauf, auf Jenners Grundstück und zu seinem Haus.

„Warum ist Mr Jenner nicht einfach zu Drake Fords Familie gegangen und hat ihnen befohlen, ihren Sohn von seinem fernzuhalten?"

„Drake Ford lebt bei seiner Mutter, aber sie ist nur selten in der Stadt und noch seltener zu Hause. Sie haben einen Wohnwagen, der in der Nähe der Autobahn steht, für den er Miete bezahlt von dem Gehalt, das er als Supermarktkassierer nachmittags nach der Schule verdient."

„Er klingt wie ein ordentlicher Junge, sehr selbstständig", merkte Ian an.

„Er ist ein Chaot und eine Nervensäge, aber der einzige Ärger, den er je gemacht hat, fing ganz plötzlich an, als Cabot letztes Jahr aus dem Internat nach Hause gekommen ist."

„Und was ist passiert?"

„Sie sind sich begegnet, und das war es dann. Das letzte Mal, dass ich Drake in Handschellen abgeführt habe – ihn vom Grundstück seines Vaters geholt habe – sagte Cabot zu mir, dass nichts und niemand ihn von Drake würde fernhalten können, nicht einmal eine Marionette seines Vaters."

„Oh, Sie sind eine Marionette", zog ich ihn auf.

„Anscheinend", murrte Holley. „Lassen Sie uns für den Moment vergessen, dass der kleine Mistkerl widerrechtlich Privateigentum betreten hat, und dass er das Mal davor eines von Mr Jenners Fahrzeugen gestohlen hat, und dass er sie das Mal *davor* hinter der Scheune erwischt hat, wo sie Hasch geraucht haben."

„Das ist fantastisch", sagte ich mit einem Lachen.

„Oh, sie gehören beide absolut auf ein Poster über ‚Dinge, die man seinen Kindern nicht erlauben sollte'."

„Aber? Ich höre doch ein aber."

Er lachte leise. „Die Eltern sind in beiden Fällen komplett abwesend. Drake Ford hat niemanden, und Cabot Jenners Vater ist mehr an seinem Anlageportefeuille interessiert als an seinem Sohn."

„Wo ist Cabots Mutter?"

„Im Entzug. Wieder einmal."

„Okay, Sie haben gewonnen. Das ist eine beschissene Situation."

Er wandte den Kopf zu mir und lächelte mich an. „Wie alt sind Sie, Marshal?"

„Wie bitte?"

Holleys Lächeln war schalkhaft, und es gefiel mir sehr. „Sie scheinen mir ein bisschen jung zu sein für einen Marshal."

„Ach ja?"

„Ich schätze, hm, fünfundzwanzig?"

„Er ist einunddreißig", unterbrach Ian ihn, und seine Hand kroch um die rechte Seite des Beifahrersitzes, auf dem ich saß, und legte sich um meine Schulter. „Passen Sie auf."

Was?

Ich drehte mich auf meinem Sitz um, um ihn anzusehen. „Alles okay?"

„Das hätte ich nie gedacht", sagte Holley leise, was meine Aufmerksamkeit zu ihm zurückbrachte.

Nachdem wir das Tor passiert hatten, fuhren wir über eine lange, schneebedeckte Zufahrt, eine halbe Meile lang begleitet von einem niedrigen Holzzaun, dann um eine Kurve, und plötzlich befanden wir uns auf einer geteerten, frisch geräumten Straße. Über die Kuppe eines Hügels vor uns erstreckten sich das Haus, der Tennisplatz, Ställe und eine Menge teurer, funkelnder Autos, überzogen von einer weißen Zuckerschicht. Es sah aus, als hätte Jenner Besuch.

Wir hatten nur Officer Lautner in der Polizeiwache gelassen – Kershaw würde dort zu ihm stoßen –, was bedeutete, dass Holley, Gilman, Breen, Colby und Fann Ian und mich zum Hause Jenner begleiteten. Nicht, dass ich mir Sorgen gemacht hätte. Ian und ich hätten auch allein fahren können, aber Holley hatte Angst, dass es Ärger geben könnte. Ich versuchte, ihm zu erklären, dass Ian Ärger zum Frühstück verspeiste, aber er wollte davon nichts hören.

Sobald wir angehalten und aus dem Wagen gestiegen waren, kamen sechs Männer aus der Tür des riesigen, zweistöckigen Blockhauses mit umlaufender Veranda. Sie stellten sich entlang der Veranda auf, als der letzte Mann aus der Tür trat und die Stufen hinunter auf uns zukam. Niemand außer ihm bewegte sich.

„Chief", grüßte er Holley. „Brauchen Sie etwas?"

„Ich brauche Drake Ford, Mr Jenner", sagte Holley schnell. „Sofort."

„Er ist nicht hier", sagte Jenner, warf mir und Ian einen Blick zu und sah dann zurück zu Holley.

„Nun, wir werden uns umsehen müssen, um das zu verifizieren."

„Sie haben keine Ermächtigung, das zu tun", erklärte Jenner und trat vor Ian und mich.

„Ich habe sie", unterbrach ich das Geplänkel, trat vor und zückte meinen Dienstausweis. „Ich bin ein US Marshal. Drake Ford ist Staatszeuge, daher verfüge ich über die Vollmacht, Ihr Haus nach ihm zu durchsuchen."

„Sie –"

„Gefahr ist hier im Verzug, Sir, da ich nicht weiß, in welcher Verfassung mein Zeuge ist. Ich schlage vor, Sie treten beiseite und lassen mich meine Durchsuchung durchführen."

„Ich muss Ihre Dienstmarken sehen!"

Ich drehte mich um, hob den Saum meines Pullovers, und Ian zog seinen Mantel zur Seite, sodass der Mann sehen konnte, dass wir beide die silbernen Sterne trugen. „Es wäre besser, wenn Sie ihn einfach herausbrächten, da es bereits spät ist und ich zögere, die Durchsuchung allein durchzuführen."

„Bedeutet im Klartext", erklärte Ian und übernahm damit das Steuer, „dass Sie hier draußen in Handschellen auf den Knien warten werden, bis entweder die State Trooper oder die Marshals aus der Dienststelle in West Virginia reagieren, wer auch immer schneller ist und zuerst hier ankommt."

Jenner hatte ein verschlagenes Gesicht, und die Ähnlichkeit mit einem Fuchs wurde durch die Geheimratsecken und seine kleinen Augen noch betont. Wenn sein Sohn auch nur das kleinste bisschen gut aussah, dann musste er das von seiner Mutter haben.

Er wandte sich um und rief einem seiner Männer zu, Drake heraufzubringen.

„Rauf?", fragte Ian.

„Aus dem Weinkeller."

Das konnte nicht gut sein.

„Ihren Sohn müsste ich auch sehen", fügte ich hinzu.

„Oh nein", schnappte Jenner, wirbelte zu mir herum, machte ein paar große Schritte auf mich zu und stieß mich mit den Händen auf meiner Brust zurück.

Beziehungsweise, er *versuchte*, mich zurückzustoßen. Ich bewegte mich nicht einen Millimeter.

„Sie werden meinen Sohn nicht sehen!", schrie Jenner mir ins Gesicht. „Ich kenne meine Rechte!"

„Wenn Sie das täten", sagte ich beiläufig, packte sein Handgelenk und verdrehte es, hoch und nach hinten, und er keuchte vor Überraschung und Schmerz, als ich ihn auf die Knie gehen ließ. „Dann hätten Sie es unterlassen, einen US Marshal tätlich anzugreifen."

„Was?", würgte Jenner hervor, als Ian seinen anderen Arm nach hinten riss, dann das Handgelenk nahm, das ich hielt, und ihm Handschellen anlegte. „Das können Sie nicht machen!"

„Oh doch, ich kann", teilte ich ihm mit. Es war mir nicht entgangen, dass keiner der Männer, die mit Jenner aus dem Haus gekommen waren, Anstalten machte, seinem Chef zu Hilfe zu eilen. Es war vermutlich die Tatsache, dass wir US Marshals waren, die sie zurückhielt. „Und ich werde."

„Bringen Sie beide Jungs raus!", schrie Ian zum Haus. „Oder ich werde Sie alle wegen Justizbehinderung verhaften."

Niemand rührte sich.

„Das reicht", sagte Ian ausdruckslos und sah mich an. „Ruf den Chef an und sag ihm, wir brauchen die State Trooper hier draußen oder die Marshals, wie auch immer."

Ich zückte mein Handy und hob es an mein Ohr.

„Franklin", stieß Holley den Vornamen des reichsten Mannes der Stadt aus.

„Bringt beide Jungs raus!", schrie Jenner seinen Männern zu.

Sie rührten sich umgehend, also legte ich wieder auf, wofür ich sehr dankbar war. Es war absolut ätzend, wenn die Trooper dazukamen. Flöhe zu hüten war einfacher, als eine Einheit von State Troopern zu kommandieren, die sich nicht sicher waren, wessen Befehle sie befolgen sollten. Kage war großartig darin, aber Ian kochte zu schnell über, und ich machte lieber alles alleine. Ich hatte immer geglaubt, dass es einfach wäre, Leute herumzukommandieren, und dass die Führung inne zu haben bedeutete, dass man sich selbst auf die faule Haut legen konnte. Bis ich die Koordinierung des Trainings der Baseballmannschaft unserer Abteilung übernommen hatte. Ich hatte versucht, es allen recht zu machen und alle Sonderwünsche bezüglich Dienstplänen und dergleichen zu berücksichtigen, was dazu führte, dass wir donnerstags abends um zehn Uhr trainierten, weil das die einzige Zeit war, die für alle passte. Es war albern gewesen.

Das Sagen zu haben bedeutete, nicht allseits gemocht zu werden, sondern gefürchtet, zumindest ein bisschen, und respektiert, sehr viel. So war Kage. Er war nicht gerade mein Lieblingsmensch. Ich konnte mir nicht vorstellen, jemals bei ihm im Kreise seiner Familie auf dem Sofa zu sitzen. Aber er würde uns Verstärkung besorgen, und wenn er ankam – und er *würde* kommen, mit allen Höllenhunden an der Leine, die darauf warteten, losgelassen zu werden – würden alle es sehr bereuen, Ians oder meine Autorität in Frage gestellt zu haben.

„Oh, Scheiße", ächzte Ian.

Mein Kopf fuhr hoch und ich entdeckte Drake Ford, der die Treppe herunterhumpelte. Ich wusste, dass er es war, ohne fragen zu müssen: Er lächelte, obwohl sein linkes Auge zugeschwollen war, denn Cabot Jenner hatte den Arm um ihn gelegt und stützte ihn. Also schwebte er im siebten Himmel, trotz des Bluts, das auf sein T-Shirt tropfte, der Schnitte und Prellungen im Gesicht und der Hand, die er gegen seine Seite gedrückt hielt, als würde sie ihn schmerzen. Er lächelte strahlend auf den kleineren Jungen hinab, der schlank und anmutig war und von innen heraus zu leuchten schien. Sie waren wie Tag und Nacht, und ich verstand auf Anhieb die Anziehung zwischen den beiden.

Drake hatte den Körperbau eines Schwimmers, schlank und mit festen Muskeln. Er sah gut aus, aber an seinem braunen Haar und seinen braunen Augen war nichts außergewöhnliches, es sei denn, man zählte die Art, wie er Cabot Jenner voller Sehnsucht ansah. In Jeans, Flanellhemd und dem T-Shirt hätte er ein ganz normaler Junge in einer ganz normalen Kleinstadt sein können. Sein Freund hingegen war eine andere Geschichte.

Cabot war ganz geschmeidige, sinnliche Anmut, mit hellblonden Haaren und großen grünen Augen, umrahmt von dichten, goldenen Wimpern. Seine Haut war makellos; er hatte zarte, leicht spitze Züge, eine kleine Stupsnase und einen Rosenknospenmund. Wenn ich achtzehn gewesen wäre, er wäre auch alles gewesen, was ich gewollt hätte.

„Kommt her", sagte ich und winkte ihnen.

Sie kamen so schnell sie konnten, blieben neben mir stehen und warteten. Ich tastete Drake schnell und vorsichtig mit den Händen ab. „Wer hat dich geschlagen?"

Er antwortete nicht.

„Mein Vater und seine Männer", flüsterte Cabot an seiner Stelle, und als seine Augen zu mir huschten, sah ich die Tränen in ihnen.

„Lauf rein und pack eine Tasche", wies ich ihn an. „Nimm alles mit, ohne das du nicht leben kannst. Aber keine elektronischen Geräte, Handy, Laptop und so weiter bleiben hier. Du lässt in diesem Moment dein altes Leben komplett hinter dir."

„Was?", keuchte Jenner, der im Schmutz kniete.

„Moment, Moment", sagte Holley, trat neben mich, packte Jenner am Oberarm und zog ihn auf die Füße. „Sie haben keinen Anlass, Cabot aus seines Vaters –"

„Er war in jener Nacht bei Mr Ford, als er Christopher Fisher gesehen hat. Solange wir Mr Jenner nicht befragt haben, können wir nicht sagen, was genau Mr Ford ihm erzählt oder ihm gegenüber angedeutet hat. Ich kann Cabot Jenner nicht guten Gewissens hier lassen, da er ein indirekter Zeuge sein könnte", erklärte ich logisch. „Außerdem, wenn wir den jüngeren Mr Jenner hier lassen und die Männer, die nach Mr Ford suchen, herkommen und seiner habhaft werden, kann er dazu verwendet werden, Mr Ford zu gewissem Verhalten zu zwingen."

„Sie –", begann Jenner.

„Daher", führte Ian meinen Gedankengang fort, „bleibt uns keine andere Wahl, als ihn mit in die für Mr Ford getroffenen Vorkehrungen aufzunehmen."

„Was?", schrie Jenner.

„Wir nehmen Ihren Sohn mit", übersetzte Ian knapp. Er sah Cabot an, während er Drake aus dem Griff seines Freundes löste. „Geh dein Zeug holen, Junge. Nur eine Tasche. Beeil dich."

Er rannte los.

„Wow." Drake lächelte mich mit seiner aufgeplatzten Lippe, seinem zugeschwollenen linken Auge und dem blutunterlaufenen rechten an. „Ich hab ihn noch nie so schnell rennen sehen."

„Ich vermute mal, er möchte mit dir gehen", meinte Ian.

„Ich werde meinen Sohn zurückbekommen", schwor Jenner drohend.

Ich ging um ihn herum, trat direkt vor ihn und sah ihm fest in die Augen. „Dies wird das letzte Mal sein, dass Sie Ihren Sohn sehen, Sir, solange die Gefahr, in der er und Mr Ford schweben, nicht gebannt ist. Ich glaube nicht, dass Sie ganz verstanden haben, was Sie hier getan haben, aber einen Staatszeugen zu entführen ist ein schwerwiegendes Verbrechen."

Sowohl Jenner als auch Holley starrten mich verwirrt an.

„Haben Sie noch nie von der Malloy Verbrecherfamilie gehört?", fragte Ian.

Ich erhielt die Meldung über eine eingegangene E-Mail und ging ein paar Schritte zur Seite, um Ian Platz zu machen, mit den Männern zu sprechen, während ich die Nachricht las. Sie war von Kage, und er informierte mich, dass er das nächste Statusupdate in zwei Stunden erwartete, beinhaltend entweder die Nachricht, dass wir über Nacht in Bowman bleiben würden, oder dass wir uns mit Ford auf den Weg gemacht hatten. Nachdem ich ihm den aktuellen Status mitgeteilt hatte, schrieb er zurück, dass er meiner Entscheidung bezüglich Cabots zustimmte. Er würde dafür sorgen, dass der staatliche Schutzbefehl entsprechend geändert wurde. Ich versuchte, ihm ein schnelles Danke zurückzuschicken, aber meine SMS ging nicht durch. Ich versuchte, eine E-Mail zu schicken, aber plötzlich hatte ich keine Verbindung mehr.

„Hey", sagte ich zu Ian. „Hast du Internetempfang auf deinem Handy?"

Er zog es aus der Tasche und warf einen Blick darauf. „Nein, kein Empfang."

„Chief?", fragte ich.

„Ja?"

„Haben Sie Empfang?"

Holley sah nach, und als er den Kopf hob, war seine Miene finster. „Ich habe nicht einmal Notfallempfang. Mein Handy ist tot."

Jenners Handy war im selben Zustand, als wir es aus seiner Hosentasche zogen und nachsahen.

„Marshal!"

Wir alle wandten uns dem Haus zu, als einer von Jenners Männern die Treppe hinuntergerannt kam. Als er uns erreichte, war es, als wäre sein Brötchengeber nicht einmal anwesend: Seine ganze Aufmerksamkeit galt Ian.

„Im Haus gibt es keinen Strom mehr und auch sonst nirgendwo auf dem Grundstück. Alles, was wir haben, ist der Notfallgenerator."

„Das ist unmöglich", fauchte Jenner schnell.

„Das Festnetz geht auch nicht mehr, und es sieht aus, als wären wir plötzlich in einem Funkloch, was Handyempfang angeht."

„Rein! Ins Haus!" Ian bellte den Befehl. „Sofort!"

Ich verpasste Drake einen Klaps auf den Arm. „Lauf zum Zimmer deines Freundes, Junge, und hol ihn runter ins Erdgeschoss."

Er rannte los, und ich drehte mich um und packte Ians Pullover über seiner Brust.

„Ich bin direkt hinter dir", versprach er und schenkte mir den Hauch eines Lächelns. Ich ließ ihn los und rannte auf das Haus zu.

„Alle rein, ins Haus!", schrie Ian. „In Deckung!"

Gilman wurde nach hinten geschleudert, als ich an ihm vorbei rannte, tot, bevor er zu Boden ging.

Wie viel deutlicher musste Ian werden?

Breen starb neben seinem Wagen, Fann davor, beide durch einen Kopfschuss. Ich schrie Colby an, in Deckung zu gehen, aber er stand wie erstarrt da. Er starb eine Sekunde später.

Jenners Mann, der aus dem Haus gekommen war, rannte neben mir her, ging dann aber zu Boden, in den Rücken getroffen. Das Kaliber der Kugeln musste riesig sein – das Blut spritzte weit. Ich warf mich mit einem Hechtsprung die Treppe hinauf, Ian neben mir, und wir suchten hinter dem Geländer der Veranda Deckung.

„Wenn Sie irgendwelche Waffen haben", schrie Ian den Männern zu, die neben uns Deckung gesucht hatten. „Dann holen Sie die, sofort!"

Ein Mann öffnete den Mund, um zu antworten, aber er ging zu Boden, rutschte an der ungeschützten Holzwand entlang zu Boden, eine Blutspur hinter sich herziehend.

„Scheiße", brüllte Ian, stieß mich durch die offene Haustür und auf den polierten Holzboden hinunter. Ich war unter ihm gefangen. Seine Lippen legten sich an mein Ohr. „Steh nicht auf. Ich geh die Jungs holen und bringe sie her. Wir müssen aus diesem Haus raus."

„Aber wir sind hier drinnen sicher", argumentierte ich.

„Wir sind so was von *nicht* sicher hier drinnen, M", versicherte er mir. „Sie werden es niederbrennen."

Ich hinterfragte das nicht und blieb einfach, wo ich war, als er aufstand und geduckt zur Küche lief.

Draußen schrien Leute, und plötzlich flogen Holley und Jenner durch die Eingangstür.

„Nehmen Sie ihm die Handschellen ab", schrie Holley mich an.

Ich rutschte zu ihnen hinüber und benutzte Ians Zweitschlüssel, der an meinem Schlüsselbund hing, und öffnete die Handschellen. Gerade draußen vor der Tür wurde ein weiterer Mann niedergeschossen; die Kugeln trafen ihn im Hals, und Blut spritzte aus seiner Pulsader auf die Fensterscheiben.

„Was zum Teufel ist hier los?", kreischte Jenner, verstört und panisch.

„Sie haben einen Staatszeugen aus der Schutzhaft entfernt", antwortete ich unverblümt, als er und Holley sich neben mir auf den Boden warfen. „Damit haben Sie das Unsichtbare sichtbar gemacht. Orson Malloy hat einen Scharfschützen geschickt und Gott allein weiß, wen sonst noch, um Drake Ford zu töten. Das hier geht alles auf Ihr Konto."

Holley wandte sich mir zu, die Augen wild vor Angst.

„Sie haben uns hier in die Enge getrieben: Wir können keine Verstärkung anfordern, weil sie eine Art Störsignal senden, wir sind zu weit von der Straße entfernt, als das irgendjemand etwas bemerken würde, und sie haben bereits die Strom- und Telefonleitungen gekappt." Ich sah Jenner an. „Haben Sie Schusswaffen im Haus?"

„Ich habe ein paar Jagdgewehre und eine Schrotflinte, aber nichts mit richtiger Schlagkraft oder Halbautomatisches."

„Okay", sagte ich, als Ian und die Jungs in den Raum stürzten. Sie warfen sich neben uns zu Boden, als eine Explosion das Haus erschütterte.

„Was zum Teufel war das?", schrie Jenner auf.

„Panzerfaust", antwortete Ian und rollte sich auf den Rücken, damit er sprechen konnte. „Hast du deine Tasche, Cabot?"

„Jawohl, Sir."

„Okay. Dann organisier jetzt noch drei mehr, Wanderrucksäcke wenn du so was hast, aber wenn nicht, alles andere tut es auch. Ich brauche Wasserflaschen, Seil, eine Schachtel Streichhölzer, alle Schneestiefel in diesem Haus, die dicksten Jacken und Handschuhe, die du und dein Vater haben, das schärfste Messer, ein Handbeil, eine Plane oder ein Zelt und so viele Taschenlampen, wie du finden kannst."

„Wir haben eine Leuchtpistole."

„Dann nehmen wir die auch mit, sowie alle verfügbaren Leuchtfackeln, die Gewehre und die gesamte Munition, die ihr habt."

„Okay", sagte er, aber er rührte sich nicht, sondern sah Drake an.

„Drake, hilf ihm, und macht so schnell ihr könnt."

„Jawohl, Sir. Komm", spornte Drake Cabot an.

Sie krochen schnell aus der Eingangshalle in die Küche, und als sie dort ankamen, standen sie auf und rannten los.

„Was haben Sie vor?", fragte Holley Ian.

Er sah Holley direkt in die Augen, und seine Stimme wurde tief und leise. „Sie werden das Haus in Kürze stürmen, von der Straße her, das ist der Ausgangspunkt der Schüsse, die gefallen sind, und wenn sie das tun, sind wir tot. Also werden wir sechs die Hintertür nehmen und über den Hügel hinterm Haus fliehen."

„Sie sind verrückt!", kreischte Jenner laut, offenbar entsetzt bei der Vorstellung. „Der ist nicht so leicht zu besteigen, wie er aussieht, Marshal. Diese Hügel sind voll von dichtem Gestrüpp und losen Felsbrocken und Flüssen, und in einer halben Stunde wird es dunkel, also –"

„Immer noch besser, als mit der Panzerfaust erschossen zu werden", informierte Holley ihn. „Diese Männer versuchen, uns umzubringen, Jenner!"

„Warum liefern wir ihnen Ford nicht einfach aus?"

„Weil Malloy zu diesem Zeitpunkt niemanden am Leben lassen wird, selbst wenn wir diese Option in Betracht ziehen würden", sagte Ian grob und packte mich an der Schulter. „Ich hatte überlegt, die Pferde zu nehmen und zu versuchen, uns zur Straße durchzuschlagen, aber ich denke, das ist zu riskant."

„Sehe ich auch so. Der Scharfschütze, er ist gut, oder?"

„Bisher hat er alles getroffen, worauf er gezielt hat", sagte Ian, und sein Blick begegnete meinem. „Und er verwendet eine scheißgroße Waffe mit Panzerbrandgeschossen. Das Loch, das er in die Autotür gehauen hat, ist mehrere Zentimeter breit."

„Glaubst du also, dass sie Militär da draußen haben?"

„Keine Ahnung. Bisher ist es nur ein Schütze, aber hüh wie hott, wir stecken in der Klemme."

„Okay, also, raus durch die Hintertür, wie du gesagt hast."

„Ja. Auf die Art bietet uns wenigstens das Haus etwas Deckung. Der Schütze ist irgendwo vorne – so viel sagt uns die Geschossbahn – und aus dem Wald heraus sind keine Schüsse gefallen. Wir haben einen kleinen Vorteil, was das Timing angeht, aber das ist alles. Wir müssen hier raus."

Ich nickte.

Er zog mich an sich. „Aber zuerst müssen wir unsere Taschen aus Holleys Wagen holen. Ich hab Munition in meiner."

„Wir haben gerade erst ausführlich über die Treffsicherheit des Mannes – oder der Frau – gesprochen, der oder die auf uns schießt", sagte ich deutlich. „Keiner von uns geht da raus."

„Miro", sagte er leise. „Wir brauchen die Kugeln."

„Wir haben Jenners Gewehre und unsere Waffen, aber zusätzliche Munition für deine Glock zu holen, die uns gegen einen verdammten Scharfschützen nichts nützen wird, ist idiotisch."

„Wir brauchen –"

„Nein", fauchte ich und sah ihm fest in die blassblauen Augen. Wie eigenartig, dass sie während unserer Reise heller geworden waren, und dass selbst Todesgefahr sie nicht dunkler werden ließ. Sex hatte das getan, aber diese Situation nicht. „Ich werde dir nicht erlauben, da raus zu gehen. Hast du verstanden?"

Er zuckte die Schultern und gab auf, als die Jungs uns aus der Küche riefen.

„Marshal, wir haben die meisten von den Sachen."

„In fünf Minuten verlassen wir das Haus", ordnete Ian an.

Ich nickte, dann robbte er davon.

Ich stemmte mich auf die Ellbogen und sah die beiden Männer an, die neben mir lagen. Von draußen konnte ich hören, wie die Männer auf der Veranda das Feuer erwiderten. „Holley? Mr Jenner? Kommen Sie mit uns oder bleiben Sie hier?"

„Ich komme mit", sagte Holley und packte meine Schulter. „Aber sind Sie sich sicher, dass das der beste Weg ist?"

„Sie haben einen Granatwerfer. Vielleicht auch einen für Raketen. Sie stecken das Haus in Brand und wir sind Toast. Wir müssen hier raus."

Ich hörte einen Schrei von draußen und dann das Splittern von Glas, dann sah ich zu, wie Ian durch die Eingangshalle raste, sich für eine Sekunde aus der Haustür lehnte und wieder dorthin zurückraste, wo die beiden Jungen zusammengekauert hockten.

„Ich glaube nicht, dass Sie wissen, in was für eine Art Gelände Sie sich begeben", sagte Jenner, und seine Stimme brach. „Es ist sehr gefährlich."

„Wir bekommen das schon hin", beschwichtigte ich ihn. „Kommen Sie mit oder nicht?"

„Natürlich komme ich mit", fauchte er.

Wir eilten quer durch den Raum hinter Ian her, und als wir die Küche erreichten, registrierte ich, dass ich von draußen keine Schüsse mehr hören konnte.

„Weil sie alle tot sind, soweit ich das eben überblicken konnte", sagte Ian unverblümt und drückte mir einen dicken Parka in die Hand. „Zieh den an."

Er war zu groß – alle von Jenners Mänteln waren das – aber wir zogen uns alle einen an, dazu Mützen, Schals und Handschuhen. Ian behielt seine Militärstiefel an, ich meine Wanderschuhe, Holleys Schuhwerk war auch okay, aber Jenner und Drake mussten andere Schuhe anziehen. Cabot trug Ugg Boots, aber die würden reichen müssen. Sein dicker Parka war ebenfalls pelzgefüttert.

Mit meiner Glock war ich ein zielsicherer Schütze, aber mit einem Gewehr war ich nicht so gut. Ich betrachtete die beiden Jagdgewehre auf dem Küchentisch und traf eine Entscheidung. „Was halten Sie davon, das zweite Gewehr zu nehmen, Chief?", fragte ich und sah Holley an.

Er stimmte zu, und ich reichte ihm die Waffe, zusammen mit zwei Schachteln Munition. Ian trug die andere Remington, beide 700er Modelle. Ian warf sich einen Rucksack über die Schulter, stopfte zwei weitere Schachteln mit Munition in eine andere Tasche und klemmte sich das Gewehr unter den Arm.

„Auf geht's", befahl er.

Ich zog einen Rucksack an und Drake ebenfalls. Jenner riss seinem Sohn den Rucksack, den Cabot tragen wollte, aus den Händen.

„Der ist zu schwer für dich", blaffte er, und ich sah, wie Cabot zusammenzuckte und zurückwich. Es war unschwer zu erkennen, dass er misshandelt worden war, vermutlich jahrelang. Cabots Reaktion, diese Kombination aus Zurückzucken und Zusammenkauern, sprach Bände.

„Folge ihm", wies ich Cabot an und zeigte auf Ian, und als Jenner versuchte, seinem Sohn zu folgen, packte ich ihn am Arm, hielt ihn fest und wies Drake an, auf Cabot aufzupassen.

„Das werde ich", sagte Drake, lächelte mich an und folgte Cabot.

Jenner riss seinen Arm los, schloss sich den anderen aber kommentarlos an, und Holley folgte ihm.

Wir bewegten uns lautlos durch das Haus, Ian vorneweg, ich als Schlusslicht, und sobald wir alle draußen waren, befahl Ian den anderen zu warten, als er zu mir nach hinten eilte.

„Ja?"

„Verlier mich nicht aus den Augen", befahl er. „Was immer du tust."

„Werde ich nicht."

Er umfasste meinen Nacken und holte tief Luft.

„Es wird schon gut werden", beruhigte ich ihn.

„Ja, ich weiß, nur, bleib dicht in meiner Nähe."

„Bitte, Kumpel, ich weiß, was ich tue."

Er nickte schnell, dann rannte er nach vorn und führte uns die Hintertreppe hinunter und weg vom Haus. Der Abend dämmerte, was die perfekte Zeit war, um zu fliehen, und ich hoffte wirklich, dass wir erfolgreich sein würden. Ich wollte Ian nicht verlieren, wollte nicht, dass er ohne mich auskommen musste. Mein Leben hatte doch gerade erst begonnen – ein so frühes Ende war nicht Teil meines Plans.

WIR LIEFEN, bis wir die Baumgrenze erreicht hatten, dann wurden wir langsamer, als wir den schneebedeckten Abhang des ersten Hügels erklommen.

Drake hielt Cabots Hand und ging vor ihm her, sorgte dafür, dass er nicht fiel, und sagte ihm wieder und wieder, wie gut er seine Sache machte.

„Mr Jenner!"

Wir drehten uns um und sahen einen seiner Männer – der es irgendwie geschafft hatte, zu überleben – hinter uns her rennen, Gewehr in einer Hand. „Wir müssen ihnen Drake übergeben!"

Ich zog meine Waffe und richtete sie auf ihn.

„Abernathy", knurrte Holley. „Das ist alles Ihr –"

„Sofort, Jenner!", befahl der ehemalige Polizist und hob die Waffe.

„Fallenlassen!", verlangte ich.

Es war, als wäre er so auf Jenner fixiert, dass er mich gar nicht hörte, nicht mal auf die geringe Entfernung.

„Lassen Sie die Waffe fallen!", rief ich laut, als Abernathy nicht gehorchte.

Die erste Etage der Jenner Residenz explodierte plötzlich in einem Schauer aus Holz und Glas und Stahl, und nur die Tatsache, dass wir fast hundert Meter vom Haus entfernt waren, verhinderte, dass wir von herumfliegenden Trümmern getroffen wurden.

Das war ein eindeutiges Ja auf die Frage, ob sie auch einen Raketenwerfer hatten.

Die Explosion überraschte Dalton Abernathy, und ich nutzte seine Verwirrung. Ich sprang vor, packte den Lauf seines Gewehrs, riss es ihm aus den Händen und verpasste ihm mit dem Kolben einen Schlag auf den Schädel. Er fiel in den Schnee, bewusstlos.

Das Gewehr, das er benutzt hatte, war mit einem Gurt versehen, mit dem ich es mir über die Schulter hängte, bevor ich weiterhastete. Ich rannte an Holley vorbei, blieb aber auf der Kuppe des Hügels stehen und wartete, bis er und Jenner an mir vorbeigeklettert waren. Sobald sie in Sicherheit waren, steckte ich meine Glock weg und sah mich suchend um. Ich hatte nicht vor, weiteren Männern meinen Rücken zuzukehren.

Ian stand unter uns in einer Schlucht auf einem umgestürzten Baumstamm, der quer über einem flachen Flussbett lag. „Beeilt euch, verdammt noch mal!", brüllte er, und ich konnte Wut und Frustration in seiner Stimme hören.

„Geh!", rief ich ihm zu.

Er wandte sich um und rannte los. Cabot folgte ihm, dann Drake, Jenner, Holley und zum Schluss ich. Eine Abfolge von Explosionen dröhnte durch den

Wald, während wir über lose Steine, Schlamm und Eis stolperten und die Böschung auf der anderen Seite des Flusses hochkraxelten. Sobald wir aus der Schlucht heraus waren, veränderte sich das Gelände. Es gab keine sanften Hänge mehr und keine Stelle, an der man stehenbleiben konnte. Der Boden unter mir war fest, und meine Wanderschuhe rutschten unter mir weg, als ich versuchte, meine Hacken in die gefrorene Erde zu rammen. Wir kamen nur langsam voran, durch wadentiefen Schnee und dichte Pinienwälder.

„Warum hat Ihr dämlicher Partner mich nicht gefragt, ob es hier Geländepfade gibt oder –"

„Weil wir keine Wege nehmen wollen, auf denen sie uns zu schnell folgen können", nahm ich mir die Zeit zu erklären. „Wir müssen es ihnen so schwer wie möglich machen."

Danach sprachen wir nicht mehr und konzentrierten uns darauf, im Zickzack und durch den Schnee den Hang eines steilen Hügels zu erklimmen. Die Männer zwischen mir und Ian keuchten und schnauften vor Anstrengung. Meine Kondition war zwar besser, aber meine Jeans war komplett durchnässt und half wenig gegen die Kälte.

Die Sonne war untergegangen, und ohne ihre Wärme fielen die Temperaturen rapide, je höher wir kamen. Als es anfing zu graupeln, blieb Ian stehen und wies uns an, eng zusammenzurücken, während er auf einen der Bäume kletterte, um von dort einen Blick auf das Haus zu werfen.

„Wann wird Ihre bessere Hälfte anfangen, sich Sorgen um Sie zu machen?", fragte ich Holley.

Er schüttelte den Kopf. „Geschieden."

„Tut mir leid", murmelte ich. „Was ist mit Ehefrauen und Freundinnen Ihrer Männer?"

„Erst Kershaw und Lautner", sagte er. „Sie werden in etwa einer Stunde anfangen, sich zu fragen, wo wir bleiben."

„Okay", sagte ich sanft und legte eine Hand auf seine Schulter. „Es tut mir leid wegen Ihrer Männer."

Er legte seine Hand auf meine. „Danke."

„Es gab nichts, was Sie hätten tun können."

„M!", sagte Ian scharf.

Ich stellte mich direkt unter seinen Baum und spähte durch die Zweige zu ihm hoch.

„Da unten bewegen sich eine Menge Lichter."

Sprich: Männer mit Taschenlampen. „Scheiße."

Er sah zu mir hinunter. „Wir haben noch vierzig Minuten, bis die zwei Stunden um sind und wir uns wieder melden sollen?"

Kage. „Ja."

„Okay, das heißt, wenn wir uns nicht bei ihm melden und er uns auch auf keinem unserer Handys erreichen kann, haben wir eine Stunde später die State Trooper hier."

„Lass uns zwei sagen, um auf der sicheren Seite zu sein." Ich trat einen Schritt zurück, als er vom Baum sprang und vor meinen Füßen landete. „Und dann, wie viele werden sie entsenden? Ich meine, wie viele Teams?"

„Keine Ahnung", schnaufte er, und ich konnte sehen, dass er sich Sorgen über unsere Situation machte, sah es klar und deutlich in den gerunzelten Brauen, den geschürzten Lippen, den angespannten Muskeln in seinem Hals. „Mehr als eins, weil er es als Notfall melden wird."

„Okay, also Minimum zwei, Maximum vier."

„Und dann wird es noch mal ein paar Stunden dauern, bis sie Verstärkung angefordert haben und die angekommen ist, mit Suchhubschrauber und was nicht alles."

„Wir werden die ganze Nacht hier draußen bleiben müssen", schlussfolgerte ich. „Wir müssen irgendwo Schutz suchen."

„Wenn sie keine Nachtsichtbrillen und Hunde haben, sollten wir hier oben in Sicherheit sein, solange wir kein Licht machen und uns still verhalten."

„Wir müssen die Taschenlampen aber benutzen, sonst besteht die Gefahr, dass wir abstürzen."

„Nein, wir –"

„Missy Frain", sagte Jenner plötzlich.

Ich drehte mich zu ihm um. „Wie bitte?"

„Missy Frain", wiederholte er. „Ihre Familie besitzt eine Jagdhütte auf der anderen Seite. Direkt am Kingman Creek, der sich durch die Hügel zieht."

„Und das ist wie weit weg?"

„Hier den Abhang hoch und auf der anderen Seite runter", erwiderte Jenner. „Drei Stunden oder so, allerdings kann ich nicht für den Zustand der Hütte garantieren. Es ist Jahre her, dass ich das letzte Mal dort war."

„Der Plan ist so gut wie jeder andere", stimmte Ian zu. „Cabot, konntest du Seil finden?"

„Ja."

„Dann gib es mir."

Jeder von uns trug eine Wasserflasche bei sich, und Ian und Holley kontrollierten ihre Gewehre. Dann banden wir uns alle aneinander und mit meinem Partner an der Spitze stiegen wir weiter den Hügel hinauf, während der bisher leichte Graupelschauer sich binnen Kurzem zu einem wahren Wolkenbruch auswuchs.

Niemals zuvor war mir je so kalt gewesen, und als mir aufging, dass das klackende Geräusch, das ich hörte, meine Zähne waren, begann ich, wie ein Irrer in mich hineinzukichern.

„Marshal?", fragte Holley.

„Entschuldigung", sagte ich aufgeräumt und rannte beinahe in einen Baum hinein; die Zweige zerkratzten meine Wangen. „Ich kann meine Füße nicht mehr spüren, und dieser Regen – ich habe das Gefühl, wir sollten nach einer Arche Ausschau halten."

Ich bekam ein ermutigendes Schulterklopfen, dann quälten wir uns weiter.

Zum Glück war die Hütte nicht so weit den Hügel hinunter, wie wir gedacht hatten, und der Abstieg war so viel leichter als der Aufstieg, dass ich mein Lächeln nicht unterdrücken konnte. Der Regen ließ ebenfalls nach, wurde erst zu einem leichten Schauer, dann zu einem Nieseln und schließlich schwebten feine, sanfte Schneeflocken herab, was eigentlich sogar ganz hübsch aussah, als die Wolken aufrissen und der Mond hervorkam.

Ian war fantastisch. Nur mit Hilfe des Mondlichts und dem Schein der Taschenlampe, die er auf seine Füße gerichtet hielt, führte er uns ohne Zwischenfall zu der Lichtung, auf der die Frain Hütte stand. Oder besser gesagt, zu der Stelle, wo es vermutlich vor einiger Zeit ein Feuer gegeben hatte.

Es stellte sich heraus, dass Jenner sehr großzügig gewesen war, als er von einer „Jagdhütte" gesprochen hatte.

Da nicht mehr alle vier Wände standen, konnte die Hütte kaum mehr als Gebäude bezeichnet werden, aber da der Großteil des Daches unversehrt geblieben war, würde es uns ausreichend Schutz vor Regen und Schnee bieten.

Ian band einen nach dem anderen los, und als er mich erreichte, trat er dicht an mich heran.

„Bist du in Ordnung?"

„Ist dir nicht kalt?", krächzte ich.

„Wir machen gleich ein Feuer", versprach er.

„Wie?"

„Wir mussten nur weit genug vom Haus weg, außer Sichtweite, und dazu gab es nur eine Möglichkeit."

„Ja, ich weiß", sagte ich und hustete.

„Ich meine, wir hatten nicht genug Feuerkraft, um uns gegen eine größere Anzahl zu verteidigen, und weil wir ja nicht wussten, wie viele es waren, und es auch unsere oberste Priorität war, unseren Zeugen zu sichern –"

„Mussten wir in die Hügel, ja, ich weiß."

Er drängte sich noch näher, legte seine Lippen an mein Ohr, und sein warmer Atem an meinem Hals ließ mich schaudern. „Aber in der Zwischenzeit sollten die Trooper aufgeschlagen sein, und außerdem hab ich keine Anzeichen dafür entdecken können, dass uns jemand gefolgt ist. Keine Lichter in den Hügeln. Von daher gehe ich davon aus, dass wir sicher sind." Ich öffnete den Mund, um etwas zu sagen, aber er ballte seine Faust in meiner Jacke. „Wenn ich mich irre und doch Männer in Winterkleidung und mit Nachtsichtbrillen und Maschinengewehren uns verfolgen, werde ich mich um sie kümmern. Aber vorher mache ich ein Feuer, damit du nicht erfrierst."

Ich lächelte. „Verdammt nett von dir."

Sein Lächeln war breit, und seine Hand legte sich um meinen Nacken. „Bleib –"

„– dicht in deiner Nähe", beendete ich den Satz für ihn.

„Korrekt." Er knurrte das Wort förmlich, dann wandte er sich ab.

„D-das ist s-so u-unheimlich", stotterte Cabot und stolperte. Nass und kalt wie er war, bereitete ihm allein das Gehen Probleme. „Kann ich auch eine Waffe haben?"

Drake hob ihn hoch, warf ihn sich über die Schulter und marschierte weiter auf die verfallene Hütte zu.

Ian ging voraus und testete, ob die morschen Holzbohlen noch Gewicht trugen, und nachdem er sich vergewissert hatte, dass der Fußboden nicht unter uns nachgeben würde, folgten wir ihm die vier Treppenstufen hinauf in was einst der Hauptraum gewesen sein musste. Der steinerne Kamin war alles, was an einer Seite übriggeblieben war, mit dem steinernen Schornstein und Resten des Daches darüber.

„Ich wette, das war mal eine tolle kleine Hütte", sagte Ian, als er anfing, Holzstücke zu sammeln.

Ich kam auf die Füße, um ihm zu helfen, aber ein Krampf in meiner rechten Wade zwang mich dazu, mich wieder hinzusetzen. Ian war augenblicklich an meiner Seite.

„Was ist los?", fragte er.

„Nur ein Wadenkrampf. Alles in Ordnung."

Er herrschte Drake und Holley an, ihm zu helfen, und zog dann die Streichhölzer aus seiner Jackentasche. Vorgebeugt, die Hände um die Flamme gelegt, versuchte er, ein Feuer in Gang zu bringen, aber das Holz war zu nass.

„Vielleicht ist ganz unten in diesem Trümmerhaufen trockeneres Holz", schlug Drake vor.

„Nicht nach diesem Regen", dämpfte Holley ihn.

„Mir ist so kalt", flüsterte Cabot.

„Drake, zieh ihm die Jacke aus und wickel euch beide in deine ein."

„Das kann ich machen", herrschte Jenner Ian an.

„Nein", schnappte Ian zurück. „Ich will sie eng aneinander geschmiegt haben. Die Temperaturen fallen rasch, und selbst, wenn es nicht kälter werden sollte als Minus drei, vier Grad, wir sind alle nass, es ist windig, und wir könnten uns alle unterkühlen."

Ich bemerkte, dass Cabot Drake einfach nur ansah.

„Oh, verdammt", knurrte Ian, stand auf und ging zu Cabot hinüber. Er zog ihm die Jacke aus und schubste ihn zu Drake, der Cabot an sich zog und seine Arme und seine Jacke um ihn wickelte.

„Halt ihn dicht an dich gedrückt", befahl Ian, packte den Reißverschluss des Parkas und zippte ihn zu. „Halte ihn so warm wie möglich."

195

„Jawohl", versprach Drake und legte seinen Kopf auf Cabots.

„Das ist ekelhaft", spuckte Jenner. „Wie können Sie es zulassen, dass dieser Perverse meinen Jungen anrührt?"

„Ich sehe zwei Jungen, die sich lieben, Sie homophobes Stück Scheiße", fauchte Ian. „Und wenn Sie das nicht mit ansehen wollen, gehen Sie da rüber und gucken Sie weg. Ich hoffe, Sie erfrieren."

„Ich werde Sie –"

„Miro", sagte Ian plötzlich und drehte sich zu mir um. „Sind die Leuchtfackeln in deinem Rucksack?"

„Ja, glaube schon."

„Hol sie raus", wies er mich an. Er wandte sich an Holley. „Ich brauche Anmachholz, kleine Zweige von den Bäumen, brechen Sie welche ab."

„Ja", sagte Holley, um Ian wissen zu lassen, dass er zuhörte.

„Halt die Augen offen", sagte Ian zu mir, dann sprang er die Stufen hinunter und verschwand.

Ich fand die Fackeln in meinem Rucksack und wartete, lauschte den leisen Wimmerlauten, die Cabot ausstieß, beobachtete Jenner, der die beiden jungen Männer wutentbrannt anstarrte, und hielt die Augen offen.

Als Ian zurückkam, zündete er zwei der vier Fackeln an und schichtete Zweige und kleinere Holzstücke über ihnen auf. Es schien ewig zu dauern, aber in Wirklichkeit waren es vermutlich nur etwa dreißig Minuten. Nachdem die untersten Zweige Feuer gefangen hatten, dauerte es nicht mehr lange, bis auch die oberen anfingen zu brennen, und die Flammen wurden höher und höher, als Ian sie mit mehr und mehr Holz fütterte.

„Leuchtfackeln", sagte ich und schlug ihm auf den Rücken.

„Hab für eine Sekunde mein komplettes Training vergessen", grummelte er mit spröder Stimme, und seine Augen huschten zu mir.

„Was nur menschlich ist." Ich seufzte und lehnte mich an ihn, genoss die stärker werdende Wärme des Feuers. „Oh, Scheiße, mach es größer."

Er lachte leise, als Drake und Cabot näherkamen und sich überschwänglich bei ihm bedankten. Sie konnten den Parka wieder öffnen und setzten sich mit dem Gesicht zum Feuer gewandt hin, Cabot zwischen Drakes Beinen. Ian stand auf, und er und Holley sammelten noch mehr Zweige. Diesmal nahmen sie das Beil mit, das Drake in seinen Rucksack gesteckt hatte.

Ich war überrascht, wie schnell meine Jeans trocknete, während ich im Schneidersitz neben dem Feuer saß. Trocken und nach ein paar Schlucken Wasser aus meiner Flasche fühlte ich mich besser. Mein Magen knurrte laut vor Hunger, aber ich würde es überleben. Als Ian wiederkam, in einer Wolke aus Pinienduft und die Handschuhe voller Harz, zog ich ihm die Mütze vom Kopf und legte sie auf den Boden neben mich, dann nahm ich meine ab und setzte sie ihm auf.

„Was soll das?"

„Deine ist nass und voller Zeug. Zieh meine an, bis dir warmgeworden ist. Das nächste Mal gehe ich Zweige schlagen."

„Du schlägst dir die Hand ab, keine Frage."

Ich zog warnend eine Augenbraue hoch. „Dein Vertrauen in mich ist herzerwärmend."

„Halt den Mund."

Es war gar nicht mal so schlecht. Das Feuer war schön warm, und nach einer Weile drehte Cabot sich um, rollte sich in Drakes Armen zusammen, und nachdem er Ian ein weiteres Mal für das Feuer gedankt hatte, schlief er ein. Nur wenige Minuten später tat Drake dasselbe. Jenner sagte, er wolle sich nur ein wenig ausruhen, aber kurze Zeit später war er ebenfalls eingeschlafen.

„Ich kann mich um das Feuer kümmern", beharrte ich. „Warum versuchst du nicht, ein wenig zu schlafen? Wenn ich dich brauche, wecke ich dich."

„Okay", sagte Ian und legte sich hin, sein Kopf in meinem Schoß. Sekunden später schlief er tief und fest.

„So", sagte Holley, was mich zusammenfahren ließ. Was gut war, denn offenbar war ich eingedöst. „Wie ist es, ein Marshal zu sein?"

„Warum sind Sie geschieden?"

Er lächelte. „Ich glaube, da kommen Sie auch selber drauf."

Ich betrachtete ihn eingehend.

„Ich hätte Sie wirklich gern zum Abendessen eingeladen."

„Ich fühle mich geschmeichelt, Chief, vielen Dank."

Er knurrte. „Aber ich hätte nicht mal im Traum daran gedacht, wenn ich gewusst hätte, dass Sie mit Ihrem Partner auch privat eine Beziehung haben."

Es kam mir nicht einmal in den Sinn, es abzustreiten, Ian zu leugnen. „Ist es so offensichtlich?"

„Zuerst nicht", sagte er sinnend und warf einen Blick auf Ians Kopf in meinem Schoß und meinen Arm um seine Schulter. „Aber nachdem wir hergekommen sind … wie sehr er um Ihren Schutz besorgt ist, wie sanft Sie mit ihm sind – ja, da war es ziemlich offensichtlich. Und ehrlich gesagt", fügte er mit einem leisen Lachen hinzu, „hängt er Ihnen immer ein bisschen zu dicht auf der Pelle."

Das hatte er immer schon getan.

„Sie passen sehr gut zusammen."

„Danke", sagte ich ehrlich, denn Bemerkungen dieser Art konnte ich mir den ganzen Tag lang anhören. „Sie sollten auch versuchen, ein wenig zu schlafen."

„Danke, dass Sie mir das Leben gerettet haben, Marshal."

„Tut mir leid, dass wir Sie und Ihre Männer in diese Sache mit hineingezogen haben."

„Das ist Mr Jenners Schuld, Marshal, und morgen früh werden es alle wissen."

Als Holley ebenfalls eingeschlafen war, legte ich Holz nach, damit wir alle es für die Dauer dieser kalten, dunklen Nacht schön mollig warm hatten. Ich versuchte, mich nicht daran zu gewöhnen, dass mein Partner vertrauensvoll in meinen Armen schlief, aber ich hatte den schleichenden Verdacht, dass es dafür bereits zu spät war.

15

DAS GERÄUSCH eines Donners weckte mich am nächsten Morgen auf, und als ich mich aufsetzte, bemerkte ich, dass ich in Ians Armen geschlafen hatte. Wir hatten in den frühen Morgenstunden die Plätze getauscht, und ich hatte mich neben ihn gelegt, so nah am Feuer wie möglich. Aber als ich an diesem grauen Morgen die Augen öffnete, sah ich, dass ich seine Brust als Kopfkissen benutzt hatte.

Aber es blieb keine Zeit, etwas zu sagen. Was ich für Donner gehalten hatte war in Wirklichkeit ein Hubschrauber, der etwa hundert Meter entfernt auf der Lichtung gelandet war. Kage sprang als Erster heraus, und Ian und ich standen auf, um ihn zu begrüßen.

„Wer ist das?", fragte Cabot, als er und Drake neben uns traten.

„Unser Vorgesetzter", antwortete ich und sah Kage entgegen, der mit großen Schritten auf uns zukam.

„Er ist sehr groß", bemerkte er.

„Und sieht 'n bisschen unheimlich aus", fügte Drake hinzu.

„Ja", sagte ich mit einem plötzlichen Lächeln. „Ich freue mich wirklich sehr, ihn zu sehen."

„Ich auch", seufzte Cabot.

Sam Kage erreichte die Hütte, stieg die Stufen empor und stand vor uns.

„Sir, ich –"

„Gute Arbeit, Marshals", sagte er, drehte sich halb um und hob sein Funkgerät, um den anderen zu sagen, sie sollten einen Feuerlöscher mitbringen.

Dann wandte er sich wieder zu uns und bedeutete uns, in den Hubschrauber zu steigen. Der Temperaturunterschied im Innern, so gering er auch sein mochte, fühlte sich wunderbar an.

„Sind Sie ihr Vorgesetzter?", fuhr Jenner Kage an. Die Nacht hatte in ihm keinen Gesinnungswandel herbeigeführt.

„Der bin ich", antwortete Kage ausdruckslos und mit finsterer Miene.

„Nun, ich will, dass Sie diese beiden Männer hinter Schloss und Riegel bringen für die Entführung meines Sohnes und –"

„Fakt ist, dass Sie dort landen werden, Sir", entgegnete Kage kurz angebunden. „Ihre Handlungen haben zum Tod von zehn Männern geführt, Sie haben Drake Ford aus dem Staatsgewahrsam entführt, Ihren eigenen Sohn in Lebensgefahr gebracht, sowie einen Polizeibeamten – Chief Holley – und zwei meiner Marshals. Sie werden von Glück sagen können, wenn sie wieder raus kommen. Jemals."

„Nein, Sie –"

„Ich an Ihrer Stelle würde noch einmal tief frische Luft einatmen."

Holley, Drake und Cabot sahen mich mit weit aufgerissenen Augen an.

Nun, ja, mein Chef konnte wirklich unheimlich sein.

Es ZOG alles wie in einem Nebel an mir vorbei. Der Hubschrauber brachte uns zuerst zu Holleys Wagen, wo wir unsere Taschen einsammelten, dann zu Drakes Wohnwagen, wo er und Cabot eilig eine Tasche mit Kleidung und Drakes Schätzen packten, darunter eine Bleistiftzeichnung, die Cabot von ihm angefertigt hatte. Dann wurden wir ins Wellmont Hancock County Krankenhaus geflogen.

Wir waren alle unterkühlt, aber nach einer Runde warmer, gezuckerter Getränke, konnten wir alle schon wieder essen. Kage verkleinerte unsere Schar, indem er Jenner verhaftete und ihn den FBI Agenten übergab. Sie nahmen Entführungen jeder Art sehr ernst. Es war traurig, dass Jenner selbst zu dem Zeitpunkt noch sein Gift verspritzte und seinen Sohn eine Enttäuschung und abscheulich nannte. Drake schloss seinen Freund fest in die Arme, als die Agenten, die ihren Mienen nach zu urteilen von Jenners Vitriol mehr als nur ein wenig angewidert waren, seinen Vater abführten.

Wir verabschiedeten uns von Holley, der Ian und mir dafür dankte, ihm das Leben gerettet zu haben, und Drake und Cabot umarmte und ihnen alles Gute wünschte. Zwei große Chevy Suburbans warteten vor dem Eingang des Krankenhauses, und Kage gab Ian einen Satz Schlüssel und mir vier Flugtickets.

„Sie fliegen alle vier morgen nach Chicago zurück."

„Und Sie?"

„Ich werde nach Arlington fliegen müssen für die Anklageverlesung gegen Mr Jenner. Und ich benötige Ihre Berichte spätestens morgen früh um sechs Uhr. Habe ich mich klar ausgedrückt?"

„Jawohl, Sir."

„Der Mietwagen, mit dem Sie nach Bowman gefahren sind, wird gerade für Sie zurückgebracht."

Ob groß oder klein, mein Chef dachte an alles. „Vielen Dank, Sir."

Kage klopfte mir auf den Arm. „Gute Arbeit, meine Herren."

FBI Agenten begleiteten ihn, und einer hielt ihm die Türe auf, sodass er in den SUV einsteigen konnte. Sie fuhren schnell durch den leise fallenden Schnee davon.

„Wer hätte gern etwas zu essen?", fragte Ian.

Ich hob die Hand, und Drake und Cabot waren nur eine Sekunde hinter mir.

„Wann gibt es eine Dusche?", wollte Cabot wissen.

„Möchtest du die zuerst?"

„Nein", sagte er und schüttelte den Kopf im selben Moment, in dem sein Magen knurrte. „Essen ist definitiv Nummer eins auf meiner Liste."

Das war es für uns alle.

„Nachdem wir gegessen haben", sagte Ian und wies auf das Auto. „Eine schöne warme Dusche für alle."

Es klang himmlisch.

Ich beanspruchte den Beifahrersitz für mich, was alle anderen lustig fanden, denn wirklich, wer sonst würde vorne sitzen, wenn Ian fuhr?

„Wir sollten unterwegs was essen", schlug Drake vor. „Es sind anderthalb Stunden Fahrt zum Tri-Cities Flughafen. Der ist in Blountville, richtig? Tennessee?"

„Ja", sagte Ian und rutschte herum, als wäre sein Sitz ungemütlich.

„Willst du, dass ich fahre?"

„Nein", fuhr er mich an.

Plötzlich verspürte ich den eigenartigen Impuls, seine Hand zu nehmen, aber da ich nicht sagen konnte, wie er das auffassen würde, sah ich stattdessen aus dem Fenster.

„Was wollt ihr Jungs essen?", fragte ich Drake und Cabot.

„Ja", sagte Cabot lachend.

Sprich: alles.

„Okay", sagte ich scherzhaft und tätschelte Ians Bein. „Fahr los."

Er fing meine Hand ein, hielt sie auf seinem Oberschenkel fest und atmete im selben Moment tief ein. „Wer möchte Steak? Ich habe Lust auf Steak."

Cabot winselte.

„Mit allen Beilagen?", fragte Drake hoffnungsvoll.

„Du hast es erfasst, Kumpel."

Ich drehte mich zu Ian und sah ihn an, und nach einem Moment ließ er meine Hand los und packte das Lenkrad. „Alles okay bei dir?"

„Alles okay", sagte er leise.

„Dann besorg uns Steak, Mann."

Ich zog meine Hand zurück und rief auf dem Handy E-Mails ab, und nachdem ich damit fertig war und das Handy wieder weggelegt hatte, drehte ich mich zur Seite und legte eine Hand um seine Kopfstütze.

Manchmal, hin und wieder, lächelte Ian urplötzlich, und ich konnte den kleinen Jungen in ihm sehen, der er gewesen sein musste – ganz Sonnenschein und Fröhlichkeit und herzzerreißende Verletzlichkeit. Sein Lächeln vernichtete mich und erweckte gleichzeitig einen nahezu mörderischen Beschützerinstinkt in mir. Als er sich mir also jetzt zuwandte und mir eines dieser Lächeln schenkte, konnte ich nur dümmlich zurückgrinsen.

Verdammter Ian.

Wir hielten eine Stunde später an einem Restaurant, von dem Yelp behauptete, dass es gut wäre, und da es mitten am Nachmittag war und neben uns die einzigen Gäste zwei ältere Ehepaare waren, war uns die konzentrierte Dienstbeflissenheit des Personals garantiert.

Wir bestellten wahre Essensberge, und unsere Kellnerin, Jill, war lustig und lieb und freute sich über jedes weitere Gericht, das wir orderten.

Cabot aß ein blutiges Steak, das unter einer Flut aus Pilzen verschwand, Drake ein Porterhousesteak, das meiner Ansicht nach ein ganzes Wolfsrudel nicht hätte verspeisen können, Ian ein T-Bone-Steak, das sie hier „Cowboy Cut" nannten, und ich hatte ein Ribeye-Steak. Wir teilten uns die Beilagen, alle acht, die wir bestellt hatten, und ließen uns dann noch Nachtisch kommen.

„Wollen Sie, wenn Drake und ich irgendwann aus dem Zeugenschutz wieder raus sind, mit uns einen Trinken gehen?", fragte Cabot hoffnungsvoll.

„Absolut", versprach ich.

„Und wir bleiben in Chicago, richtig?", wollte Drake wissen. „Ich meine – Sie und Marshal Doyle sind –"

„Ian und Miro", korrigierte Ian. „Nach allem, was passiert ist, denke ich, dass wir uns die Titel und auch das Sie sparen können, was meint ihr?"

Drake lächelte breit, und ich sah, wie Cabot uns beinahe gierig beobachtete. Sie waren beide so ausgehungert nach Freundschaft mit männlichen Autoritätspersonen. „Ja gerne", stimmte er glücklich zu.

„Also", ging Cabot auf Nummer sicher, „wir bleiben in Chicago und Sie – ihr kommt bei uns nach dem Rechten sehen und so?"

„Genau", versprach Ian.

Die Erleichterung war ihnen beiden deutlich anzusehen, Cabot mehr noch als Drake, und ich verstand nur zu gut. Sein ganzes Leben hatte sich in den letzten vierundzwanzig Stunden komplett verändert.

„Ihr werdet beide dort zur Uni gehen", teilte Ian ihnen mit.

Sie nickten ernst, und ich hörte, wie Ian ein Kichern unterdrückte.

Kaum hatten wir unsere Fahrt fortgesetzt, schliefen unsere beiden Zeugen auf der Rückbank ein.

„Normalerweise machen nicht die Marshals vom Transport später die Kontrollbesuche", erinnerte Ian mich.

„Nein, aber ich denke, unter diesen Umständen kann eine Ausnahme gemacht werden."

„Finde ich auch", grummelte er mit belegter Stimme und drehte den Kopf hin und her.

„Was ist los mit dir?"

„Keine Ahnung", sagte er ein bisschen zu schnell.

Okay. „Woran denkst du?", bohrte ich nach.

Er schüttelte den Kopf.

Ich würde es später herausfinden müssen.

„Chef hat eine Reservierung für uns im La Quinta Inn & Suites in der Nähe des Flughafens gemacht."

„Okay. Ich lotse dich hin."

„Lass uns eine richtige Suite nehmen, okay? Nicht einfach ein Zimmer mit zwei Betten und zwei Zustellbetten."

„Warum sollen die Jungen nicht zusammen schlafen dürfen?", zog ich ihn auf, aber ich erhielt keine Antwort.

Nichts.

„Ian?"

„Wie geht's weiter?"

„Du bleibst auf der US23 Richtung Süden. Sie wird zur I-26. Noch zehn Meilen."

Er grunzte.

Irgendetwas stimmte nicht. „Ich dachte mir, ich könnte die Zeit nutzen und schon mal anfangen, unseren Bericht zu schreiben, mir wird im Auto ja nicht übel."

„Gute Idee", sagte er mit einem Blick in den Rückspiegel.

Ich musste ihm wirklich jedes einzelne Wort aus der Nase ziehen. Der Mann war wieder sein übliches, lakonisches Selbst. „Bist du wütend auf mich?"

Keine Antwort, was bedeutete, dass er in der Tat wütend auf mich war. Da ich keinen blassen Schimmer hatte, was ich getan haben könnte, gab ich auf und zog meinen Laptop aus seiner Tasche.

Die nächste halbe Stunde verging wie im Flug, während ich den Bericht schrieb, in den ich auch die E-Mails und SMS, die ich Kage geschickt hatte, hineinkopierte. Dann sprach ich kurz mit Aruna, die anrief, um mir zu sagen, dass Chickie es genoss, mit den Kindern und mit Liam zu spielen. Ich gab diese Nachricht an Ian weiter, der lediglich nickte.

„Du bist wirklich ein exzellenter Gesprächspartner", teilte ich ihm mit.

Er machte ein Geräusch tief in der Kehle.

„Und ein Arsch."

Seine Augen huschten zu mir und dann zurück zur Straße.

Mein Handy summte. Eine SMS von Kage.

„Was sagt er?", fragte Ian.

„Offenbar wurden letzte Nacht zwölf Mitglieder der Malloy-Verbrecherfamilie ermordet. Orson Malloy ist spurlos verschwunden."

„Okay, und was bedeutet das für Drake?"

„Nichts. Während er in Haft saß, hat Fisher ausgepackt, und wie es aussieht, hat er nicht nur für die Malloy Familie aufgeräumt, sondern auch für mehrere andere Familien. Aber jetzt hat er aufgehört zu reden, weil er, wie er sagt, das Gefühl hat, dass Drake nicht mehr lange unter uns weilen wird."

„Und was sagt Chef dazu?"

„Dass wir Drake und Cabot im Auge behalten sollen, bis wir im Flieger sind. Sobald wir in Chicago angekommen sind, weiß niemand mehr, wer sie sind."

„Na dann. Sagt er auch, wer hinter den beiden hergeschickt werden wird?"

„Nein."

„Okay", sagte er beim Ausatmen. Dann, nach ein paar Momenten des Schweigens: „Hast du dir Sorgen gemacht letzte Nacht?"

„Was?", fragte ich, drehte mich zu ihm um und sah ihn an, Laptop vergessen auf dem Schoß.

„Letzte Nacht? Im Wald? Hattest du Angst?"

„Nein." Ich gähnte. „Du warst da."

„Was soll das bitte heißen?"

„Nein, ich meinte nicht im Sinne von ‚du warst da, du hast doch gesehen, dass ich keine Angst hatte'. Ich meinte im Sinne von ‚du warst da, du warst bei mir, also hatte ich keine Angst'."

„Oh."

„Wenn wir zusammen sind, habe ich keine Angst."

Er grunzte, und ich wandte mich wieder meinem Bericht zu.

Ian hielt an einem Drogeriemarkt, wo wir Toilettenartikel für die Jungs kauften, bevor wir zum Hotel fuhren. Wir mussten an der Rezeption eine Weile warten, da gerade ein großes Familienwiedersehen stattfand und eine Menge Leute eincheckten. Als wir endlich an der Reihe waren, informierte ich den Rezeptionisten, dass unsere Suite einen ganz bestimmten Grundriss haben musste, den ich mir bereits vorher im Internet angesehen hatte.

Im Zimmer angekommen, sah Cabot sich verwirrt um.

„Es gibt nur ein Schlafzimmer."

„Korrekt", stimmte ich zu. „Jetzt komm mit mir."

Wir gingen durch einen kurzen Flur und kamen zu einem Badezimmer auf der linken Seite, das zu dem Schlafzimmer führte. Aber wenn man am Bad vorbeiging, gab es am Ende des Flurs eine Couch, die man ausziehen konnte, und auf der anderen Seite der Schlafzimmerwand einen Esstisch mit Stühlen.

„Ihr Jungs schlaft da drinnen", ordnete ich an. „Macht die Schlafzimmertür hier zu und auch die, die vom Bad reinführt, und ihr seid komplett abgeschottet. Ian und ich sind hier draußen, und jeder, der rein kommt, muss erst an uns vorbei."

„Ihr habt 'n ziemlich beschissenen Job", sagte Drake unverblümt. „Ich meine, ihr beschützt uns nur, weil ihr's müsst."

„Normalerweise ist dem so, richtig", pflichtete ich seiner Zusammenfassung der Tatsachen bei. „Aber mittlerweile würde ich euch selbst dann beschützen, wenn ich es nicht tun müsste. Ich bin neugierig, zu sehen, wie es weitergeht und was passiert."

„Wir sind eine Art Experiment", sagte Cabot und grinste mich an.

„Genau", stimmte ich zu und lächelte zurück.

„Ich geh als Erster duschen", brummte Ian und steuerte auf das Badezimmer zu, Rucksack unter dem Arm. „Einer von euch muss bei der Rezeption anrufen und denen sagen, dass sie mehr Handtücher hochschicken sollen."

Er knallte die Tür hinter sich zu, und Drake brachte seine und Cabots Tasche ins Schlafzimmer, während Cabot den Fernseher anmachte. Natürlich war das Erste, was er sah, ein Bild von seinem alten Zuhause in den Nachrichten.

„Lieber Gott, es sieht schlimmer aus als heute Morgen, als wir drüber geflogen sind."

Das Haus war komplett ausgebrannt. Die Granaten und Kugeln allein hatten genug Schaden verursacht, dass immense Renovierungsarbeiten nötig gewesen wären. Aber das Innere war ebenfalls zerstört worden. Ich war froh darüber, dass ich darauf bestanden hatte, dass Cabot alles, was für ihn von Wert war, mitnahm, als wir geflohen waren, denn sein Zimmer existierte nicht mehr.

„Es tut mir leid, dass du dich nicht von deiner Mutter verabschieden konntest", sagte ich sanft.

Cabot schüttelte den Kopf. „Muss es nicht. Sie hat sich nie einen Dreck um mich geschert. Mein Vater wusste wenigstens, dass es mich gab. Jedes Mal, wenn er mich geschlagen hat, wusste ich, dass er mich wenigstens sieht."

Ich konnte nicht anders. Er war so jung, so traurig, und in dem Moment brauchte er mich. Ich ging zu ihm, zog ihn auf die Füße und in meine Arme.

„Du denkst, dass ich schwach bin, weich, weil ich schwul bin, und –"

„Ich bin schwul, du Idiot", sagte ich zu ihm und drückte ihn fester, bis er nachgab und sich an mich lehnte. „Schwul zu sein hat überhaupt gar nichts zu tun mit irgendwas, und lass dir niemals von irgendwem etwas anderes einreden."

Sein Atem stockte, und seine Schultern bebten. Seine Arme schlangen sich fest um meine Taille, als er sein Gesicht an meiner Brust vergrub.

„Du kannst in Chicago heiraten, wenn du willst. Juni wäre der perfekte Zeitpunkt, weil du dann mit der Highschool fertig bist. Die Leute werden denken, du wärst schwanger."

Der Damm brach, und sein wässriges Kichern verwandelte sich binnen Sekunden in heftiges, wildes Schluchzen. Er war gerade erst achtzehn geworden. Er war noch so jung, hatte bereits so viel durchgemacht, und er war praktisch eine Waise und hatte niemanden außer mir und meinem Partner, der sich für ihn und seinen Freund interessierten.

„Es wird alles gut werden", versprach ich. „Du wirst schon sehen."

Er klammerte sich an mir fest, und ich wiegte ihn hin und her und tröstete ihn, strich ihm beruhigend über den Rücken. Als Ian in den Raum kam, meldete Drake sich zu Wort.

„Cab", sagte er leise. „Baby, willst du als Nächstes duschen oder –"

Cabot versuchte, sich noch enger an mich zu drücken, und ich bedeutete Drake, er solle gehen.

„Hast du Bescheid gesagt wegen der Handtücher?", fragte Ian.

„Nein, so weit sind wir nicht gekommen", sagte ich mit einem Lächeln und legte meine Wange auf Cabots Scheitel.

„Okay", murmelte er und durchquerte das Zimmer zum Telefon.

Ich hielt Cabot, bis er sich schließlich beruhigte. Langsam wurde sein Schluchzen zu einem abgehackten Keuchen und ging dann in einen Schluckauf über. Ich brachte ihn dazu, auf Ex ein Glas Wasser zu trinken, und als Drake aus dem Bad kam, lächelte er breit.

„Oh, da ist mein Baby ja", seufzte Drake, als Cabot auf ihn zurannte. Als er den kleineren Jungen in seine Arme schloss, sah Drake zu mir herüber und lächelte.

„Geh duschen, Cabot. Drake bringt dir die Handtücher, wenn sie hier sind", sagte ich.

Er tat, wie ihm geheißen, und ich holte meinen Laptop, setzte mich an den Tisch und steckte ihn in die Steckdose. Aufgrund der klassifizierten Daten, die wir versendeten, mussten wir uns über unsere Handys ins WLAN einloggen, und nachdem ich das eingerichtet hatte, wandte ich mich wieder dem Bericht zu.

Die Handtücher kamen, und als Cabot aus dem Bad trat – er sah besser aus, roch besser und strahlte mich an –, sagte ich ihm und Drake, dass sie sich beim Zimmerservice etwas bestellen sollten, wenn sie wollten.

„Lies dir meinen Bericht durch", sagte ich dann zu Ian. „Wenn ich etwas vergessen habe oder so, korrigiere mich, okay?"

„Ja", brummte er, ohne mich anzusehen, als er sich vor meinen Laptop setzte.

Irgendeine Laus war ihm über die Leber gelaufen, aber ich wusste ums Verrecken nicht, was das gewesen sein mochte. Aber ich brauchte eine Dusche dringender, als ich ihn aus seiner Laune locken wollte, und so ließ ich ihn grollen – oder schmollen, das konnte ich nicht genau sagen – und verschwand im Bad.

Heißes Wasser hatte sich noch nie so gut angefühlt. Ich stand viel länger unter der Dusche, als ich eigentlich gemusst hätte, und als ich endlich fertig war, kam gerade der Nachtisch an, den sie bestellt hatten. Ich hatte vergessen, wie viel achtzehnjährige Jungen verdrücken konnten.

Ich zog mir die Lounge Pants an, die meine Mädels für mich gekauft hatten, und ging, mir immer noch die Haare rubbelnd, ins Wohnzimmer.

„Bist du wirklich – oh."

Ich hob den Kopf und sah Drake, der über Cabot gebeugt dastand, den Blick wie gebannt auf mich gerichtet. „Bin ich wirklich was?"

„Schwul", quietschte Cabot.

„Ja", sagte ich mit einem Lächeln. „Warum?"

Drake schüttelte den Kopf, als wäre er sich nicht sicher. Cabot schluckte nervös, die Augen fest auf mein Gesicht geheftet. Sie waren beide ein wenig überwältigt, und ich konnte mir auch vorstellen, warum: Ich war vermutlich der erste andere schwule Mann, dem sie begegnet waren.

„Ich geh das hier eben schnell aufhängen, dann können wir uns unterhalten, okay?"

Sie nickten synchron.

Ich ging zurück ins Bad, hängte das Handtuch auf und warf im Vorbeigehen einen prüfenden Blick auf die Schlösser an den Türen. Als ich mich umdrehte, um zu den Jungs zurückzugehen, stand Ian direkt vor mir, hatte sich lautlos an mich herangeschlichen.

„Ich habe dich gar nicht gehört." Ich lächelte und wollte an ihm vorbeigehen.

Er hielt mich mit einer Hand auf dem Arm auf.

„Was ist?"

Seine Augen waren fest auf meine gerichtet, aber er sagte nichts.

Ich räusperte mich. „Hast du ein zweites T-Shirt in deiner Tasche?"

„Warum, hast du keine Lust mehr, halbnackt herumzulaufen?"

„Wie bitte, was?"

„Die Jungs haben beide beinahe ihre Zunge verschluckt, als du aus dem Bad gekommen bist", murrte er und stieß mich zurück. „Was zum Teufel hast du dir dabei gedacht?"

Ich wusste nicht mehr weiter.

„Und eine engere Hose hättest du dir auch nicht anziehen können?"

„Jetzt hör schon auf", sagte ich spielerisch, da ich annahm, dass er mich aufzog.

„Kommt ihr jetzt? Ich dachte, wir wollten reden", sagte Drake, der um die Ecke kam.

„Wir kommen gleich!", schrie Ian über seine Schulter.

Drake riss die Augen weit auf vor Überraschung und verschwand eiligst wieder.

„Warum schreist du ihn an?"

„Tue ich nicht!"

„Hörst du dir gerade selber zu?"

„Hey, ihr zwei, wir gucken im Schlafzimmer fern!", verkündete Cabot laut, dann hörte ich die Tür zuschlagen.

„Na super", schimpfte ich. „Jetzt hast du ihnen Angst eingejagt."

„Ich hab niemandem Angst eingejagt", fauchte er, sichtlich gereizt.

„Doch, hast du. Es sind doch nur Kinder, Ian."

„Ist mir scheißegal." Er klang wütend und streitlustig und gemein.

„Du bist schon den ganzen Tag so schlecht gelaunt. Was ist los mit dir, Mann, stimmt etwas nicht?"

„Ja, du!"

„Ich?" Ich war verblüfft, betroffen.

„Du machst mich wahnsinnig."

„Warum? Was habe ich getan?"

„Du solltest nicht –" Er unterbrach sich und trat einen Schritt vor, nah an mich heran, und drängte mich gegen die Tür, zwängte einen Oberschenkel zwischen meine Beine und legte die Hände auf meine Hüften.

Ich spürte ein heißes Pulsieren wie einen Stromschlag des Verlangens meine Wirbelsäule hinunterrasen und mich mit Hitze füllen. Für einen Sekundenbruchteil war es, als würde ich in der Empfindung ertrinken. „Lass mich los", sagte ich halb flehend.

„Warum?"

„Weil du gefährlich nah daran bist, gegen die Wand geworfen zu werden."

Sein Atem stockte. „Ja, okay. Tu das."

Mein Blick begegnete seinem.

„Tu es", forderte er mich heraus und leckte sich die Lippen.

„Ian?", murmelte ich, legte beide Hände um sein Gesicht und zog ihn langsam näher an mich heran. „Was ist los?"

Seine Stirn legte sich in Falten.

„Was willst du?"

Immer noch nichts.

„Ich kann es diesmal nicht erraten. Du musst es mir sagen."

Er räusperte sich.

„Bitte."

Die Muskeln an seinem Hals traten in dicken Strängen hervor. „Gestern, als wir – als du –" Er schluckte schwer. „Es hat sich angefühlt, als würde ich dir gehören."

So hatte ich ihn behandelt, denn im Bett konnte ich meine Gefühle nicht verbergen. Mein Verlangen, ihn zu besitzen, ihn ganz mein zu machen, war offensichtlich gewesen. Ich hatte mir Sorgen deswegen gemacht und versucht, die Atmosphäre leicht und ungezwungen zu halten. Aber offenbar war das nicht das, was er wollte – und wichtiger noch, was er brauchte.

Die Art, wie er mich ansah … mir ging ein Licht auf.

All seine Frustration, sein Ärger, war in diesem *Besitzanspruch* begründet.

Plötzlich machte alles Sinn: seine Unruhe im Auto und die Fahrigkeit, als wäre ihm seine Haut plötzlich zu eng, und dass er sich verhalten hatte, als ob er am liebsten ganz weit weg von mir gewesen wäre. Er brauchte festen Boden unter den Füßen. Er musste wissen, wohin er gehörte und zu wem.

„Und das ist es, was du willst?", fragte ich, als er mit den Händen über meine Flanken fuhr und den Kopf so weit herunterbeugte, dass er mit den Lippen mein Schlüsselbein berühren konnte. „Mir zu gehören?"

Das Beben, das ihn durchlief, war die einzige Antwort, die ich brauchte.

„Ian?"

Er nickte, und seine Lippen öffneten sich, und seine Zähne kratzten sanft über meine Haut. „Die ganze Zeit", sagte er mit rauer, belegter Stimme. „Immer warst du … Du warst da. Einfach … da."

Mein ganzer Körper spannte sich an, als ich mich bereit machte für das, was passieren konnte. Was ich verlieren konnte.

„Es ist nicht – Ich meine –" Er atmete scharf ein. „Ich bin –"

„Alles gut", sagte ich sanft.

„Scheiße", murmelte Ian leise und drückte sein Gesicht an meine Schulter, während seine Hände über die Muskeln an meinem Rücken fuhren.

„Du kannst es mir sagen", drängte ich ihn und rieb meine Nase an seiner Schläfe, drückte einen sanften, zärtlichen Kuss auf seine Haut und ließ meine Lippen an seinem Kiefer hinunter wandern.

„Was zum Teufel soll diese Hose?"

Nicht das, was ich zu hören erhofft hatte, aber ich konnte damit arbeiten, dass ihm gefiel, was er sah. Ich nahm seine Hände, schob sie unter den elastischen Hosenbund zu meinem Hintern und drückte fest. „Sie ist dazu gedacht, ausgezogen zu werden", flüsterte ich ihm bebend ins Ohr.

„Miro", brachte er heraus und hob den Kopf. Seine Lippen waren nur wenige Zentimeter von meinen entfernt, und er rieb seinen prallen Schaft an meinem Oberschenkel. „Ich brauche mehr."

„Mehr was? Mehr Küsse? Mehr Sex?"

„Scheiße, ja, alles", sagte er heiser und zog seine Hände aus meinem Griff, packte mit der einen meine Hüfte und mit der anderen mein Glied.

Ich stieß vor in seine Faust, und er stöhnte, drückte einen Kuss auf meinen Hals. „Und?"

„Ich … hänge fest", sagte er und streichelte meinen Schwanz, zog ihn aus der Hose heraus. „Es fühlt sich an, als wäre ich bereits alles, was ich sein kann, als wäre es das gewesen, es sei denn …"

Seine trägen Berührungen machten mich wahnsinnig. Ich wollte, brauchte seinen Mund auf mir, seinen Mund oder eine festere Berührung, mehr Druck und Reibung, mehr, bis ich kam. „Es sei denn was?", knurrte ich.

„Du bleibst bei mir."

Es dauerte einen Moment, bis seine Worte durch meine Gehirnwindungen durchgedrungen waren, da meine ganze Aufmerksamkeit auf seinen Körper gerichtet war: auf seine Nähe, seinen warmen Atem, seine halbgeschlossenen Augen und seine fordernden Hände. „Es sei denn, ich bleibe bei dir?" Es tat mir im Herzen weh, ihm dabei zuzuhören, wie er diese Gefühle aus den tiefsten Tiefen seiner Seele hervorbrachte, aber ich musste wissen, was dort unten vergraben lag, was in seinem Herzen war.

„Scheiße", stöhnte er und versuchte, mich loszulassen, aber ich schob meinen steifen, heißen Schwanz in seine Hand, und er packte mich automatisch fester.

„Fühle ich mich gut an?"

„Oh, verdammt, ja", sagte er mit tiefer, grollender Stimme und drängte sich näher, presste seinen eigenen Schwanz, der seine Jogginghose ausbeulte, gegen meinen.

„Vielleicht solltest stattdessen du bei mir bleiben."

„Okay."

„Soll ich dir befehlen, bei mir einzuziehen?"

„Ja bitte", sagte er, scheinbar unwillkürlich, jedenfalls ohne zu zögern.

„Weil du auf die Art immer weißt, dass du bei mir ein Zuhause hast, egal, ob wir gerade gemeinsam einen Zeugen geleiten oder du auf der anderen Seite der Welt allein bist."

„Ja."

„Und wenn du weißt, dass du mir gehörst, dass du *zu mir* gehörst, dann werden Dinge wie mich im Auto nicht anfassen können dir nicht das Gefühl geben, als wäre dir deine Haut zu klein geworden."

Sein Blick begegnete meinem.

„Denn wenn wir nach Hause kommen und die Türe hinter uns zumachen können, kann ich mit dir anstellen, was immer ich will."

„Ja", sagte er mit rauer Stimme. Dann fing er an, an seiner Jogginghose herumzuzerren, schob sie so weit herunter, dass er seinen längeren, schlankeren Schwanz befreien konnte.

Ich umfasste uns beide, fest und eng, und er stöhnte, als hätte er Schmerzen.

„Gott, warum machen wir das nicht schon seit ... Mensch, Miro, du bist doch der Clevere von uns beiden."

War ich das?

Ich legte eine Hand um seinen Nacken, hielt ihn auf die Art still, während ich die andere Hand an unseren Schwänzen auf und ab gleiten ließ, hart und fordernd. Das Gefühl seiner Haut an meiner war unglaublich.

„Es ist mehr als nur –" Er erschauerte. „– das."

„Ich weiß", beruhigte ich ihn, dann schlug ich zu. Ich stieß ihn mit dem Gesicht gegen die Tür und drängte mich an ihn, nagelte ihn mit meinem stämmigeren Körper an Ort und Stelle fest. „Nicht bewegen."

Er stand still, sagte kein Wort, atmete nur ein und aus, und ich zog meine Hose hoch und rannte los, schnappte mir meine Tasche und kramte das Gleitgel heraus. Im Vorbeigehen registrierte ich, dass die Tür, die vom Wohnraum zum Schlafzimmer führte, geschlossen war, und auf dem Rückweg sah ich, dass die vom Bad ins Schlafzimmer führende Tür ebenfalls verschlossen war. Was unsere Professionalität anging, die war eindeutig den Weg alles Irdischen gegangen. Aber Drake Ford und Cabot Jenner würden auch nach unserer Rückkehr nach Chicago in unserer Obhut bleiben, und da wir sie gerettet hatten, erst emotional und dann physisch, machte ich mir keine zu großen Sorgen, dass sie schlecht über Ian oder mich reden würden. Und selbst wenn sie es taten, es kümmerte mich nicht.

Ian brauchte mich.

Als ich zurückkam, fand ich ihn noch genauso vor, wie ich ihn verlassen hatte. Ich schob erst meine Hose bis zu den Knöcheln hinunter, dann seine, dann beugte ich mich vor und küsste ihn zwischen die Schulterblätter. Ich stieg aus dem Hosenknäuel um meine Füße heraus und trat es beiseite, dann ließ ich den Verschluss des Gels aufschnappen.

„Ich will mit zu dir nach Hause gehen", sagte er mit belegter Stimme. „Ich will, dass du mich auf dein Bett drückst und dort festhältst."

Wie ich ihn körperlich dominieren sollte, während er mir seine Seele entblößte, war mir ein Rätsel.

„Ich hab gelogen, weißt du", gestand er, als ich um ihn herum fasste, meine Finger um seinen Schwanz schloss und ihn von den Eiern bis zur Spitze massierte. Seine Haut war von den kontinuierlich hervorperlenden Lusttropfen feucht und heiß.

„Worüber?", fragte ich und schob einen Finger zwischen seine Pobacken.

Er keuchte und wölbte den Rücken, drängte sich an mich, und mein Finger glitt bis zum Knöchel in ihn hinein.

„Ian? Worüber hast du gelogen?"

„Ich – ich hab nie von deinem Sofa geträumt, M", krächzte er. „Ich hab von deinem Bett geträumt und davon, mit dir drin zu liegen."

Seine Ehrlichkeit würde mich noch umbringen.

Guter Gott.

„Wie lange", wollte ich wissen, ließ seinen Schwanz los, packte stattdessen meinen und bestrich ihn großzügig mit Gel. Ich wollte und konnte Ian nicht wehtun, aber mehr als das konnte ich ihm im Moment auch nicht geben.

„Seitdem ich das erste Mal bei dir übernachtet hab."

Anstatt ihm eins über den Schädel zu ziehen, ließ ich die Tube neben mich fallen, beugte mich vor und legte meinen Mund an sein Ohr. „Warum bist du nicht rauf und zu mir ins Bett gekommen?"

„Ich hatte Angst", gab er zu. Er stützte sich mit den Händen an der Wand ab, Arme schulterweit ausgebreitet, und zog seinen linken Fuß aus der Hose, die um seinen Knöchel hing, sodass er die Beine spreizen konnte.

Ich legte meine linke Hand um seine Kehle und drückte seinen Kopf zurück auf meine Schulter, während ich Küsse über seinen Kiefer verteilte.

„Miro", presste er heraus. „Es hat mir gefallen, als du in mir gekommen bist."

Er wollte mich wirklich umbringen. „Oh, ja?", fragte ich und zwang mich dazu, ruhig zu bleiben, nicht zu hetzen.

„Als du … als dein Saft aus mir rausgetropft ist, und ich das in meinem Hintern und auf meinen Oberschenkeln fühlen konnte … ich meine, ich wusste, dass es wirklich passiert ist, ja? Wir waren verbunden."

„Ja."

„Mach das noch mal."

„Du wirst mich ganz aufnehmen, verstanden?"

Er nickte.

Ich lehnte mich ein Stück zurück, packte die Wurzel meines Schafts, brachte mich in Position und drückte.

„Verflucht!"

211

All seine Muskeln krampften sich fest zusammen, aber ich war zu glatt und drang vor, drang ein, erfüllte ihn und beobachtete, wie sein Loch meinen Schwanz schluckte, bis ich ganz in ihm war, meine Eier an seinen Arsch gedrückt.

„Hol dir einen runter", wies ich ihn an, die Hände auf seinen Hüften, als ich mich halb aus ihm zurückzog, langsam, quälend, mit einer Drehbewegung meiner Hüften, die all seine Nervenenden sensibilisierte. Dann stieß ich kraftvoll wieder hinein, und er fuhr zusammen.

„Nicht aufhören", flehte er.

Seine Hände ballten sich an der Wand zu Fäusten, als ich die Bewegung wiederholte, mich in ihn hineinbohrte, rhythmisch und stetig und ohne eine Spur von Sanftheit, wieder und wieder, in hämmernden Stößen.

Die Glätte seines Inneren, die Art, wie die Muskeln sich um mich herum spannten und wieder lockerten und mich festhielten – er fühlte sich so gut an.

„Vergib mir."

Als könnte ich etwas anderes tun. „Sicher."

„Behalte mich."

„Absolut", versprach ich, als ich spürte, wie sich die Woge des Orgasmus langsam in mir aufbaute, wie meine Hoden sich zusammenzogen, und mir brach der Schweiß aus. „Nimm deinen Schwanz. Besorg's dir, ich komme nämlich gleich."

„Miro –" Seine Stimme schwankte und brach. „Ich brauch's fester. Bitte, Miro. So fest, dass es wehtut."

„Wenn es wehtut, mache ich irgendwas falsch", knurrte ich, packte seinen Nacken und stieß ihn vorwärts, stieß ihn auf dem Teppich auf die Knie und folgte ihm. „Rühr dich nicht."

Er schrie heiser auf, als ich seine Prostata voll erwischte; meine Hände umschlossen seine Schultern und hielten ihn fest, als ich ihn fickte.

Er erstarrte unter mir, und ich kam in ihm, als er sich über den Teppich unter uns ergoss. Die Nachbeben seines Orgasmus drückten meinen Schaft beinahe zu fest, und ich wollte mich zurückziehen, aber ein einzelnes, kleines Wort ließ mich in der Bewegung innehalten.

„Bleib."

Und so sackte ich auf ihm zusammen, überließ ihm mein Gewicht, vergrub mein Gesicht an seinem Hals und keuchte an seiner verschwitzten Haut.

„Was ist, wenn du mich irgendwann nicht mehr ausstehen kannst und ich nicht nur meinen Lover, sondern auch meinen Partner und meinen besten Freund verliere?"

„Ich weiß alles über dich", sagte ich und drehte den Kopf, sodass ich an seiner Haut knabbern und lecken konnte. „Warum sollte ich dich irgendwann nicht mehr ausstehen können?"

„Alle anderen Frauen, mit denen ich –"

„Ich bin keine Frau."

„Ja, ist mir auch klar, dein Monsterschwanz steckt ja noch in meinem Arsch."

„Lass mich gerade –"

„Nein", flüsterte er und fasste nach hinten, packte meinen Oberschenkel und hielt mich fest. „Warte."

Also blieb ich, wo ich war, in ihm, und atmete mit ihm.

„Das ist gut so."

Es war so viel mehr als nur das.

16

ALS ICH ihm auf die Füße half, sah ich überrascht Blut an seinem Mund. „Was ist passiert?", fragte ich ihn besorgt und wischte es ihm mit meinem Daumen von der Lippe.

„Ich wollte nicht zu laut schreien", gestand er, wobei er mich ansah, als wäre er betrunken. „Du kannst mich aber trotzdem küssen, es tut gar nicht weh."

„Ian –"

„*Küss* mich."

Ich beugte mich vor und legte zärtlich meine Lippen auf seine, und er schmolz förmlich dahin, legte die Arme um meinen Hals und schmiegte sich an mich. Ich hatte dieses Bedürfnis in ihm nie wahrgenommen, und er war endlich selbstbewusst und zuversichtlich genug, es mich sehen zu lassen.

„Nicht aufhören", bat er mich, als ich mich von ihm löste, um durchzuatmen.

„Komm mit mir."

Er wollte nicht duschen, aber ich schob ihn dennoch in die Kabine und wusch ihm schnell Schweiß und getrocknetes Sperma vom Körper, dann deponierte ich ihn auf dem Schlafsofa, wo er binnen Sekunden einschlief. Ich kehrte an meinen Laptop zurück und schrieb den Bericht für Kage zu Ende, las ihn noch einmal durch, um mich zu vergewissern, dass ich so genau wie möglich gewesen war, dann speicherte ich ihn ab und schloss das Dokument. Anschließend räumte ich unsere Sachen auf, holte Ians Computer aus seiner Tasche, loggte mich als er ein, öffnete das Dokument erneut und las es ein weiteres Mal durch, diesmal aus Ians Sicht, und überlegte, was ich dem noch hinzufügen konnte. Als sich die Schlafzimmertür öffnete, hob ich den Kopf und sah Drake und Cabot vorsichtig herausspähen.

„Ja, es ist sicher." Ich gluckste. „Entschuldigt das eben, die Sache ist noch neu für uns und von daher immer noch ein wenig … explosiv."

Sie kamen näher, ließen sich am Tisch nieder und sahen mich erwartungsvoll an.

„Ja?"

Cabot räusperte sich. „Ich – wir –" Seine Augen huschten zu Drake und dann zu mir zurück. „– haben Fragen, wenn das okay ist."

Ich hörte auf zu tippen, lehnte mich zurück und verschränkte die Arme vor meiner bloßen Brust. „Kein Problem, fragt."

Drake räusperte sich. „Bist du … aktiv?"

„Ja."

„Aber er ist so –" Cabot hüstelte, warf einen Blick zu Ian hinüber und sah mich dann wieder an. „– unheimlich."

„Macht ihn die Tatsache, dass ich ihn ficke, weniger unheimlich?"

„Oh, Teufel, nein", sagte Drake augenblicklich.

Ich sah Cabot fest an. „Wenn es dir gefällt, wenn Drake aktiv ist, dann ist das super. Aber wenn du es auch mal ausprobieren möchtest, dann musst du ihm das sagen."

Er sah überrascht aus; seine Augen wurden riesengroß, und sein Mund klappte auf. „Und du", sagte ich und wandte mich an Drake. „Wenn du möchtest, dass er oben ist, frag ihn. Du wirst dadurch nicht weniger Mann, dass du ihn lässt."

„Okay."

„Es gibt nur einen Grund, sich im Bett nicht abzuwechseln: Er will es nicht, und du willst es auch nicht. Aber wenn er deinen Arsch will, und du findest, dass das heiß klingt, dann nur zu. Es ist euer Bett. Niemand sonst kann euch vorschreiben, was ihr dort macht."

Sie nickten synchron, wie abgerichtete Seehunde.

„Wie hast du…", begann Cabot und rutschte näher, „jemanden wie *ihn* dazu gebracht, dir so weit zu vertrauen, dass er dich das mit ihm machen lässt?"

Ich dachte einen Moment lang nach. „Wir waren zuerst Freunde, und das ist wichtig."

„Und wie seid ihr Freunde geworden?"

Ich lächelte breit. „Hast du schon mal eine streunende Katze gefüttert?"

„Ja", sagte er und lächelte zurück. „Man stellt ihr jeden Tag frisches Futter hin. Zur selben Zeit und an dieselbe Stelle. Man muss konsequent bleiben."

„Genau. Du machst immer weiter, auch wenn die Katze dich anfaucht und vielleicht sogar kratzt und so tut wie: ‚Nein, ich brauche dieses Futter nicht, mir geht es total gut allein hier draußen im Dunkeln'."

Drake sah zu Ian hinüber, der ausgestreckt auf dem Bett lag, sein breiter, muskulöser Rücken – und die Narben darauf – uns zugewandt. „Ich hätte nie gedacht, dass er schwul ist."

„Warum?", fragte ich betont. „Wie sieht schwul aus?"

Er wandte sich wieder mir zu. „Nicht so wie er, das steht mal fest."

„Wie ich", warf Cabot ein. „Ich sehe schwul aus."

„Du bist schön", konstatierte ich. „Aber das macht dich nicht automatisch schwul. Wenn ihr nach Chicago kommt, werdet ihr sehen, was ich meine. Schwul und hetero gibt es in allen erdenklichen Formen und Farben."

Sie brannten darauf, mit mir zu sprechen, ich konnte es auf ihren Gesichtern lesen.

„Erzählt mir davon, wie ihr euch begegnet seid", forderte ich sie auf.

Drake räusperte sich und lehnte sich vor, während Cabot beide Ellbogen auf den Tisch stützte und ihn so anbetend ansah, dass ich beinahe Zahnschmerzen bekam, so süß waren sie. „Mr Jenner hat mich letzten Sommer angestellt, gerade bevor die Schule angefangen hat", erklärte Drake. „Ich sollte mich um Cabots Pferde kümmern. Er reitet Dressur."

„Und vorher wart ihr euch noch nie begegnet?"

„Nein. Cabot war die ganze Zeit immer in irgendeinem Internat, aber diesmal haben sie ihn rausgeworfen."

„Drogen?", fragte ich.

„Zensurfälschung", informierte Cabot mich. „Was soll ich sagen, ich bin ein geborener Hacker."

„Kein sehr guter, wenn du erwischt worden bist."

„Nein, ich bin gut", verteidigte er sich. „Der Typ, mit dem ich zu der Zeit was am Laufen hatte, der hat es in den Sand gesetzt, und ich habe ihn gedeckt."

„Warum? Hast du ihn geliebt?"

Drake war plötzlich sehr an der Antwort interessiert.

„Nein. Ich wollte aus Prag weg", antwortete Cabot und streckte über den Tisch eine Hand nach Drake aus.

Drake nahm die feingliedrige Hand und hielt sie fest. „Und an meinem ersten Tag hab ich ihn gesehen, wie er über die Hügelkuppe kam auf dem Weg zum Stall … Da wusste ich, ich bin schwul."

Ich lachte leise. „Nicht schlecht."

„Er war das Schönste, das ich je gesehen hatte", fiel Cabot ein, und seine Augen verschlangen Drake förmlich. „Ich wollte ihn besteigen wie einen Baum."

„Okay, danke dafür", sagte ich mit einem Schmunzeln, als ich mich wieder meinem Bericht zuwandte.

„Er hat mich verführt", sagte Drake und tippte mich aufs Bein, um meine Aufmerksamkeit zu bekommen.

„In den Ställen?", fragte ich.

„Ja."

„Ihr hattet da Gleitgel und Kondome?"

Nichts. Kein Laut.

Ich hob den Blick vom Computerbildschirm und sah ihre fragenden Mienen. „Habt ihr zwei euch testen lassen?"

Cabot schüttelte den Kopf, und Drake zuckte mit den Schultern.

„Oh, um Himmels willen", grummelte ich. „Ihr zwei lasst euch testen, sobald wir in Chicago angekommen sind, aber bis dahin braucht ihr Gleitgel."

„Wir nehmen Spucke."

„Oh, Gott, nein", machte ich diesem Schwachsinn ein Ende. Ich stand auf und ging zu meiner Tasche. Ich kramte die Tube heraus, die ich vorhin benutzt hatte, und warf sie Drake zu. „Wenn wir in Chicago angekommen sind, nehme ich euch mit zu dem Laden, wo ich mein bevorzugtes Gel kaufe, aber in der Zwischenzeit, nehmt das hier."

„Wir haben mal eins ausprobiert", sagte Cabot und verzog das Gesicht. „Aber es war total klebrig und ekelig."

„Dieses hier ist sehr glatt und nicht ganz so dickflüssig, wie ich es gerne hätte. Probiert es mal damit aus."

Sie waren überrascht.

„Jetzt? Einfach so nach nebenan gehen und Sex haben?"

Guter Gott. „Sicher. Oder soll ich Sade auflegen, damit ihr in Stimmung kommt?"

Sie sahen mich aus zusammengekniffenen Augen an.

„Oh, geht weg", sagte ich angewidert.

Cabot fing an zu lachen, und Drake kam zu mir und klopfte mir auf die Schulter.

„Wir sind beide so froh, dass wir dich und Ian haben, und dass ihr auf uns aufpasst."

Ich seufzte schwer. „Ihr solltet euch wirklich absolut ganz sicher sein, dass zusammensein das ist, was ihr wollt."

„Werden wir zur Schule gehen?"

„Ja, und wir werden auch dafür sorgen, dass ihr zur Uni gehen könnt, wenn es das ist, was ihr wollt."

„Wir wollen", sagte Drake.

„Dann nehmen wir das in Angriff, sobald wir in Chicago sind."

„Und wir gehen Gleitgel kaufen", erinnerte Cabot mich.

Guter Gott, was hatte ich da angerichtet? „Richtig."

Drake biss sich auf die Unterlippe. „Kann ich … ist das okay?"

Ich war dabei, einen Riesenfehler zu machen, aber ich öffnete dennoch meine Arme für ihn.

Im Nu war er da, umarmte mich fest und legte seinen Kopf auf meine Schulter. Cabot stand schon wartend hinter ihm.

„Es kommt alles in Ordnung", versprach ich.

Drake atmete ein paarmal tief durch, um sich zu beruhigen, und ich hörte ein Schnüffeln. Kaum hatte er einen Schritt zurück getan, da schob Cabot sich zwischen uns, schlang seine Arme um meine Taille, legte seine Wange an meine Brust und klammerte sich an mich. Dann atmete er mit einem Seufzen aus.

Ich gab beiden Jungs das Gefühl, in Sicherheit zu sein, ein Umstand, der mich sehr froh machte.

Als Cabot bereit war, ließ er mich los. Drake nahm seine Hand, führte ihn in ihr Schlafzimmer und schloss die Tür hinter ihnen.

Das Gleitgel hatten sie mitgenommen.

Ich setzte mich wieder an den Laptop und fügte dem Bericht hier und da noch ein paar Details hinzu. Aus dem Schlafzimmer drang ein unterdrückter Schrei, den ich versuchte zu überhören. Dann schickte ich den Bericht ab. Pflicht erfüllt, doch ich stellte fest, dass ich noch gar nicht müde war, obwohl es bereits acht Uhr war und die letzten Tage hart gewesen waren. Ehrlich gesagt hatte ich schon wieder Hunger. Meine innere Uhr war komplett aus dem Rhythmus gekommen. Ich machte den Fernseher an, stellte ihn auf stumm und zappte mich durch die Kanäle. Normalerweise würde ich, wenn ich nicht müde war, eine Runde laufen gehen, um mich vom Essen abzuhalten, aber Ian schlief den Schlaf der Gerechten, also musste ich hierbleiben und sie alle beschützen.

„War'm bist du wach?"

Ich drehte mich um und sah, dass Ian ein Auge geöffnet hatte und mich missmutig ansah. „Kann nicht schlafen."

„Warum nicht?"

„Ich habe Hunger."

„Bestell dir was beim Zimmerservice."

„Dazu ist es zu spät, und die Jungs haben alles, was sie bestellt haben, aufgegessen."

„Du isst eh immer nur die Pies."

Das stimmte.

„Aber wenn du wirklich Hunger hast, warum gehst du dir nicht was holen oder bestellst eine Pizza?"

„Wir sind hier nicht in Chicago."

„Oh, das ist mir bewusst."

„Großstadtsnob", neckte ich ihn.

„Halt den Mund."

„Leg dich wieder schlafen."

„Warum sitzt du im Sessel?"

„Ich wollte dir Platz lassen."

„Oh, Mann, M", murmelte er und zog an dem Laken auf dem Schlafsofa, das uns bis zum Morgen die schönsten Rückenschmerzen bescheren würde. „Nimm dir allen Platz, den du haben willst. Leg dich auf mich, wenn's sein muss."

Ich lächelte.

„Komm her", befahl Ian.

Ich machte den Fernseher aus, legte die Fernbedienung neben der Nachttischlampe ab, knipste sie aus und kroch neben ihm ins Bett. „Oh, wow", sagte ich und lachte schnaubend. „Man spürt echt jede einzelne Feder in diesem Ding."

Er lachte leise, legte eine Hand um meinen Nacken und zog mich zu sich herunter, in seine wartenden Arme.

Ich machte es mir auf ihm gemütlich, drängte seine Beine auseinander und legte mich dazwischen, mein Kopf auf seinem Herzen. Seine Finger glitten durch meine Haare, und das war so wunderbar entspannend, dass mir binnen Sekunden die Augen zufielen.

„Geh von jetzt an immer davon aus, dass ich dich so nah wie möglich haben will."

„Okay."

„Gut", flüsterte er, schlang einen Arm um meinen Rücken und hielt mich eng an sich gedrückt, während er mit seinen Streicheleinheiten fortfuhr.

Ich lächelte, als ich ausatmete, das letzte Mal an diesem Tag, zufriedener und glücklicher, als ich es je gewesen war.

17

UNSER FLUG ging um viertel nach neun morgens. Ich sorgte dafür, dass alle früh genug aufstanden, dass wir vor dem Frühstück noch duschen konnten. Nachdem wir das Auto abgegeben hatten, gingen wir durch den Terminal und stellten uns in die Reihe für die Rechtsvollzugsbeamten. Die Sicherheitsleute kontrollierten unsere Ausweise, Tickets, Haftbefehle und dann unsere Waffen. Ich hatte nur eine und Ian seine beiden, und so dauerte es nicht lange, bis wir weitergehen durften.

Im Boardingbereich ließ ich Ian mit den Jungs am Gate und ging auf die Toilette. Als ich mir die Hände wusch, erhaschte ich einen Blick auf mein Gesicht im Spiegel, und es ließ mich zusammenfahren. Ich grinste wie ein Vollidiot, und jetzt verstand ich auch, warum jeder, von der Kellnerin im Cracker Barrel über den Herrn vom Bodenpersonal bis hin zu dem Sicherheitsbeamten so zuvorkommend gewesen war. Sie glaubten alle, ich hätte einen Hirnschaden. Ich sah aus, als wäre ich high.

Ian.

Das war alles seine Schuld. Er hatte diesen unsäglich albernen Effekt auf mich, bis ich das Gefühl hatte, beim Gehen pfeifen zu müssen. Gott, was würde ich tun, sollte er jemals sagen, dass er mich liebte?

„Scheiße", ächzte ich und klammerte mich an das Waschbecken, wobei ich mir beinahe das Glas über dem Ziffernblatt meiner Rolex Daytona, die Catherine mir letztes Jahr zu Weihnachten geschenkt hatte, zerbrach.

„Alles in Ordnung bei Ihnen?"

Mein Kopf fuhr hoch. Ich sah in den Spiegel und entdeckte einen in einen Dreiteiler gekleideten Mann hinter mir.

„Sie sehen aus, als würden Sie jeden Moment umkippen."

Ich drehte mich langsam zu ihm um. „Nein, mir geht's gut, danke."

Er trat einen Schritt zur Seite. Nicht näher, aber auch nicht zurück. Mehr so, als wollte er mich einkreisen, was ich nicht so erfreulich fand.

„Danke für Ihre Besorgnis."

„Natürlich", sagte er leise, als eine Reinigungskraft hereinkam. Der Mann schob einen Rollwagen mit Putzmaterialien und trug eine Heckler & Koch P30 mit einem Schalldämpfer am Lauf.

„Keine Bewegung, Marshal."

Scheiße.

Der erste Mann trat einen Schritt vor, und ich packte den Griff meiner Waffe.

„Verdammt, keine Bewegung", sagte der Putzmann, hob seine Waffe mit beiden Händen und richtete sie auf mich.

„Sie sollten sich das mit dem Schießen gut überlegen", warnte ich ihn. Zwar zog ich meine Waffe nicht aus dem Halfter, aber ich war einsatzbereit. „Ich habe nämlich nicht vor, Ihnen meine Waffe zu geben."

„Marshal."

Ich wandte mich von dem Mann mit der Waffe ab und dem Mann im Anzug zu. Er zog eine Beretta 92FS aus einem Halfter unter seiner Anzugjacke und richtete sie auf mich.

„Ich bin Rahm Daoud", sagte er. „Und ich benötige nur eine kurze Bestätigung von Ihnen, Marshal, dann bin ich weg."

„Meine Befehle lauten anders", knurrte der Putzmann. „Der Plan war, den einen Marshal umzubringen und den anderen leben zu lassen."

Daoud blieb stumm, während er langsam näher kam. „Ja, aber wie ich deinem Auftraggeber bereits nahegelegt habe, bringt es nichts als Ärger mit sich, Polizisten, Marshals oder FBI Agenten umzubringen. Ärger, den keiner braucht."

„Leandro hat gesagt –"

Daouds Reaktion war schnell, beängstigend, wie das plötzliche Zuschlagen einer angriffsbereiten Schlange. Im einen Moment war die Waffe des Putztypen auf mich gerichtet, im nächsten wurde sie gewaltsam zur Seite gerissen, bevor er gezwungen wurde, sich selbst in die Brust zu schießen.

Ich machte einen Satz nach vorn, aber die auf mein Gesicht gerichtete Beretta ließ mich abrupt innehalten.

„Bleiben Sie, wo Sie sind, Marshal."

Regungslos sah ich zu, wie Daoud den Mann zu Boden gleiten ließ, dann seine Hand losließ und sie sanft auf seine Brust legte. Da er Handschuhe trug, würde er keine Fingerabdrücke auf der Mordwaffe hinterlassen.

„Dieser Mann arbeitete für Leandro Olivera", erklärte Daoud, und seine Lippen verzogen sich zu einem listigen, aufreizenden Lächeln. Wirklich, wenn er nicht versucht hätte, mich umzubringen, wäre ich schwer angetan gewesen. Er war wirklich atemberaubend mit seinen dunklen, funkelnden Augen, den Grübchen, dem glänzendschwarzen Haar und der dunkelgebräunten Haut. Er sah aus wie einer dieser heißen, portugiesischen Fußballspieler, und er bewegte sich mit derselben fließenden Anmut.

„Und für wen arbeiten Sie?", fragte ich, ohne den Blick auch nur für eine Sekunde von ihm abzuwenden.

„Lior Cardoso", antwortete er, und die Art, wie der Name von seinen Lippen floss, klang wirklich hübsch. „Kennen Sie diesen Namen?"

„Das tue ich."

„Dann verstehen Sie also auch, warum er sehr daran interessiert ist, dass die Männer, die seinen Neffen ermordet und dann versucht haben, das zu vertuschen, dafür büßen müssen."

„Sicher."

„Aber Leandro ist ein Hitzkopf. Und so haben wir jetzt diesen Salat hier, anstatt dass Sie und ich eine kurze Unterhaltung auf der Herrentoilette führen."

Ich wartete.

„Oder vielleicht auch eine lange."

Ich schnaubte verächtlich. „Sehe ich aus, als wäre ich leicht zu haben?"

Daouds schalkhaftes Lächeln hätte mein Inneres in Aufruhr versetzt, wenn eine schüchternere, süßere, so selten gesehene Version von Ian mich nicht bereits in seinen Bann geschlagen hätte. „Sie sehen gut aus."

Flirten machte die ganze Situation weniger bedrohlich. „Was will Lior Cardoso wissen?"

Er senkte die Beretta und ließ sie wieder unter seiner Anzugjacke verschwinden. „Der Junge, Drake Ford. Er wird aussagen, dass Christopher Fisher vorhatte, die Leiche von Safiro Olivera zu verbrennen?"

„Ja."

„Es gibt keine Zweifel bezüglich seiner Identität?"

„Nein."

„Gut", sagte er heiter, „das ist alles, was ich brauche, Marshal."

„Und was jetzt?", wollte ich wissen und trat einen Schritt auf ihn zu. „Cardoso hat gewartet, um zu hören, ob es stimmt, bevor er gegen Malloy vorgeht?"

„Er ist bereits gegen Malloy vorgegangen, wie Sie sehr wohl wissen."

Das tat ich, also schlussfolgerte ich: „Lior Cardoso hat Orson Malloy."

„Ja", sagte Daoud und bewegte sich in Richtung Tür.

„Aber bevor er was auch immer tut, wollte er die Bestätigung haben."

„Richtig."

„Hat Fisher sowohl für Malloy als auch für Cardoso gearbeitet?"

„Ja."

„Das ist gefährlich."

„Sogar tödlich, zumindest für Christopher Fisher", sagte Daoud und vergrößerte den Abstand zwischen uns.

„Also kann ich davon ausgehen, dass Sie Fisher einen Besuch abstatten werden?"

„Vielleicht", sagte er heiser und schob sich schneller in Richtung Tür.

„Werden wir je die Überreste von Orson Malloy finden?"

„Das ist zu bezweifeln."

„Und Drake Ford?"

„Drake Ford befindet sich in Schutzhaft."

„Das tut Christopher Fisher auch, und ich weiß, dass Sie das wissen", sagte ich und machte einen Schritt auf ihn zu.

„Wir haben keine Probleme mit Drake Ford", ließ er mich wissen. „Und bald wird Drake Ford zu seinem alten Leben zurückkehren können, da wir jeden Malloy umbringen werden, der ihn tot sehen will."

„Sie –"

„Es war mir ein Vergnügen, Sie kennenzulernen, Miro Jones", sagte Daoud glatt. „Lassen Sie uns so tun, als hätten wir ein kleines Rendezvous gehabt, und Sie warten diskret ein paar Minuten, bevor Sie die Toilette verlassen, nachdem ich gegangen bin."

„Sie wissen, dass ich das nicht tun kann."

„Dann werde ich Sie töten."

„Sie können es versuchen."

Er knurrte. „So arrogant. Ich hätte Sie wirklich gerne unter anderen Bedingungen kennengelernt. Wir wären prächtig miteinander ausgekommen."

„Das können wir immer noch, Daoud. Geben Sie mir einfach Ihre Waffe."

„Unglücklicherweise kann ich mich ebenso wie Sie nicht von ihr trennen."

Ich beobachtete seine Augen ganz genau, und sobald ich sah, wie sein Blick zur Seite glitt, zückte ich meine Waffe.

Er huschte um die Ecke, als ich ihm den Befehl zubrüllte, stehenzubleiben. Ich rannte hinterher in den Eingangsbereich, nahm aber die Kurve so weit wie möglich, sodass die Kugel, die er auf mich abfeuerte, nur meinen linken Oberarm streifte, anstatt sich in mein Herz zu bohren.

Der Ausdruck auf seinem Gesicht, widerwilliger Respekt begleitet von einem kurzen Neigen seines Kopfes, bevor er sich umdrehte und rannte, brachte mich zur Weißglut.

Er raste durch den Terminal, die Waffe in der Hand, und ich folgte ihm. Meine Arme und Beine arbeiteten wie Maschinenkolben, und ich holte immer weiter auf, als wir am Boardingbereich vorbeistürmten, wo Ian und die Jungs auf mich warteten. Ich wurde nicht langsamer, um etwas zu sagen; ich wusste, er würde bleiben und sie beschützen.

Die Flughafensicherheit schloss sich der Verfolgungsjagd an. Sie befahlen uns beiden, stehenzubleiben, was natürlich keinen von uns dazu veranlasste, auch nur das kleinste bisschen langsamer zu werden.

Ich hatte zu weit aufgeholt, als dass Daoud hätte anhalten, sich umdrehen und ein zweites Mal auf mich schießen können, und über die Schulter zu schießen hätte ihn langsamer gemacht. Ein einziger Augenblick der Unachtsamkeit, eine Sekunde Verzögerung, und ich hatte ihn, und er wusste das so gut wie ich. Er schrie die Leute an, ihm aus dem Weg zu gehen, und sie öffneten einen Korridor, durch den er und ich rannten.

Es war kein großer Flughafen, und als wir an weiteren Sicherheitsleuten vorbeikamen, schrie ich „Feuer!", um ihre Aufmerksamkeit zu erregen und hielt meine Waffe hoch, was wie erwartet zu mehr Rufen und Schreien führte.

Inzwischen verfolgten uns mehrere Leute. Daoud stürzte durch die automatischen Türen, ich nur Sekunden hinter ihm, und rannte direkt auf die Straße, wo er beinahe von einem Auto angefahren wurde – quietschende Reifen und wildes Hupen folgten, als Leute auf die Bremsen traten, um uns auszuweichen.

Ich sprintete über den Mittelstreifen hinter ihm her, blieb dann aber abrupt stehen und warf mich auf den Boden, als ein Kugelhagel über die Straße fegte.

Ich sah, wie er sich auf den Beifahrersitz eines SUVs schwang, der mit quietschenden Reifen davonfuhr, allerdings nicht, bevor Daoud mir zugewinkt hatte.

„Scheiße!", brüllte ich und kam auf die Knie. Es entging mir nicht, dass der Wagen kein Nummernschild hatte.

Sirenen, dann strömten bewaffnete Männer und Frauen um mich zusammen, und mir wurde befohlen, meine Waffe fallen zu lassen und meine Hände hinter dem Kopf zu verschränken.

Ich legte meine Waffe vorsichtig nieder, verschränkte die Finger über dem Kopf und wartete. Der erste Mann, der mich erreichte, machte Anstalten, meine Waffe wegzutreten.

„Wenn ich diese Waffe verliere, dann kaufen Sie mir eine neue."

Er blieb stehen – sie blieben alle stehen –, und dann sah jemand die Dienstmarke an meinem Gürtel.

„Oh, Scheiße."

Ganz genau meine Meinung.

Fünfzehn Minuten später sprach ich mit dem Leiter der Flughafenpolizei und Mitarbeitern des Büros des Sheriffs, während zwei Sanitäter meinen Arm verbanden.

„Wie lange ist es her, dass Sie die letzte Tetanusspritze bekommen haben, Marshal?"

„Einen Monat", informierte ich sie.

„Sie werden oft angeschossen, oder?"

„Ziemlich oft", sagte ich und zuckte zusammen, als sie die Wunde reinigte.

„Miro!"

Ich stöhnte und lehnte mich zur Seite, sodass ich um sie herumschauen konnte, und sah Ian, der durch den Terminal stürmte, Drake und Cabot im Schlepptau. Die Lautstärke und der Ton seiner Stimme, seine angespannte Kieferpartie und die geballten Fäuste legten mir nahe, dass ich in Schwierigkeiten war.

Er drängte sich durch die Umstehenden, bis er mich erreicht hatte, und kniete sich neben die Bank, auf der ich saß. „Was zum Teufel?"

„Auf der Toilette war ein Auftragsmörder des Nava Kartells."

„Was?"

„Ich –"

„Jetzt ist da ein toter Mann drin", warf irgendjemand ein.

Seine Augen huschten hinunter zu meinem Arm. „Gott."

„Es ist nur ein Streifschuss."

„Auf derselben Seite wie dein Herz."

Ich verzog das Gesicht.

„Schon wieder!"

„Ja, aber –"

„Miro!"

„Ich habe einen Namen", sagte ich schnell, in der Hoffnung, das Thema zu wechseln.

„Wessen Namen hast du? Den des Auftragskillers?"

„Ja."

„Wie?"

Was sollte ich darauf antworten? „Er hat ein bisschen geflirtet."

„Geflirtet", wiederholte er ausdruckslos, und ich sah absolut fasziniert zu, wie seine Augen ihre normale, blassblaue Farbe verloren und zu tiefdunklem Kobaltblau wurden.

„Wow", sagte ich und grinste unwillkürlich. „Dich hat's arg erwischt, was?"

Seine Augen wurden zu schmalen Schlitzen.

Mist.

Er machte Anstalten, aufzustehen, aber ich packte sein Handgelenk und hielt ihn fest. „Geh nicht weg."

„Oh, ich werde erst weggehen, wenn ich dich umgebracht habe", versprach er mit einem bösen Grinsen. „Jetzt rufe ich erst mal den Chef an. Viel Spaß."

Das war nicht sehr nett.

Es WAR definitiv nicht mein Tag, also kam Kage zum Tri-Cities Airport, um sich mit uns zu treffen und gemeinsam mit uns nach Chicago zurückzufliegen. Wir hatten natürlich unseren Flieger verpasst, und Aufgrund der jüngsten Ereignisse wollte er vor Ort sein. Er wäre heute ohnehin aus Arlington weggeflogen, aber jetzt machte er den Umweg, um uns zu helfen, unsere Zeugen nach Hause zu transportieren, da ich theoretisch außer Gefecht war. Obwohl ich ihm sagte, dass es mir gut ging, kam er her, denn auch er wollte hören, was ich dem örtlichen Sheriff, dem FBI, der Homeland Security und der Flughafenpolizei zu sagen hatte. Überall wimmelte es vor Journalisten, und die Sicherheitsbehörden brachten uns in die Lounge, die sie dann absperrten, da unsere Zeugen nicht gesehen werden durften.

Ian wechselte zwischen seinem Handy und der Arbeit an seinem Computer hin und her, und Cabot und Drake schauten fern, bis Cabot auf seinem Freund einschlief.

„Also, nach dem, was du gesagt hast", begann Drake, als ich mich neben ihn setzte, „klingt es für mich so, als ob diese Kartellleute mich in Ruhe lassen würden."

„Ja", seufzte ich. „So habe ich das auch verstanden."

„Und wieso, was meinst du?"

„Ich glaube, dass, wenn du Safiro Olivera in jener Nacht nicht gesehen hättest, er verbrannt worden wäre, und niemand gewusst hätte, was mit ihm passiert ist."

„Und jetzt weiß seine Familie, was wirklich passiert ist."

„Und so können sie trauern."

„Das ist gut so, das ist wichtig."

Wir schwiegen einen Moment, während ich ihn studierte. Er hatte so ein gutes Gesicht, freundlich und stark. „Also wird dein Leben vermutlich sehr viel schneller zur Normalität zurückkehren, als du glaubst. Vielleicht können du und Cabot nach Bowman zurück –"

„Nein", sagte er unnachgiebig. „Cabot und ich, wir fangen unser gemeinsames Leben weit, weit weg von alledem an."

„Du bist noch sehr jung, Drake. Dir ist bewusst, dass ihr – du und Cabot – vielleicht kein Ende wie im Märchen haben werdet? Dass es vielleicht nicht von Dauer ist?"

Er dachte einen Moment lang nach, und sein Blick glitt durch den Raum, bevor er zu mir zurückkehrte. „Vielleicht. Ich meine, ich bin ja nicht blöd. Ich weiß, dass wir beide noch sehr jung sind, wir sind ja beide gerade erst achtzehn geworden, und es wird nicht einfach werden. Wir werden zur Schule gehen müssen, zur Uni, und auch, wenn das geregelt ist, von irgendwas müssen wir ja leben, oder?"

„Richtig."

„Und Cabot, ich meine, er hat noch nie einen einzigen Tag lang gearbeitet. Er hat von nichts eine Ahnung, und das ist schon ein bisschen gruselig."

„Das kann ich mir vorstellen."

„Aber ich liebe ihn wie verrückt, weißt du? Und wenn man jemanden wie verrückt liebt, soll man dann Angst haben, dass es vielleicht nicht funktioniert, oder soll man das Risiko eingehen?"

Er hatte recht. Und weil er so jung war, konnte er einen unvoreingenommenen Blick auf die Situation werfen und sie als das sehen, was sie war – eine Einladung, alle Zweifel hinter sich zu lassen und den Schritt zu wagen. Ich musste dasselbe tun.

Ich beugte mich vor und tätschelte sein Knie. „Du hast recht. Gib einfach nur dein Bestes."

Sein Gesicht leuchtete förmlich auf. „Danke, Miro."

Ich stand auf und ging zu Ian hinüber, der wieder telefonierte. Als ich näherkam, hörte ich, wie er „Emma" sagte, und so zögerte ich.

„Nein", seufzte er und fuhr sich mit den Fingern durch die Haare, bevor er sich umdrehte und nach mir suchte. Seine Blicke glitten durch den Raum, und er wurde steif, bevor er bemerkte, dass ich quasi direkt neben ihm stand.

Ich sah, wie er tief Luft holte und sich entspannte, und die Erkenntnis traf mich wie ein Pistolenschuss. Er brauchte mich, um ihm festen Boden unter den Füßen zu geben, um ihn zu binden und zu halten, damit er nicht davontrieb. Und das würde ich verdammt noch mal auch tun, sobald wir wieder zu Hause waren. Wir würden im Flugzeug reden müssen. Es gab so vieles zu sagen.

„Ich kann nicht", sagte Ian schroff in sein Handy. „So wie's aussieht werde ich die absehbare Zukunft beschäftigt sein."

Und das würde er auch. Mit mir.

18

AUF DER zweiten Etappe der Reise hatten wir sechs Sitze für uns, zwei in der ersten Klasse und vier in der Businessklasse. Wir saßen paarweise, Kage mit White – der von seinem Ausfall zurück war – vorne in den schicken Sitzen, dann Cabot und Drake, und dann ich und Ian. Ich hatte mich wirklich sehr gefreut, Chandler White in Kages Schlepptau zu sehen, wieder fit und ganz gesund.

„Was hast du gesagt?", zog er mich auf.

„Ich bin ganz gerührt, weil ich mich so freue, dass du wieder dabei bist."

Er klopfte mir auf die Schulter. „Du bist ein Trottel, Jones."

Meinetwegen, aber das Team wieder komplett zu haben, das bedeutete mir viel. Wie die vier Frauen in meinem Leben, die mich liebten, waren diese Männer meine Familie.

Wir spielten Bäumchen wechsel dich mit den Sitzplätzen, da der Chef mit jedem von uns sprechen wollte. Ich dachte, Cabot würde vor Angst erstarren, als er an der Reihe war, sich zu Kage zu setzen.

„Er wird dich nur ein paar Sachen fragen", versprach ich, als er zu mir kam, anstatt nach vorne zu gehen und sich zu Kage zu setzen, der in der letzten Reihe der Klasse saß, wo es Salz- und Pfeffersteuer aus echtem Glas gab.

Er nickte, atmete schnell ein, marschierte nach vorn und setzte sich hin.

„Was fragt er ihn?", wollte Drake wissen und beugte sich über die Lehne seines Sitzes.

„Er versucht, ein möglichst genaues Bild davon zu bekommen, was im Haus seines Vaters vorgefallen ist", erklärte ich. „Ich habe meinen Bericht eingereicht, und der Chef möchte ihn im Grunde genommen nur bestätigt haben –"

„Ja, okay", sagte er besorgt. „Aber er wird uns nicht von dir und Ian trennen, oder?"

White, der neben Drake saß, drehte sich langsam zu mir um.

„Nicht ein Wort", fuhr ich White an, bevor ich mich wieder an Drake wandte, der fast panisch aussah. „Keine Sorge, alles ist gut."

„Meine Mutter hat sich nie einen Scheißdreck um mich gekümmert, und meinen Vater hab ich nie gekannt. Cabots Eltern waren genauso. Du und er", sagte Drake und nickte mit dem Kopf in Richtung Ian, „seid die einzigen Leute, die wir haben, die sich für uns interessieren."

White sammelte gerade belastendes Material, ich konnte es an seinem Grinsen erkennen. „Ja, Junge, ich weiß. Mach dir keine Sorgen. Es wird alles gut."

Ian beugte sich vor und legte seine Hand neben Drakes auf seine Rückenlehne, und Drake ergriff sie augenblicklich, drückte einmal fest und ließ sie dann wieder los.

„Tief durchatmen", wies Ian ihn an.

„Okay", sagte er, dann drehte er sich um und setzte sich wieder hin.

Ich hatte die Armlehne zwischen Ian und mir nicht heruntergeklappt, und als sowohl Drake als auch White sich wieder nach vorn gewandt hatten, legte Ian seine Hand auf meinen Oberschenkel.

Ich drehte mich zu ihm um und sah seine finstere Miene. „Was ist?"

„Du bist schon wieder angeschossen worden."

„Ja, nun", krächzte ich. Mir wurde bewusst, dass ich eine sehr ernste Unterhaltung mit ihm zu führen hatte. „Das wird auch in Zukunft wieder vorkommen, ich bin schließlich ein US Marshal."

Seine Stirn legte sich in tiefe Falten, und seine Miene wurde noch finsterer.

„Hör auf", befahl ich, verschränkte meine Finger mit seinen auf meinem Oberschenkel und drückte seine Hand auf mein Bein. „Hör zu."

Seine gesamte Aufmerksamkeit war auf mich gerichtet, und er wartete ruhig und geduldig, einfach deshalb, weil ich ihn berührte. Wer hätte das ahnen können? All die Male, wo Ian praktisch die Wände hochgegangen war – hätte ich da einfach nur die Hand ausstrecken und ihn berühren müssen?

„Du wirst bei mir einziehen, richtig?"

Zack.

Sofort wurden seine Augen dunkel vor Leidenschaft. „Du hast gesagt, dass ich kann."

„Naja, dann werde ich das dem Mann, der in der ersten Klasse sitzt, sagen müssen."

Ich wusste nicht, was ich erwartet hatte, aber dass Ian einen Moment lang nachdachte und dann nickte war es nicht gewesen.

„Ian?"

„Ja", sagte er mit belegter Stimme. „Gut. Auf die Art wird er auch endlich aufhören, dich zu fragen, ob du einen neuen Partner willst, und Ruhe geben."

„Du hast davon gewusst?"

„Sicher", sagte er, als ich meine Hand wegzog und ihn losließ.

„Wieso hast du nie etwas gesagt?"

„Weil du derjenige bist, der immer das Reden übernimmt."

„Dir ist schon klar, dass ich dich nur deshalb nicht ermorde, weil ich dich liebe", grollte ich und stand auf, als ich sah, dass Kage mit Cabot fertig war.

Ich ging an dem jüngeren Mann vorbei, klopfte ihm einmal kurz auf den Rücken und hatte den Sitz neben Kage beinahe erreicht, als es mich wie ein Blitzschlag traf.

Und ich realisierte, was ich gerade zu Ian Doyle gesagt hatte.

Mir wurde ein bisschen schwindelig.

Heilige Scheiße.

„Jones?"

Ich sah zu Kage hinunter anstatt zurück zu meinem Partner und ließ mich in den Sitz neben ihm fallen.

„Ich wollte eigentlich Ford als Nächstes, nicht Sie."

Mein Blick begegnete seinem, und wie immer stellte ich fest, dass es gar nicht so einfach war, ihm in die Augen zu sehen. Er hatte diese Intensität, und im Fokus seiner Aufmerksamkeit zu stehen, war ein wenig nervenaufreibend.

„Jones?"

Ich atmete tief ein und sprang. „Ich bin schwul."

Nichts. Keine Reaktion.

„Sir?"

„Ja, Jones", sagte er. Er klang schwer gelangweilt.

„Sie haben mich gehört, richtig?"

„Das habe ich", sagte er geduldig.

Ich räusperte mich. „Ian, er – er wird bei mir einziehen."

Er sah mich mit zusammengekniffenen Augen an. „Ja und?"

„Ich – wir – dachten, Sie sollten das wissen."

„Weil?"

„Naja, ich meine, Sie denken doch bestimmt, was, wenn sie in einer Beziehung sind und die den Bach runter geht, wie wirkt sich das wohl auf ihre Partnerschaft aus?"

„Warum sollte mich das kümmern? Es sollte Sie kümmern."

„Ich –"

„Wenn Ihre Beziehung den Bach runter geht, dann sind Sie doch diejenigen, die damit zurechtkommen müssen, dass Sie Partner sind und einander am Hals haben. Ich verstehe nicht, warum das mein Problem sein sollte."

Es war alles so ... gelassen. Kage verhielt sich, als wäre es keine große Sache, als würden sich bei ihm jeden Tag die Leute auf der Arbeit outen. Alles vollkommen normal.

„Also haben Sie kein Problem damit –"

„Gibt es sonst noch etwas, Jones?"

Ich hüstelte. „Nein, Sir."

„Dürfte ich dann jetzt wohl mit Mr Ford sprechen?"

„Jawohl, Sir."

„Ausgezeichnet", sagte er sarkastisch, während ich langsam aufstand.

Ich konnte nicht aufhören, ihn anzustarren.

„Wir werden hier alle nicht jünger, Jones."

„Jawohl, Sir", murmelte ich, drehte mich um und ging zurück zu Cabot und Drake, die nebeneinander saßen. „Hey, Drake, mein Chef würde dich gerne sprechen."

Er hatte Angst, man konnte es ihm am Gesicht ansehen.

„Es ist keine große Sache, versprochen."

Er stand auf, White setzte sich auf seinen Platz, und ich ließ mich neben Ian fallen. Sofort lag seine Hand wieder auf meinem Oberschenkel und hielt ihn fest.

„Und?", wollte Ian wissen.

„Deinen Chef interessiert das nicht."

Langsam verzogen sich seine Lippen zu einem Lächeln, während ich den Kopf schüttelte. „Ich wusste es."

„Du wusstest was?"

„Dass Sam Kage nicht die Sorte Mann ist, der sich außerhalb der Arbeit auch nur einen Deut für uns interessiert."

„Was?"

„Du weißt, wie ich das meine."

„Es interessiert ihn, was für Arbeit wir leisten, nicht, was wir außerhalb der Arbeitszeit machen und auch nicht, mit wem."

„Genau", sagte er und grinste, als er seinen Kopf gegen die Kopfstütze zurückfallen ließ.

„Und", sagte ich und räusperte mich. „Was wollte Emma?"

Er drehte sich um und sah mich verständnislos an. „Was?"

„Ich habe gehört, wie du ‚Emma' gesagt hast, als du im Flughafen telefoniert hast."

„Oh, nein, das war nicht Emma. Das war Jocelyn, eine Freundin von ihr."

„Und? Muss ich dir die Würmer einzeln aus der Nase ziehen?"

„Sie, ähm", begann er mit leiser und rauer Stimme, „wollte mich zum Abendessen einladen, um zu hören, ob es mir gut geht."

„Wie süß", sagte ich knapp.

Er nahm meine Hand und verschränkte unsere Finger. „Aber ich kann nicht mit ihr Essen gehen. Ich bin beschäftigt, stimmt's?"

„Von jetzt an für immer, genau."

Er drückte meine Hand.

„Es gefällt dir, das zu hören."

„Ja", knurrte er, und der Laut strömte auf direktem Wege durch mich hindurch und in meinen Schwanz.

„Himmelherrgott", murmelte ich und rutschte auf meinem Sitz hin und her. Meine Jeans war plötzlich ziemlich eng.

„Ruf Aruna an, wenn wir gelandet sind, und frag sie, ob sie und Liam Chickie noch eine Nacht bei sich behalten können."

„Okay", stimmte ich zu, und die Hitze in mir loderte heller.

Er beugte sich und sah zu mir, legte seinen Mund an mein Ohr. „Ich würde am liebsten alle meine Sachen heute Abend schon zu dir bringen, aber für heute fahren wir nur kurz bei mir vorbei und holen ein paar Sachen, Klamotten für morgen."

„Klingt gut."

„Weil ich nichts weiter will, als in deinem Bett zu sein."

Er würde von Glück sagen können, wenn ich ihn da jemals wieder raus ließ.

„Am liebsten wäre ich jetzt sofort da."

„Du hast keine Ahnung, was du hier gerade lostrittst."

„Doch, das weiß ich", sagte er leise. „Ich gehöre dir."

Es waren magische Worte.

NACHDEM WIR in Chicago gelandet waren, gingen wir durch einen der vielen, riesigen Terminals zur Sicherheitskontrolle und dann weiter zur Gepäckausgabe, von wo aus wir ein Taxi zur Dienststelle nehmen konnten, um Drake und Cabot abzufertigen.

„Daddy!"

Wir sahen alle auf, als ein bildhübsches, dunkelhaariges kleines Mädchen mit dunklen Augen auf uns zugestürmt kam. Ich fragte mich gerade, wo wohl ihr Vater war, als ich bemerkte, wie Kage auf die Knie ging und die Arme ausbreitete. Sie warf sich hinein und umarmte ihn fest, strahlend wie ein Honigkuchenpferd.

Seine Tochter?

Himmel.

Würde es den Mann umbringen, ein paar Fotos auf seinem Schreibtisch zu haben? Ich meine, ich verstand schon, wir waren Marshals, und niemand wollte, dass irgendwelche zwielichtigen Gestalten sich die Schnappschüsse der eigenen Kinder ansahen, aber trotzdem. Es war gar nicht so leicht, das zu verarbeiten - Sam Kage als Vater. Er ließ sie los und nahm ihre Hand, stellte sie uns aber nicht vor. Nichts. Sie gingen nebeneinander her, er zu ihr hinunterblickend, sie zu ihm aufsehend, während sie auf ihn einplapperte, ihm alles über die Familienkatze erzählte, die dank Lebensmittelfarben und einem missglückten Experiment und Cupcakes jetzt offenbar rosa war. Als die Türen aufglitten und wir aus dem Flughafen traten, winkte sie wie wild, und ein Junge, etwas älter, vielleicht neun oder zehn, rannte auf sie zu und schlang seine Arme um Kages Taille, lehnte sich an ihn, während Kage sich hinunterbeugte und seinen Scheitel küsste.

Ich fragte mich, welches der Kinder adoptiert war, als sie wieder losgingen, sein Sohn mit seiner Reisetasche, seine Tochter mit dem Laptop, und zu einem Lieferwagen rannten, der mit laufendem Motor am Bordstein wartete. Die Seitentür glitt auf, dann erschien im Fenster auf der Fahrerseite ein Gesicht. Und ich war platt.

Keine Frau.

Sam Kage hatte keine Ehefrau.

Die Kinder kletterten auf die Rücksitze, und die Tür schloss sich, als Kage seine Hand nach dem umwerfenden blonden Mann ausstreckte, der ihn anstrahlte. Er nahm sein Gesicht in beide Hände, beugte sich vor und küsste ihn. Ein flüchtiger Kuss, aber ein zärtlicher, und es war eine Offenbarung, das zu sehen, denn jetzt mal

231

ernsthaft: Wer hätte gedacht, dass Kage auch anders konnte? Als der andere Mann wieder im Fahrzeuginnern verschwand, öffnete Kage die Beifahrertür und stieg ein. Sie fuhren aber nicht gleich los; der Mann steckte seinen Kopf wieder aus dem Fenster, sah zu uns herüber und winkte.

„Schön, Sie wiederzusehen, Deputy White."

Mein Kollege winkte zurück, Kage hob eine Hand, und eine Sekunde später war der Lieferwagen verschwunden.

Ich wirbelte zu White herum. „Du Arsch!"

„Was?"

„Wieso hast du mir nie gesagt, dass der Chef schwul ist?"

Er stellte die Stacheln auf. „Was macht das für einen Unterschied?"

„Weil ich schwul bin, du Hirni", fuhr ich ihn an.

„Oh, richtig", schnaufte er, und seine drohende Haltung entspannte sich. „Hatte ich vergessen."

Und es war schön, dass es White vollkommen egal war, mit wem ich schlief – ich war schlicht ein Kollege, ein Mitglied seines Teams. Aber trotzdem! Kage war schwul?

„Wissen es alle außer mir?"

„Ich glaube nicht, dass irgendwer es weiß außer mir und Sharpe, und jetzt dir und Doyle."

„Wieso weiß Sharpe es?"

Er sah mich aus zusammengekniffenen Augen an. „Alles, was ich weiß, weiß mein Partner auch."

„Ja. Richtig." Ich verarbeitete noch. „Er ist schwul?"

„Jepp."

„Wie hast du das rausgefunden?"

„Ich musste vor drei Jahren oder so ein paar Überwachungsaufnahmen von seinem Haus machen. Wo ich so drüber nachdenke, das war kurz bevor du bei uns angefangen hast."

„Und wie lange?"

„Wie lange was? Wie lange er schwul ist? Woher zum Teufel soll ich das –"

„Nein. Wie lange ist er schon mit seinem Ehemann zusammen?"

„Oh, er lebt seit fünfzehn Jahren oder so in einer nichtehelichen Lebensgemeinschaft mit Mr Harcourt, aber im Juni werden sie groß feiern."

„Oh wirklich?"

„Ja."

„Und das weißt du woher?"

„Ich war bei ihm, als er mit seinem Freund darüber gesprochen hat, du weißt schon, dem Detective in der Mordkommission, der mit einem Milliardär zusammen ist – wie heißt er noch?"

„Keine Ahnung."

„Naja, jedenfalls weiß ich das daher."

Ich musste das erst mal verdauen. „Sam Kage ist schwul."

„Ich auch, du wirst es überleben", sagte Ian und ging um mich herum in Richtung Taxistand.

„Hatte ich mir schon gedacht, dass Doyle auch schwul ist", gähnte White, während er nach dem Auto seiner Frau Ausschau hielt.

„Was?", brachte ich hervor, sicher, dass ich jeden Moment einen Herzanfall bekommen würde.

Er zuckte die Schultern. „Ich meine, die Art, wie er dich die ganze Zeit über ansieht? Man muss schon blind sein und Tomaten auf den Augen haben, das nicht zu sehen."

Oh lieber Gott.

„Und wie du immer so nah an ihm dranhängst und der einzige bist, dem er das erlaubt – ich meine, ich war mir ziemlich sicher, dass ihr zwei, du weißt schon, zusammen seid."

Ich musste mich setzen, bevor ich umkippte. Ich beugte mich vor, legte beide Hände auf die Oberschenkel und atmete ein paarmal tief und gleichmäßig durch, bevor ich noch anfing zu hyperventilieren.

„Was ist los mit dir?"

„Nichts", krächzte ich.

„Oh, da ist meine Frau", sagte White und lächelte, als er winkte. „Wollt ihr zwei mitfahren oder –"

„Nein, danke", sagte ich mit rauer Stimme. Mein Mund war staubtrocken. „Und du solltest Ford und Jenner eh von deiner Frau fernhalten. Sie sind Zeugen oder hast du das vergessen?"

„Nein, Klugscheißer, habe ich nicht."

„Nun, eigentlich hätten sie Kages Familie auch nicht sehen dürfen."

„Ja, schon, aber es gibt bei Zeugen Unterschiede, Abstufungen", erinnerte er mich. „Und deine Jungs wurden als friedlich und auf Langzeit eingestuft. Weißt du doch."

Wusste ich.

„Also", fragte er erneut. „Mitfahrgelegenheit oder nicht?"

„Nein, danke. Fahr nach Hause. Wir sehen uns morgen."

„Okay, bis dann", sagte er und klopfte mir mit einem leisen Lachen auf die Schulter, dann rannte er zur Straße und dem wartenden Auto.

Eine sanfte Hand berührte mich am Rücken, und ich drehte mich um. Cabot stand hinter mir und musterte mich besorgt. Drake stand neben ihm mit ihren Taschen.

„Alles in Ordnung, Miro?", wollte Cabot wissen.

„Ja, Kumpel, alles gut."

Sein Lächeln war nahezu blendend.

„Jungs!", brüllte Ian vom Taxistand.

Wir eilten zu ihm.

19

IN DER Dienststelle angekommen, setzten wir uns zu Ryan und Dorsey, die den offiziellen Teil übernahmen und sich durch die Berge von Formularen und Anträgen arbeiteten, die Cabot Jenner und Drake Ford zu offiziellen Mitgliedern des Zeugenschutzprogramms machten. Sie besprachen auch, wo die Jungs bleiben konnten, bis wir ihnen eine Wohnung besorgt hatten, dass sie beide jetzt offiziell die Highschool abgeschlossen hatten und wann sie mit mir zur University of Chicago gehen würden, um sich dort für das nächste Semester einzuschreiben.

„Er war da", sagte Dorsey und wies mit einer Handbewegung auf mich. „Also ist er am besten geeignet, mit euch hinzugehen."

Es dauerte Stunden, wie immer – Ian und ich hatten es oft genug selbst gemacht – und als ich aufstand, um auf die Toilette zu gehen und uns allen etwas zu trinken zu holen, fing Kohn mich auf dem Flur ab.

„Was?"

„White sagt, du und Doyle, ihr seid zusammen?"

Ich ächzte.

„Nein, Mann", sagte er mit einem Lächeln und stieß mich mit seiner Schulter an. „Das kümmert niemanden."

„Vielleicht dich nicht und White nicht und –"

„Sharpe auch nicht", neckte er mich.

Natürlich, Sharpe wusste es bereits. White hatte ihn vermutlich aus dem Auto aus angerufen. „Becker wird es nicht so gelassen nehmen. Ching auch nicht."

„Nein, nein", versicherte Kohn mir und schüttelte den Kopf. „Du und Doyle, ihr gehört zur Familie, richtig? Wir stehen alle hinter euch. Das weißt du doch."

Ich starrte ihn an.

„Sei kein Idiot, Jones", sagte er gereizt und ging weg. „Wir haben's alle von dir gewusst, und es hat keinen je interessiert."

Gott, konnte es denn wirklich so einfach sein? Niemand in unserer kleinen, in sich geschlossenen Gruppe störte sich daran? Und es war ja auch nicht so, als ob Ian und ich es groß verkünden wollten, aber wenn die Männer in unserer Einheit kein Problem damit hatten, was brauchten wir sonst?

„Hey, du musst wieder reinkommen. Ryan schweift total ab, und wenn er so weitermacht sind wir noch die ganze – Was ist los?", fragte Ian und kam um mich herum.

„Sie wissen es alle."

Er zuckte die Schultern. „Naja, und? Ich hab White am Flughafen gesagt, dass ich schwul bin. Und Neuigkeiten verbreiten sich bei ihm schnell. Weißt du doch."

„White hat nie etwas über den Chef verlauten lassen."

„Das ist deshalb, weil er der Chef ist. Aber du und ich, wir sind Freiwild."

„Also wissen Ryan und Dorsey es auch?"

„Äh, ja", sagte er schmunzelnd. „Dorsey hat gerade zu Drake und Cabot gesagt, dass sie Glück haben, dass schwule Marshals auf sie achtgeben werden, weil wir sie mit runter zur Halstead nehmen können."

„Das hat er nicht."

Ian grinste.

„Wichser."

„Und das überrascht dich?"

„Ian."

Er knurrte.

„Bist du sicher, dass das für dich in Ordnung ist?"

„Ich darf mit dir schlafen, richtig?"

„Richtig."

„Ja, dann, alles gut."

Ich atmete tief durch, und er nahm mir die Pepsidosen aus den Händen und ging mit mir zusammen zurück zum Büro. Ich hatte vor, ihm in den Raum hinein zu folgen, aber mein Handy klingelte, und da das Display Liam anzeigte, ging ich dran.

„Hi", grüßte ich. „Sag mal, wäre es okay, wenn –"

„Miro", sagte Liam.

„Ja. Wer sollte es sonst sein?"

„Hat Aruna dich angerufen?"

„Nein", sagte ich, und dann schoss eiskalte Angst durch mich hindurch. „Ist alles in Ordnung mit ihr?"

„Ja, uns geht's beiden gut, aber wir sprechen gerade mit der Polizei."

„Was? Warum?"

„Alter, man hat unser Auto entführt."

Eine meiner liebsten Freundinnen war bedroht worden? „Heilige Scheiße", stieß ich hervor, machte kehrt und rannte den Flur wieder hinunter, zum Aufzug. „Wo seid ihr? Ich kann in –"

„Nein, es ist –"

„Ist Aruna in Ordnung?", wollte ich wissen und bremste am Aufzug. „Bist du in Ordnung? Seid ihr –"

„Nein, hör zu. Halt verdammt noch mal den Mund und bleib stehen. Tu nichts und hör mir einfach nur zu."

Ich erstarrte.

„Ich wollte sagen, wir sind *beinahe* entführt worden."

Und das machte einen Riesenunterschied. „Vielleicht solltest du das das nächstes Mal *direkt* sagen, du Arsch."

Er grunzte, statt sich zu entschuldigen, und dann berichtete er, was geschehen war. So, wie er es darstellte, waren er und Aruna auf dem Heimweg an einer roten Ampel stehengeblieben. Liam hatte auf der Fahrerseite das Fenster heruntergelassen, um einem Obdachlosen auf der Straße Geld zu geben, und als der Mann zurückgetreten war, hatte ein anderer Liam eine Waffe unter die Nase gehalten.

Aruna hatte geschrien, und bevor der Typ noch etwas hatte verlangen können, hatte Chickie sich zwischen den Sitzen hindurchgezwängt, war über Liams Schoß getrampelt und hatte sich wild knurrend und mit gefletschten Zähnen halb aus dem Fenster geworfen.

„Miro, er hat den Typen fast zu Tode erschreckt. Er hat die Knarre fallenlassen und ist weggerannt."

Ich atmete tief ein. „Euch beiden geht's gut?"

„Ja", sagte er zögernd. „Wir haben die Polizei gerufen, und die sind gekommen und haben die Knarre eingesammelt. Sie hoffen, dass vielleicht Fingerabdrücke oder die Seriennummer ihnen helfen können, den Mann zu fassen."

„Nun, das ist doch gut."

„Ja, das ist es."

„Also braucht ihr mich jetzt oder nicht?"

„Nein, alles gut bei uns."

„Okay, was ist dann los? Du klingst total komisch. Bekommst du einen Panikanfall?"

„Die Bullen sind hier und nehmen unsere Aussagen auf, und sie behandeln Chickie, als wäre er die Wiedergeburt Jesus, wenn du weißt, was ich meine."

„Sicher", sagte ich und versuchte zu verstehen, warum er nach wie vor so seltsam klang. „Was ist dann los?"

Er räusperte sich. „Aruna … sie – sie will Chickie wirklich nicht wieder zurückgeben."

„Wie bitte, was?"

Er hüstelte. „Aruna. Sie will Chickie behalten, und Alter, lass dir sagen, er hat so einen starken Beschützerinstinkt, was sie angeht, und er hat es so genossen, am Wochenende mit all den Kindern zu spielen, und mein Onkel, der ist Tierarzt, er sagte, dass Chickie eigentlich gar kein Wolf ist, sondern Malamut und kaukasischer Owtscharka."

„Ich habe keinen blassen Schimmer, was das ist."

„Naja, er meint, das ist der Grund, warum er so groß ist, und außerdem hat er auch das ausgeglichene Temperament."

Ich lachte ins Telefon. „Liam, Ian wird euch seinen Hund nicht überlassen."

„Wer ist besser als eine Familie, um sich um ihn zu kümmern?"

„Liam –"

„Ich muss los, wir sprechen uns später", sagte er und legte auf.

Ich rief Aruna an, aber bei ihr ging nur die Mailbox ran. Also schickte ich ihr stattdessen eine SMS und teilte ihr mit, dass sie etwas, das ihr nicht gehörte, nicht behalten konnte.

Sie antwortete mit einem Wort. *Hah.*

Ich versuchte noch einmal, sie anzurufen.

„Was?", sagte sie gereizt, als sie endlich ran ging.

„Du kannst Ians Hund nicht behalten, aber ich werde ihn bis morgen Abend bei euch bleiben lassen", teilte ich ihr mit.

„Vielleicht ziehe ich um."

„Ich bin ein US Marshal, ich kann dich finden."

„Aber Miro", quengelte sie.

„Nein."

„Er liebt mich."

„Du bekommst bald ein Baby. Du wirst viel zu beschäftigt sein, um dich um einen Werwolf zu kümmern."

Noch ein Winseln.

Ich lachte. „Wir sehen uns morgen Abend."

„Na schön", sagte sie und legte auf.

Ich stand einen Moment lang da, dann ging ich zurück ins Büro und in den Besprechungsraum, um mir mehr von den Aufnahmeformalitäten anzuhören. Cabot nickte immer wieder ein; Drake hatte sein Kinn in eine Hand gestützt und sah Ryan, der mit monotoner Stimme vorlas, blicklos an, während Dorsey und Ian in ihren Stühlen zurückgelehnt dasaßen, die Arme verschränkt, und ihre Augen ausruhten.

„Du siehst eigenartig aus", unterbrach Ian, was alle aufweckte.

„Tja, das mag daran liegen, dass Liam und Aruna versuchen, deinen Hund zu behalten."

Sein Lächeln blitzte auf. „Ja, ich dachte mir schon, dass so was kommt."

„Was? Das hast du?"

„Ja, ich meine, wer erklärt sich schon freiwillig dazu bereit, jemand anderes Hund mit in den Urlaub in die Berge zu nehmen? Ich bitte dich."

„Du wirst ihnen Chickie aber doch nicht einfach überlassen, oder?"

„Ich weiß nicht", sagte er nachdenklich. „Ich muss daran denken, was für ihn das Beste ist."

„Wirklich?"

„Natürlich. Zum Beispiel, wo sollte er jeden Tag bleiben?"

Ich musste nicht einmal darüber nachdenken. Ich kannte die Antwort bereits. „Er bleibt mit Aruna zu Hause oder geht mit Liam zur Feuerwache."

„Und wenn Liam zu Hause ist, würde er ihn überall hin mitnehmen, richtig? Außerdem, wenn Aruna erst einmal das Baby hat, wer wäre besser dazu geeignet, sie und das Baby zu beschützen als der Dämonenhund?"

„Aber er gehört dir."

„Worüber sprechen wir?", wollte Ryan wissen.

„Über Doyles Wolf", informierte Dorsey ihn.

„Oh, okay."

„Du hast einen Wolf?", fragte Cabot.

„Er hat einen Hund", klärte ich ihn auf.

Ians Handy klingelte, und nachdem er einen Blick auf das Display geworfen hatte, stand er auf und ging mit seinem Anrufer nach draußen. Ich wollte wissen, wer es war, aber mehr noch als das wollte ich einfach nur hier endlich fertig sein.

„Lass sie unterschreiben", sagte ich zu Ryan. „Gib ihnen ihre Unterlagen und dann lass uns gehen. Wir sind alle todmüde. Bitte."

„Wir haben Hunger", flehte Cabot.

„Geben Sie mir einfach 'n Stift", bat Drake. „Ich unterschreib Ihnen, was immer Sie wollen."

„Ich wette, in anderen Ländern gilt das als Folter", beharrte Cabot.

„Aber wir müssen Sie noch in Kenntnis setzen über –"

„Miro und Ian kümmern sich um uns", erklärte Drake ihnen. „Wir regeln das schon."

Ryan und Dorsey sahen zu mir hoch.

„Kein weiteres Wort", knurrte ich.

„Ooohh, du und Doyle seid Eltern geworden", sagte Dorsey spöttisch.

Ryan grinste. „Masel tov."

„Ihr zwei seid solche Arschlöcher", grollte ich.

Aber dann wanderten große Dokumentenmappen aus Plastik über den Tisch, zusammen mit zwei Heftern.

„Dann unterschreiben Sie", ordnete Dorsey an.

Als Ian eine halbe Stunde später wiederkam, waren wir fertig.

In den ersten Tagen und Wochen nach der Versetzung von Zeugen gibt es immer viel zu tun. Sozialversicherungskarten und Geburtsurkunden waren bereits in den Dokumentenmappen enthalten, aber sowohl Drake als auch Cabot brauchten neue Führerscheine, dann mussten sie sich an der Uni einschreiben und Jobs finden, die erst von uns überprüft und freigegeben werden mussten. Was auch immer nötig war, um ein Leben neu aufzubauen: Ian und ich würden dafür sorgen, dass es getan wurde. Wir würden die Jungs in diesem Prozess begleiten, von der Wohnungssuche bis hin zur Besorgung von Geschirrtüchern, Bekleidung, Studienliteratur und was sie eben sonst noch brauchten. Und nachdem sie sich eingelebt hatten, würden wir ein Auge auf sie haben und hin und wieder nach dem Rechten sehen. Ian und ich hatten das schon oft gemacht, und es war eines der Dinge, die ich an meinem Job am meisten mochte: den Menschen dabei zu helfen, aus den Bruchstücken ihres alten Lebens ein neues aufzubauen. Ich freute mich schon darauf, Cabot und Drake zu helfen.

Während wir vier zum Aufzug gingen, fragte ich Ian, wer angerufen hatte.

„Mein Vater", sagte er und drückte auf den Knopf.

„Und?"

Er räusperte sich. „Er war sauer, weil ich mich nicht bei ihm gemeldet hab."

„Und?", bohrte ich. Es war wirklich eine Plage mit diesem Mann.

„Er will, dass wir nächsten Sonntag zum Abendessen kommen", sagte er und betrat vor uns die Kabine. „Ich hab ihm gesagt, dass ich das erst mit dir besprechen muss und mich dann wieder melde."

Er drückte unnötig fest auf den Knopf fürs Erdgeschoss, und ich ergriff seinen Arm.

„Sieh mich an."

Er gehorchte augenblicklich.

„Du hast deinem Vater was gesagt?"

„Dass du auch kommen würdest."

„Und?"

Er zuckte die Schultern. „Er hat gesagt, das wäre schön, weil ich netter wäre, wenn du auch da bist."

„Das hat er gesagt?"

„Er weiß, dass es mir völlig egal ist, was er denkt, aber er hat eh kein Problem mit uns."

„Uns?"

„Er meinte, er hätte immer schon gedacht, dass wir zusammen sind."

Ich war perplex.

„Ich schätze, das ist eben das, was die Leute denken, wenn sie uns sehen."

„Was?"

„Ja. Wir wirken, als wären wir verheiratet."

Ich musste mich an der Wand abstützen.

WIR BRACHTEN die neu geschaffenen Drake Palmer und Cabot Kincaid in einer sicheren Wohnung in Staatsbesitz unter, die sich in einem bewachten Hochhaus in der Innenstadt befand. Vor dem Gebäude gab es einen Türsteher, der uns einließ, an der Rezeption einen Wachtposten und dazu einen speziellen Schlüsselanhänger, den man benötigte, um den Aufzug zu öffnen und ihn dann im Innern der Kabine zu aktivieren. Für jede Etage gab es einen eigenen Sicherheitscode, den man eingeben musste, um in die Wohnung zu gelangen, und dann einen zweiten Code, um die Alarmanlage in der Wohnung auszuschalten. Es war ein ziemliches Prozedere, das aber eingehalten werden musste, denn um das Gebäude wieder zu verlassen, musste man dieselben Schritte in umgekehrter Reihenfolge erneut ausführen.

„Mir schwirrt jetzt schon der Schädel", klagte Drake.

„Ich mache das", sagte Cabot und nahm sich den Zettel mit den Anweisungen, den Dorsey ihnen gegeben hatte, auf dem per Hand die Codes eingetragen worden waren, da sie sich mit jedem neuen Bewohner änderten.

Wir gaben ihnen das Geld, das ihnen für den heutigen Abend bewilligt worden war, und informierten sie, dass sie gehen konnten, wohin sie wollten, dass sie sich aber vielleicht für den ersten Abend auf die Innenstadt beschränken sollten. Ich schlug ihnen den Navy Pier vor, und sie wollten hingehen und ihn sich ansehen.

Ian hatte gedacht, er könnte entkommen, ohne umarmt zu werden, aber Fehlanzeige. Die beiden Jungen hatten einen wahren Narren an ihm gefressen.

„Ihr kommt doch beide morgen wieder?", fragte Cabot, als er mich umarmte.

„Ja, wir kommen beide morgen wieder", versprach ich und gab ihm sein neues Handy, in das ich bereits meine und Ians Nummern eingespeichert hatte.

Er war sehr zufrieden.

WÄHREND WIR zu Ians Wohnung fuhren, merkte er ein weiteres Mal an, wie wenig er den Nissan Xterra leiden konnte. Er hatte es bereits erwähnt, als er den Wagen gesehen hatte, der im Parkhaus neben unserem Bürogebäude auf uns gewartet hatte.

„Das ist so eine Enttäuschung nach dem Zuhälterschlitten."

Ich lachte leise. „Ja, ich weiß."

„Hey."

Ich sah zu ihm hinüber.

„Wirst du deinen Mädels von uns erzählen?"

„Natürlich." Ich seufzte. „Und sie werden unerträglich sein."

„Wie meinst du das?"

„Als ich nach der Schussverletzung zu Hause bleiben musste, wollten sie von mir wissen, was ich unternehmen würde, um zu bekommen, was ich wollte."

„Und was wolltest du?"

„Das sollte doch wohl offensichtlich sein."

„Sag's mir."

„Du, du Idiot. Ich wollte dich."

Sein Grinsen war geradezu lächerlich sexy, jedes verdammte Mal. „Ach ja?"

Ich hatte nicht vor, ihm noch weiter den Bauch zu pinseln, und so rief ich stattdessen E-Mails ab, während er vor seinem Wohngebäude anhielt. Nachdem ich mit meinen Mails fertig war, nahm ich mir sein Handy, das er in einem der Becherhalter liegengelassen hatte, und rief seine ab. Ich war überrascht, eine Nachricht von einem Anwalt zu finden, bei der Brent Ivers, mein Ex, der Betreff war.

Bevor ich sie ganz hatte lesen können, ging die Kofferraumklappe auf und Ian warf einen Kleidersack und eine große Reisetasche in den Wagen. Ich hielt sein Handy hoch, sodass er sehen konnte, was ich in der Zwischenzeit gemacht hatte.

„Warum bekommst du Drohungen von einem Anwalt?"

Er knallte die Kofferraumklappe zu, kam um den Wagen herum und stieg ein. Er packte das Lenkrad so fest, dass seine Fingerknöchel weiß wurden.

„Hast du Brent bedroht?"

„Nein."

„Hier steht aber wohl."

„Ich hab den Mann lediglich wissen lassen", sagte er mit einem bösen Lächeln, „dass ich ihn, wenn er sich dir auf weniger als fünfhundert Meter nähert, verdammt noch mal wegpusten würde."

Oh, um Himmels willen. „Machst du Witze?"

„Jetzt sieh nicht so entsetzt drein", maulte er, ließ den Wagen an und fuhr wie immer mit quietschenden Reifen los. „Ich hab ihm gesagt, er soll dich nicht anrufen und dir auch keine E-Mails schicken."

„Oder ihn würde welches Schicksal ereilen? Schüsse?"

Er kniff die Augen zusammen, als würde er nachdenken.

„Das kannst du nicht machen. Der Anwalt hat eine einstweilige Verfügung gegen dich eingereicht. Das sieht nicht gut aus."

„Als ob mich das interessieren würde."

„Ian –"

„Ich bringe ihn um, wenn er dir noch mal zu nahe kommt", sagte er geradeheraus. „Missversteh mich da nicht."

„Ich kann auf mich selbst aufpassen, okay?"

Er zeigte auf meinen Arm, wo die Kugel mich gestreift hatte. „Erlaube mir, da anderer Meinung zu sein."

„Das ist etwas anderes, und das weißt du auch."

„Tue ich das?"

Ich streckte meine Hand aus und legte sie um seinen Nacken.

„Es ist lieb, dass du dir Sorgen machst."

„Es ist mehr als das."

„Ich weiß."

„Okay."

„Können wir bei Shorty's anhalten und uns Burger holen? Er hat noch auf, es ist ja erst elf."

Er machte ein zustimmendes Geräusch in der Kehle.

„Läuft dir schon das Wasser im Mund zusammen?"

„Ja, ich glaube, ich hab gerade meine eigene Spucke verschluckt."

Warum das so lustig war, hätte ich nicht sagen können, aber ich lachte laut los, und mir zuzuhören, während mir die Lachtränen über die Wangen liefen, zauberte ein ganz seltenes Lächeln auf sein Gesicht, ein Lächeln der Art, bei dem plötzlich sein Gesicht vollkommen offen war und sich seine Grübchen zeigten, die Lachfältchen um seine Augen tiefer wurden als sonst und das ihm ein zufriedenes Seufzen entlockte.

„Verdammt, ich liebe es, dich glücklich zu sehen."

Das war das Netteste, das jemals jemand zu mir gesagt hatte.

Bei Shorty's, einer Absteige in einer Seitenstraße der Harlem Avenue, die kaum mehr war als eine Hütte mit einem Herd darin und wo der Kassierer auch gleichzeitig der Koch war, gab ich unsere Bestellung auf, während Ian hinter mir stehend wartete. Zwei Picknicktische waren das Ausmaß der vorhandenen Sitzmöglichkeiten, aber das störte kaum jemanden, da die meisten ihr Essen zum Mitnehmen bestellten. Alle Welt kam hierher, um sich nach einer durchtanzten Nacht einen Burger reinzuziehen, und freitags und samstags war es interessant zu beobachten, was für Autos, Modestile und Menschen herkamen und sich in die Schlange einreihten. Da es Sonntag war, bestand das Publikum nur aus uns, ein paar Huren, einer Gruppe Studenten und vier Frauen.

Nachdem ich bestellt hatte, lehnten wir uns gegen die Seite des Gebäudes und warteten.

„Weißt du, was mir nicht aus dem Kopf gehen will?", fragte Ian und lehnte sich näher zu mir, seine Stimme nah an meinem Ohr.

„Nein, was denn?"

„Du mit deinen Lippen um meinen Schwanz."

Augenblicklich schoss Hitze durch meinen Körper, aber meine Worte blieben kühl. „Das hat dir gefallen, ja?"

„Ja", sagte er mit belegter Stimme, beugte sich noch näher und drückte einen schnellen Kuss auf meinen Hals.

Ich legte meine Hand auf die Stelle mit dem seltsamen Gefühl, gerade gebrandmarkt worden zu sein, und sah ihm hinterher, als er zur Essensausgabe schlenderte und unsere Bestellung abholte. Er lächelte die Frauen, die an einem der Tische saßen, an, und ich sah, wie alle vier ihm mit ihren Blicken folgten, bis er mich erreicht hatte.

„Dir ist schon klar, dass jede dieser Frauen da dich mit zu sich nach Hause nehmen will, Marshal?", fragte ich.

„Ja, aber ich gehe mit niemandem außer dir nach Hause."

Ich räusperte mich. „Wieso bist du plötzlich so süß?"

Er zuckte die Schultern, nahm meine Hand und zog mich hinter sich her. Die Blicke, die wir dafür ernteten – erst Überraschung, dann Lächeln – waren schön. Und während er mich zum Auto zog, verstand ich plötzlich. Ich hatte ihm gesagt, wo er bleiben musste – ich hatte Anspruch auf ihn erhoben –, und so fühlte er sich sicher. Er brauchte das von mir, brauchte es, dass ich ihm sagte, was er tun konnte und was nicht. Auf diese Art wusste er, dass er geliebt wurde.

Ich hätte nicht sagen können, wann genau ich mich in Ian Doyle verliebt hatte, aber irgendwann war der Zeitpunkt gekommen, an dem ich seine Aufmerksamkeit haben *musste*. Und selbst dann, wenn er morgen beschloss, dass er mich nicht mehr wollte, würde doch die kurze Zeit, in der ich alles gewesen war, was er gesehen hatte, das wert gewesen sein.

„Woran denkst du?", fragte er, während er mitten auf der Straße eine Kehrtwendung machte und uns damit beinahe umbrachte, bevor er auf die korrekte Fahrspur abbog.

„An nichts."

„Du denkst an etwas. Du bist ganz still geworden."

„Ich hoffe nur, dass es für dich lange funktioniert."

„Dass was funktioniert?"

Machte er Witze? „Wir", sagte ich schlicht.

„Was meinst du?"

„Ich will, dass wir, du und ich, funktionieren."

„Steht nicht in Frage", sagte er und verzog das Gesicht, als wäre ich albern. „Du bist der Einzige, den ich je gewollt hab."

Nur Ian gelang es mit solcher Regelmäßigkeit, mein Herz erst stehenbleiben und dann losrasen zu lassen.

„Du hast das, was ich brauche, okay gemacht."

Ich hätte kein Wort herausbringen können, selbst wenn mein Leben davon abgehangen hätte.

„Also liegt es an dir, was zu sagen, wenn du willst, dass ich gehe. Für mich ist das klar."

Er war so nüchtern-sachlich.

Für mich ist das klar.

Für ihn würde es keine Fragen mehr geben, keine Zweifel.

„Du weißt, dass ich dich liebe. Was brauchst du sonst noch?"

Für ihn war es so simpel und einleuchtend. Er wusste, wo er stand. Ich räusperte mich. „Nichts. Ich brauche nichts mehr."

„Also alles gut zwischen uns?"

„Ja", sagte ich heiser. „Alles gut."

Er knurrte und bog auf meine Straße ab, dann parkte er den Wagen etwa einen Block von meinem Haus entfernt. Er hätte auf meinem Parkplatz parken können, aber da stand schon mein Truck.

Ich trug seine Reisetasche, er den Kleidersack, und ich steckte die Burger unter meine Jacke, um sie ein bisschen warm zu halten. In meiner Wohnung angekommen, hängten wir unsere Mäntel im Flurschrank auf, dann schritt Ian eilig zur Treppe und ging hoch in mein Schlafzimmer. Ich drehte die Heizung auf, stellte die Burger auf dem Sofatisch ab und unsere Taschen neben dem Sofa, dann ging ich in die Küche, um uns Bier zu holen.

Als Ian wieder nach unten kam, hatte ich unsere Burger bereits aufgeteilt, wie wir das immer taten, sodass ich eine Hälfte seines extrascharfen Four Horseman Burgers bekam und er die Hälfte meines To Thai For. Pommes und Zwiebelringe wurden ebenfalls aufgeteilt.

„Oh, ich danke dir." Ihm standen fast die Tränen in den Augen, und ich lachte, als er um das Sofa herumkam und sich neben mich fallen ließ, sich zu mir beugte und mich küsste.

Es war nur ein kurzer Kuss, dann hatte er die Hände voll und machte sich über sein Essen her.

Ich sah ihn einen Augenblick lang wie vom Donner gerührt an, als die Normalität der Situation wie eine Welle über mir zusammenschlug. Wir aßen gemeinsam; der Fernseher lief, damit wir die Basketballergebnisse nachsehen konnten; er stopfte sich Pommes in den Mund, inhalierte sein Bier, krallte sich eine Serviette und stieß mich mit dem Knie an.

Und so würde es jeden Abend sein. Auf der Arbeit würde sich nichts ändern, aber hier, in meinem Haus, hinter geschlossenen Türen, oder unterwegs mit unseren Freunden, würde es genau *so* sein: Ian Doyle an meiner Seite, wie immer viel zu nah. Und wir würden zusammen leben, atmen, ein gemeinsames Leben aufbauen.

„Iss", wies er mich mit vollem Mund an.

Ich schluckte meine Freude hinunter, um das zu tun.

Nachdem wir fertig waren, räumte ich auf, während er unsere Taschen nach oben trug und die erste Ladung Wäsche anwarf, seine und meine zusammen, und seinen Anzug in meinen Schrank hängte.

„Gott, ich bin so froh, zu Hause zu sein", sagte ich glücklich, setzte mich aufs Bett, schnürte meine Stiefel auf und ließ sie zu Boden fallen. „Ich schwöre, ich will nie wieder – Ian?"

Er stand neben dem Geländer und beobachtete mich eindringlich, rührte sich aber nicht.

„Komm her", wies ich an und klopfte neben mich aufs Bett.

Er durchquerte den Raum in zwei raschen Schritten, stieß mich rücklings auf die Matratze, setzte sich auf meine Hüften und hielt mich fest.

„Gäbe es da etwas, das du gerne möchtest, Marshal?"

„Miro", krächzte er. „Dieses Bett ist – oh."

Ich wand mich ein wenig unter ihm, packte seine Oberschenkel und drückte meinen rasch härter werdenden Schwanz gegen seinen Hintern. „Das Bett gehört von jetzt an auch dir. Verstanden?"

„Ja", schnaufte er und wölbte den Rücken, als seine Augen zufielen.

„Ich gehöre auch dir."

Seine Wimpern hoben sich flatternd, und sein Blick begegnete meinem. „Schwöre es", sagte er, seine Stimme rau und heiser. „Du und ich."

„Ich schwöre es", sagte ich und hob meine Hände zu seinem Gesicht.

Er beugte sich zu mir herab, ließ es zu, dass ich ihn langsam ganz zu mir herunterzog. Seine Lippen öffneten sich in dem Moment, in dem sie meine berührten.

„Miro", hauchte er in meinen Mund.

Er schmeckte nach Bier und Salz und Ian, und ich rollte ihn auf den Rücken und vertiefte den Kuss, verschlang seinen Mund, bis er seine langen Beine um meine Hüften legte und sich an mich drängte.

Gott.

Ian, in meinem Bett.

„Oh Gott", stöhnte ich und stieß ihn von mir, bevor ich noch bei dem Gedanken allein in meiner Jeans kam.

Er lag keuchend unter mir und lächelte. „Dir gefällt es, mich hier zu haben."

Ich konnte nicht sprechen. Stattdessen rollte ich mich vom Bett und zog mich schnell aus. Er setzte sich auf und folgte meinem Beispiel, genauso grob und hastig, wie ich es gewesen war, und warf seine Klamotten beiseite. Ich schnappte mir das Gleitgel vom Nachttisch, und als ich mich umdrehte, sah ich ihn ausgestreckt vor mir liegen, auf mich wartend.

„Ich will dein Gesicht sehen, wenn wir es tun."

Er nickte und streckte die Arme nach mir aus.

Ich fiel über ihn her, nahm seinen Mund in Besitz und drückte seine Oberschenkel auf, sodass ich mich dazwischen legen konnte, dann schob ich seine Knie hoch, sodass er die Füße auf meine Waden stellen konnte. Sein Schwanz lag eingequetscht zwischen uns, während ich mich über ihn hermachte, ihn verschlang, ihn zunehmend leidenschaftlicher küsste, bis er den Kopf zur Seite drehen und nach Luft schnappen musste.

„Küss mich noch mal", bat er dann.

Ich setzte mich auf und ließ die Tube aufschnappen, und als ich meinen Schwanz einschmierte, wurden seine Augen zu schmalen Schlitzen fiebrigen Dunkelblaus.

„Miro."

„Ich muss dich erst vorbereiten."

„Nein", behauptete er. „Ich kann nicht warten – ich will nicht."

Ich warf die Tube beiseite und drückte gegen seinen Eingang, und er wölbte sich vom Bett hoch und mir entgegen.

„Gib mir ein Kissen."

Er gab mir mein Kopfkissen, und ich schob es unter ihn, veränderte so den Winkel, während ich langsam in ihn eindrang. Er packte meine Oberarme, schlang seine Beine um meine Hüften und verschränkte die Füße hinter meinem Rücken.

„Ich werde langsam machen und –"

„Weißt du, manchmal sehe ich dich, wie du neben mir gehst, und ich bin so stolz."

Ich ließ meinen Kopf nach vorn fallen. Ich musste so dringend in ihm sein, mich in ihm vergraben, aber ich hielt mich zurück, zwang mich, langsam und gleichmäßig einzudringen, und spürte, wie seine Muskeln um mich herum zuckten.

„Und jetzt … wird es noch intensiver sein, weil ich weiß, dass du mir gehörst."

„Ian", presste ich hervor.

„Ich brauche … Miro … komm schon, Mann, nimm dir, was du willst."

Ich stieß hart zu, stieß so tief in ihn, wie ich nur konnte, und er schrie meinen Namen, bevor er seine Arme um mich schlang.

Ich war vollkommen umgeben von ihm, von ihm umfasst, umschlungen, gehalten.

„Du musst dich bewegen."

„Dazu musst du mich erst loslassen."

„Nein", sagte er mit rauer Stimme und suchte meinen Mund.

Oh Gott.

Er wollte mich nicht loslassen?

„Miro", sagte er mit dunkler, belegter Stimme. „Zeig mir –"

Dass ich ihn liebte? Ihn wollte? Ihn brauchte? Was musste er sehen? Spüren? Schmecken? Hören?

„– dein Herz."

Aber das hatte ich bereits. Ich hatte Ian Doyle drei Jahre lang jeden Tag die Tiefe meiner Liebe gezeigt.

Ich machte seine Arme von meinem Hals los und verschränkte meine Finger mit seinen, verband unsere Hände und drückte sie gemeinsam hinunter auf die Matratze.

„Ich liebe dich, Ian", sagte ich, meine Stimme tief und rau vor Gefühl, während ich tief in seine Augen blickte. „Zweifle niemals an meinem Herzen."

Er blinzelte schnell, aber es nutzte nichts: Eine Träne quoll hervor und rann über seine Schläfe. Ich fing sie in einem Kuss auf, dann drang ich ein weiteres Mal tief in ihn ein, wild entschlossen, ihn meine Liebe spüren zu lassen.

„Glaubst du mir?"

„Ja", sagte er, heiser und gebrochen. „Immer."

Unsere Hände verschmolzen; beide hielten wir den anderen so fest wir konnten. Er hob sich mir entgegen, jedem Stoß, und ich versuchte, ihm Halt zu geben; seine Knie weit gespreizt und mein Mund hart auf seinem forderte ich jeden Teil Ians für mich, Herz, Geist, Körper, Seele – alles mein.

Ich schob mich tief in ihn hinein, in langsamen, sinnlichen Bewegungen, und er nahm mich auf, und seine Muskeln umschlossen mich eng, als ich tiefer drang und tiefer, alles nahm, was er mir gab, bis er unter mir erstarrte und sich heiß und nass zwischen uns ergoss.

„Miro", keuchte er und versuchte, seine Hände loszumachen, um mich zu berühren.

Sein Orgasmus ließ die Muskeln um meinen Schwanz herum noch fester zupacken, und die Hitze zwischen uns, der Rhythmus, das Gefühl von ihm rissen den Höhepunkt förmlich aus mir heraus. Er erschauderte, als ich ihn füllte, und dann heftiger, als ich ihn küsste und seine Zunge mit meiner streichelte.

Es dauerte sehr lange, bis wir wieder sprechen konnten, geschweige denn uns bewegen.

„Bist du okay?", fragte ich, nachdem ich schließlich meine Lippen von seinen gelöst hatte.

„Oh ja", murmelte er.

Ich glitt vorsichtig aus ihm heraus und wollte ins Bad huschen, um Waschlappen und Handtuch zu holen, aber er schlang seine Arme um mich und hielt mich fest.

„Wir sollten duschen." Ich lachte leise in sein schweißfeuchtes Haar und fuhr mit meiner Nasenspitze über seine Schläfe, drückte einen Kuss darauf, dann auf seine Wange, und hielt ihn meinerseits fester, anstatt ihn loszulassen.

„Ja", stimmte er mir zu, aber er rührte sich ebenfalls nicht, außer um ein Bein zwischen meine zu schieben. „Weißt du, ich glaube, ich bin bereit dazu, dich zu binden."

Ich lächelte und genoss das Gefühl seiner Haut an meiner. „Ach ja?"

„Ja", knurrte er, und Gott, war das sexy.

„Was immer du willst."

„Alles?"

„Ich gehöre dir, oder etwa nicht?"

„Ja, das tust du", sagte er, und die Zuversicht in seiner Stimme sandte einen warmen Schauer durch mich hindurch.

„Also dann."

„Wie denkst du über Seile?"

Lachen sprudelte aus mir heraus. Ich konnte mich nicht daran erinnern, jemals glücklicher gewesen zu sein.

„Ich verspreche dir, ich binde dich auch wieder los", schwor er und küsste meine Kehle, während seine Hände auf Wanderschaft gingen. „Vielleicht."

Als ob ich mir da Sorgen machen würde. Zwischen uns waren Vertrauen, Freundschaft, das volle Programm. Und jetzt auch das Wichtigste von allem: Liebe.

„Ich habe dich", flüsterte er mir ins Ohr.

Das galt für uns beide.

Seiltänzer

MARY CALMES

Der fünfundvierzigjährige Englischprofessor Nathan Qells ist sehr gut darin, anderen das Gefühl zu geben, dass sie ihm wichtig sind. Was er allerdings nicht gut kann - sie in seinem Leben zu halten. Er ist ein netter Kerl, er empfindet nur nicht so wie andere Menschen. Deshalb ist ihm auch in der ganzen Zeit, in der er Michael, den Jungen von gegenüber, betreut hat, nie aufgefallen, dass sich dessen Onkel und Vormund, der Mafiaschläger Andreo Fiore, immer mehr in ihn verliebt hat.

Dreo hat größere Probleme, als Nate auf sich aufmerksam zu machen. Er zieht seinen Neffen groß und versucht, seinen zwielichtigen Job hinter sich zu lassen und seine eigene Firma zu gründen. Doch dieses Vorhaben wird erschwert, als mehrere Unterweltgrößen durch Anschläge aus dem Weg geräumt werden. Trotzdem ist Dreo immer noch versessen darauf, sich ein neues Leben aufzubauen – ein Leben mit Nate als Mittelpunkt. Ein Leben, das genauso ist, wie Nate es sich immer erträumt hat. Unglücklicherweise, waren diese Anschläge nur Teil einer großen Umstrukturierung, und die Liebe, die Dreo offensichtlich für Nate empfindet, bringt auch diesen in die Schusslinie.

www.dreamspinner-de.com

WANDEL *des* HERZENS

Mary Calmes

Buch 1 in der Serie - Change of Heart-Serie

Als junger Mann, der schwul ist und noch dazu ein Werpanther, wünscht sich Jin Rayne nichts sehnlicher als ein normales Leben. Er ist seiner Vergangenheit entflohen und möchte einfach neu anfangen. Aber Jins altes Leben will ihn nicht loslassen. Als seine Reisen ihn in eine neue Stadt führen, begegnet er dem Anführer eines örtlichen Werkatzen-Stammes. Logan Church ist ein Schock und ein Rätsel für ihn und Jin ist voller Sorge, dass Logan der Gefährte ist den er so sehr fürchtet, aber auch die Liebe seines Lebens. Jin möchte mit den Traditionen nichts mehr zu tun haben und die Verbindung mit einem Gefährten würde ihn unwiderruflich daran fesseln.

Aber Jin ist genau der Gefährte den Logan an seiner Seite braucht um seinen Stamm erfolgreich zu führen, und deshalb wird er Jin nicht einfach gehen lassen. Jin wird Zeit und Vertrauen brauchen um die Freude zu entdecken die darin liegt zu Logan zu gehören, und seine Liebe ohne Einschränkungen zu erwidern.

www.dreamspinner-de.com

BUND DES
VERTRAUENS
Mary Calmes

Fortsetzung zu *Wandel des Herzens*
Buch 2 in der Serie - Change of Heart-Serie

Jin Rayne hat Schwierigkeiten damit, sich in seinem neuen Leben zurechtzufinden, das er eigentlich lieben sollte. Anstatt sich daran zu gewöhnen, dass er der Gefährte des Stammesführers, Logan Church, ist, kann Jin sich einfach nicht mit der Tatsache abfinden, dass der hetero war, bevor sie sich trafen. Er hat erfahren, was für ein Glück es ist, zu Logan zu gehören, fürchtet sich aber gleichzeitig davor, das sein neues Leben sich in Sekundenschnell auch wieder in Luft auflösen könnte, auch wenn Logan nicht müde wird, ihm zu versichern, dass so etwas niemals geschehen wird. Punkt.

Jin möchte Logan so gerne glauben, aber dieses Verlangen wird auf eine harte Probe gestellt, von einem rivalisierenden Clanführer und einer erschütternden Enthüllung über Jins Existenz. Jins Leben und sein Platz im Stamm sind in Gefahr. Wenn er überleben sollte, um Logan wiederzusehen, muss er seine Angst überwinden und das Band zwischen ihnen akzeptieren, denn nur dann kann er wirklich vertrauen.

www.dreamspinner-de.com

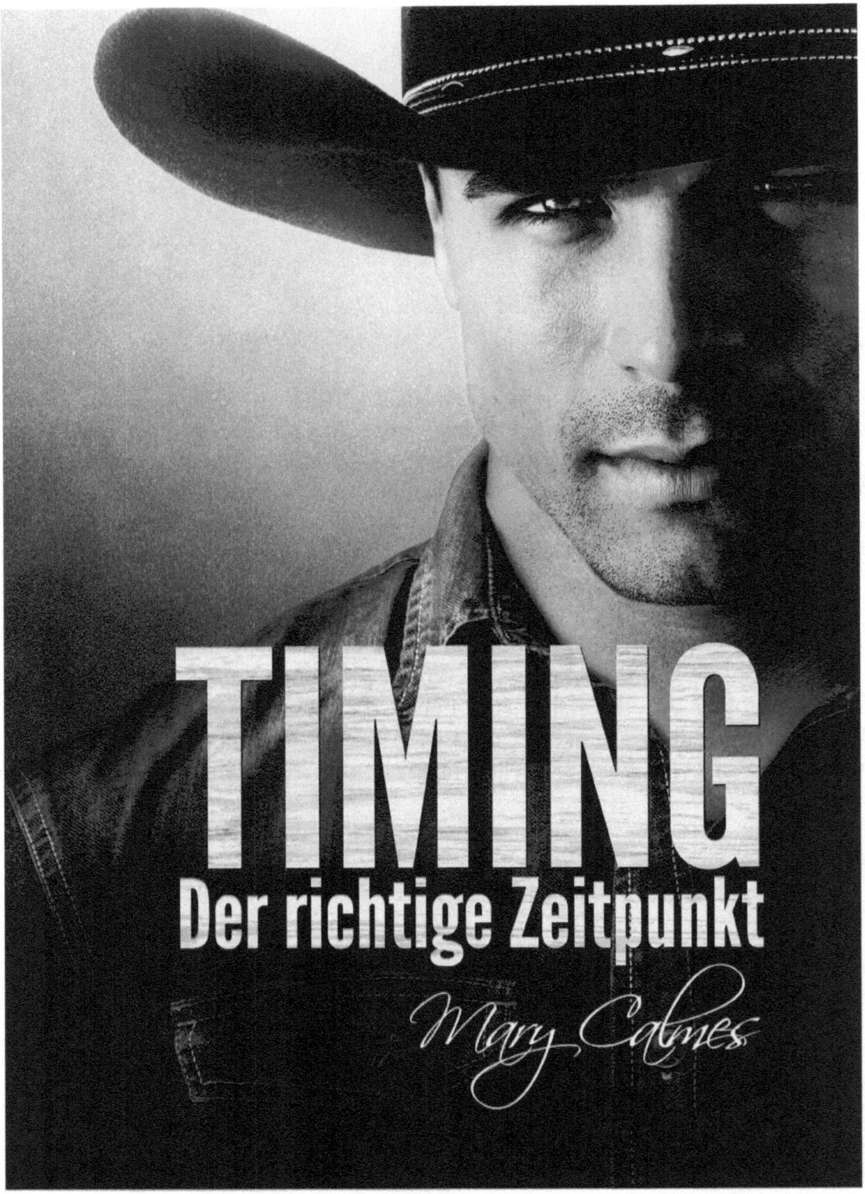
TIMING
Der richtige Zeitpunkt
Mary Calmes

Buch 1 in der Serie – Timing

Stefan Joss hat einfach kein Glück. Nicht nur, dass er mitten im Sommer nach Texas muss, um bei der Hochzeit seiner besten Freundin Charlotte die Ehrenjungfer zu geben. Nein, er soll auch noch gleichzeitig ein millionenschweres Geschäft für seine Firma abschließen! Das Allerschlimmste aber ist, dass er, kaum angekommen, mit dem Mann konfrontiert wird, von dem Charlotte versprochen hatte, dass er nicht zur Hochzeit kommen würde: Ihrem Bruder, Rand Holloway.

Stefan und Rand sind sich, seit dem Tag, an dem sie sich das erste Mal trafen, spinnefeind. Und so ist Stefan mehr als geschockt, als ein vorübergehend vereinbarter Waffenstillstand die üblichen Feindseligkeiten sofort in knisternde Spannung verwandelt. Wenn auch misstrauisch gegenüber den unerwarteten Gefühlen, wird Stefan durch ein ehrliches Geständnis Rands aus der Bahn geworfen und beschließt, ihm eine Chance zu geben.

Doch ihre aufkeimende Romanze wird bedroht, als Stefans Geschäftsabschluss schiefläuft: Die Besitzerin der letzten Ranch, die er für seine Firma aufkaufen soll, wird ermordet. Stefan steht die Überraschung seines Lebens bevor, als er sich plötzlich selbst in tödlicher Gefahr befindet.

www.dreamspinner-de.com

TIMING: NACH SONNENUNTERGANG

Mary Calmes

Buch 2 in der Serie – Timing

Zwei Jahre, nachdem Stefan Joss mit Ranchbesitzer Rand Holloway in den Sonnenuntergang geritten ist, hat er sich mit seinem neuen Leben angefreundet und unterrichtet an einem Community College. Aber wahre Liebe hat es oft schwer. Rand will, dass er auf der Ranch bleibt, Stef will sich ein Hintertürchen offenhalten, falls Rand ihn irgendwann rauswerfen sollte. Nachdem er endlich erkannt hat, dass er sich Rand gegenüber unfair verhält, legt Stef sich fest und sein Partner ist überglücklich.

Als Stef die Gelegenheit bekommt, seine Hingabe zu beweisen, zögert er nicht - auch wenn er dabei seinen Hals riskiert - und Rand nutzt die Gelegenheit, um allen zu zeigen, dass die besten Überraschungen des Lebens nach Sonnenuntergang passieren.

www.dreamspinner-de.com

MARY CALMES lebt mit ihrem Ehemann und ihren beiden Kindern in Lexington, Kentucky, und mag alle Jahreszeiten außer dem Sommer. Sie hat ihren Bachelor in Englischer Literatur an der University of the Pacific in Stockton gemacht. Da ihr Abschluss in Englischer Literatur ist und nicht in Englischer Grammatik, ist es sinnlos, sie zu bitten, einen Satz zu bestimmen. Sie liebt das Schreiben, geht darin auf und kann vollkommen in ihrer Arbeit versinken. Sie kann sogar sagen, wonach ihre Charaktere riechen. Sie liebt es, Bücher zu kaufen und auf Conventions ihre Fans zu treffen.

Von MARY CALMES

Schlamassel inbegriffen
Seiltänzer

CHANGE OF HEART-SERIE
Wandel des Herzens
Bund des Vertrauens

TIMING
Der richtige Zeitpunkt
Nach Sonnenuntergang

Veröffentlicht von DREAMSPINNER PRESS
www.dreamspinner-de.com

www.ingramcontent.com/pod-product-compliance
Lightning Source LLC
Chambersburg PA
CBHW021007260626
47169CB00006B/1988